Simon Vestdijk
Der kupferne Garten

Simon Vestdijk

Der kupferne Garten

Roman

Aus dem Niederländischen von
Marianne Holberg

Arche

Die Übersetzung erscheint mit freundlicher Unterstützung des
Nederlands Literair Produktie- en Vertalingenfonds.

Für Helena S. E. Burgers

Die niederländische Originalausgabe erschien 1995
unter dem Titel *De koperen tuin*
bei Uitgeverij Nijgh & Van Ditmar, Amsterdam

Umschlag: Max Bartholl, Frankfurt a. M.
(unter Verwendung des Gemäldes
Café cantant von Josep Llovera, um 1890.
Museo del Arte Moderno, Barcelona)
Satz: Greiner & Reichel, Köln
Druck und Bindung: Clausen & Bosse, Leck
Printed in Germany
ISBN 3-7160-2326-4

Der kupferne Garten

· 1 ·

Meine früheste Erinnerung an W..., wo mein Vater kurz nach meinem fünften Geburtstag zum Richter ernannt worden war, ist der warme Nachmittag im Frühsommer, als der Ball meines Bruders über die eisernen Schnörkel des Balkongitters flog, mitten hinein in das verlassene Wohnzimmer. Ich hatte auf dem Fußboden gesessen, nah am Balkon, und in einem Märchenbuch gelesen. Wie überraschend, ja, wie von Zauberhand gelenkt, waren die Sprünge, mit denen der Ball das Zimmer durchquerte. Gerade wenn ich dachte, daß er zur Ruhe kommen und in eine bestimmte Richtung weiterrollen würde, bis zu jenem geheimnisvollen Punkt, an dem ein Ball völlig zum Stillstand gekommen ist, flog er noch einmal erstaunlich hoch. Ich weiß noch, wie er direkt neben der Wasserkaraffe auf dem Tisch landete: Die Karaffe blieb unversehrt, und der Ball begab sich zu einer Waldlandschaft in Goldrahmen. Natürlich war ich erschrocken; aber das Verhalten des Balls, so klug und behutsam, so jung und federnd zugleich, beruhigte mich irgendwie, als würde ein unsichtbarer Zauberer schon Rücksicht auf mich und die zerbrechlichen Dinge nehmen wollen.

Als das Geschrei vor dem Haus einen bedrohlichen Höhepunkt erreicht hatte – »Nol, der Ball! Nol, der Ball!«, sie konnten mich nicht sehen, aber mein Bruder wußte, daß ich dort saß –, rappelte ich mich auf und holte den Ball, um ihn zurückzuwerfen. Was sollte man sonst tun, so aus einem Märchenbuch heraus? Wunder machen folgsam. Mit dem Ball in der Hand stand ich auf der steinernen Balkonschwelle, und unter mir lärmten und schrien die Jungen, und ich sah sie senkrecht in die Höhe springen, mit wehenden Haaren, um mich in den Blick zu bekommen. Aber mitten in einem solchen Sprung schienen sie mit Blindheit geschlagen: Ich sah sie, aber sie sahen mich nicht. Sie johlten und riefen »Nol, der Ball!« – und währenddessen lauschte ich den Ulmen, die leise in der Wärme raschelten, und einem Tuckerboot auf dem Kanal, der sich am Ende unserer kurzen Straße öffnete. Höher und höher sprangen die Jungen, sie sahen mich nicht, es war ganz sonderbar. In einer plötzlich einbrechenden Stille erklang die schneidende Stimme von Chris: »Verdammt, Nol, wirf diesen Ball runter. Und zwar schnell!« (Mein Vater sagte auch immer: Und zwar schnell; er sagte es sogar, wenn es überhaupt nicht nötig war.) Obwohl ich begriff, daß ich den Ball zurückgeben mußte, hatte ich nicht vor, Chris zu gehorchen. Ich hatte da schon angefangen, ihn ein bißchen lächerlich zu finden; ich kannte den Ausdruck: »Mach nicht soviel Wind«; ich wußte, daß er meine Mutter ermüdete und daß mein Vater ihn vorzog und damit irgendwann würde aufhören müssen, weil meine Mutter auf die Dauer merken würde, daß Chris mir beim Essen gegen meine nackten Schienbeine trat, unterm Tisch. Ich wußte, daß Chris einst zu Fall gebracht werden würde.

Inzwischen waren ein paar Jungen weiter nach hinten gelaufen und bedeuteten mir triumphierend, daß sie mich sahen. Der Bann war gebrochen. Nicht ohne eine gewisse Selbstgefälligkeit, mit etwas schleppendem Gang, den Bauch ein bißchen nach vorn, schlenderte ich auf den Balkon, streckte meinen Arm über das eiserne Gitter und öffnete meine Hand, lässig, wie eine junge Frau, die ein duftendes Taschentuch zu ungestümen Verehrern flattern läßt. Papageienhaft komisch wie Wesen, die einen Namen benutzen, ohne dessen Träger zu kennen, schimpften die Jungen noch eine Zeitlang weiter. »Dieser Mist-Nol.« Chris beteiligte sich nicht daran: Der war zufrieden mit dem, was er für promptes Befolgen seines Befehls hielt. Ein Haus weiter dröhnte ein Gummi-Donner – der Ball prallte gegen eine Wand –, dann waren sie fort, und wenn ich noch »Nol« hörte, dann konnte es genausogut »Ball« heißen. Weiter nach rechts lag ein endloser Platz, der ihre Spiele aufnahm.

Aber je länger ich dort mit leeren Händen stand, desto mehr begann ich, es zu bedauern, daß die Spieler ihren Willen bekommen hatten. Es war alles die Schuld von Chris: Keiner der anderen hätte gewagt, den Ball ins Zimmer zu werfen, wo er meine Eltern bestimmt hundert Gulden hätte kosten können; gerade die Kraft hinter dem Ball, sichtbar an der lächerlich großen Zahl seiner Sprünge, deutete auf Chris. Anstatt den Ball fallen zu lassen, hätte ich zu meiner Mutter gehen sollen. Das war Petzen; aber schließlich hatte ich gerade in einem Märchenbuch gelesen, und Zwerge, Elfen und Meerjungfrauen »petzten« nicht: Sie beklagten sich bei noch höheren Wesen und bekamen dann meistens recht. Außerdem hielt ich Chris gegenüber alles für erlaubt. Ich hätte Erschrockenheit vortäuschen können, vielleicht weinen können. Während ich mich hinsetzte, um weiterzulesen, hoffte ich, der Ball würde zurückkommen.

Eine eigenartige Stille senkte sich auf die warme Straße mit den Ulmen. Hinter der Stille war wieder das Tuckern der Boote zu hören, ein paarmal begleitet vom Geläut der Glokke, das für den Brückenwärter bestimmt war. Ich dachte dann immer, daß etwas Unglaubliches mit dem Wasserstraßenverkehr passierte, vor allem spät am Abend, wenn grüne und rote Lichter hinzukamen. Zwar hatte meine Mutter es mir erklärt: Läutete die Glocke, dann rannte der Brückenwärter aus seinem Häuschen zur Brücke (später zeigte sich, daß er überhaupt kein Häuschen hatte und einfach immer anwesend war) und begann, mit verbissenem Gesicht zu kurbeln oder besser zu schieben, und die Brücke drehte sich. Aber ich vertraute diesen Auskünften nicht: Die Glocke war für mich ein Zeichen, ein Auftakt zu etwas Unvorstellbarem, zu etwas, das ebensogut mit Schiffbruch enden konnte wie mit einer Parade beflaggter Boote, Musik an Bord und Lampions zwischen den Masten. Ich glaubte eigentlich, daß der Brückenwärter läutete, und die Boote gehorchten, meistens wenigstens. Den ganzen Tag trug er dieses großartige Spielzeug mit sich; und ich, ich hatte einen einfachen braunen Ball aus meiner Hand fallen lassen, und andere waren damit auf und davon gegangen, den Ball entweihend und beschmutzend … Auf einmal fürchtete ich, den Ball unvermutet gegen den Kopf zu bekommen, von dem fernen, lauten Platz, und ich ging aus dem Zimmer.

Einige Jahre später passierte etwas, das mich schon ein wenig über Chris hinauszuheben begann. In der zweiten Hälfte dieses verstrichenen Zeitraums, nämlich in der Grundschule, war ich »das Söhnlein des Richters«, und das hörte sich gut an, denn ich verfolgte die Taktik, mich gegen den drei Jahre älteren Chris zu wappnen und mich darin auf dem größtmöglichen Umweg, nahezu im verborgenen, gelegentlich auch unvermittelt offen zu üben. »Das Söhnlein des Richters«, stolz auf seine Würde, zeichnete sich durch unprovozierte Gewalttätigkeit gegenüber schwächeren Jungen aus, in der stillen Hoffnung, daß Chris, der selten kämpfte, ihn dabei aus der Ferne beobachten würde. Ich handelte aus einem untrüglichen Instinkt und einem angeborenen Sinn für Selbstbeherrschung; hätte man mich gefragt, weshalb ich die kleinen Jungen mißhandelte, dann würde ich nichts gesagt haben, wenig gedacht und höchstens gefühlt: Weil sie kleiner sind als ich.

Chris hatte überhaupt keinen Instinkt: Er hatte nur einen auffälligen Charakterzug, er war oberflächlich, pseudobrillant; er war aufgeregt, und seine Sache war es, zu reden, zu schnaufen, anzuherrschen; er hatte einen Schuß jugendlichen Übermuts mitbekommen, der bald verbraucht sein würde, und dann wäre es vorbei mit Chris, vorbei, endgültig. Daß er meines Wissens niemals »das Söhnlein des Richters« genannt wurde, kam vermutlich daher, weil er früher in der

Schule aufgetaucht war als mein Vater am Gerichtshof, oder vielleicht auch, weil er selbst den kleinen Richter spielen wollte, mit seinen funkelnden Brillengläsern und seiner besessenen und dennoch so kalten und rationalen Aufgeregtheit. In unserem normalen »Mist-Nol – Mist-Chris«-Duell ließ ich ihn mit großer innerer Ruhe am längeren Hebel sitzen; er sagte dann zum Beispiel: »Mist-Nol ist ein richtiges Schimpfwort, Mist-Chris nicht.« »Warum?« fragte ich arglos. »Mist-Kris sagen die Javaner, Idiot.« Diese rätselhaften Worte begleitete er mit einer ungeschickten Bewegung auf meine Brust, als wollte er zustechen. Daß er mich viel ungekünstelter hätte fertigmachen können durch den Hinweis, daß »Mist-Nol« wenigstens originell war und »Mist-Chris« Nachäfferei, darauf kam er nicht; später vermutete ich übrigens, daß es einer seiner Freunde war, der zuerst »Mist-Nol« gesagt hatte. »Schimpfen tut nicht weh, Idiot«, stammte wiederum durchweg von mir, aber die Fortsetzung: »Schlägst du mich, dann schlag ich dich«, ließ ich weg, denn natürlich war Chris damals noch stärker als ich.

Der nahende Triumph zeigte sich eher in unserer Gesichtsfarbe. Nach und nach entwickelte ich mich zu einem Jungen, genauso blond und rosig wie meine hübsche Mutter, während Chris, verzehrt von seiner eigenen Umtriebigkeit, blasser und blasser wurde und schon einmal vom Arzt untersucht worden war, eine Schande, die er nur mit Mühe verwinden konnte. Während des Essens erzählte er damals, daß er mich nachts schrecklich hätte husten hören: eine Lüge, an die er aber in dem Moment selbst glaubte. Ich muß hier noch hinzufügen, daß ich die einfachen Kinderkrankheiten (Masern, Röteln, ich glaube sogar Windpocken) als erster hatte und an ihn weitergab. An sich lag darin nichts Bedrohliches, aber bei ihm kam dann Keuchhusten dazu, Bronchitis, ein Anflug von Nierenentzündung und all das andere, was Eltern nachdenklich stimmt, wenn sie schon meinen, die Scherereien hinter sich zu haben; trotzdem spielte und sang er im Krankenbett viel mehr und viel lauter als ich.

Es war nicht zu leugnen, daß er am unausstehlichsten während der Mahlzeiten war – auch am unangreifbarsten, weil er meinen Vater auf seiner Seite hatte. Meine Mutter, davon war ich überzeugt, beobachtete ihn schon seit Jahren recht aufmerksam; aber niemand konnte ernsthaft etwas gegen sein Theater bei Tisch vorbringen, wenn er vorgab, etwas zu wissen oder wissen zu wollen. Es schien alles so vernünftig und erwachsen, lehrreich, gebildet. Über die Stadtverwaltung, vor allem die Stadträte, wußte er eines Mittags offenbar mehr als mein Vater, der voll Behagen zuhörte, um ihm anschließend in wohlgesetzten Worten eine Lektion über das Recht des Spezialisten auf Beschränkung zu erteilen. Ein Richter brauche nur zu wissen, wer schuldig sei und aus welchen Gründen er schuldig sei; worauf meine Mutter in Lachen ausbrach und vor sich hin murmelte, daß ein schuldiger Stadtrat dennoch anders behandelt würde als ein schuldiger – oder unschuldiger (ich weiß nicht mehr, ob sie das hinzufügte) – Lumpensammler.

Der Name meines Vaters ist Rieske. Sein Großvater hieß »von deutscher Herkunft«, war aber ein gewöhnlicher Deutscher – oder ein außergewöhnlicher, denn sein Sohn hatte bereits studieren können. Diese Seite meiner Familie zeichnete sich durch eisernen Fleiß und bei den Frauen durch eine etwas schwerfällige Sentimentalität aus; aber trotz wiederholter Mischung des Blutes war mein Vater in Erscheinung und Manieren der deutscheste von allen geworden: nachdenklich und trocken, durch die aufmerksamen Brillengläser blickend, was Chris von ihm geerbt hatte, förmlich, sogar für einen Richter, und in fröhlichen Augenblicken im Bekanntenkreis nicht ohne eine gewisse *schneidige* Jovialität, die er übrigens um mein achtes Lebensjahr herum ablegte.

Von beiden Seiten ist meine Familie musikalisch, aber

mein Vater hielt sich nur bei Musik die Hand vor die Augen, die nicht über Schumann oder Brahms hinausging und von meiner Mutter schlecht und gelangweilt gespielt wurde. Als Sängerin schaffte sie es hingegen mühelos bis zu Wolf und Duparc und hatte in W... sofort mit Unterricht bei dem unbarmherzig strengen Meneer Talsma begonnen, der zu schüchtern war, Chöre zu leiten. Das überließ er einem intelligenten Springinsfeld, der kurz darauf zu besseren Orten entschwand und dessen Namen ich vergessen habe. Auch Chris hatte Unterricht bei Meneer Talsma, aber Musik war nicht seine Stärke, und ich haßte die Musik von Chris, weil ich Chris haßte. Er stampfte dazu. Geräusche machte er dazu. Er wiederholte alles, bis er es – immer noch nicht konnte. Bestimmte Sonatinen von Clementi kann ich bis heute nicht ohne ein unangenehmes Gefühl in der Magengegend hören; sie verfolgten mich bis in den Schlaf und vermischten sich mit dem Läuten von Booten, die vielleicht gar nicht vorhanden waren.

Musikalisch mochte Chris zwar nicht sein, aber ich kann nicht leugnen, daß er doch eine gewisse Freude daran hatte und später musikalisch hätte werden können. Mein Vater hatte gesagt, daß der kleine Mozart – aber der war viel jünger als Chris – von seinem Vater mit einem Stock ans Klavier oder ans Cembalo getrieben werden mußte, und Mozarts Schwester auch; und später war Mozart doch immer versessen auf Musik gewesen. Es war natürlich denkbar, daß jemand die Nase voll hatte von einer Sache, in der er brillierte, Büroarbeit zum Beispiel oder Unterricht; aber bei Mozart, nein, bei Mozart traf das nicht zu, das hörte man sofort an der Musik, die er komponiert hatte ... Was mich selbst anging: Bereits in Mozarts Alter hatte ich erklärt, kein Klavier anrühren zu wollen, auch wenn ich insgeheim die Lieder meiner Mutter liebte, vor allem, wenn der kleine, stotternde Kanzleivorsteher Meester Van Son sie begleitete, was er unbeholfen, aber korrekt tat. Wenn meine Mutter selbst zu spielen begann und er die Seiten umblättern durfte, dann verfiel er in einen geradezu artistischen Überschwang, der sich in einer rüden Attacke auf das beinahe zu Ende gespielte Notenblatt äußerte, wobei er fast die rechte Schulter meiner Mutter streifte. Mit gebeugten Knien, gebückt, doch schnell über den Teppich huschend, ähnelte er einem Intellektuellen, der sich aus einem gefährlichen Volksgetümmel davonmacht. Er stand nämlich immer einen Meter hinter meiner Mutter, vielleicht, um sie nicht durch einen allzu aufdringlichen Schatten am Rande ihres Gesichtsfelds abzulenken. Bei Tisch konnte Chris ihn vortrefflich nachmachen, auch wenn er wenig Gefühl für Humor hatte (ich vermute, daß meine Mutter selbst damit angefangen hatte, in einem unbeobachteten Augenblick), und sein »S-s-s-sind Sie schon soweit, Gn… gn… gnä Frau?«, zehnmal wiederholt, konnte schon mal amüsant sein für den, der den Kanzleivorsteher kannte. Durchweg machte mein Vater dem ein Ende – »Also bitte, Chris, genug« –, was Chris dann wieder auf mich abwälzte, indem er mir gegen die Beine trat, als gäbe er den Befehl weiter. An diese preußischen Manieren hatte ich mich schon gewöhnt, auch wenn ich viel darüber nachdachte. Daß er sich mit Beschwerden, Fragen, Beichten, neuesten Neuigkeiten, dem Verlauf von Flüssen, den Regeln des Fußballspiels auch schon bei meiner Mutter einschmeichelte, stimmte mich damals viel bitterer. Vor allem, als ich erst mal selbst zur Schule ging und in den Freistunden ihre Gesellschaft suchte, kam Chris mir immer zuvor.

Eines Nachmittags nach vier Uhr hörte ich ihn Klavier spielen. Eilig ging ich ins Wohnzimmer, so weit wie möglich von dem Geräusch entfernt. Bei jeder falschen Note – und an dem Nachmittag waren es viele, nicht bei Clementi, aber bei Dussek, den ich ebenfalls falsch auswendig konnte – kam etwas in mir hoch: Haß, Schadenfreude, Widerstand, Protest gegen Musik, Sehnsucht vielleicht nach anderer Musik. Auf einmal beendete er sein Spiel und schlug das Klavier zu. Er tat das mit einer Kraft, die nichts Natürliches mehr hatte, einem donnernden Knall, der Häuser weiter zu hören gewesen sein muß und bei dem man unwillkürlich ein darauf folgendes Angstgeschrei erwartet hätte. Es war eine ganze Zeit still. Aber dort in der Ferne hörte ich seine Stimme und, viel leiser, die meiner Mutter. Und da – soweit ich mich erinnern kann, zum erstenmal in seinem Leben – fing er an zu weinen, fast zu brüllen, ich hörte ihn schmerzlich schluchzen und schlucksend nach Atem ringen. Es hatte nichts von Anstellerei an sich, es war eine bis zum Überlaufen gefüllte Seele, die hier zum Sprechen gebracht worden war. Es war wie das Heulen eines einsamen Wolfs in der Nacht, unzugänglich für Trost oder Mitgefühl. Während ich durch einen Flur und ein halbes Zimmer schlich, um so nah wie möglich bei ihm sein zu können, klopfte mein Herz vor einer bangen Freude, die ich nie zuvor gekannt hatte. Was es war, wußte ich damals noch nicht, aber jetzt weiß ich es. Es war Mitleid, es war das, was die Erwachsenen Mitleid nennen. Dieses unbekannte Gefühl genoß ich unsäglich, und wäre Horchen nicht mein Ziel gewesen, ich wäre bestimmt in einen Stuhl gesunken, den Kopf in den Händen, genau wie mein Vater, wenn er Musik aus der Zeit vor 1860 hörte. »Ich will das nicht mehr, ich geh nicht mehr zu diesem Kerl, ich kann nicht mehr für die Schule lernen wegen diesem Leuteschinder … soll er's doch selber machen …« Während meine Mutter ihm vernünftig zuredete, schlug er greinend das Klavier auf und wieder zu, beinahe mit derselben Kraft. Nahe an meinem Ohr klirrte etwas. Das Weinen begann wieder, ich hörte, wie meine Mutter ihm etwas versprach, ich machte, daß ich wegkam; und es dauerte nur ein paar Minuten, bis Chris still war, und in der Ecke wieder eines anderen Zimmers saß nun ich und weinte, vor Schreck und aus Mitleid.

Bei Tisch erschienen wir beide mit roten Augen, etwas benommen, wie Gänse nach einem Gewitter. Es stand da bereits fest, daß Chris nie wieder Klavierstunden zu nehmen brauchte. Nach der Suppe führte er schon wieder das große Wort; aber als mein Vater ihm beim Obst Einhalt gebot, trat er mich nicht, und das war klug von ihm, denn trotz des Mitleids, das ich noch tagelang genoß, hatte ich meine Antwort parat. Nicht: »Er tritt mich, das Ekel«, wofür ich einmal von meinem Vater in die Küche geschickt worden war, sondern nur eine Geste, nur die Bewegung einer Hand, eines Fingers: nachdenklich den Lauf einer Träne über mein eigenes Gesicht nachzeichnend.

Nach diesem Vorfall kamen wir uns wohl etwas näher. Schließlich hatten wir doch gemeinsam geweint; außerdem wollte Chris vermeiden, daß sein Tränenausbruch außerhalb des Hauses bekannt würde, und obwohl er mich selten oder nie beim Petzen erwischt hatte, wußte er nicht, was in der Schule von mir zu erwarten war. Auch verband uns ein neuer gemeinsamer Haß, und einträchtig mieden wir fortan die improvisierten Hauskonzerte, die fast zu jeder Stunde des Tages stattfinden konnten. Nicht nur Meester Van Son, auch andere junge Leute, oder schon etwas ältere junge Leute, kreuzten dann auf, und ebenfalls die Damen, mit denen meine Mutter sich in den wenigen Jahren angefreundet hatte. All diese Leute waren musikalisch, der eine mehr, der andere weniger. So schlossen die Söhnlein des Richters einen vorübergehenden Pakt gegen Gelärme und Gerede und Täßchen Tee, und die Geringschätzung, mit der wir über Dijkhuizen, Caspers und den jungen Tjallingii sprachen, war bereits ebenso groß wie die, mit welcher der stotternde Kanzleivorsteher bedacht wurde. Gelegentlich war die Rede von einem gewissen Meester Vellinga, aber den haben wir in jenen Jahren nie zu sehen bekommen. Es gehörte zu Chris' Taktik des geheimnisvollen Schweigens mir gegenüber, nichts von diesem Juristen mitzuteilen, über den er doch das eine oder andere zu wissen schien. Aber Chris wußte so viel; sein Wissen schien mir lediglich ein Mittel, einen kleinen Bruder in Verwirrung zu bringen.

· 2 ·

Als meine Mutter mich zum erstenmal in den GARTEN mitnahm, war es einer von diesen warmen Sommernachmittagen. Mein Vater war im Urlaub, Chris auf einem Ausflug. Wenn ich mich nicht täusche, fiel dieser Besuch einer der beliebtesten Vergnügungsstätten von W… in die Zeit nach der jährlichen Reise zu viert, bei der Chris' Gelangweiltsein durchweg mit Sommerdurchfall endete und meine Eltern halbe Tage schwiegen, ohne daß man sagen könnte, daß sie einander feindselig anschwiegen. Ort der Handlung pflegte etwas Ruhiges, Verstaubtes zu sein, wo man in Hotel oder Pension für teures Geld die Illusion kaufte, sich von den anderen Gästen abzuheben: Die beiden Jungen jeder ein Zimmer, extra Bedienung für die Familie, herablassendes Nicken oder verlegenes Lachen gegenüber Leuten, von denen man annahm, daß meine Mutter nicht mehr als ein paar nichtssagende Worte am Tag mit ihnen wechselte, und die rechtschaffene und abweisende Entschlossenheit, mit der mein Vater sich aus einem Haufen aufgerollter Zeitungen für unseren Morgenspaziergang erhob, zu zweit in Reih und Glied.

Ja, es muß nach einer solchen Gefängniswoche im Freien gewesen sein, als meine Mutter mich unverhofft mitnahm. Sie hatte eine Kutsche bestellt, mit der sie nicht weniger als drei Freundinnen abholte – oder sogar fünf, aber zwei wollten nicht oder waren nicht zu Hause –, so daß ich schließlich auf den Kutschbock gesetzt werden mußte und mit Damenstimmen im Gefolge, gedämpft durch farbige Sonnenschirme, durch die Stadt gefahren wurde. Meine Mutter hatte einigen Nachholbedarf, und all die kleinen Bemerkungen, die Ausrufe, das Lächeln, das schallende Gelächter um nichts waren Medizin für sie. Es war sehr heiß. Das Rattern machte mich benommen, und die Fliegen auf den Pferderücken gaben düstere Rätsel auf. Sicher nicht zu Unrecht nahm ich an, daß der Kutscher es mit seiner Peitsche auf die Fliegen abgesehen hatte; aber wenn die Peitsche knallte oder sich virtuos schlängelte, war es nie mehr als eine einzige Fliege aus einem Schwarm von dreißig, die sich bewegte. Der Kutscher schwieg; daß er einfach nur mit seiner Peitsche spielte, weit weg von allen Tieren der Welt, reichte als Leistung nicht aus, meine Bewunderung zu erregen. Ich hielt die Arme über der Brust gekreuzt und beobachtete, daß keines der Häuser einen Schatten auf uns warf, der uns ganz bis oben bedeckt hätte. Manchmal fehlte nur wenig; man sah einen solchen Schatten herankommen, eine beträchtliche Kühle schwebte näher, und schon erlebte die von Schweißtropfen bedeckte Haut im Nacken die schaurige Wohltat einer unterirdischen Grotte, eines maurischen Innenhofs, einer *Wolfsschlucht* in Luxemburg, wo mein Vater sich aufhielt, nach den vielen Ansichtskarten zu urteilen. Aber da die Häuser nie hoch genug oder die Straßen nie schmal genug waren, ging es Mal für Mal daneben. Auch die Sonnenschirme – darauf achtete ich besonders – glühten und schmachteten immer noch, und unter diesen Sonnenschirmen, in der Tiefe, wie auf einem winzigen sommerlichen Rasenplatz, plauderten die Damen.

Nachdem wir über eine erstaunlich breite, gewölbte Brükke geratttert waren, horchte ich auf das, was sie sagten. »Eine neue Kraft, ach, ich sage nur: Die Noten machen die Musik.« »Und was für Musik«, sagte eine zweite abschätzig. Gleich darauf: »Ich nehme ein Glas Milch, alles andere da ist ungenießbares Zeug …« »Außer den Windbeuteln«, sagte meine Mutter, worauf alle vier laut zu lachen begannen und sich hin und her wiegten, sehr zum Vergnügen eines alten Mannes mit einem Kranzbart, der seine Mütze zog. Kurz darauf glitt Kühle heran. Wirkliche Kühle diesmal, und zugleich ein graues Standbild und Ketten zwischen kleinen Pfählen und ein gotisches Gebäude – meine Mutter hatte mir schon davon erzählt – und mindestens drei Herren, die grüßten, geradewegs wie vom Schatten erzeugt. Während die Damen hinter ihren nach links und rechts kippenden Sonnenschirmen kicherten, meinte ich den jungen Tjallingii zu erkennen. Heimlich drehte ich mich um, und da stand er und sah uns nach, lachend und geehrt, dünn wie eine Bohnenstange und mit leicht krummem Rücken. Auf seinem Strohhut sammelte sich alles Licht dieses strengen, schon fast historischen Platzes, denn Sommeranzüge trugen junge Tjallingiis in jenen Tagen noch nicht.

Einmal noch rückte die Sonne die Häuserreihe kräftig auseinander, und dann waren wir beim GARTEN. Mit Hilfe des Kutschers kletterte ich vom Bock und warf einen Blick in das stille grüne Wasser des Ringgrabens, aus dem der GARTEN wie eine überwachsene Burg aufragte. Immer höher aufragte: Unter den Baumkronen, durchs Gebüsch, konnte man der kühnen Wölbung über eine beträchtliche Entfernung folgen. Das Tor, vor dem wir angehalten hatten und wo Besucher an einer grün gestrichenen Bude Karten kauften, wirkte fratzenhaft niedrig dagegen, irgendwie begierig und gefräßig, wie das eben über dem Wasserspiegel liegende Maul eines Meerungeheuers mit seinen vielen Zähnen. Zu beiden Seiten des Tores standen zwei verwitterte Säulen. Während meine Mutter den Kutscher bezahlte und die Karten kaufte – hierüber war es während der Fahrt hoch hergegangen –, umringten die Damen mich, als wäre ich ihr Gefangener, und überdacht von Sonnenschirmfarben, schritt ich durchs Tor. Schon bald blieb meine Mutter hinter uns zurück. In ihrem roten, feucht glänzenden Gesicht glitzerten die kleinen blauen Augen, als hätte sie etwas ausgeheckt.

Wir stiegen den Weg hinauf. Der gabelte sich, gabelte sich noch einmal, jedesmal links und rechts bei einer kräftigen Buche oder einer verblühten Kastanie. Neben uns stiegen andere Besucher hinauf. Die Freundinnen schwiegen und schöpften

Kraft für neue Gespräche. Plötzlich gab meine Mutter mir einen recht unsanften Klaps auf die Wange und sagte dazu, ich könne jetzt auf eigene Faust spielen oder spazierengehen; es sei noch früh; wenn ich in einer halben Stunde zum Hauptgebäude käme (ich solle danach fragen, wenn ich es nicht fände), bekäme ich ein Glas Milch und einen Windbeutel, ja, einen Windbeutel. Ich könne alle Windbeutel bekommen, rief eine der Freundinnen, und ich lachte gehorsam mit. Es kann keine Minute gedauert haben, und schon waren sie verschwunden; ich weiß noch immer nicht, ob sie von mir weggegangen waren oder ich von ihnen oder ob Menschenmassen sich zwischen uns gedrängt hatten. Beherzt schritt ich weiter und litt plötzlich nicht mehr unter der Wärme. Ich trug einen Matrosenanzug mit goldenen Ankern.

Schattenreicher konnte man sich gar keinen Garten auf schräg abfallenden Stadtwällen vorstellen. Unter den Bäumen war es nicht nur grün und kühl, sondern hier und da sogar schwarz; dort mußte es bestimmt kalt sein, dachte ich, und an den Stellen, wo armdicker Efeu sich um Buchen schlang, die vor Alter geborsten und von Eisenreifen umschlossen waren, sicher auch feucht. Dort näherten sich Ulmen, die mächtigen Schattenwerfer unserer Straße, zu Dutzenden, nicht nur entlang der Wege, sondern auch auf Rasenflächen, wo man gehen durfte. Der Weg, dem ich folgte, stieg immer weiter an, und jede Menschengruppe, in die ich mich verirrte, lief im Bergsteigerschritt. Ein Stück weiter, in Staubwolken gehüllt, spielten gutgekleidete Kinder; dahinter führte ein Laubengang zu einem mit knorrigem Gebüsch gesicherten Hügelkamm. Dort würde das Steigen wohl aufhören, aber wie kam man dorthin? Welchen Erwachsenen würde ich folgen müssen, ehe ich es soweit schaffte? Ich hörte, wie ein Kinderfräulein sagte: »Es ist noch zu früh.« Die Kinder rannten zu einer langen Reihe kleiner Käfige. Da ich nicht weniger als drei Schulkameraden entdeckte – von verschiedenen Seiten tauchten jetzt Kinder auf, alle liefen hin zu den Käfigen, wo zwei andere Fräulein lockend und erklärend gestikulierten –, fühlte ich mich wie nie zuvor als »Söhnlein des Richters«, so daß ich mich voll ernsthaften Selbstvertrauens zu ihnen gesellte, um das Treiben der größtenteils braun- oder goldfarbenen Vögel in Augenschein zu nehmen, die man »Fasane« nannte. Es gab dort eifrig hin und her eilende Vögel ohne Namen, auch einen kleinen Pfau mit schleifendem Schwanz, und Sperlinge saßen auf dem Futternapf von wieder einem anderen Vogel, der sich nicht blicken ließ, denn in den Käfigen gab es Häuschen. Auf eine erstaunliche Menge weißer Mäuse folgte eine weiße Gans, die geradezu musikalisch flötete, die schwarzen, rot umrandeten Knopfaugen unendlich sanftmütig, obwohl das Tier ein Hündchen vor seinem Käfig merkwürdig anfauchte und dabei eine steife, nackte Zunge zeigte. Und dann wieder das Gold und das Braun, das Warme, Prächtige von wieder neuen »Fasanen«, die Körner pickten. Alle Tiere schienen zahm zu sein. Benommen von der Wärme, beschränkten die Kinder sich darauf, Staub aufzuwirbeln und Finger durch das hier und da rostig gewordene Drahtgeflecht zu stecken. Die Fräulein schwiegen.

Dann hörten die Käfige auf, und kurz darauf spielte ich mit einigen noch kleineren Kindern, deren Fräulein, Mutter oder Cousine mir durch ein leichtes Streicheln über den Matrosenkragen zu verstehen gab, daß sie mir gern die Oberaufsicht über etwas so Ermüdendes übertrug. Die Kinder folgten mir als ihrem anerkannten Meister, sogar als ich an Baumreihen entlang und über Rasenflächen zu laufen begann, hinauf- und hinunterkletternd, letzteres jedoch nie übertrieb. Wahrscheinlich bewegte ich mich so schnell, um die Kinder abzuschütteln; allerdings wäre ich enttäuscht gewesen, wenn sie mir nicht gefolgt wären. Ab und an machte ich einen Luftsprung, zur Abschreckung oder Ermutigung.

Kleine, verschwitzte Mädchen hinter mir piepsten schrill: »Nol, da ist Nol« (ich war hinter einen Baum gekrochen), »was sollen wir spielen, Nol?« Obwohl ich es meiner Mutter ein bißchen verübelte, daß, recht betrachtet, sie mir diese albernen Kinder aufgeladen hatte, war meine Stimmung vorzüglich. Ich hatte nur das Gefühl: Wäre Chris in diesem GARTEN, sollte er mich lieber nicht sehen! Aber würde Chris jemals hierherkommen? Dafür war der GARTEN viel zu schön. Mit den Knirpsen auf den Fersen, die nun offenbar auch meinen Vornamen kannten, rannte ich an bunten Blumen und leuchtend grünen Blättern vorbei, und dann kamen alte, verfallene Lauben, und überall waren Bänke, und darauf saßen nicht nur alte Herren und Damen, Männer und Frauen, sondern auch die allerjüngsten Kinderfräulein, die nach ihrer anstrengenden Arbeit einen Kinderwagen abgestellt hatten, worin ein weißer Teddybär schlief. Das allerschönste war, daß der ganze GARTEN ein wenig abschüssig verlief. Dann und wann taten sich, gleich Alpenseen, hellgrüne Rasenflächen in der Tiefe auf, wo Kinder spielten oder ein Mann saß, die schwarzen Knie bis zum Kinn hochgezogen.

Mit meiner Eskorte von Kindern hatte ich an einer Reihe Blautannen entlang endlich den höchsten Punkt erreicht: den Hügelkamm, den ich nie ganz aus den Augen verloren hatte und der von weitem schartig erschienen war, obwohl er insgesamt horizontal verlief. Irgendwo unter uns klatschte ein Fräulein in die Hände, gefolgt von unverständlichem Rufen. Quer durchs Gebüsch wagte ich mich bis an den Rand aus künstlichen Felsen, an deren einem ich mich gut festhielt, bevor ich nach unten spähte. Fast ohne Unterbrechung mußte das Fräulein geklatscht haben, denn jetzt fragten die Kinder, ob ich mit zurückginge, und als ich keine Antwort gab, sagte ein kleines Mädchen »blöder Nol« und stieß mich in den Rücken. Hinter mir knackten Zweige. Das Kinderfräulein hörte auf zu klatschen. Voll tiefer Verwunderung schaute ich nach unten.

Was sich mir zu Füßen offenbarte, war der überraschendste, hinreißendste, wunderlichste Taltrichter, den man sich denken kann. Die Tiefe dieser großen, runden Mulde kann nicht mehr als acht Meter betragen haben, die Höhe der Felswand direkt unter mir kaum fünf, dennoch schien mir das Ganze ebenso unauslotbar wie die Abgründe der bayerischen Alpen, von denen mein Vater Fotos in seinem Arbeitszimmer hängen hatte. Auf der anderen Seite, in der Höhe, begann der eigentliche Park aufs neue. Mitten im Tal lag ein Teich, umgeben von Beeten voller roter Blumen und silberner Gartenkugeln. Eine rustikale Brücke aus Birkenstämmen, etwas morsch oben am Geländer, doch außergewöhnlich lang – so lang, daß sie auf einen stark über seine Ufer getretenen Teich berechnet zu sein schien –, führte zu einem riesigen, vor allem riesig hohen, Pavillon mit gewölbter Rückwand, den ich von meinem Platz aus nur zu einem Teil überblicken konnte. Darin saßen drei kleine Männer mit goldglänzenden Instrumenten in der Hand. Einer der drei winkte immer wieder zur gegenüberliegenden Seite, wo ein Kind, von der Mutter hochgehoben, zurückwinkte.

Auf dieser Seite des Teichs saßen Leute auf unübersehbar vielen Stühlen, hier und da mit Tischchen dazwischen. Auf fast allen Tischchen standen Gläser mit Milch. Folgte man der Brücke nach links, fort von dem hölzernen Pavillon mit den kleinen Männern, dann gelangte man an den Fuß einer Treppe, die wohl zum »Hauptgebäude« gehörte. Auch dies bestand größtenteils aus Holz und war leuchtend gelb gestrichen, während der Pavillon in einem warmen Braun gehalten war, mit einer schwarzen, leicht schmutzigen Überdachung. Das Gebäude war so groß wie ein Hotel, jedoch niedriger. Aus der Tür trat ein Kellner mit einem Tablett in der Hand, vollgestapelt mit Brötchen – nein, mit Windbeuteln natürlich, diesen lächerlichen Windbeuteln. Nicht nur Kellner bedienten, sondern auch Mädchen mit weißen Schürzen. Auf dem Weg rund um den Teich, bis ziemlich dicht an den Pavillon, schlenderten Besucher, auch einige Kinder, aber Kinderwagen und Fräulein waren nirgends zu sehen. Ganz links auf einem höher gelegenen Weg unter Linden standen auch noch Tischchen, direkt vor einer niedrigen Mauer mit kleinen runden Fenstern, wie bei altmodischen Ställen. Das Hauptgebäude streckte diese Mauer aus wie einen beschützenden Arm, der eigentlich nirgends endete, als griffen die Finger in Strauchwerk und verschmolzen damit – das Strauchwerk des Parks, an dessen Rand ich stand. Von diesem Weg aus senkte sich eine Rasenfläche steil nach unten, auf der keine Stühle oder Tische stehen konnten. Der Pavillon wurde überragt von Baumkronen; sie bewegten sich würdevoll in dem grellen Sonnenlicht, drehten sich und wendeten sich und gaben dann den Blick auf einen weißen, schorfigen Streifen frei, wo vor Jahren der Blitz eingeschlagen hatte.

Gerade fragte ich mich, ob meine Mutter unten säße oder aber auf dem kleinen Lindenweg oben auf dem alten Stadtwall, fast auf gleicher Höhe mit mir, als ein kleiner, kräftig gebauter Mann im Gehrock meine Aufmerksamkeit erregte, der sich auf der Treppe des Hauptgebäudes postiert hatte. Er stand dort völlig allein und wischte sich mit einem weißen Taschentuch die Stirn. Sein Gesicht erschien mir rot, er trug einen schwarzen Schnurrbart, seine Haltung war die eines Mannes, der gerade die Welt erobern wollte. Er stand nicht lange allein dort, und als einige Herren aus dem Hauptgebäude zu ihm traten, wurden Hände geschüttelt. Er mochte der Chef des Hauptgebäudes sein oder des ganzen GARTENS, aber auch ein reicher Ausländer, dem die Wärme zu schaffen machte, was wußte ich – wohl aber sah ich, als man ihn wieder allein gelassen hatte, daß Mädchen mit Tabletts lachend vor ihm flüchteten, woraus ich schloß, daß er diese Mädchen (und vielleicht auch die Kellner), wehrlos, wie sie waren, im Vorbeigehen in den Arm kniff. Das schien mir ein höchst vergnüglicher Spaß zu sein, und schon faßte ich den Plan, den Felshang hinabzuklettern, um so nah wie möglich bei ihm sein zu können, als er sich in Bewegung setzte und hoch erhobenen Hauptes in Richtung der rustikalen Brücke schritt. Entschlossen schlug ich mein Bein über den Felskamm, um dem Weg zu folgen, steil nach unten – dem Weg, dem kleinen Weg, dem schmalen, doch ungefährlichen Ziegenpfad zwischen wild und mutwillig hervorstechenden Felsspitzen, über die ich beruhigend mit der Hand strich und an denen ich mich bei jeder Biegung gut festhielt.

Mehr rutschend als gehend, erreichte ich einen abschüssigen Grasstreifen; nachdem ich diesen fast ganz überquert hatte, stand ich Auge in Auge einem Parkwächter gegenüber, der mahnend seinen Finger hob; weit hinter ihm stieg unter anschwellendem Applaus der Mann im Gehrock das Treppchen des hölzernen Pavillons hoch. Mein Parkwächter hatte offenbar nicht gesehen, daß ich aus dem Gebirge kam; vielleicht auch strahlte »das Söhnlein des Richters« ein gewisses Fluidum aus; jedenfalls ließ er mich nach einigem Gemurmel ungehindert über die weißen Bögen der Absperrung steigen. Ich schlich in Richtung des Hauptgebäudes. Es war sehr still geworden. Fast unmittelbar darauf brach die Musik los.

Von meinem Platz aus konnte man bis tief in den Musikpavillon hineinblicken: die ernsthaften Bläser, ihre roten Hälse, durch die die Musik herausgepreßt wurde, das Blech und die Baßtrommel, die von verschüchterten Kerlchen gespielten Flöten und Klarinetten, und das alles angeführt, angefeuert, bis zur Raserei aufgepeitscht von den energischen Gebärden des Mannes im Gehrock. Er stand, wippte und wandte sich mal nach links und mal nach rechts auf einer umgedrehten Kiste, die mit einem mattgrünen Tuch drapiert war. Schwungvoll und selbstsicher schwang er den Stab; aber auch andere, zartere Mächte wohnten in ihm, und das Taktschlagen konnte, wenn er das wünschte, unvermutet in Händeringen übergehen. Viel sah ich übrigens nicht in dem Augenblick, so unwiderstehlich war mir die Musik in die Beine gefahren, in mein Hirn, in mein Rückgrat.

Erst viel später habe ich erfahren, was dort gespielt wurde. Es war *Stars and Stripes* von Sousa, ein durchaus nicht zu verachtender Marsch einer vergessenen Berühmtheit, die zuerst Amerika elektrisierte und dann mit Holland kaum Mühe hatte. Wie lautstark, geradezu drohend, forderte der Komponist Aufmerksamkeit für einen Marsch, schneidig und beherrscht zugleich, gefolgt von einem Stück, frech, respektlos und strahlend vor Unbekümmertheit und ohne Rücksicht auf Gott und Gebot und die amerikanische Flagge! Auf einmal Ruhe, listige Zurückhaltung, diskretes Geflüster. Zielstrebig schleichend hatte das Trio eingesetzt. Es war eigentlich ein prächtig mitreißendes Lied, dieses Trio, aber dennoch behutsam, diplomatisch gedämpft, voller Anspielungen auf etwaige Gefechtshandlungen, etwaige Ohrfeigen, etwaiges Geratter – das dann auch prompt in einer Übergangspassage losbrach, bei der mir die Beine zitterten. Die Akustik des Taltrichters konnte diese Windhose aus Klängen kaum verkraften, und Bäume und Stadtwälle und -mauern und -burgen schienen mitzubrüllen. Die schwersten Blechinstrumente schüttelten sich wie Hunde nach dem Regen. Schlagzeug mischte sich in den tierhaften Aufruhr – ein schneidender Beckenschlag –, langsameres Schreiten des ganzen Orchesters (wobei der Dirigent sich duckte und eine phantastische Gymnastik vollführte, um die Kontrolle über dieses wuchtige Ritardando zu behalten), ein neuer Ton, ein neuer Einfall ... nein, kein neuer Einfall, nein, kein neuer und noch nervenaufreibenderer Ausbruch, wie jeder vernünftige Mensch erwartet hätte, sondern nur die Rückkehr des schon wieder halb vergessenen Trios, nunmehr jedoch dominiert vom sprudelnden Geschwätz eines hohen Pikkolos, eines aufgeregten Getrillers – wobei ich hätte pfeifen mögen und schreien und lachen und weinen –, das, bis zum tremolierenden Ende ausgespielt, unverzüglich vom barschen Anfangsfluch abgelöst wurde, wonach der Marsch sich aufs neue vor meinem erstaunten inneren Auge abzurollen begann. Ich wußte nun ungefähr, was für ein Mann der Dirigent war, was für ein Gewaltherrscher. Nichts würde sicher vor ihm sein. Er war ohne jeden Zweifel der größte Mann von W…

Während des unregelmäßigen, nicht allzu stürmischen Beifalls, bei dem mein Dirigent sich weniger verbeugte als vielmehr unverständliche Gebärden zum Orchester machte, als wollte er dem Publikum die kleinen Männer einen nach dem anderen vorstellen, schaffte ich es, den Eingang des Hauptgebäudes zu erreichen. Natürlich würde er nach einiger Zeit dorthin zurückkommen. Hier standen ein paar junge Leute beieinander, während sich in der Tür oder auf der Treppe immer wieder Männer oder Herren zeigten, zwar nicht vornehm gekleidet, aber doch ihren höheren Stand verratend durch ihr brüskes Sichwegdrehen, wenn die Musik begann, ihr vage pastorales Beäugen des Publikums und ihre lockere Art untereinander. Sie bliesen sich gegenseitig Zigarrenrauch ins Gesicht und gingen dann mit spöttischem Lachen ins Haus, wo sie offenbar auf der Lauer lagen, denn einen Augenblick später waren sie, oder einige von ihnen, wieder da.

Während des folgenden Stücks, einem Potpourri aus einer Oper oder Operette, studierte ich vor allem den Dirigenten. Daß er ein nicht nur mächtiger, sondern auch launiger Mann war, merkte man nur allzu deutlich an den Späßen, die er sich mit den Musikern erlaubte, kleine Vertraulichkeiten, die den Gang der Musik weder beeinträchtigten noch verzögerten.

Der Mann an der Baßtrommel, der nach einer schmelzenden Flötenpassage für einen anschwellenden Donner zu sorgen hatte, schüttelte sich dabei vor Lachen, nur, weil der Dirigent ihn starr ansah. Aber dann verstand es mein Dirigent, der sein weißes Taschentuch zwischen Nacken und Kragen gesteckt hatte, den Ernst wieder über das Launige siegen zu lassen, und unter den in allen Farben schillernden Bögen einer neuen, übersüßen Melodie in der schwülen Stille des Nachmittags beugte er sich schmachtend nach links, um mit dem rechten Arm den spitzen Mäulchen seiner vier Flötisten noch mehr Ringeltauben zu entlocken.

Um mich herum wurde geflüstert und geredet, wurden Zigaretten angesteckt. Das hätte mich geärgert, wenn die Musik mich nicht bereits so todmüde gemacht hätte; ich dachte jetzt, daß auch die anderen müde seien und auf ihre Art dagegen ankämpften.

Während des dritten Stücks entdeckte ich vor dem Hauptgebäude, in einigem Abstand von den ruhelosen Herren, ein großes, blasses Mädchen. Sie stand dort völlig allein und schaute gespannt zum Musikpavillon. An ihr vorbei strömten die Ober, die Kellnerinnen, mit Milch und Windbeuteln und Limonade und einem Gläschen Johannisbeer-Genever, aber sie wandte die Augen nicht ab, und ich fühlte eine verwandte Spannung in ihr ob dieses Wunders, das sich dort auf der anderen Seite vollzog.

Als das letzte Stück vor der Pause kaum zu Ende war, eilte ein Kellner mit einem Zettel in der Hand über die Brücke. Hinter mir, irgendwo in der Höhe, wurde gejohlt, gejubelt. Es mögen Studenten gewesen sein, die sich dort am ersten Tischchen auf dem kleinen Lindenweg vor der niedrigen Mauer künstlich-erregt gebärdeten; da die steinerne Treppe, die entlang der Seitenwand des Hauptgebäudes aufwärts führte, vollgestopft war mit Zuhörern, waren sie kaum zu erkennen. Nachdem der Dirigent sich zum Kellner gebeugt hatte, wobei er einen Augenblick wankte, begann er ohne eine Spur von Befangenheit, mit dem Gesicht zum Publikum den Zettel zu lesen. Er hatte eine hohe, glatte Stirn und pechschwarze Locken. Mechanisch zwirbelte er seinen Schnurrbart auf. Mit einem Ruck drehte er sich um, rief den Musikern etwas zu, die hastig oder gelangweilt neue Notenblätter an den Platz der soeben gebrauchten schoben, und tickte mit seinem Zauberstöckchen auf den Notenständer; das Stöckchen hob sich, der linke Arm hob sich, und der Marsch brach los, *Stars and Stripes* von Sousa.

Warme Dankbarkeit wallte in mir auf, ein prickelnder Übermut erfüllte mich, so daß ich erwartungsvoll nach Zeichen der Rührung auf all den Gesichtern in meiner Nachbarschaft suchte. Als diese Zeichen ausblieben, fühlte ich tiefe Enttäuschung, fühlte ich, daß es etwas wie eine heilige Pflicht gab, diesen Marsch gegen Dickfelligkeit und Gleichgültigkeit zu schützen. Schließlich war dieser Marsch ein alter Bekannter von *mir*; ich war mehr oder weniger verantwortlich dafür; und man konnte sich noch andere aufsehenerregende Dinge ausdenken als Zettel. Eine Zeitlang stampfte ich mit den Füßen im Takt. Das wurde wohl auch von den anderen bemerkt, aber ich wirbelte vor allem Staub auf, und der Platz, der dadurch um mich herum entstand, war eine unwiderstehliche Einladung, mich noch mehr in Bewegung zu setzen, zu marschieren, im Takt zu hüpfen. Das Gekicher rundum berührte mich nicht. Die nachlassende Hitze erlaubte es mir, mit Armen und Beinen eine Pantomime zum besten zu geben, ohne dabei zu schwitzen; hätte ich die Kunst beherrscht, ich hätte einen Kopfstand gemacht; das hätte man mir abgenommen. Obwohl ich kaum noch zuhörte, obwohl mir nur der Rhythmus im Blut steckte, in meinen Beinen, in meinem clownhaft sich wiegenden Kopf, war ich eins geworden mit dem Marsch, der Verteidiger, der Leibeigene von Sousa und dessen königlichem Dolmetscher. Das

Gelächter hörte ich wohl, o ja, aber sie alle hatten doch gesehen, wie der Zettel übergeben wurde, sie hörten doch die Musik, sie waren doch hierhergekommen für schöne Musik …

Da wurden meine Hände von kühlen, langen Händen gefaßt. Ich sah auf, und an den Enden dieser beiden locker geschmiedeten Ketten bewegte sich das große, blasse Mädchen, das ich am Eingang hatte stehen sehen, graziös mit mir im Takt. Sie war einen Kopf größer als ich. Bisweilen war es, als zöge sie mich empor, zu sich hin, während ich doch sehr wohl wußte, daß sie nie einen Arm um ihre Taille würde geduldet haben, wie beim normalen Tanzen. Wie fest sie mich auch hielt, wir tanzten nicht so sehr miteinander als einander gegenüber. Zwei hellblaue, feuchte, fast wäßrige, doch schelmisch lachende Augen hielten meine Augen zwingend fest, während wir uns ohne einen bestimmten Plan langsam fortbewegten, langsam rundherum. Als das Trio einsetzte, sagte sie: »Was hast du für rote Wangen«, als die Pikkoloflöte ihre Ausgelassenheit über den Park warf, leuchteten ihre Augen auf, warf sie das aschblonde Haar zurück, und über das fast durchsichtige Weiß ihrer Wangen breitete sich eine sanfte Röte. Es folgte ein kurzer, schneller Wirbeltanz, den ich nur mit Mühe durchstand; darauf ließ sie mich los und flog an ihren früheren Platz zurück, wo ich sie durch Staubwolken und mit klopfendem Herzen und einem Schleier vor den Augen ebenso reglos stehen sah wie zuvor. Ihr Gesicht war zum Musikpavillon gewandt, sie nahm nicht mehr die geringste Notiz von mir, und wer dumm dastand, das war ich. Das war nicht nett von ihr. Aber auch eine andere Erklärung war möglich. Sie war ein erwachsenes Mädchen, dachte ich bei mir, und es waren ja die Erwachsenen, die, wenn sie mit Kindern spielten, sie nachher ohne jede Ankündigung ihrem Schicksal überließen. Ich hatte noch sagen wollen: »Wir haben zusammen getanzt«, wie eine Feststellung, für den Fall, daß sie es nur als ein wildes Spiel empfunden hätte, aber zu ihr hinzugehen, das wagte ich nicht, vor allem, da die Herren wieder auf der Treppe erschienen waren.

Um mich herum wurde noch gelacht; ich drehte mich um und schaute in das rote, lachende Gesicht meiner Mutter, die mit den Freundinnen an einem der Tischchen auf dem kleinen Lindenweg stand, genau wie eben noch die Studenten, aber viel weiter links. Sie hatte nicht gewinkt, nicht in die Hände geklatscht, sie schaute, sie lachte, und ich hatte das Gefühl, daß das Schauen und das Lachen nicht zusammengehörten und daß sie vielleicht doch besorgt sein könnte. Benommen vor Müdigkeit wartete ich, bis der Marsch von Sousa zu Ende sein und das Publikum sich zerstreuen würde.

Noch bevor sich der Beifall gelegt hatte, liefen die erhitzten Musiker über die kleine Brücke; ihre Instrumente glänzten verlassen in der hoch gewölbten, hellbraun getäfelten Nische des Musikpavillons. Es befremdete mich, daß der Dirigent keinen Gebrauch von seinem Recht machte voranzugehen; aber sobald der Trupp Boden unter den Füßen hatte, drängte er sich energisch nach vorn, breit lächelnd unter seinem märchenhaft schwarzen Schnurrbart. Seine Stirn war rot und glänzend, und unter dieser Stirn lauerten zwei pechschwarze Erobereraugen. Das blasse Mädchen eilte ihm entgegen und flog ihm um den Hals, so kindlich, wie ich es bei meiner Mutter nicht hätte tun können. Sie trug ein blaues Kleid, und eines ihrer langen, schwarzbestrumpften Beine war halb erhoben, als wollte sie auf den Dirigenten klettern, der doch gar nicht viel größer war als sie. Die wenigen Sekunden, in denen sein Arm auf ihrer Taille ruhte, schaute er an ihr vorbei, zum Eingang des Hauptgebäudes, wo die Herren sich aufhielten. Was er ihnen zurief, konnte ich nicht verstehen; sein Gesicht sah sehr fröhlich aus, ein bißchen abwartend, und seine Stimme hatte kräftig geklungen, mächtig und durchdringend, als wäre rundum kein Raum, eine Stimme zu verwehen. Nachdem er das Mädchen losgelassen hatte, folgte er den Herren ins Haus.

Auf dem kleinen Lindenweg wurde ich nicht wie ein Charmeur empfangen, auch wenn eine der Damen den Arm um meinen staubigen Matrosenkragen legte – auch nicht wie ein Frechdachs oder Angeber, sondern einfach wie ein kleiner Junge, der sicher Appetit auf ein Glas Milch haben würde. Diese Milch wurde bestellt, und sofort danach wurde das Windbeutel-Spiel aufgeführt oder aufs neue aufgeführt. Warum die Windbeutel zuerst aus Oblaten oder Pappe waren und etwas später aus einer Masse, in die man durchaus hineinbeißen konnte, begriff der Kellner wahrscheinlich besser als ich, denn trotz einer Menge kränkender Fragen brachte er mit liebenswürdiger Arglosigkeit eine Schale mit fünfzehn großen Windbeuteln (es gab auch kleinere), an denen ich nichts Besonderes bemerkte, außer viel Luft darin. Sie waren glatt und weich, und sofort biß man in eine Höhlung, und dann waren sie viel schneller aufgegessen, als man zu hoffen gewagt hätte; aber die Damen, prustend vor Lachen oder spitz ironisch, konnten nicht aufhören, über die Windbeutel zu reden, und noch ein paarmal bezogen sie denselben Kellner in ihre Schmähreden auf diese Delikatesse mit ein, wobei der Mann die Augenbrauen hochzog, den Kopf schräg hielt und fügsam mitlachte und mitnickte. Ich war froh, daß er wenigstens keinen Windbeutel an den Kopf bekam. Später habe ich gehört, daß die Windbeutel des Hauptgebäudes berühmt wegen ihrer Konsistenz waren, allerdings nur bis freitags.

Obwohl eine der Freundinnen erklärte, das Programm nach der Pause sei langweilig und sie könnten ebensogut gehen, blieben sie bis zum Schluß. Ans Knie meiner Mutter gedrückt, einen halb aufgegessenen Windbeutel in der Hand und meinen Magen voll Milch, sah ich die unregelmäßigen Schatten der Baumgruppen über den Teich hinweg bis zum

Musikpavillon reichen, wo das Klangwunder zu lange, zu überladen fortgesetzt wurde. Das Mädchen aber sah ich nicht mehr; ich gab mir auch keine besondere Mühe; daß ich mit ihr getanzt hatte, erschien mir abwechselnd als verblassende Heldentat und eine nicht auszulöschende Schande. Es war mir nicht klar, was meine Mutter und ihre Freundinnen davon hielten. Ich weiß noch, wie der Dirigent während eines atemlosen Galopps, bei dem die Baßtrommel beinahe zerfetzt wurde, das Gleichgewicht verlor und von einem geschickten Flötisten auf seine drapierte Kiste zurückgeschoben werden mußte. Ich fühlte mich leer und war enttäuscht. Recht betrachtet, hatte ich für ihn getanzt, nach seiner Musik, und er hatte das blasse Kind vorgezogen. Vielleicht war sie nur einige Jahre älter als ich oder noch weniger.

Endlich unterbrach ich die flüsternden Damen, indem ich meine Mutter ungeduldig fragte: »Wie alt ist das Mädchen, mit der ich getanzt habe?« Worauf sie sich lachend dumm stellte: »Hast du mit einem Mädchen getanzt?« »Du kannst noch gar nicht tanzen«, sagte eine Freundin, eine mit mageren gelblichen Wangen und Brille, und während sie dies sagte, blickte sie auf einen Punkt genau neben mir, als hätte ich bereits zuviel von ihrer Zeit in Anspruch genommen. Lange sah ich sie an, wenig einverstanden mit der Art und Weise, wie sie mich ignorierte. Aber die Erwachsenen kamen erst später an die Reihe, zunächst mußte ich endgültig mit Chris abgerechnet haben, und darüber konnten noch Jahre vergehen.

· 3 ·

Da ich absichtlich nicht nachfragte, dauerte es Wochen, bevor ich etwas mehr über meinen Dirigenten erfuhr. Er hieß Cuperus, das lang aufgeschossene Mädchen war seine Tochter Trix, und sie war zwölf Jahre alt, vier Jahre älter als ich. *Henri* Cuperus – der Vorname sollte wohl sein Prestige heben, das in unserer Stadt nicht gerade überwältigend zu sein schien. Von meiner Mutter, die musikalische Sonntagnachmittage liebte – zusammen mit ein paar Freundinnen sowie Meester Van Son, Caspers oder dem jungen Tjallingii, die sich über die Märsche und Walzer lustig machten –, erfuhr ich, daß er neu in W… war, aus einfachen Verhältnissen stammte, dennoch ein paar Jahre am Konservatorium studiert hatte und daß jeder ihn unmöglich fand, wenngleich nicht unsympathisch, nicht einmal in den konservativen Dörfern, in denen er bisher, auch als Organist, tätig gewesen war. Das meiste davon ging an mir vorbei, aber das Wort »unmöglich« klang vertraut, und als ich nachfragte, kam eine Antwort in der Richtung: »… hält sich für einen Künstler«, eine Antwort, von der meine Mutter selbst nicht recht überzeugt zu sein schien, so nichtssagend und unpersönlich und dabei durchaus nicht spöttisch, wie sie sich angehört hatte. Chris seinerseits behauptete, Cuperus sei ein Trinker, was dann beinahe zu unserer ersten Schlägerei geführt hätte.

Im September berichtete sie zum letztenmal etwas über ihn, wobei mein Vater sich auf ein sarkastisches Blitzen seiner Brillengläser beschränkte, auch wenn er am Ende noch die vernünftigsten Bemerkungen beisteuerte. Cuperus hatte offenbar eine fürchterliche Niederlage erlitten. Nicht was die Tbc betraf, an der seine Frau litt, nicht was sein Töchterchen betraf, mit dem er nicht »fertig wurde«, sondern was die Musik betraf, den Musikpavillon, den GARTEN, das Publikum und den Vorstand. Der Vorstand hätte natürlich – wie meine Mutter uns verriet – längst bemerkt, daß der Mann … na gut (bei dieser Unterbrechung kippte Chris etliche imaginäre Gläschen hinunter, was meine Mutter vollständig ignorierte, auch wenn sie es selbst provoziert hatte); aber auf seine Leistungen scheine diese … Angewohnheit keinen Einfluß zu haben, und wenn er die Rhapsodie von Liszt dirigierte, ohne in den Teich zu fallen, fand man sich ab mit der unterschiedlichen Gesichtsfarbe vor und nach der Pause, was nicht durch Milch oder Windbeutel verursacht war. Meine Mutter schlug die Augen nieder und spähte kurz in meine Richtung. Bis dahin war ihr Satzbau zu schwierig für mich gewesen, aber jetzt wurde ich plötzlich aufmerksam. »Willst du damit sagen, daß er betrunken war?« fragte ich streng. Meine Mutter wartete. Sie wartete sehr lange, bestimmt fünf oder sechs lange Augenblicke. Dann schüttelte sie verneinend den Kopf. Mit offenem Mund sah Chris sie an; sein frühreifer, doch unsicherer Verstand erlaubte ihm nicht, diese Widersprüchlichkeiten zu ergründen.

Was Cuperus den Hals gebrochen hatte, war nicht die Rhapsodie von Liszt, sondern die *Tannhäuser*-Ouvertüre. Wie ein Götterbote war er an diesem letzten Nachmittag nach der Pause zum Musikpavillon geschritten, dunkelrot im Gesicht, die schwarzen Locken zerzaust. Erst hatte er noch einige Birkenstämme der rustikalen Brücke mit der Hand abzureißen versucht, aber auf der drapierten Kiste war es erst richtig losgegangen, zunächst mit einer improvisierten Ansprache an das recht zahlreiche Publikum. Sie hätten jetzt genug gemurkst, erklärte er, es sei jetzt genug *Schund* zu Gehör gebracht worden, unwürdige Störungen der Stille dieses reizenden Parks; seine Männer juckte es in den Fingern, den Menschen nun endlich echte *Kunst* zu bieten, und dafür sei die Wahl auf ein Werk von Richard Wagner gefallen, eines der großen Genies; nicht, daß Liszt kein Genie gewesen sei, aber die Rhapsodie zwei Sonntage zuvor, die sei nicht genial, nein, das könne man nicht behaupten, daß die genial sei, das sei eher Katzenmusik aus der Pußta ... etc. etc. Laut meiner Mutter hatte der erste Klarinettist, ein ulkiger Mann mit großer Familie, in seiner Freizeit Tapezierer und Dekorateur, ihn mittels eines erhobenen Zeigefingers und affektiert gespitzter Lippen auf das unbarmherzige Verstreichen der Zeit aufmerksam machen müssen. Die Schatten seien sehr lang, sehr bedrohlich gewesen, als Henri Cuperus den Stab für den ersten Akkord des berühmten Pilgerchors gehoben hätte.

Es war anzunehmen, daß er schon seit Wochen wegen dieses Stücks mit seiner Truppe im Clinch gelegen hatte. Nicht, weil es zu schwierig gewesen wäre (in W... gab es hervorragende Instrumentalisten), sondern weil er auch sie damit hatte erziehen wollen. Während sie in der Anfangspassage anständigerweise keine anderen Fehler machen konnten, als nicht gleichzeitig einzusetzen, ging es in der Venusberg-Passage schon bald gründlich daneben; die Triller waren alle falsch, der lockere Marsch wurde unter der Baßtrommel begraben, und bei dem hysterischen Gekreisch der Flöten und Pikkolos – in der ursprünglichen Besetzung Geigen, wenn ich mich nicht täusche – war die Reprise des Pilgerchors gar nicht mehr zu erkennen. Tannhäuser sei *nicht* erlöst worden, sagte meine Mutter; und die Menschen ließen es sich auch anmerken; sonst machten sie immer ihre Späßchen während der Darbietung, jetzt aber sah man nur verschlossene Mienen, wie bei gefährlichen Schurken auf einem Gefängnishof. Kurz vor Schluß klopfte Cuperus ab, brach seinen Stock mittendurch und lief im Militärschritt zum Hauptgebäude zurück. Dort muß es dann zu einem heftigen Streit gekommen sein, gefolgt von einer Art Versöhnung, damit er wenigstens das Programm zu Ende bringen konnte – der junge Tjallingii, der sich gern einmischte, wozu er auch das vollste Recht besaß, weil er Mitglied so vieler anderer Vorstände war, hatte alles mit angehört –, aber das Ende war eine rhetorisch verbrämte Kündigung und die Berufung eines anderen Dirigenten (von außerhalb) für die Sommerkonzerte des nächsten Jahres gewesen. Cuperus kam nicht zu kurz: Neben einer Art Arbeitslosengeld oder Entschädigung behielt er seine beiden Chöre und den Kirchenchor und all seine Musikstunden. Chris sagte: »Dann kann er weitersaufen«, ich sagte: »Mal wieder Phantasie vom kleinen Chris«, und mein Vater schloß die Debatte mit der Bemerkung, daß ein solcher Mensch in kleinem Rahmen immer noch sinnvolle Arbeit verrichten könne, daß aber die Sommerkonzerte ihm offensichtlich zu Kopf gestiegen seien. Und daß er der Kunst habe dienen wollen, verleihe dem Ganzen doch eine sympathische Note. Und viele falsche Noten, murmelte meine Mutter, die kurz vor einem Lachanfall zu stehen schien.

Daß meine Gedanken in jenen Monaten oft bei dem blassen Mädchen gewesen wären, mit der ich getanzt hatte, glaube ich nicht. Ich sah sie nirgends, und ich hielt auch nicht nach ihr Ausschau. Es hieß, sie ginge nicht mehr zur Schule und nähme Musikunterricht bei ihrem Vater, wodurch sie für mich noch viel »erwachsener« wurde. Ich war nur ein kleiner Junge, der den nächsten Schritt zum Erwachsenwerden im Fußballspiel suchte, womit im Herbst ein Anfang gemacht wurde. Chris, Autorität in puncto Spielregeln, übte diesen Sport kaum aus, wegen seiner Brille, wie er sagte. Also versuchte ich, mich darin hervorzutun.

Eines Samstag nachmittags nun hatte meine Mutter mich zur Schneiderin mitgenommen, ganz am Rande der Stadt, dort, wo die Weiden begannen; es war regnerisches Wetter, und ich hatte niemanden zum Fußballspielen finden können. Die Weiden waren umschlossen von geheimnisvollen Spazierwegen mit geheimnisvollen Namen – einem »Ferkeldeich« beispielsweise, wo nirgends Ferkel zu sehen waren –, die oftmals zu großen, neuen Molkereien führten. Der Rückweg zur Stadt verlief dann in zwanzig Metern Abstand fein säuberlich parallel zum Hinweg, immer an einem Drahtzaun entlang und unterbrochen durch gefährlich zufallende Gatter, um schließlich nach ein paar eigenwilligen Kurven durch Gras mit Kuhfladen doch wieder in einem ganz anderen Außenbezirk zu landen. Auch die zwei Fußballplätze lagen hier in diesem schlecht markierten, vernachlässigten Randgebiet; damals konnte ich sie noch nicht recht voneinander unterscheiden und wußte kaum, wie man dorthin kam.

Um den Besuch nicht endlos auszudehnen, blieben meine Mutter und ich stehen. Am Tisch saß eine alte Frau. Die magere, überarbeitete Schneiderin rannte immer wieder rein und raus, beladen mit Schnittmustern; Maß wurde diesmal nicht genommen. Sie war still und ergeben, und die alte Frau äußerst gesprächig. Meine Mutter, spürte ich, kämpfte mit der Versuchung, bis spätabends weiterzureden und, wenn es sein mußte, ein Stück an dem alten Harmonium zu singen, das überladen war mit Familienporträts. Deshalb war sie auch stehen geblieben. Sie liebte arme Leute, auch wenn Wohltätigkeit nie ihre stärkste Seite gewesen ist; sie liebte ihr Geplauder; es war auch ein so ganz anderes Geplauder als das von meinem Vater und von Chris.

Unterdessen schaute ich nach draußen, über windzerzauste Gärtchen und Obstgärten mit Äpfeln und Birnen bis zu den unvermeidlichen Weiden. Der Horizont schien zu einem anderen Land zu gehören, gegen das die Molkereien wie Grenzbefestigungen errichtet waren. Dort flog eine Kugel über eine der Weiden. Die Kugel kam herunter und schoß wieder hoch, in einem riesigen Bogen; die Stelle, wo sie herunterkam, war für mich unsichtbar. Manchmal schien es, als würde sie in der tief herabhängenden Wolkendecke verschwinden. Als ich meine Mutter auf diese Naturerscheinung aufmerksam machte, sagte die alte Frau, die meinen Blicken neugierig gefolgt war:

»Da ist Vellinga wieder zugange. Der versteht da was von.«

»Meester Vellinga?« fragte meine Mutter, und gerade kam die Schneiderin wieder herein, und sie hatte Schnittmuster in der Hand, die man sich an den Leib oder vom Leib hielt; das ging schon eine Viertelstunde so. Jetzt hatte auch ich begriffen, was für eine Kugel das war.

»Spielt er da ganz für sich allein Fußball? Er schießt wahnsinnig hoch, aber da werden doch noch mehr sein, denke ich.«

Die alte Frau ging darauf nicht ein. »Jeden Samstagnachmittag ist er zugange, ich hab immer Angst, daß der Ball in unserem Gärtchen landet.«

»Dann wirfst du ihn zurück«, sagte meine Mutter, wobei sie mich starr anblickte und fast unmerklich den Kopf schüttelte. Es war ein silbergraues Schnittmuster, von dem sie halb bedeckt wurde, einen Augenblick meinte ich, ich dürfe sie nicht anblicken.

»Er versteht da was von; immer mit diesem Ball, und immer über alles weg. Ich nenn ihn den Überschießer; aber nicht den Überflieger.«

Meine Mutter hüstelte. Zufällig wußte ich, was »Überflieger« bedeutete; mein Vater gebrauchte dieses Wort gelegentlich in bezug auf Chris; und ich fragte:

»Warum nicht? Ist er dumm?«

»Er hat studiert.« Zum erstenmal ließ die alte Frau ihr Nähzeug ruhen. »Und als Anwalt, würde ich mal sagen, ist er nicht dumm, junger Herr. Aber ein Vetter von mir, dem sein Sohn, der ist Torfschipper, mit schönem Einkommen, na, und der hat 'n Prozeß mit dem gehabt, ich mein, der hat ihn als Anwalt gehabt – aber na, was daraus geworden ist! Prozeß verloren und 450 Gulden für Vellinga. Und das hat bestimmt nicht so sein müssen. Nie, nie wieder Vellinga, hat der Junge gesagt; er war wohl sehr witzig, hat er gesagt, und brachte die Herren Richter immer wieder zum Lachen; aber, sagt mein

Vetter, er hatte da keinen blassen Schimmer von, er hat danach selbst alles im Gesetzbuch rausgesucht, und da stand es ganz anders drin, hat er gesagt. Und sein Sohn hat gesagt: Mit dem Kerl ist kein Staat zu machen; netter Mensch vielleicht, aber wenn ich noch mal reingelegt werd, dann hab ich kein bißchen Sehnsucht nach dem. Ist ganz eigenartig, daß ich ihn hier am Samstag immer Fußball spielen seh …«

»Er ist jetzt kein Anwalt mehr«, sagte meine Mutter kühl, und an der distanzierten Herzlichkeit, mit der sie der Schneiderin beide Hände auf die Schultern legte, merkte ich, daß der Besuch dem Ende zuging. Jahre später hat sie mir einmal, auf den Vorfall zurückkommend, gesagt, daß sie es nicht gut ertrüge, wenn Bekannte von meinem Vater und ihr, vor allem bei dieser Art von Leuten, ins Gerede kämen. An und für sich fände sie es nicht schlimm, aber sie wüßte nie, was sie sagen, was für ein Gesicht sie machen sollte.

Abends hatte ich schon aus Chris herausgequetscht, daß Meester Vellinga tatsächlich nicht mehr im Gericht tätig und Chefredakteur bei einer unserer Lokalzeitungen geworden war, die wir zu Hause nicht lasen, aber jetzt wohl lesen würden. In jenen Jahren muß er abends gelegentlich bei uns gewesen sein, aber da Chris und ich nach wie vor die Hauskonzerte boykottierten, war er für mich ein ebenso lächerlicher Schatten wie Meester Van Son oder der junge Tjallingii mit seinem zittrigen Tenor, der Seiten umblättern durfte, wenn Van Son müde war. Ich bin mir sicher, daß ich Vellinga noch nie gesehen hatte. Aber nun hatte er sich als Fußballer entpuppt, und Chris verriet mir, daß er trotz der »Karriere«, die er sich aufbaute, Torwart der lokalen Elf war und nicht davor zurückschreckte, auch als Feldspieler, links oder rechts, einerlei, oder als Mittelstürmer einzuspringen.

Da ich selbst nur mit kleineren Jungen Fußball spielte, auf dem großen Platz in der Nähe unseres Hauses, der »Zaailand« hieß, wäre ich nie mit Meester Vellinga als Torwart in

Berührung gekommen, wenn ich nicht mit zwei älteren Jungen Freundschaft geschlossen hätte, die mich eines Sonntag nachmittags zu einem Wettkampf auf dem größeren der beiden Felder mitnahmen. Die Namen, die ich diesen beiden Jungen bei mir gab, waren »Braun« und »Blau«, und solange sie meine Freunde waren, einige Wochen lang, litt ich an einer herrlichen Art wahnsinnigen Hochmuts, durchzittert von fast schmerzlichen Gefühlen der Dankbarkeit und Loyalität. Braun, fünfzehn Jahre alt und Schüler der Technischen Fachschule, war ein geschmeidiger, jedoch äußerst langsamer Bursche mit gelbbraunem und magerem Gesicht und immer in einem abgetragenen hellbraunen Anzug. Blau dagegen, dessen Alter man geheimhielt, weil er wohl bald vom Gymnasium genommen werden würde, hatte ein breites Gesicht mit grauen, gescheiten, höchst aufrichtigen Augen, und auch sein Haar und seine Wimpern und Augenbrauen erschienen grau, sehr jung grau, ein bißchen gefleckt, wie der Kokon, in dem sich eine bestimmte Art schöner bunter Schmetterlinge verpuppt. Er trug einen blauen Matrosenanzug, der ihm zu eng geworden war. Beide hatten einen leicht torkelnden Gang, wie einst übermütige, doch seit einiger Zeit ruhiger gewordene Herumtreiber. Wahrscheinlich hatten sie mich, sei es als »Söhnlein des Richters« oder nicht, einfach vom »Zaailand« aufgelesen, wo nur des Nachts keine Jungen Fußball spielten. Ob sie mich nett fanden oder ich für sie ein angenehmer Protegé war, ob sie Snobs waren oder zum geistigen Adel zählten, ich kam nie dahinter, aber was sie mir mit Sicherheit nicht aufdrängten, war die Rolle des Bewunderers. Sie sprachen selten und dachten unsäglich lange nach, bevor sie etwas sagten; Eitelkeit, Ehrgeiz schienen sie nicht zu kennen. Zum Fußballspielen waren sie zu träge, auch wenn Braun sich, gleitend wie eine Undine, in die Ecke eines Tors fallen lassen konnte; herumschlendern allerdings konnten sie stundenlang, und wenn ich abends mit ihnen loszog, lernte ich Gassen kennen, die ich später nur mit Mühe habe wiederfinden können. In der langen Einkaufsstraße (von einer solchen Länge, daß man nach den vielen Kurven meinte, an den Anfangspunkt zurückgekehrt zu sein, genau wie in der Wildnis) lernte ich von ihnen, wie man halbwüchsigen Mädchen nachschauen mußte; ich glaubte, daß die Mädchen beleidigt würden durch die herausfordernden Blikke und nur deshalb nicht zurückschauten, um nicht gezwungen zu sein, mir eins hintendrauf zu geben. Aber über Mädchen sprechen, das taten Braun und Blau selten oder nie; sie zogen Anschauungsunterricht vor, bei dem jeder sich das aneignen konnte, was er wollte. Die Art, wie Braun in eine pechschwarze Gasse hineinschlich, erinnerte an einen Meisterdieb, der früher Seemann gewesen war; aber immer erwies sich eine solche Gasse als der kürzeste Weg irgendwohin, und Petroleumlampen hinter gelben Rouleaus, an Fenstern, die man an beiden Seiten zugleich mit den Händen berühren konnte, waren, recht betrachtet, beruhigender als die gewaltige, über mehrere Straßen und Grachten sich erstreckende Flaniermeile, mit ihrem Ende oben auf der breiten, gewölbten Brücke, über die unsere Kutsche an jenem Sonntag nachmittag auf den jungen Tjallingii zugerattert war. Diese Brükke hatte die Breite eines Platzes. Braun und Blau hielten sich nie lange dort auf, denn sie hatten die Unruhe in sich, auch wenn sie langsam in ihren Bewegungen waren.

An jenem Fußballnachmittag nun mußten wir weit und schnell laufen. Ziemlich spät hatten meine Beschützer mich von zu Hause abgeholt, wobei sie zuerst noch in irritierender Weise mit Chris in Berührung gekommen waren. Nicht nur, daß er versucht hatte, mir die Beute vor der Nase wegzuschnappen, später bezeichnete er sie auch noch als »Mistkerle« und »Proleten«. Als ich durch den Flur angelaufen kam, schlug mir Chris kräftig auf die Schulter, was ich geduldig ertrug. Eine Viertelstunde später standen Braun und Blau und ich am Rande eines schlammigen Feldes, wo das Spiel gerade begonnen hatte: die erste Mannschaft von W... gegen einen Gastclub aus Liverpool. Auf der Tribüne spielte ein Fanfarencorps fieberhafte Märsche, immer wieder vom Wind verweht. Diesen Wind hatten die Engländer gegen sich; dennoch schafften sie es noch vor der Pause, das »Allerheiligste« von Meester Vellinga sechsmal zu durchbohren. Auch ich war übrigens nicht wegzuschlagen von Meester Vellinga, so daß Braun und Blau, die auch dem englischen Torwart einmal bei der Arbeit zusehen wollten, mich nach der Pause meinem Schicksal überließen.

Meester Wubbo Vellinga war ein großer, kräftiger, mit seinen 27 Jahren bereits etwas dicklicher Mann. Sein schalkhaftes, nicht unschönes Bulldoggengesicht wurde durch einen juristisch geformten Schädel verlängert, der am Scheitel kahl wurde. Er gehörte zu dem blonden und fuchsroten Patriziertyp, der in W... noch so stark an den Urmenschen erinnert, und vereinigte in sich die Tugenden eines Anführers der *jeunesse dorée*, eines Schlittschuhbahn-Ordners, eines Hans Dampf in allen Gassen und eines Sensationsjournalisten, auf den man in einigen Jahren nicht mehr würde verzichten können, bei Strafe des Untergangs der Stadt, von den Armenvierteln einmal abgesehen. Viel später hat er mir gestanden, daß er sich mit W... verheiratet fühle. Es war eigenartig, daß ich ein paar Dinge über ihn sofort wußte. Vor allem, daß ihm Musik nichts bedeutete und er sich meinen Eltern aus anderen Gründen als Van Son oder der junge Tjallingii aufgedrängt haben mußte. Weiterhin, daß er nicht wirklich gutherzig war, wie zweifellos Henri Cuperus, daß er nie eine Tochter bekommen würde, die ihm um den Hals flog, und daß man ihn eher um der Popularität als um des Spiels willen auf dem Fußballplatz antraf. Weshalb waren die Lederhände auf diesen fülligen nackten Schenkeln so groß? Wer verkroch sich denn so zimperlich unter einem grellgelben Regenmantel und einer rosa Mütze mit Bommel, wenn sich der Ball endlich einmal auf der richtigen Hälfte des mit Pfützen bedeckten Feldes befand? Was für einen Sinn hatte es, jemanden aus Liverpool zu umarmen, der gerade noch dafür gesorgt hatte, daß er unter einem grobmaschigen Netz einem Ball nachhechten mußte? Natürlich war er ein Gewaltherrscher, und dafür war ich durchaus nicht unempfänglich; er konnte brüllen wie ein verwundeter Stier, jedoch mit vornehmen Schluchzern und einem dezenten Wimmern in der Stimme, sobald seine schlitternde und schlammbedeckte Mannschaft Zuspruch brauchte. Das Tor hütend in Schmutz und Schweiß und Regen und Wind, mit einem tanzenden Pincenez auf der Nase, die Gläser voller Schlammspritzer und nicht einmal an einer Schnur, jovial und autoritär »durchhalten, Jungs« dröhnend, bei einem Stand von 9 zu 1, springend, kniend, die Hände auf die Schenkel gestemmt, war er zweifellos gut anzusehen und wirkte auf Streitsuchende sicher abschreckend. Und doch widersetzte sich etwas in mir, mich diesem Mann vorbehaltlos auszuliefern.

Irgendwann wurde mein Widerstand dennoch gebrochen. Das war, als er nach dem Spiel hastig das Gelände verließ und am Gatter aufgehalten wurde. Ich war ihm gefolgt. Unter anderen standen ihm dort drei oder vier kleine Bewunderer, Jungen meines Alters, im Wege, und da er sie nicht umrennen oder töten konnte, legte er seine große, nasse Hand auf den Kopf eines der Kerlchen, schaute lächelnd hinab, bulldoggenartig die Zähne zeigend, schob den Jungen ganz sachte beiseite und eilte weiter, gleichmütig, mit den ungelenken Bewegungen seines mächtigen Körpers. Der kleine Junge schwankte einen Moment, und auch ich fühlte mein Herz schneller klopfen; aber ach, er war und blieb doch nur ein Anwalt, dieser Vellinga: meinem Vater weit unterlegen, einer von denen, die immer krittelten und schikanierten, obwohl sie meistens schon vorher wußten, ob sie ihren Willen durchsetzen würden oder nicht (das hatte ich von Chris), also setzten sie eigentlich nie ihren Willen durch. Ein ehemaliger Anwalt. Wer sollte da noch auf die gewiß rührende, gewiß menschenfreundliche Geste hereinfallen: »Ich habe verloren, ich habe dreizehn Bälle durchgelassen im Angesicht meiner Mitbürger, die ich mit Spannung, Spaß und Sensationen zu regieren hoffe; wenn es jemanden gibt, der Mitleid und Trost verdient, dann bin ich das. Aber seht, was ich tu: Diesen Trost, diese Zuwendung, dieses Mitleid, all das schenke ich dem kleinen Scheißkerl, der mir den Weg versperrt. Vorsichtig lasse ich meine gerade noch in das steife Leder gekleidete Hand auf dem unbedeutenden Kopf mit dem roten Eisendrahthaar der Enterbten ruhen, und niemand soll sagen können, daß ich ein Leuteschinder bin, ein Mistkerl, ein Krakeeler und ein bauchiger Hanswurst, niemand.«

An einem meiner letzten Abende mit Braun und Blau fing ich von Chris zu erzählen an. Sie hätten ihn selbst gesehen, sagte ich, und ich würde ihm gern eins aufs Maul geben, aber wie und wann? Ich fände ihn gar nicht mal so schlimm, sagte ich, aber er hätte immer diese Sprüche drauf, und ich hätte mir schon seit Jahren vorgenommen, es zu tun, und jetzt sei ich wohl ebenso stark wie er. Sehr lange dachten Braun und Blau darüber nach, stießen Steinchen vor sich her oder schielten an mir vorbei in erleuchtete Schaufenster; aber nur Blau war nach einiger Zeit anzumerken, daß er überhaupt nachgedacht hatte. Ich lief in der Mitte, gut beschützt; ich meinte, ein Recht auf einen zuverlässigen Rat zu haben.

»Dann mußt du«, sagte Blau, »auf eine Gelegenheit warten, die dir nicht schaden kann. Wir hatten einige Zeit einen Cousin im Haus, der naschte. Er war überhaupt ein Scheißkerl, aber wegen dem Naschen habe ich ihm eine blutige Lippe verpassen können; ich hatte damals meine Brüder und Schwestern auf meiner Seite, und meine Mutter auch, denn die war ihm auch längst drauf gekommen. Wir hatten nicht gepetzt; petzen darfst du nie.«

»Nein«, sagte ich vage. Braun grinste kurz.

»Du mußt einen guten Stand haben«, fuhr Blau nachdenklich fort, »die ganze Familie muß wissen, daß du für sie aufkommst. Nur mein Vater war wütend, als der Junge so blutete; wir hatten danach nämlich noch gekämpft, und das Blut war an meinen Matrosenanzug gekommen, der war da noch neu; aber meine Mutter sagte zu meinem Vater …«

Braun fiel ihm in die Rede:

»Also dann hast du ihr hinterher erzählt, daß es um Naschen ging.«

»Ja, denn das mußte sie ja wissen«, sagte Blau mit etwas erstaunter Entrüstung.

Ohne das Problem, ob dies nun Petzen sei oder nicht, gelöst zu haben, bogen wir hintereinander in eine Gasse ein, eng und dünn wie eine Nadel und vollkommen dunkel, bis auf ein schwach erleuchtetes Kellerloch, wo tief unten jemand in die Hände klatschte, ohne daß wir ihn oder sie zu sehen bekommen hätten. Schnell erreichten wir die Gracht an der breiten Straße, an der die schönsten Geschäfte lagen und auch etliche Herrenhäuser und ein paar Büros. Es war Viertel vor acht. Vor einem Friseurladen blieben meine beiden großen Freunde stehen. Hier war im Schaufenster Platz gemacht für Werbung: »Koko«, das Haarpflegemittel, mit Flaschen und Fläschchen und Töpfchen und Haarbürsten und Goldrandkärtchen mit *Koko for the hair* darauf und Urkunden mit Siegeln und Fotos von Friseursalons, in denen gearbeitet wurde, und in der Mitte, auf einem Lederstuhl, der auf einen runden Sockel montiert war, drehte sich eine große Puppe mit langem, glattgekämmtem Haar. Erst nach einiger Zeit wurde mir klar, daß die Puppe ein lebendiges Fräulein war. Es standen noch mehr Schaulustige davor, und es war erstaunlich, wie das Fräulein in dem weißen Bademantel, der ihre Arme frei ließ, es schaffte, nicht zu lachen oder zu zwinkern oder Blicke zu erwidern. Es mußte der erste Abend sein, an dem sie sich so drehte; Braun und Blau wußten solche Dinge immer sofort. Sie starrten ernsthaft hinein, und auch die anderen, größtenteils Männer, paßten sich hervorragend diesem unpersönlichen Drehen einer doch wohl anständigen Frauensperson an. Das Fräulein schaute nicht zurück. Es sei denn, daß sie sich schadlos hielt – aber das war schwer zu kontrollieren –, wenn ihr Gesicht vom Spiegel zurückgeworfen wurde, der das Schaufenster nach hinten hin teilweise begrenzte. Ihre großen, ruhigen Augen bekamen dann etwas Lauerndes, aber das konnte auch Einbildung sein. Während wir weitergingen, plapperte Blau:

»*Koko for de hairr.* Ist übrigens 'ne Mistarbeit, aber sie dreht sich nur abends.«

»Nachmittags auch«, verbesserte Braun, »ich selbst hab es nicht gesehen, aber heute nachmittag mußte sie sich plötzlich am Kopf kratzen; sie dachte sicher, daß niemand das sieht, aber Taconis, der Friseur, hat es doch gesehen, er klopfte ans Schaufenster, vom Laden aus.«

»Ihn werden sie nicht beißen, mit Glas dazwischen«, sagte Blau mit einem munteren, männlichen Lächeln, »sie schien mir sonst eine, mit der würde ich vielleicht was anfangen.« Braun kicherte und hielt die Augen auf eine Konditorei geheftet, vier oder fünf Häuser weiter, wo Damen und Dienstmädchen aus und ein gingen, gerade noch vor Ladenschluß.

»Wieso anfangen?« fragte ich.

Offensichtlich war dies kein Thema, von dem Blau sich viel versprach; er sagte noch ein paarmal »*Koko for de hairr*« in gutgelauntem, spöttischem Ton, er sagte auch, daß es natürlich nicht ihr eigenes Haar sei, und ansonsten schwieg er sich aus. Beide hatten sehr viel geredet für ihre Verhältnisse. Plötzlich hob Blau seine Hand und rief laut:

»Hallo, Trix.«

Vor der Konditorei stand Trix Cuperus und blickte zu uns herüber, groß, blaß und hochmütig, sie auf der Ladenschwelle, wir auf den Pflastersteinen. Auch wenn sie keine Kopfbedeckung trug, genau wie an jenem Tag im GARTEN, ohne den Ausruf von Blau hätte ich sie nicht erkannt. In dem offenen Korb unter ihrem rechten Arm lagen zwei kleine Tüten. So stolz und unnahbar kam sie mir vor, daß ich mich sofort umdrehte, um meine Augen über die Straßenlaternen und die Häuser auf der gegenüberliegenden Seite schweifen zu lassen, und so, mit dem Rücken zu ihr, fühlte ich mich einigermaßen wohl. Sie war eine Erwachsene, irgendwo zwischen meiner Mutter und unserem Dienstmädchen; ich hatte kaum etwas mit ihr zu tun; aber schlecht erzogen finden sollte sie mich auf keinen Fall. Dieses Zurufen oder Hinterherschreien kurz vor acht war plump. Es wunderte mich denn auch nicht, daß der Gruß unbeantwortet blieb und daß weiter keine Worte gewechselt wurden. Als ich mich wieder umwandte, war sie verschwunden, und Braun und Blau, die noch ein paar Schritte in Richtung der jetzt schließenden Konditorei weitergegangen waren, gruben die Hände in die Taschen und schauten sich träge abwartend nach mir um, in ihrer normalen Bummlerhaltung, den Rücken etwas krumm, den Nakken lauernd gebeugt.

»Kann man vielleicht auch was mit anfangen«, brummte Braun.

»Weiß nicht«, sagte Blau und legte schützend den Arm um meine Schulter. Ich ging jetzt wieder in der Mitte, und nach und nach wurden die Lichter in den Läden gelöscht, und die Flaniermeile wurde eine Flaniermeile mit Masken aus Dämmerlicht, und Blau sagte noch, daß Trix Anfang des Sommers noch mit seinen Schwestern gespielt habe, aber eigentlich kein Kind sei, mit dem man spielte, verflixt stolz. Darauf folgte eine Viertelstunde Schweigen. In jedem großen Mädchen, hinter dem wir gingen, meinte ich, sie wiederzuerkennen, und dann spürte ich eine Art Prickeln in den Beinen, dasselbe Prickeln wie damals, als ich zum erstenmal dem Marsch von Sousa gelauscht hatte.

Von den weiteren Unternehmungen Brauns und Blaus ist wenig zu berichten. Sie sind aus meinem Leben verschwunden wie ein träger, milder Windstoß, aufgesogen von einer jener vielen Straßenschluchten, die ich in meinen späteren Jungenjahren so gar nicht mehr beachtet habe. Niemals habe ich die beiden wiedergesehen, und da ich ihre Namen nicht kannte, konnte ich mich nicht nach ihnen erkundigen. Am liebsten denke ich, daß sie mehr Herzensbildung besaßen als alle Jungen vom Lyzeum zusammen, daß sie in andere Städte verpflanzt wurden, um das Bummlerdasein aufs neue zu probieren, und daß sie Abschied voneinander genommen haben, indem sie in zwei verschiedene Gassen eingebogen sind, ohne ein Wort, die Rücken etwas stärker gebeugt als gewöhnlich.

· 4 ·

An einem Freitag abend, als der Schnee schon zu schmelzen begann, ging ich ganz allein durch eine Gasse. Vielleicht war ich insgeheim auf der Suche nach Braun und Blau, die doch fort waren oder tot, wie ich mir eine Zeitlang eingebildet habe. Daß dort eine Nähschule lag, wußte ich nicht. Als direkt neben mir eine Tür aufgestoßen wurde und Mädchen mit Taschen in der Hand herausdrängten, erkannte ich unter ihnen die große, blasse Freundin eines einzigen Sommernachmittags wieder, und mein erster Gedanke war, man habe sich gegen mich verschworen. Schnell versteckte ich mich ein paar Häuser weiter hinter einem Treppenaufgang. Das Licht aus der Schule fiel scharf auf den zertretenen Schnee und auf die Mädchen, die sich schlitternd davonmachten oder noch zögerten. Es war ein Gejohle wie von frühlingskranken Vögeln; an mir vorbei zogen die Mädchen, paarweise eingehakt, nach Hause. Plötzlich gab es Gekreisch, und ich sah, wie Trix einem anderen Mädchen, kleiner, aber im selben Alter, eine Ohrfeige gab, gefolgt von einem kräftigen Schlag mit der Tasche auf den Kopf eines dicken Mädchens mit schwarzen Zöpfen. Das kleine Mädchen flüchtete, die zweite schlug zurück, wobei sie das Gleichgewicht verlor und auf ihr Hinterteil fiel. Dann hörte ich Trix' Stimme zum erstenmal seit damals, jetzt schrill, geradezu vulgär: »Wenn du das noch einmal sagst, du Schlampe …« Wieder eine andere, die zurückschimpfte, bekam einen Tritt in den Bauch. Im Handumdrehen war der Lichtfleck leer, und Trix war schon unterwegs, in die andere Richtung, wobei sie herausfordernd die Tasche schwenkte. An meinem Versteck strömten aufgeregte und verschreckte Mädchen vorbei, und eine von ihnen erklärte, zutiefst entrüstet: »Sie hat gesagt, daß ihr Vater besoffen ist, na, das darf man auch nicht sagen …«

Ich war allein. Es fiel etwas nasser Schnee, die Tür der Nähschule blieb offenstehen, und heraus strömte noch immer dasselbe Licht wie aus einer Kirche nach dem Abendgottesdienst. Mühsam löste ich mich von den steinernen Stufen, an denen ich mich festgeklammert hatte; meine Hände waren eiskalt, aber meine Wangen glühten, und in meinen Beinen prickelte es wieder so seltsam, so übermächtig, als wollte mich etwas dazu zwingen, auf den Knien über diesen rätselhaft erleuchteten Fleck zu kriechen, durch den letzten Schnee und die kleinen Schlammpfützen. Nachdem die Tür von unsichtbaren Kräften zugezogen worden war, starrte ich noch eine Weile zu den Sternen hinauf, und in meine Nase stieg Holzrauch, und ein Mann ging vorbei, der sich nach mir umblickte, und die Laternen brannten hinter nassen Flocken, und dann auf einmal waren alle Sterne fort, obwohl kein Wind wehte. Wie hatte das Mädchen geschlagen und getreten! Bestimmt bis zehn Uhr mußte ich während der Hausaufgaben noch an sie denken.

Unsere Hausaufgaben machten wir in zwei verschiedenen Zimmern ganz oben im Haus, wo wir auch schliefen; in dem Jahr, bevor Chris aufs Lyzeum kam, war das gemeinsame Arbeitszimmer für ungeeignet erklärt worden. In jener Zeit war er unbeherrscht und nervös, seine Brillengläser blitzten wie Heliographen, und er schien immer mit geballten Fäusten herumzulaufen. Das Theater bei Tisch war entsetzlich und nicht aufzuhalten; mein Vater konnte es inzwischen genausowenig ertragen wie meine Mutter, auch wenn er sich das selten anmerken ließ, da er mit Chris Eindruck machen konnte; die meisten Besucher, oberflächliche Beobachter, fanden Chris nämlich netter als mich, und es ist eine Tatsache, daß er großmäulig über die verdammten Hauskonzerte lästerte, aber mehr als einmal heimlich hinter meinem Rükken daran teilnahm und so meinen Vater mit der Hand vor den Augen hatte sitzen sehen und Meester Van Son und den jungen Tjallingii – der immer seinen dressierten Pudel mitbrachte – sich wie die Wilden auf die Notenblätter meiner guten Mutter hatte stürzen sehen, so daß die oft zerrissen.

Nicht nur unerträglich durch lautes Herumlärmen, sondern auch totenstill konnte Chris sein, und dann war er am schlimmsten. Als ich sieben war, hatte er die Angewohnheit, bei Tisch ein Auge zuzukneifen und mich mit dem anderen aufmerksam anzustarren, ohne eine Miene zu verziehen. Eine Leistung, aber wenn er es länger als ein paar Minuten aushielt, getarnt durch das Blitzen seiner Brille, dann konnte ich keinen Bissen mehr herunterbringen. Den Kopf anschwellen zu lassen wie kurz vor einem Wutanfall, das bewahrte er sich für unser gemeinsames Zimmer auf; aber gerade durch solche Dinge war er seinen Freunden überlegen, die einen angeschwollenen Kopf an sich wenig bewunderten, wohl aber die Unerschütterlichkeit, mit der dieses Phänomen erzeugt und durchgehalten wurde. Möglich ist, daß durch diese Kunststückchen etwas in seinem Gehirn verpfuscht wurde. Übrigens sorgte sein Geltungsbedürfnis hier vor Ort für die größte Pfuscherei. Er mußte und sollte Aufsehen erregen, und durch seine dauernde Aufgeregtheit konnte er Wirklichkeit und Phantasie schlecht auseinanderhalten, genau da, wo ich zugleich verträumter und nüchterner war. Wenn ich log, wußte ich, daß ich log, während Chris' gesamtes Leben eine Lüge war, die die Dinge von außen wohl in gewisser Weise sanktionierten. Beispielsweise sammelte er alles, bis hin zu getrockneten Fröschen, und sprach dann von »Wissenschaft«; hörte aber damit auf, sobald andere es ihm nachmachten, und sah dann darauf herab und fand es »doof« oder »blödsinnig«. Er wußte alles, erzählte alles weiter, vergaß es sofort wieder und mied die Jungen, die es behalten hatten.

Auf dem Lyzeum bekam er Schwierigkeiten. Aber das wußte niemand, so daß er, der Schreihals, sein Elend in aller Stille zu tragen hatte. Ich meine, mich zu erinnern, daß mein

Vater ihm Geld versprochen hatte, wenn er Primus würde (in der Grundschule hatte er es nie soweit gebracht, auch wenn jeder ihn für »gescheit« hielt, was er in gewissem Sinne auch war, von einer Woche zur andern). Also arbeitete er wie ein Pferd, und in dieser Hinsicht verstand ich ihn auch und konnte es anerkennen, wie ein Vorbild, dem ich nie folgen würde. Als Beweis seines guten Willens und eines nahenden Gehirnschwunds drang sein Stöhnen und Murmeln abends bis in mein Zimmer, und um sechs Uhr morgens manchmal auch; aber alles zusammengenommen war dieses Leben eine Katastrophe für ihn, denn wie sollte er noch seine Popularität bei den Klassenkameraden behalten, die es gewohnt waren, am Nachmittag feine Laubsägearbeiten von ihm zu bekommen, im Tausch gegen hochmütige Schimpfwörter (»Eule« vor allem), bis sie es besser konnten als er, was sie jedoch selbst nicht bemerkten? Er hatte keine Zeit mehr für Popularität; das übertriebene Büffeln, das niemand bei einem Schulkameraden liebt, ließ den Boden unter seinen Füßen bröckeln, und mit neuerdings fünf Klassen über sich fühlte er sich auch nicht allzu sicher. Monatelang muß er ratlos gewesen sein. Bis er nach dem ersten Zeugnis (er wurde Drittbester) etwas erfand, was bei einem anderen genial hätte genannt werden können. Mit vier Freunden, darunter einem nicht allzu hellen Jungen aus der zweiten Klasse, hatte er eine Pfefferminzfabrik gegründet.

Das war nicht so irrsinnig, wie es klingt. Erst einmal kostete ihn die Pfefferminzfabrik wenig Zeit. Es war nämlich eine Fabrik auf dem Papier, mit Anteilen, deren Geld er einstrich und es anderen, gefürchteteren Jungen lieh oder zum Geschenk machte. Er schwadronierte von Reglements und Statuten, Anleitungen und Grafiken, die teilweise nur in seiner Einbildung existierten und im übrigen aus alten Ökonomiebüchern meines Vaters geklaut waren. Von Zeit zu Zeit ließ er ein Pfefferminz sehen, das er, wie er behauptete, bei uns auf dem Dachboden fabriziert hatte – und da war etwas daran: Er schliff große Pfefferminzbonbons rundherum ab, mit regelmäßigen Zacken, und wenn er eine bestimmte Menge beisammen hatte, stellte er sie auf seinem Pult aus, woraufhin wieder neue Erträge hereinflossen. Die Betrogenen erhielten mehr als armselige Belege, von denen ich nach dem Debakel einen gesehen habe. Er hatte sich nicht einmal die Mühe gemacht, anständiges Niederländisch zu schreiben, es war das Zeugnis eines außerordentlich zerstreuten, ziemlich unkultivierten Geschäftsmannes: »Ich, Christiaan Karl Rieske, erkläre hiermit, Geld empfangen zu haben für einen Anteil der C. K. R., erste Pfefferminzsorte in den Niederlanden, garantiert und mit Preisen und Hoflieferant, für die Summe von 0,50 Gulden (Vorzugsanteil).«

Wäre er schlau gewesen, hätte er dieses Spiel sicher ein halbes Jahr durchhalten können. Die Mißtrauischen hätte er gelegentlich an einem mit Pfefferminzöl getränkten Zuckerstück riechen lassen können, und wäre er einmal durchschaut worden, dann hätten ihm erprobte Ausflüchte zu Gebote gestanden. Er hätte beispielsweise als erster auf das Phantastische, das »Blödsinnige« der Pfefferminzfabrik, oder auf das Kindische, hinweisen können; er hätte sich unbemerkt zurückziehen können – wie er es immer getan hatte –, bei allmählicher Abbezahlung der nicht allzu drückenden Schulden, mit seinen guten Zeugnissen und dem gesicherten Ruf eines Jungen mit Schneid und voller Initiative, an dessen Ehrlichkeit kein Zweifel bestand.

Es waren die Grafiken, die ihm das Genick brachen, die Buchführung, die Ökonomie. Anfangs mag dies ein Mittel gewesen sein, meinem Vater oder einem neugierigen Lehrer Sand in die Augen zu streuen wegen des Schwindelunternehmens – wobei diese Arbeit vielleicht auch sein Gewissen beruhigte: Er tat nun wenigstens etwas für das Unternehmen C. K. R. und für das Geld, das er einstrich –, aber am Ende wurde er süchtig danach, und mit Schatten unter den Augen saß er Abend für Abend über seinen Hausaufgaben, um anschließend bis tief in die Nacht »Ökonomie zu studieren«, Pfefferminzstatistiken zu entwerfen, Anteile zu beziffern, mit Börsennotationen und allen anderen teuflischen Kompliziertheiten, die auch in Wirklichkeit dazugehören. Er wurde mager und ungelenk und bewegte sich, als würde er schwere Lasten befördern. Selbst meine Eltern begannen, schlecht auszusehen, obgleich sie nichts von seiner Nachtarbeit ahnten, denn bei Tisch sprach er über nichts anderes mehr und löcherte meinen Vater mit unbeantwortbaren Fragen. Pfefferminzbonbons diverser Formate hatte er immer bei sich; manchmal präsentierte er sie nach dem Dessert; alles wurde dann wie ein Scherz behandelt, obwohl meine Eltern einander mit hochgezogenen Augenbrauen anblickten und das Angebotene nie lange im Mund behielten; ich mochte sie übrigens auch nicht und steckte sie mir immer in die Tasche, um sie schmutzig werden zu lassen. Pfefferminzbonbons lagen in Reihen, in Mustern auf seinem Arbeitstisch; unser Dienstmädchen durfte sie nie berühren, auch wenn er ihr reichlich davon schenkte. Ich behaupte nicht, daß Chris im Begriff stand, wahnsinnig zu werden, aber bestimmt war er einem Nervenzusammenbruch nahe, und meine Mutter litt darunter, um so mehr, als sie sich meinem Vater unter der Maske eines scheinbar guten Einverständnisses so entfremdet hatte, daß die beiden sich nicht einmal einig in unserer Erziehung waren. Besonders makaber aber war Chris, wenn er selbst die ganze Unternehmung lächerlich machte; dann hatte er vor lauter Gaudi Tränen in den Augen, dann hörte man ein sonderbares Schluchzen und Piepsen, und das ging über in Zittern und Schütteln, und das alles galt noch als Lachen, und dann gab er einem ein Pfefferminz. Wenn ich jetzt auf diese Periode zurückschaue, glaube ich mit Sicherheit sagen zu können, daß sein Verstand nicht mehr das war, was er früher gewesen war. Am intelligentesten ist Chris mit zehn Jahren gewesen, als er so genau Bescheid wußte über Gerichtsverhandlungen und Gerichtshöfe, ohne daß es ihn nur im geringsten interessiert hätte. Jenes Stadium hat er sein ganzes Leben lang nicht wieder erreicht, auch wenn er jetzt als tüchtiger Anwalt und solider Familienvater gilt.

Eines Abends hörte ich ihn in seinem Zimmer hin und her laufen. Nach einem beruhigenden Knarren seines Stuhls wurde es wieder still. Danach wieder Laufen. Murmeln. Dielenknacken. Bereiteten seine Hausaufgaben ihm so viel Kopfzerbrechen? Wieder Stille. Ich stand auf und lief auf Zehenspitzen zu seiner Tür, die ich lautlos öffnete. Tatsächlich saß er an seinen Hausaufgaben, den Kopf in die Hände gestützt. Aber auf seinem großen Tisch, vor der Reihe aufgestellter Schulbücher, lag alles bereit: Pfefferminzbonbons in Rollen, in Stapeln, in Reihen, wie das Geld des Wucherers; Zettel mit gräßlichen Linien, geknickt wie Spinnenbeine, sich flüchtend zu dem triumphierenden Höhepunkt der Pfefferminzproduktion; aufgeschlagene Hefte mit Zahlen; Blanko-Anteile. Das Gaslicht summte, der kleine Gasofen keuchte. Niemand würde uns hier hören. Langsam kam ich näher. »Chris«, sagte ich leise, und dann begann mein Herz zu hämmern. Hassen tat ich ihn nicht, aber er hatte mir gegen die nackten Beine getreten, unter dem Tisch, unter dem von meinen Eltern behüteten Tisch, jahrelang …

Als er endlich aufblickte – seine Brille saß schief, erinnere ich mich, wahrscheinlich durch den ungleichmäßigen Druck seiner Hände, auf die er den Kopf gestützt hatte –, lief ich ein paar Schritte hin und her, bis ich schräg vor ihm stand, und schlug ihm mit der Faust auf die Nase, sehr hart und ziemlich hoch, so daß seine Brille auf den Fußboden fiel, ohne daß allerdings die Gläser zerbrachen, das hörte ich am Geräusch. Nachdem er kurz mit dem Rücken gegen seinen Stuhl geprallt war, blieb er wie betäubt sitzen. Die ganze Wucht war durch die Nackenmuskeln aufgefangen, er hatte in einer sehr gespannten Haltung bei seiner Arbeit gesessen! Er war nicht blasser als sonst. Dann führte er, wie um nachzudenken, seine Hand an die Nase, und sofort lief Blut aus der Nase, und im Nu hatte er einen schmalen roten Schnurrbart, und seine Lippen wurden übermalt, und in zwei Rinnsalen sickerte es von den Mundwinkeln übers Kinn, wie skurrile Altersgrübchen. Gedankenlos mit seiner Hand reibend, sorgte er dafür, daß er auch völlig geschminkt war. Aber der kleine Schnurrbart, das pinselartige, vertikale Ding, brach immer wieder durch den Glibber hindurch, ein glänzend roter Verbindungsstrich zwischen Nase und Lippen. Fasziniert schaute ich das an. Zuerst hatte Chris sich nach vorn gebeugt, dann hing er schniefend zurückgelehnt in seinem Stuhl und sah mich von der Seite an. Die Brille hatte ich aufgehoben und auf den Tisch gelegt.

»Warum hast du das gemacht, Nol?« fragte er in mattem, schleppendem Ton. Ich sagte nichts, er wiederholte die Frage, wieder mit meinem Vornamen.

»Einfach so«, sagte ich, und plötzlich erinnerte ich mich an Blau, der gesagt hatte, ich müsse eine Gelegenheit suchen, die mir nicht schaden konnte. »Wegen deiner Pfefferminzbonbons, immer derselbe Scheiß! Damit mußt du aufhören. Tut es weh?«

»Furchtbar weh«, sagte er mit viel Nachdruck; dann, wieder matter: »Nein, es tut nicht weh, aber ich bin so voller Blut.«

Wieder starrte er mich an, schniefend, und leckte seine Lippen ab und streckte seine rotgefärbte Zunge fast bis in eines seiner Nasenlöcher.

»Wenn du nicht damit aufhörst, schlage ich dich wieder«, sagte ich.

Ergeben schloß er die Augen. »Ich kann damit nicht aufhören. Es hängt zuviel dran. Das verstehst du nicht.«

»Wenn du den Jungs ihr Geld zurückgibst …« (Chris hatte mich nämlich einmal ins Vertrauen gezogen, weil er die Angeberei einfach nicht lassen konnte.) »Von mir kannst du auch was kriegen. Wir halten deine Pfefferminzbonbons nicht mehr aus, Mutter auch nicht. Wir können kein Pfefferminz mehr sehen. Wir werden selbst noch Pfefferminz.« (Diese Redewendung hatte ich bei meiner Mutter aufgeschnappt.) »Du mußt es versprechen.«

»Was versprechen?«

»Daß du mit diesem Dreckszeug aufhörst.«

»Dir versprechen? Hat Mutter dir was gesagt?«

Nachdem ich verneinend den Kopf geschüttelt hatte, ging ich zum Tisch und fegte alle Pfefferminzbonbons auf den Boden. Danach nahm ich die Grafiken und alles und riß sie in Stücke. Er hielt mich nicht davon ab. Das einzige Pfefferminzbonbon, das in seinem leeren Papierkorb schimmerte, war rasch unter Schnipseln begraben. Er saß jetzt sehr still, das Bluten hatte beinahe aufgehört. Als ich ihm seine Brille reichte, räusperte er sich und schluckte ein paarmal; das Blut, wußte ich, floß jetzt nach hinten und landete wahrscheinlich in seinem Magen; ich hatte auch manchmal Nasenbluten gehabt und wußte, daß es eigentlich nicht weh tat.

»Willst du einen kalten Schlüssel in den Nacken?«

»Und wenn ich es morgen Vater erzähle?« röchelte er.

»Dann geb ich dir morgen wieder eins, und dann kriegst du auch die Brille in die Augen. Verdammt, das mach ich!« rief ich und stampfte mit den Füßen, und mein Gesicht begann zu glühen, genau wie neulich, als ich Trix Cuperus mit den Mädchen hatte kämpfen sehen.

»Ich denke auch gar nicht daran«, sagte er mit einem verdrießlichen dünnen Lachen.

Während ich auf knirschenden Pfefferminzbonbons das Zimmer verließ, behielt ich ihn scharf im Auge; er würde mich von hinten anspringen können. Aber das hatte er nicht vor, das wurde am nächsten Tag ganz deutlich, als die Pfefferminzfabrik einer fernen Vergangenheit anzugehören schien. Sein verschmiertes Oberhemd hatte er in den Wäschekorb gesteckt, und zur Sicherheit sagte er später noch, er habe etwas Nasenbluten gehabt, von dem harten Arbeiten, worauf mein Vater bemerkte, daß Maßhalten in allen Dingen …, wozu Chris bestätigend nickte. Abends gab ich ihm ein Dubbeltje von meinem wöchentlichen Taschengeld. Er begegnete mir kühl. Daß ich sein Retter gewesen war, drang nicht zu mir durch, aber in den ersten Tagen und Wochen und Jahren konnte ich kaum blind sein für die Veränderungen, die in ihm vorgingen, so völlig normal jetzt, so zurückgezogen, phantasielos. Bei Tisch fiel niemand mehr meinen Eltern in die Rede. Er würde Jura studieren, das stand nun fest. Ein einziges Mal habe ich ihn abends noch schluchzen hören.

Was den Abend des Nasenblutens angeht, so habe ich etwas ausgelassen. Wieder in meinem Zimmer, zog ich mich schnell aus, so müde war ich geworden. Bevor ich ins Bett kroch, schloß ich meine Tür ab: Chris könnte hereinkommen und sich über mich beugen, um Blut auf mein Gesicht tropfen zu lassen; nicht, daß ich dies wirklich geglaubt hätte, aber ich wußte, ich würde das denken, wenn ich mitten in der Nacht aufschreckte. Ich schlief sofort ein, und ich muß bereits kurz darauf geträumt haben.

Ich lag im Teich des GARTENS, neben mir ein großes Krokodil, so lang, daß es mit seinem Maul bis unten an den Musikpavillon reichte. Der Teich war schmutzig und untief, die kleine Brücke fehlte. Ich selbst hatte nichts zu tun, aber das Krokodil blies Flammen und Feuerzungen gegen den Musikpavillon, und immer, wenn die Feuersglut sich erhob, erklang Blasmusik, getragene Akkorde, eine Flötenmelodie. Dann und wann sah ich Blasinstrumente, ohne die Musiker. Ich lag dicht an das Krokodil gedrückt; es war glatt, ohne Schuppen;

es tat nichts anderes, als Feuer und Rauch auszustoßen, voller Eifer, wobei sich der lange, glatte Körper kaum bewegte.

Dann saß ich neben Cuperus im Gras unter den Felsen. Mit hoher, etwas zittriger Stimme, die an die des jungen Tjallingii erinnerte, redete er mit mir. Er redete mit weitausholenden Gebärden und hatte seinen Gehrock auf dem nassen Gras ausgebreitet. Er machte mich auf die Bäume aufmerksam, den schlammigen Teich und den Musikpavillon, wo die Flammen zu Klängen wurden, wo Blasmusik aus Feuer entstand. Auf der gegenüberliegenden Seite, direkt hinter dem Schwanz des Krokodils, steckte Trix Cuperus einen Fuß in den Schlick, während der andere in der Luft schwebte, genau wie an dem Nachmittag, als sie ihrem Vater um den Hals geflogen war. Darauf hob Cuperus beide Hände gen Himmel, als erflehte er etwas, und sprach von unverständlichen Sachen. Während das Krokodil weiter im Schlamm versank, wiederholte Trix diese Gebärde ihres Vaters, jetzt deutlich auf das bedrohte Tier gerichtet, das weniger Feuer ausstieß. Cuperus wandte sich halb von mir ab, wie um einen Grashalm zu pflücken, aber das Mädchen fuhr fort, das Krokodil zu beschwören, das eine Bein erhoben, wie eine Ballerina. Je tiefer das Krokodil versank und je schwächer die Musik wurde, desto heftiger wurden ihre Gebärden; mit den Armen flatternd, beugte sie sich weit über den brodelnden Pfuhl; ich bekam Angst und wollte schreien. Sie war ganz in Weiß ... Neben mir lag wieder das Krokodil, nun im Dunkeln, und ich spürte, wie schnell es sank und mit welch fürchterlichem inneren Leiden an dem Vergeblichen dessen, was es erstrebt hatte. Selbst als ich mit einem Schrei aufwachte, hatte ich noch nicht begriffen, daß ich gemeinsam mit ihm dem Erstickungstod entgegensank. Ich starrte auf meine Uhr, die an der Wand hing, dämmrig angeleuchtet von den Gaslaternen draußen auf der Straße; auf meinem Tisch lagen meine Schulbücher.

Nachdem ich mir die Stirn mit einer Ecke des Lakens abgewischt hatte, hörte ich irgendwo Klaviermusik. Lange mußte ich mit mir selbst zu Rate gehen, bevor ich herausfand, woher sie kam. Nicht von unten, von meiner Mutter mit ihren Freunden, sondern von dem hinkenden Fräulein zwei Häuser weiter, einem traurigen dreißigjährigen Wesen, das fast ganz zurückgezogen mit ihrem Flügel und einer steinreichen Mutter lebte. Diskret wurde ihre Musik von einer späten Glocke im Kanal begleitet und einem einzelnen Toff-toff, das nicht störte. Was sie spielte, das habe ich erst in meiner Studentenzeit herausbekommen; es war eine Sonate in D-Dur von Haydn, die neunte aus dem ersten Teil, nach Meinung einiger Kenner die beste, die nicht hinter Beethoven zurückstand. Ganz still lag ich und lauschte. Im Haus schlug es zehn Uhr. Klaviermusik, zwei Häuser entfernt, ist das Schönste, was es gibt, und diese Musik war weit und ernst und fast beängstigend vor intensiver Überzeugungskraft, trotz alles Spielerischen. Ein Terzmotiv mit Stakkatobegleitung klang so schmelzend geheimnisvoll, daß ich nichts anderem mehr hätte lauschen mögen. Man vergaß es wieder, aber es würde zurückkommen, so waren diese Sonaten gebaut. Mit einer fast erschreckenden Schlichtheit erhob sich der zweite, langsame Satz aus einem einzigen tiefen Baßton. Zwischen diesem Baßton und der Melodie lagen Welten. Und das ging so weiter, mit unerschöpflicher Geduld, zwei Stimmen, und nichts dazwischen als ihr eigener Abstand, der wechseln und sich aufheben konnte und der doch immer bestehenblieb. Nie habe ich erfahren, ob sie noch eine eigene Kadenz hinzugefügt hat, denn ich mochte mich noch so sehr in den Arm kneifen, um wach zu bleiben, vor dem Ende des Adagios schlief ich ein.

Zwei Tage später sagte ich meiner Mutter, daß ich Klavierunterricht haben wolle.

· 5 ·

Chris informierte ich selbst, um seinen argwöhnischen, ja vorwurfsvollen Blick zu genießen; er wußte nicht, daß ich längst von seinem Verrat an der Antimusikalität wußte, indem er nämlich meinen Vater moralisch unterstützte bei Brahms (Jugendwerk, vor 1860) und sich Pfötchen geben ließ von dem Pudel des jungen Tjallingii, den er einmal hatte ausführen dürfen, mit einer Pfütze auf dem Flurläufer als verfrühtem Resultat. Was meine Mutter allerdings an dem Ernst meines Entschlusses zweifeln ließ, war die Plötzlichkeit und dazu die Abneigung gegen Musik seit meinem dritten Lebensjahr. Aber das sei die Musik von Chris gewesen, argumentierte ich; im GARTEN, die Musik von Cuperus, die hätte ich wundervoll gefunden; ich hätte doch danach getanzt! Die Hoffnung, daraufhin würde sie jetzt auch weiter über Trix und ihren Vater reden, ging nicht in Erfüllung; vielleicht war sie ein wenig gekränkt, weil ich ihre eigene Musik nicht erwähnt hatte. Dann sprach sie über die Strenge von Meneer Talsma, bei dem Chris bereits so jämmerlich versagt habe und der auch ihr manchmal zu pingelig sein könne und dabei so knochentrocken. Nachdem wir uns umarmt hatten – zwei rote Wangen aneinander und ein flüchtiger Kuß auf ihren Mundwinkel –, erklärte ich, selber auch keinen Augenblick an Talsma gedacht zu haben. W… hätte andere Musiklehrer zu bieten als Talsma.

»Das ist alles nichts. Meneer Talsma ist der beste.«

»Meneer Cuperus«, sagte ich mit gesenkten Augen.

Nachdem sie mir einen unter diesen Umständen ziemlich abweisenden Kuß auf die Stirn gegeben hatte, begann sie, mit gluckernden Kehllauten zu lachen. Das erschien ihr offenbar ausreichend; unverkennbar verließ sie sich auf das wortlose Einvernehmen zwischen Mutter und Kind.

»Warum nicht Cuperus? Ich hab von anderen Jungs gehört, daß er besser ist als Talsma.«

»Er ist schon ein sehr merkwürdiger Mann«, sagte meine Mutter, was in meinen Ohren gut klang: Dieser Einwurf bewies, daß sie den Vorschlag in Erwägung zog. Dennoch war ich mir nicht sicher wegen ihres Tons; es konnte ebensogut sein, daß sie überhaupt nichts in Erwägung zog und mir nur etwas hatte deutlich machen wollen, was ich noch nicht wußte. Ich brach in ein wildes Hohngelächter aus.

»Oh, diese dämlichen Sprüche von Chris! Dieser Vollidiot! Daß Cuperus ein Trinker ist, sicher – dieser Verrückte! Wie kann ein Pianist Trinker sein, dann haut er doch immer daneben!«

Beide lachten wir jetzt, ja, wir schüttelten uns vor Lachen, wir verschluckten uns, und aus Berechnung fachte ich diese Ausgelassenheit noch an, sosehr ich konnte, bis in unseren tanzenden Köpfen nur noch Platz sein würde für die unsinnige und romantische Vorstellung eines hereintorkelnden Lehrers, der stehenden Fußes das Klavier beschmutzen würde. Ich wußte, daß meine Mutter an so etwas dachte oder an noch schlimmere Dinge, aber diese Bilder faßte ich nicht in Worte, denn lachen, lachen mußte sie, mit immer kleiner werdenden Augen, die Wangen rot-violett. Es durfte nichts mehr gesagt werden. Als ich schnell aus dem Zimmer ging, saß sie noch immer auf dem Hocker am Flügel und schüttelte sich vor Lachen. Lachen war ihre größte Freude in jenen Jahren; allerdings wurde mir manchmal etwas angst, wenn sie dessen gar nicht müde wurde.

Dreizehn Jahre älter als sie, erstarrend bereits in seiner Arbeit, die er korrekt, jedoch ohne Liebe verrichtete, hatte mein Vater die Bestrafung so vieler schwererer Verbrechen hinter sich, daß ihm öffentliche Trunkenheit in Tateinheit mit Ruhestörung als die einzige Form der Trunkenheit erschien, die man von Haus aus ohnehin schon labilen Künstlern vorwerfen konnte. Cuperus' letzten Auftritt im GARTEN, der halb und halb unter diese immerhin vorstellbare Kategorie fiel, hatte er schon wieder vergessen, wie er beinahe alles vergaß, was meine Mutter erzählte. Es kümmerte ihn nicht besonders, was ich am Klavier machte. Außerdem hatte Meester Vellinga ihm erzählt, daß der Musikus mehr draufhabe, als in W... zum Tragen komme (was Vellinga wieder von Caspers zu wissen schien); man könne es versuchen; benehme der Mann sich ungehörig oder gebe er keinen guten Unterricht, dann könne man ihm immer noch absagen. Das beste würde sein, wenn der Unterricht hier im Hause stattfände, dann könne meine Mutter ihn im Auge behalten.

Als es fast soweit war, daß er kommen würde, war ich schier außer mir. Ich fragte mich, ob er seinen Gehrock tragen würde und ob ich es wagen würde, ihm zu erzählen, daß ich vor drei Jahren mit Trix getanzt hatte, zu seiner armseligen Sousa-Musik (denn ich wußte inzwischen, daß das nichts war, nichts, nichts, eine Verhöhnung wahrer Musik). Wir hatten jetzt auch einen Brief von ihm, mit Angabe der Unterrichtsstunden. Eine gestochen scharfe Handschrift, eine sorgfältige Wortwahl ohne Fehler oder kriecherische Umschweife. Der Brief eines Mannes, ich habe ihn lange aufbewahrt. Sowie ich die Klingel hörte, rannte ich ins Nebenzimmer, wo das alte Klavier stand. In einer Ecke lauschte ich den festen, gleichmäßigen Schritten und der tiefen Stimme, als er dem Dienstmädchen dankte, das ihm die Tür zum Salon geöffnet hatte. Die zweite Tür stand schon halb offen; ich wagte erst, zu ihm aufzuschauen, als er, eben über die Schwelle getreten, stehengeblieben war, um einmal im Zimmer herumzublicken, die Hände auf dem Rücken. Sein schwarzes, lockiges Haar war etwas dünner geworden, sein Gesicht fleckig rot, sein Schnurrbart noch immer der von Leoncavallo, und er trug keinen Gehrock, so daß er dicker, robuster, ländlicher wirkte als in meiner Erinnerung. Erst als er mit etwas Dezidiertem in seinen Bewegungen auf mich zukam, bemerkte ich wieder das eigenartige leichte Schielen, das kein richtiges Schielen zu sein schien; es war nur, als schielte er aus Spaß ein bißchen, wenn er freundlich zu jemandem war. Er drückte mir die Hand, ich sagte: »Guten Tag, Meneer« – es war, als strahlte er Wärme aus, drückende, unerbittliche Wärme, die mich daran hinderte, mehr zu sagen. Auch er bewahrte Schweigen. Nachdem er sich noch einmal umgeschaut hatte, ließ er sich in den einzigen Sessel fallen, mit dem Rücken zur Tür. Es kann eine Minute verstrichen sein, bevor er die Stille durchbrach; er sprach jetzt leise und etwas heiser:

»Vielleicht kommt jemand, um die Honneurs zu machen …«

Wie durch eine Zauberformel herbeigelockt, stürmte meine Mutter herein, klein und schlank, in einem enganliegenden grünen Hauskleid mit etwas altmodischen Puffärmeln. Sie war ungewöhnlich rot im Gesicht, und mit einstudiertem Erstaunen schaute sie auf sein schwarzes, lockiges Haar hinab, das über der Lehne eines Plüschsessels sichtbar war. Cuperus blieb sitzen und blickte auf seine Hände. Auf das überfreundliche »Meneer Cuperus?« meiner Mutter stand er langsam auf und machte eine kurze Verbeugung zur Seite, da meine Mutter keine Anstalten gemacht hatte, auf ihn zuzugehen. Danach beschrieb er eine Vierteldrehung und schaute sie weiterhin ernsthaft an, was für mein Gefühl endlos lange dauerte. Er schaute nicht, er starrte, er saugte meine Mutter auf in seine dunklen Augen, die jetzt nicht mehr schielten. Endlich schlug er die Augen nieder:

»Gnädige Frau … Wie möchten Sie, daß ich den neuen Schüler anrede: junger Herr oder …?«

»Nol«, sagte ich hilfsbereit und fing einen rätselhaften Blick von meiner Mutter auf, deren Gesicht jetzt wieder viel weniger rot war. Ich dagegen wurde knallrot; natürlich war ich Nol für Meneer Cuperus; ich bebte bei dem Gedanken, daß er mich »junger Herr« nennen würde, wie nicht einmal die Lieferanten, die Dienstmädchen.

»Das können Sie machen, wie Sie wollen«, sagte meine Mutter gleichgültig, worauf sie mit flinken Schritten zum Klavier ging. Aber sie machte das auf eine höchst eigenartige Weise: Anstatt gerade auf ihr Ziel zuzugehen, was sie auf mindestens einen Meter Abstand vom Besucher gehalten hätte, ging sie direkt vor ihm entlang, als wäre sie auf dem Weg zu dem halb mit Notenblättern bedeckten Pult, rechts vom Instrument. Ich meinte sogar, daß sie ihm ihren Kopf zuneigte, als sie ihm am nächsten war. Nach diesem verrückten Umweg beim Klavier angekommen, zwischen den beiden Stühlen, die dort schon bereitstanden, ließ sie die rechte Hand über die Tasten schweben, und es folgte eine kunstfertige *gamme*, eine Tonleiter. Danach drehte sie sich zu dem Musiker um, doch er kam ihr bereits zuvor:

»Sie spielen gut, Mevrouw.«

Die Augen unnatürlich weit aufgesperrt, schaute sie ihn weiter an. »Ich habe Unterricht bei Meneer Talsma.«

»Richtig«, sagte Cuperus.

»Würden Sie mir vielleicht auch Unterricht geben wollen?« fragte sie mit unmerklicher Ironie, dabei blinzelnd wie bei grellem Sonnenlicht.

»Ja, Mevrouw, aber nicht, wenn Sie Unterricht bei Meneer Talsma haben.«

»Warum nicht? Hat er meinen Anschlag vielleicht verdorben?«

Nichts an Cuperus bewegte sich, außer daß er die Augen wieder niederschlug und die eine Hand etwas hob, Daumen und Zeigefinger aneinandergelegt, als wollte er kurz seine Gedanken ordnen.

»Ich habe Ihnen schon gesagt, daß Sie gut spielen, Mevrouw. Aber ich übernehme nie die Schüler eines anderen, wenn sie mich nicht aus eigenem Antrieb darum bitten.«

»Ich habe Sie doch gebeten, oder?«

»Pardon, Mevrouw«, sagte er bescheiden, »Sie haben mich nicht gebeten, Sie haben mir eine Fangfrage gestellt.«

Für einen kurzen Augenblick funkelten die Augen meiner Mutter, aber sie beherrschte sich, wie auch ich mich, dank Chris, bereits hatte beherrschen lernen, und mit kühler Freundlichkeit, wie zu einem Dienstboten, sagte sie fast mechanisch, bereits auf dem Weg zur Tür:

»Sie werden mit diesem alten Klavier vorläufig vorliebnehmen müssen, Meneer Cuperus. Wenn ... Nol etwas weiter ist, darf er auch schon einmal an den Flügel. Das Klavier ist gerade gestimmt. Wann wollen Sie Ihr Geld haben, sofort oder vierteljährlich?«

»Vierteljährlich, Mevrouw«, sagte Cuperus mit einer leichten Verbeugung vor dem Rücken meiner Mutter.

Ich hätte ihr einen Tritt hinterherschicken mögen. Was für ein schrecklicher Anfang! Wie war es möglich, daß dieser Mann noch würde bleiben wollen, um mir kleinem Stümper Unterricht zu geben? So war sie noch nie gewesen, zu dem geringsten Bettler nicht ... Ich ging zu ihm, und er legte mir die Hand auf den Kopf und sagte etwas wie, wir sollten nun an die Arbeit gehen; wir standen jetzt direkt hinter den beiden Stühlen.

»Ich möchte gern, daß Sie mich Nol nennen, Meneer.«

»Nein«, sagte er mit gespielter Barschheit.

»Warum nicht?«

»Junger Herr klingt schöner.« Neckend zog er mich am Ohr. »Vielleicht werde ich dich Nol nennen, wenn du ebenso gut zu spielen gelernt hast wie deine Mutter.«

»Oh«, sagte ich enttäuscht und wollte ihm von dem hinkenden Fräulein erzählen, das besser spielte als die Frau, die ihn eben gerade so grob behandelt hatte; aber er hatte sich schon auf einen der Stühle fallen lassen, und ich setzte mich ungeschickt neben ihn, und er gab mir eine Stunde lang Unterricht, ohne eine Spur Langeweile zu zeigen und ohne je mehr als fünf Worte auf einmal zu sprechen. Hauptsächlich führte er mich. Meine schändlich ungeübten kleinen Finger setzte er auf die Tasten, als wären sie elfenbeinerne Gegenstände, und er drückte ein bißchen von unten gegen meine Handgelenke, so daß die Finger schlapp herabhingen wie kleine Spargel. Er spielte mir eine Tonleiter vor, ganz langsam und präzise. Seine Finger waren dick und ziemlich rot, und er roch nach Tabak. Hinterher sagte er, es würde wohl gehen, worauf er noch rasend schnell *Ist ein Mann in'n Brunn' gefallen* zum besten gab, auf den oberen Tasten – ein treffender Gegensatz zu unserem Klavierstimmer, der nach getaner Arbeit immer fünf Minuten lang über das *Blumenlied* oder den *Fremersberg* improvisierte –, dann erhob er sich mit einem Ruck und eilte ohne Gruß quer durchs Zimmer, den Kopf gebieterisch im Nacken. Die Tür zum Salon stieß er auf, als wollte er sich mit Gewalt Zutritt verschaffen.

Wie ein apportierendes Hündchen trabte ich hinter ihm her. Meine Vorahnung hatte mich nicht getäuscht. Im Salon saß meine Mutter, ein Buch in der Hand. Viel wird sie wohl nicht gelesen haben auf ihrem Wachposten, aber da sie nun bedeutend entgegenkommender war, etwas über die Schwierigkeiten allen Anfangs sagte und ob ich nicht zu alt sei, um die Technik noch richtig in den Griff zu bekommen, war ich ihr gegenüber sofort viel milder gestimmt und ärgerte mich sogar ein wenig über Cuperus' Schweigsamkeit. Er hätte, fühlte ich, die ihm entgegengestreckte Hand ergreifen müssen. Aber nicht für eine einzige Sekunde wandte er die Augen von ihr. Ich brachte ihn die Treppe hinunter, gab ihm seinen Mantel und seine Melone, und er sagte noch irgend etwas Nettes zu mir. In großen Sprüngen hüpfte ich nach oben, um die Eindrücke meiner Mutter zu genießen. Sie mußte ihn doch großartig gefunden haben, trotz allem.

Sie wollte es offensichtlich so hinstellen, als fände sie ihn »provinziell«. Das Wort sagte mir wenig. Ich habe auch nie richtig verstanden, was sie damit meinte, denn obwohl Cuperus bestimmt provinzielle Seiten hatte, hatte er ihr gegenüber davon nichts merken lassen. Eine etwas abgetragene Jacke brauchte noch nicht »provinziell« zu sein, ein schlecht frisierter und ausrasierter Nacken ebensowenig, denn das lag am Friseur, und der nordholländische Akzent, nun, der war bestimmt weniger auffallend als der von Meester Vellinga oder sogar vom jungen Tjallingii. Aber ich sah schon ein, daß die Niederlage meine Mutter zu einer ungeeigneten Kritikerin meines Helden machte. Sie sagte noch: »Er sieht überhaupt nicht aus wie ein Künstler, diese steifen Locken …« Ich ließ sie reden. Ich konnte Cuperus nur vergleichen mit Napoleon oder Alexander dem Großen – auch wenn er mich äußerlich mehr an Michiel de Ruyter erinnerte – oder notfalls mit einem sehr großen Komponisten. Unter den Berufsmusikern von W… hatte sogar Meneer Talsma langes Haar, und der junge Tjallingii hatte langes Haar, um seine Kahlköpfigkeit zu verbergen, aber was gewannen sie dadurch?

»Du darfst Chris jetzt ruhig sagen, daß er nicht betrunken war«, sagte ich.

Sie vermied es, mich anzusehen. »Nein, betrunken war er in der Tat nicht.«

»Warum hast du ihm nicht die Hand gegeben?«

»Das tu ich nächstes Mal, ich wollte erst mal sehen …«

»Warum bist du so komisch an ihm entlanggegangen?«

»Peter Neugier«, sagte meine Mutter, und dabei blieb es. Man kann es sich bei einem zwar verträumten, aber bestimmt nicht schwachsinnigen Jungen kaum vorstellen, aber es hat Jahre gedauert, bis ich begriff, welche Antwort sie auf meine letzte Frage hätte geben müssen.

Cuperus seinerseits hatte sich keineswegs aus dem Feld schlagen lassen durch diese Geruchsproben, und beim nächsten Mal, und viele Male danach, betrat er unsere Wohnung wie ein Fürst, stand meiner Mutter, die noch lange wie eine *dueña* im Salon sitzen blieb, höflich Rede und Antwort, gab ihr die Hand und starrte sie, wenn er nur irgend die Gelegenheit bekam, so lange mit seinen formidablen schwarzen Augen an, bis sie errötete und die ihren niederschlug. Auch flüchtete sie sich manchmal in übereifriges Reden oder in dringend notwendige Tätigkeiten im Zimmer. Schaute sie zu lange zurück, dann senkte er den Kopf, nicht betroffen, sondern als müßte er nachdenken. Während ich dieses stille Duell fasziniert verfolgte, neigte ich zu der Meinung, daß er sie noch immer für ihr ungebührliches Verhalten am ersten Nachmittag strafen wollte. Das mochte übertrieben sein und von Rachsucht zeugen, aber schließlich war er der Mann dafür. Er gab mir monatelang Unterricht, bestimmt bis zum Frühsommer, ohne daß etwas Besonderes vorgefallen wäre.

Nicht, daß ich sehr vorankam in diesen Stunden. Für mich war das keine richtige Musik, was mir vorgesetzt wurde, und nicht zu Unrecht machte Chris mich darauf aufmerksam, daß ich die Tonleitern schlampiger spielte als er seinerzeit. Die »Hausaufgaben«, die Cuperus mir aufgab, waren nicht selten unverständlich und gelegentlich kränkend, wie beispielsweise, als er ein Übungsblatt mit eigenhändig geschriebenen Noten mitgebracht hatte, an dessen oberem Rand in seiner Feldherrenhandschrift zu lesen war: »Jetzt kommen die Triolen, junger Herr.« Auf meinen traurig vorwurfsvollen Blick reagierte er nicht, obwohl er in dieser Stunde fröhlicher war als gewöhnlich und nicht davor zurückschreckte, mich so fest an meinem linken Ohr zu ziehen, daß ich ohne die Anwesenheit meiner Mutter im Salon laut aufgeschrien hätte.

Kurz darauf beendete sie diese beleidigende Angewohnheit und zeigte sich erst, kurz bevor er sich verabschiedete.

Das erste Honorar mußte ihm beinahe aufgezwungen werden; er behauptete, er schreibe nie Rechnungen und seine Frau könne es nicht. Als meine Mutter darüber lachte, starrte er sie sehr lange an, den Kopf etwas schief, als dauerte sie ihn, und mit einer Verbeugung und einem tiefen Seufzer verließ er das Zimmer. Sie hatte gehört, er habe eine schwere Jugend gehabt und später seien alle seine Pläne vereitelt worden; teilweise sei das wohl auch seinem schwierigen Charakter zuzuschreiben. Diese Informationen stammten zweifellos von Meester Vellinga.

Daß Vellinga ihn auch persönlich kannte, wurde ein paar Wochen später deutlich. An den Musikabenden war der Journalist gelegentlich als scheinbar interessierter Zuhörer mit von der Partie, und oben im Haus war sein lautes Organ oft besser zu hören als die vorangegangene Musik. Musikalisch war er in der Tat nicht, ich hatte das richtig gespürt auf dem zugigen Fußballplatz. Nachdem ich ihm ein paarmal begegnet war, blickte ich kaum noch zu ihm auf; ich fand seine Augen hinter dem Pincenez zu klein und eigentlich zu blau inmitten all dieser rosa oder auch hochroten Haut, und sein Bulldoggengrinsen hatte jene Art aufrichtiger Falschheit, die bissige, seien es auch als treu angesehene Hunde haben konnten. Sein Gebiß war schlecht – durch die Pfeife; Chris zufolge jedenfalls, der ihn eine Zeitlang als einzig wirklich männlichen Juristen bewundert hat, den er von nahem zu sehen bekam. Zu mir war er einigermaßen freundlich, ohne das kräftige Schulterklopfen, das ich so haßte; wohingegen die unvermeidliche Bemerkung, daß meine Wangen ebenso rot seien wie die meiner Mutter, aus diesem flotten Journalistenmund sogar neu und nachdenkenswert klang. Sein mächtiger Schädel, im »Köpfen« geübt, hielt jeden Stoß aus, und er ließ sich ziemlich viel sagen, sogar von dem kleinen, stotternden Meester Van Son, der ihn verabscheute, wie wohl noch mehr Antipathien innerhalb des kleinen Männertrupps zu schwelen schienen. In der Zeitungsredaktion und unter seinesgleichen, wenn keine Damen anwesend waren, revanchierte er sich dann, mit seinem schrecklichen Stimmvolumen. Aber irgendwo war eine Zartheit in ihm, die ich nicht begriff. Auf demselben Fußballplatz hatte ich schließlich entschieden, daß er kein Herz besäße.

Als er eines Samstag nachmittags mit einer Abonnentenliste oben bei meinem Vater gewesen war, begleitete ich Cuperus gerade die Treppe hinab. Vellinga, der hinter uns herkam, schrie: »Hallo, alter Junge, hast du das auch wieder geschafft?« – worauf sich der Musiker umdrehte und stark schielend parierte mit: »So, Vellinga, auch auf Achse?« Ich fand das merkwürdig, ich konnte mir nicht vorstellen, daß er meinen Vater (der sich ihm noch nie gezeigt hatte) »Rieske« nennen würde, und beide waren doch Juristen und gehörten zu den höheren Kreisen, der lärmende Vellinga von Geburt, mein vornehmer Vater durch den beharrlichen Fleiß von zwei oder drei Generationen. Im Flur bei der Garderobe klopften sie sich gegenseitig auf die Schultern; ich hielt mich abseits, und man nahm auch keine Notiz von mir. Die joviale Konversation war kurz und äußerst nichtssagend, und ich bekam nicht den Eindruck, daß sie näher miteinander verkehrten. In meinen Augen war Cuperus zugleich etwas gestiegen und gesunken.

Nicht lange danach sank er noch tiefer, aber das war in gewissem Sinne meine eigene Schuld; übrigens, er konnte sinken, soviel er wollte, Meilen um Meilen, und würde doch der Mann bleiben, den ich mehr verehrte als sonst jemanden auf der Welt. Eher, als man es erwartet hätte, war ich bei Clementi angelangt, und ich vertraute ihm an, daß mir von dieser Musik elend würde, und ob er nicht etwas anderes für mich hätte. Tränen klangen in meiner Stimme, denn ich dachte, er würde es ablehnen, weil er mich auch nicht »Nol« hatte nennen wollen. Aber es folgte das erste wirklich richtige Gespräch, das ich mit ihm führte, bestimmt eine Viertelstunde lang, was möglich war, nun, da meine Mutter nicht mehr im Salon saß. Ich erzählte ihm alles über Chris, meine früheren Qualen und die eine Mistsonatine, die mir immer so auf die Nerven gegangen war, und sogar das Nasenbluten erwähnte ich und das hinkende Fräulein und die Sonate von Haydn. Er hörte geduldig zu. Zum Schluß lachte ich durch meine Tränen und sagte, daß ich, wenn er es für notwendig hielte, alles spielen wolle.

»Ich werde dich nicht quälen mit Musik. Aber in diesem Album« – er schlug mit der flachen Hand darauf – »steht nicht nur Clementi. Es sind auch Sonaten von Beethoven dabei, das ist der größte Komponist, wie man sagt. Haydn ist dabei. Und es müssen viele von Clementi darin stehen, die du noch nie von deinem Bruder gehört hast. Es sind sehr schöne Sonatinen, bestimmt, oft schöner als die beiden von Beethoven, der nicht immer der größte Komponist gewesen ist und das selbst auch gar nicht so wichtig fand … Wir werden es so machen: Ich spiele dir immer eine vor, und du sagst, ob du sie einstudieren willst. Dann bist du Chris … deinen Bruder ganz los. Gut?«

Natürlich gut, und nachdem er seinen Stuhl bis zur Mitte geschoben und meinen gleichzeitig zurückrangiert hatte, wobei ich mir die Hüfte am Klavier stieß, ließ er eine Sonatine in zwei Sätzen hören, an die ich mich nicht von Chris her erinnerte. Aber er machte dabei die fürchterlichsten Fehler, Fehler, für die er mich, in einfacheren Stücken, am Ohr gezogen hätte. Es war das erste Mal, daß er mir vorspielte; bis zu dem Nachmittag hätte er ebensogut Flötist sein können, der zufällig auch Klavierstunden gab, die Kleinen unterrichtete, sozusagen als Nebenverdienst. Manchmal war es, als schlüge er zwei Töne zugleich an mit einem seiner dicken roten Finger. Hinterher bekannte er sich offen schuldig; einfache Musik spiele er immer schlecht, und seine Augen ließen nach, und mit einer Brille würde er seine Schüler ängstigen. Das waren unverkennbar Späßchen, aber die Tatsache, daß er Fehler gemacht hatte, blieb bestehen, und da er selbst davon angefangen hatte, sah ich nichts Böses darin, meiner Mutter von seinen Fehlschlägen zu berichten, nicht als Kritik an meinem Lehrer, sondern als Problem. Zum Glück übertraf sie sich selbst, indem sie erklärte, daß auch Meneer Talsma gelegentlich Fehler beim Vorspielen mache: Das fänden diese Herren langweilig, oder es sei, um die Schüler nicht zu sehr zu entmutigen. Auf meine Frage, ob Cuperus besser spiele als Talsma, für sich allein, am Flügel, antwortete sie, Cuperus, so vortrefflich er auch sei als Fachmann, sei in W... noch nie als Pianist aufgetreten, woraus man schließen könne, daß er sich vielleicht nicht allzu sicher auf dem Podium fühle. Ich fragte: »Warum bist du nicht etwas netter zu ihm, du könntest dich mit ihm doch einmal über Musik unterhalten?« Sie versprach, daß sie dies tun wolle.

Es wurde kein Erfolg, dieses Gespräch. Abgesehen davon, daß der Musiker, der bei einer Tasse Tee im Salon sitzen durfte, mehr auf das Gesicht meiner Mutter achtete als auf ihre Worte, kam auch ein Unterschied in Geschmack und Stilgefühl zutage, der mir jedenfalls, leidend an dem Absolutheitsanspruch der Jugend, unüberbrückbar erschien. Ganz aus der Talsma-Schule, schwärmte meine Mutter für Beethoven und einige moderne Komponisten, während Cuperus unumwunden zu erkennen gab, daß er von den alten Perükken nur Haydn und einen der Söhne von Bach schätzte (ich glaube, Philipp Emanuel; und natürlich auch Bach selbst, aber der war auch für Talsma unantastbar) und ferner die Romantiker: Liszt vor allem und Chopin. Bei solchen Gefühlsausbrüchen rümpfte meine Mutter eher die Nase – weniger nach dem Vorbild Talsmas als aus einer gewissen Scheu vor Rausch und Begeisterung heraus neben der ganzen Haushaltsführung, und vielleicht auch aus anderen Gründen. Als es allmählich Sommer wurde, war sie nachmittags oft außer Haus; ich hatte Unterricht von halb vier bis halb fünf, und sie kehrte meistens nicht vor fünf Uhr zurück. Sie schien der Sache nun zu vertrauen.

Daraufhin zeigte Cuperus die Neigung, mich länger als eine Stunde zu unterrichten. Vorspielen tat er nur noch selten, aber er legte eine ungewohnte Strenge an den Tag, ließ mich alles etliche Male wiederholen und schleuderte in den ungelegensten Augenblicken meine Hand in die Höhe, um zu sehen, ob ich das Handgelenk auch locker hielte. Das eine Mal sprach er viel von der erforderlichen Vortragsweise, dann wieder über die Möglichkeit verschiedener Vortragsweisen, über Phrasierungen und Akzente, womit mühelos eine Viertelstunde zu füllen war. Oder er vertauschte die Theorie gegen die bitterste Praxis, und dann wurde heftig über die gesamte Tastatur exerziert, und mit den Tonleitern D- und B-Dur, den schwierigsten, war er nie zufrieden. Technisch lernte ich viel, ich begann, den säkularisierten Clementi zu lieben, ich war hinterher nie müde. Aber wenn er sieben Viertelstunden daraus machte und dann auf der Treppe mit meiner heimkehrenden Mutter zusammentraf, mußte ihr der Gedanke kommen, daß ich so etwas wie eine Tageseinteilung hatte, mit Hausaufgaben und anderen Pflichten, wobei sich auch etwas Peinliches in diesen Überstunden verbarg, für die er eigentlich hätte bezahlt werden müssen. Die Redlichkeit im Plan meiner Mutter, dann lieber einmal zu Hause zu bleiben, um diesem Edelmut ein Ende zu bereiten, konnte ich nicht bestreiten. Für Cuperus brauchte das nicht kränkend zu sein.

Beim erstenmal versuchte sie es mit Singen im Salon um zehn Minuten nach halb fünf, während Cuperus dabei war, mich mündlich in die Geheimnisse eines neuen Clementi einzuweihen. Sie sang *Der Gärtner* von Wolf und begleitete sich selbst mit einem Finger. Wie ein Jagdhund, der das edelste Wild wittert, blickte mein Lehrer sofort auf und lauschte geraume Zeit, den Kopf von mir abgewandt. Als er wieder vor sich hin blickte, schnitten sich tiefe Furchen in seine Stirn, seine Augen waren fast schmerzlich geschlossen, und nachdem er etwas wie »großartige Stimme, deine Mutter« gemurmelt hatte, starrte er mit gesenktem Kopf weiter vor sich hin. Danach begann er, die Begleitung leise mitzuspielen, harmonisch reicher, aber leise, sehr leise, kaum hörbar. Als sie das Lied zweimal gesungen hatte, stand er auf, zog mich am Ohr und ging in den Salon. Verblüfft blieb ich sitzen. Würde der Sturm jetzt endlich losbrechen, würde er meiner Mutter die Leviten lesen wegen ihrer ungebetenen Einmischung in das Reich unserer Töne? Aber alles, was ich durch die halbgeöffnete Tür aufschnappte, war das Kompliment, das er ihr machte, die Verabschiedung, dann sein schwerer Schritt auf dem Flur. Meine Mutter sagte nicht viel. Wir verabredeten, daß sie nächstes Mal, aber dann nicht vor Viertel vor fünf, im Salon rufen solle, ich müsse an meine Hausaufgaben. Das war keine Beleidigung; wir wogen alles gegeneinander ab, aber, nein, beleidigt würde er sich nicht fühlen können.

Das war an einem Mittwoch, und am Samstag erschien er mit einem großen Strauß Blumen, in Papier gewickelt. Als ich ihm im Salon entgegenging, sah ich das kinnlose Gesicht unseres Dienstmädchens neugierig durch den Türspalt lauern. Die Blumen legte er auf ein Nähtischchen in der Ecke unseres Arbeitszimmers und nahm ferner keine Notiz davon; ich hütete mich sehr wohl, nach deren Bestimmung zu fragen. Für mich selbst entschied ich, daß er nach dem Unterricht einen Geburtstagsbesuch machen wolle, vielleicht sogar bei einem Schüler. Während ich ihm eine Stakkato-Übung vorspielte, überlegte ich nicht ohne Schadenfreude, daß meine Mutter, wenn sie gegen Viertel vor fünf nach Hause käme, den Vogel vielleicht ausgeflogen finden würde.

Während des Spielens merkte ich auf einmal, daß Cuperus die Augen geschlossen hielt. War er krank? Es war das erste Mal, daß er nicht aufpaßte. Die Stakkato-Etüde spielte ich fünfmal, mit einer wachsenden Anzahl von Fehlern, wonach ich aus eigenem Antrieb mit einem nächsten Stück begann. Endlich erwachte er aus seiner Grübelei und ließ mich zu Clementi wechseln, wobei er mich recht streng behandelte. Zerstreut erschien er jetzt nicht mehr, er sagte etwas über die Anforderungen und Möglichkeiten des Cantabile, dieses Prüfsteins für das *noble* Klavierspiel, anschließend etwas Unverständliches über das Setzen subtiler Akzente in einer scheinbar monotonen Plätscherbegleitung, der diese Clementis und Dusseks ebenso wie Mozart und Beethoven ihre solide klassische Reputation zu danken hätten. Es wurde noch etwas gespielt, geredet, gefragt. Sein Verstand erschien mir klarer denn je, und wenn ich ihn nicht sofort verstand, funkelten seine schwarzen Augen vor Ungeduld. Der Mut, auf meine Armbanduhr zu schauen, fehlte mir, aber scharf horchte ich auf die Rückkehr meiner Mutter und wie sie vor der Tür beherzt in die Hände klatschen würde: »Nol, du mußt an deine Hausaufgaben!«

Diesem häuslichen Schachzug kam Cuperus sehr wirksam zuvor, indem er sich, sobald man die Haustür zuschlagen hörte, zum Nähtischchen begab, den Strauß in die Hand nahm und sich mit dröhnenden Schritten einen Weg zum Salon bahnte. Den Sessel schob er im Vorbeigehen beiseite, die Verbindungstür stieß er auf wie nach unserer ersten Stunde. Als er meiner Mutter gegenüberstand und ihr mit einer tiefen Verbeugung die Blumen überreichte, stand ich auf der Schwelle. Ohne die Blumen anzunehmen, fuhr sie zurück.

»Ist das für mich?«

»Ja, Mevrouw«, sagte er tonlos, »eine kleine Huldigung ...«

»Huldigung? Wofür?«

»Für ...« – er suchte nach Worten – »für ... für Ihre schöne

Stimme, Mevrouw.« Wahrscheinlich hatte er etwas ganz anderes sagen wollen; es war unklug; das Geschenk konnte sie jetzt auffassen als eine ironische Bestrafung, weil sie Wolf gesungen hatte während seiner Unterrichtsstunde. »Ich hoffe, daß Sie die Blumen annehmen.«

»Das kann ich nicht, Meneer Cuperus.«

Danach standen sie sich sehr lange schweigend gegenüber, so endlos lange, daß ich es nicht mehr mit ansehen konnte und in meinen Beinen langsam wieder das Prickeln und Taumeln fühlte, die sein Marsch von Sousa zum erstenmal bei mir ausgelöst hatte. Cuperus war dunkelrot geworden, und ich sah den Strauß in seiner Hand zittern, seinen Schnurrbart unruhig auf und ab wippen. Etwas brach auf, ein Geheimnis, ein verborgener Kampf, auf Leben und Tod vielleicht sogar, ich hätte aufschreien mögen vor Angst. Ja, ich wußte es jetzt, auch wenn ich es nicht erklären konnte: Meine Mutter dort, in ihrem leichten Kostüm, den breitrandigen blauen Hut in der Hand, so daß ihr wütendes Gesicht unbeschattet blieb, sie kämpfte nicht so sehr gegen die Blumen, die ihr noch immer hingehalten wurden, sie kämpfte gegen etwas anderes: gegen seinen Blick. Und ich, ich nahm innerlich Partei für diesen Blick und gegen meine Mutter, und das wußte ich, und deshalb hatte ich Angst.

»Ich kann das nicht, Meneer Cuperus, das müssen Sie doch begreifen.«

»Ich bin vielleicht etwas schwer von Begriff, Mevrouw. Ist es, weil ich für Sie zu gering bin?«

»Nein, das ist es nicht«, sagte sie eilfertig, und in der kleinen Bewegung lag etwas Flehendes, »aber Sie müssen doch …«

»Es kann mir auch egal sein, was es ist«, sagte er heftig, »ich habe Frauen gekannt, die stolz auf diese Blumen gewesen wären. Ich werde sie hierlassen, dann können Sie sie in den Mülleimer werfen. Bis zum nächsten Mal, Mevrouw.«

Schnell legte er den Blumenstrauß auf den Tisch und ging zur Tür, wo er noch für einen Augenblick stehenblieb: Er hatte die Unruhe eines Menschen hinter sich gespürt, der alles wiedergutmachen will, alles erklären. Aber meine Mutter, einen langen weißen Handschuh zerknüllend, sagte nichts mehr. Als er die Tür öffnen wollte, rannte ich durchs Zimmer, um ihm zuvorzukommen. Gebieterisch wies er mich zurück, zum erstenmal mit einem leichten Schielen in den Augen, das nicht als Herzlichkeit oder Jovialität gedeutet werden konnte. Mit klangvoller Stimme, wobei seine Schnurrbarthaare zitterten und ein unbeschreiblich listiger Zug über sein rot angelaufenes Gesicht glitt, sagte er über die Schulter:

»Ich hätte es lieber, wenn mich der junge Herr Rieske heute nicht hinausbegleitet, Mevrouw. Wollen Sie so gut sein und dem Mädchen klingeln?«

Bevor meine Mutter nach der Tischglocke hatte greifen können, schnellte ich an ihm vorbei auf den Flur und rief das Mädchen. So prompt war sie zur Stelle, daß sie gelauscht haben mußte. Da ging Cuperus aus dem Zimmer, dröhnenden Schritts, düster, und lief, gefolgt von dem Mädchen, das ich flüsternd informiert hatte, die Treppe hinab. Vergeblich hatte ich versucht, seinen Blick aufzufangen.

Im Zimmer stand meine Mutter noch am Tisch, wütend und verdrießlich. »Wenn du die Blumen in den Mülleimer …«, knurrte ich, wurde aber unterbrochen durch lautes Schreien unten im Flur, ein Aufheulen wie bei einem Mordanschlag. Ein solches Geräusch hatte es nach der antimusikalischen Demonstration von Chris in seinem zehnten oder elften Lebensjahr bei uns nicht mehr gegeben. Das Zuschlagen der Tür hallte durchs Haus. Meine Mutter und ich eilten auf den Flur und sahen das Dienstmädchen die Treppe heraufrennen, die Schürze vor dem Gesicht, laut kreischend: »Er hat mich geküßt, er hat mich auf den Mund geküßt, dieser Kerl! …«

Als ich eine Viertelstunde später nach unten kam – mit hämmernden Schläfen hatte ich in meinem Zimmer auf dem Bett gelegen –, war das Verhör im Wohnzimmer in vollem Gang, wobei mein Vater, der auf das Geschrei hin gekommen war, die Aufgabe des Ermittlungsrichters übernommen hatte. Mit seinem juristisch unbefriedigten Herzen konnte er sich jetzt schadlos halten an diesem kinnlosen Dienstmädchen, von der ich schon immer gedacht hatte, daß sie nicht ganz bei Trost war, und die nun von meinem Lehrer aus völlig unerklärlichen Gründen geküßt worden war, noch dazu auf den Mund. Er habe sie auch gebissen, greinte das Häufchen Elend, aber das glaubte nicht einmal mein Vater. Sie war so erschrocken. Auch ich mußte berichten, was ich gesehen hatte, als sie mit dem Musiker die Treppe hinabging. Meine Mutter erwähnte die Blumen nicht und sagte auch sonst sehr wenig. Als alles sehr kompliziert und widersprüchlich geworden war, fragte mein Vater den eifrig wimmernden Unglückswurm, ob sie es sich nicht eingebildet hätte: eine ziemlich dumme Frage, denn dann wäre sie nicht nur ein Mondkalb, sondern vollkommen schwachsinnig. Chris war glücklicherweise nicht zu Hause. Während meine Mutter verkündete, daß man dem Mann zumindest die Gelegenheit geben müsse, sich zu verteidigen, nahm mein Vater verdrießlich seufzend einen Briefumschlag und Papier aus dem Wandschrank. Es wurde geschrieben, meine Mutter schien nur mit Mühe ernst bleiben zu können, das Mädchen hatte sich ausgeweint und erzählte die Geschichte noch einmal, wobei sie mir vorwurfsvolle Blicke zuwarf, als hätte ich mitgeküßt. Der Kerl hätte nichts gesagt, er hätte sie gepackt und brutal auf den Mund geküßt, zweimal, vielleicht sogar dreimal. Das brauche sie sich nicht gefallen zu lassen, dieser alte Kerl mit seinem ekligen Schnurrbart! Wütend über dieses stumpfsinnige Wiederholen, verließ ich das Zimmer – wütend und doch im Zweifel. Hatte Cuperus diese Mißgeburt tatsächlich geküßt, ja dann, ja dann ... Nicht, daß ich es ihm verübelt hätte, von mir aus hätte er das Mädchen lebendig häuten können, doch ich begriff, daß er dann nicht zu halten sein würde.

Aber auch meine Eltern schienen noch zu zweifeln, denn der Brief war nicht vor acht Uhr abends fertig für die Post. Kurz vor acht fiel ein Brief in den Briefkasten, nach einem bescheidenen Klingeln. Er war an meine Mutter gerichtet und wurde laut vorgelesen, Gott sei Dank schon wieder, ohne daß Chris dabei war, der mit einer Ausrede nach oben geschickt worden war von meinem Vater, wie ich meine: eine der angenehmsten Erinnerungen, die ich an ihn bewahre.

»Sehr verehrte, gnädige Frau!

Nach den Geschehnissen unten bei Ihnen im Flur ist mir klar, daß ich Nol nicht länger unterrichten kann. Meine einzige Entschuldigung ist, daß ich betrunken war. Auch für den Fall, daß Ihre Güte eine Fortsetzung des Unterrichts möglich machen würde, könnte ich Ihr Haus nicht anders als mit Schamesröte auf den Wangen betreten, und ich bin es nicht gewohnt, mich zu schämen. Grüßen Sie Nol von mir, und sagen Sie ihm, daß er weitermachen soll mit seinem Klavierunterricht, bei einem besseren, zumindest würdigeren Lehrer als mir. Mit den Gefühlen der Hochachtung,

Ihr ergebener Henri Cuperus.«

»Das ehrt ihn«, sagte mein Vater, indem er das Papier faltete, »es ist ein sehr anständiger Brief. Ich bin froh, daß wir unseren noch nicht weggeschickt haben, sonst hätten wir ihm antworten müssen, finde ich ... Es ist kein Kapitalverbrechen, ein Dienstmädchen zu küssen, und das Kind ist so verwirrt, daß sie selbst Anlaß gegeben haben kann ... aber ja, Trunkenheit ...«

»Er war nicht betrunken!« rief ich verzweifelt aus. »Das konnte jedes Kind sehen! Das blöde Stück, die alles verdorben hat! Mutter, sag schon, war er betrunken?« Meine Mutter schwieg. »Verd... Du weißt genau, daß er nicht betrunken war!«

»Fluchen im Hause, das tun Straßenjungen«, sagte mein Vater erschöpft, »und du redest in einem anderen Ton mit deiner Mutter.«

Etwas mysteriös, wie mir vorkam, fing meine Mutter an zu lächeln, als hätte sie einen Sieg errungen, von dem wir alle nichts wußten. »Er war nicht betrunken«, sagte sie mit heller Stimme.

Brummend machte mein Vater Anstalten, den Brief wieder auseinanderzufalten. »Dann wird es natürlich wieder, eh ... verrückter, was Joukje betrifft ...«

So gedämpft, daß es für Chris nicht hörbar war, schluchzte ich mich oben in den Schlaf. Früher hatte ich gelauscht, wie Chris weinte und wimmerte, ebenfalls wegen der Klavierstunden ... Aber das war kein echter Kummer gewesen, nur überreizte Nerven und der Wunsch, seinen Willen durchzusetzen, und idiotische Wut ... Cuperus hatte mich »Nol« genannt, zweimal, in diesem Brief. Zum erstenmal »Nol« genannt – das war es, was mich die bittersten Tränen kostete. Und das war auch das Grausamste, was in dem Brief hatte stehen können, denn seinen Entschluß zu einem endgültigen Abschied hätte er in keinen anderen Worten besser wiedergeben können.

· 6 ·

Cuperus' selbstgewählte Vertreibung hatte Folgen. Den Fall so zu beschreiben, wie er mir damals vorgekommen ist, daran ist gar nicht zu denken; ich schnappte etwas auf, ich kombinierte, aber innerlich war ich nicht bei der Sache, denn nun, da er für mich als Lehrer verloren war, hatte ich das Gefühl, ich müsse mich ganz von ihm abwenden. Dadurch, daß er das Dienstmädchen geküßt hatte, war er auch in meiner Achtung gesunken, das merkte ich einige Monate später, als ich ihn auf der gegenüberliegenden Seite der langen, kurvigen Einkaufsstraße auftauchen sah, gleichgültig, die Hände in den Taschen, einen beängstigend schwarzen Kalabreser auf dem Hinterkopf. Ich wandte mich damals sofort ab, ich brauchte nicht einmal darüber nachzudenken.

Obendrein kam mein Lebenswandel, vor allem nach den Sommerferien, nicht gerade den Gedanken an Musik oder der Verehrung von Erwachsenen zugute. Nicht, daß ich den Klavierunterricht völlig vernachlässigte – meine Mutter gab mir jetzt »Stunden« –, aber wenn man öfter mal mit einem blauen Auge nach Hause kommt oder mit einer (diesmal sehr schmerzhaften) blutigen Nase, ist man nicht in der Stimmung für Clementi und nicht einmal für Beethoven – den »größten Komponisten« –, auf dessen Jugendsonatinen meine Mutter mich nach einer vereinfachten Talsma-Methode sofort losgelassen hatte. Um Etüden spielen zu können, dafür zitterten meine Hände zu sehr von all den Prügeleien. Die Zeit, in der ich mich mühelos hatte behaupten können, indem ich Schwächere verdrosch, lag hinter mir, und in diesem letzten Jahr vor dem Lyzeum hatte ich einen erbitterten Machtkampf mit einigen Klassenkameraden zu führen. In diese Freunde war bereits der Sturm der Pubertät gefahren, sie ließen sich nichts mehr von mir gefallen, spotteten über mein Mädchengesicht, meine errötenden Wangen – »Nola« war das neue Schimpfwort –, und wenn ich dann drauflosschlug, waren sie stärker als ich, in jedem Fall kampflustiger. Ich beschloß, rücksichtslos aufzutreten, und jeden Jungen, der auch nur auf mich zeigte, griff ich an, was anstrengend war, auf die Dauer aber zu einem Gleichgewicht der Kräfte führte. Von einem etwas älteren Jungen, der nicht mehr bei uns auf der Schule war, lernte ich ein paar gemeine Tricks, was mich reihum all meinen Widersachern jetzt hoffnungslos entfremdete und sie untereinander wiederum zu Freunden machte.

Es war eine wilde Zeit, familiärer Häuslichkeit wenig förderlich, sehr förderlich allerdings einem erträglichen Verhältnis zu Chris (auch wenn er auf meine Prügeleien sehr von oben herabsah) und mit einem gewissen Einfluß auf das nicht allzu mondäne Nachtleben in W…, denn wenn ich nachmittags mit Faust oder Fuß erfolgreich gewesen war, hielt ich es für meine Pflicht, nach sieben Uhr mit einer Zigarette zwischen den Lippen dem wortlosen Unterricht von Braun und Blau alle Ehre zu machen. Entlang den erleuchteten Schaufenstern in mehr als einer Straße wurde ich, so stellte ich es mir zumindest vor, eine berüchtigte Erscheinung, und ich kann die Mädchen nicht zählen, die ich ansprach, sie ein Stück begleitete und danach in eine der mir schon wieder unbekannt gewordenen Gassen zu stoßen versuchte, nicht sehr weit hinein, so daß es eher Torbögen als Gassen zu sein schienen. Das endete gewöhnlich mit Rangelei und Streit: Bis zu einem Kuß habe ich es nie gebracht. Nach einiger Zeit begann es mich zu langweilen, vor allem, als einige Mädchen mich als »Söhnlein des Richters« identifizierten und unfreundliche Dinge über Richter im allgemeinen sagten, und ich schlenderte jetzt lieber mit Freunden herum oder denen, die als solche gelten konnten.

Mitten im Winter habe ich aus einiger Entfernung Trix noch einmal kämpfen sehen, nicht gegen Mädchen diesmal, sondern gegen eine Bande kleiner Jungen, die ihr alle nicht bis an die Schulter reichten. Ihre Kampftechnik bestand darin, dem Gegner in den Bauch zu treten oder noch etwas darunter. Da dieser Form der Gewalt bekanntlich nicht einmal ein antiker Held gewachsen war, stand sie schnell allein da, in all ihrer zornigen und rüpelhaften Größe. Sich immer wieder nach der flüchtenden Bande umblickend, lief sie direkt an uns vorbei; ihr Gesicht war schmaler geworden, und unter den Augen lagen blaue Schatten. Es ließ mich ziemlich unberührt; auf die Äußerung eines meiner Kumpel: »Das ist 'ne Komische, mit der fängst du lieber nichts an«, zuckte ich die Schultern. Ich bewunderte sie wohl, ich war zwar beeindruckt – gleichsam losgelöst von mir, so wie auch sie zu etwas von der Realität Losgelöstem, beinah Symbolischem geworden war –, aber ich hätte den anderen nicht gern erzählt, daß ich sie kannte und einmal mit ihr getanzt hatte.

Als ich in jenem Winter den GARTEN noch einmal besuchte, hatte ich vorsichtshalber ein paar Jungen mitgenommen. Frühere sporadische Besuche, im Frühling oder Sommer (nie am Sonntagnachmittag), hatten mich immer feierlich gestimmt, und in der Zeit meiner Klavierstunden war es wie eine Wallfahrt gewesen. Dann ging ich an den Käfigen mit den goldenen Vögeln und der watschelnden Gans entlang, kletterte auf großen Umwegen bis oben auf den Felskamm, wobei ich immer Kinder hinter mir spürte, und schaute mit einer leisen Erinnerung an das erste Staunen über diesen Taltrichter mit dem Teich und dem Musikpavillon und der Handvoll Menschen auf den Stühlen. Im Herbst waren diese Stühle nur von Linden- und Eschenblättern besetzt gewesen. Aber jetzt, zusammen mit meinen Freunden, wurde es ein ausgelassener Streifzug durch einen blattlosen Garten, ohne Vögel und ohne Blumen. Die vor Kälte halb erstarrte Gans war nicht einmal zu Weihnachten gegessen worden. Obwohl wir die Absicht gehabt hatten, im Restaurant ein Glas Milch zu trinken, kamen wir nicht weiter als bis zur Felswand, wo wir uns mit unserem lärmenden Gejage einen Kellner auf den Hals holten. Schimpfend zogen wir ab. Am Eingang warfen wir Steine auf das dünne Eis im Ringgraben; sie schossen alle hindurch, wie Frösche in einem Graben mit Entengrütze.

Die Folgen seines Auftritts unten bei uns im Hausflur bekam Cuperus mit ganzer Wucht zu spüren. Nicht, daß meine Eltern das Gerücht absichtlich verbreitet hätten; aber an den Musikabenden mußte man doch einen Grund angeben, weshalb »der Mann« nicht mehr zu uns kam, um so mehr, als die Besucher ein gewisses Interesse an ihm hatten, nicht nur Vellinga und der junge Tjallingii, sondern vor allem auch Caspers, ein gewiefter junger Bankier mit kulturellen Ambitionen, der ein halbes Jahr Unterricht bei ihm gehabt hatte und ihn für einen bemerkenswerten Menschen hielt, sogar mit Charakter. Auch das Dienstmädchen redete in ihren eigenen Kreisen natürlich darüber, und Chris in den seinen; um Übertreibungen und Verzerrungen zu vermeiden, war es nur recht und billig, die Angelegenheit gegenüber intimen Freunden aufzudecken. Außerdem war es eine witzige Geschichte, und ich denke, daß meine Eltern an solchen Abenden auch schon einmal um Gesprächsstoff für die Musizierpausen verlegen waren und mein Vater die Konversation nicht völlig den »jungen Leuten« überlassen wollte, ohne jede eigene Initiative. Es steht fest, daß er, mehr als meine Mutter, Cuperus wenn möglich in Schutz nahm; aber vielleicht hätten sie besser daran getan zu warten, bis die Gesellschaft etwas anders zusammengesetzt gewesen wäre. Vellinga, dem man seine journalistische Geschwätzigkeit kaum als Untugend anlasten konnte, fehlte, und weder Van Son noch den jungen Tjallingii, ohnehin eher eine Treibhauspflanze, oder den vornehmen und weitgereisten Caspers konnte man als geschwätzig bezeichnen, auch wenn sie Junggesellen waren. Ohnehin war ihr Klüngel für Cuperus kaum von Bedeutung, der, wie alle Musiklehrer von W..., sich eher ans Kleinbürgertum hielt. Aber Dijkhuizen war dabei. Er war ein schon etwas älterer Mann (Junggeselle auch er), dick und rund, zufrieden mit dem Leben und mit sich selber, ein braver Trinker, ein großer Musikliebhaber. Chris und ich verabscheuten ihn zutiefst, und zwar nicht deshalb, weil er zum Schein recht kirchlich war (das hing mit Geschäftsinteressen zusammen, doch dieses Thema möchte ich nicht vertiefen). Aber in dem von Cuperus geleiteten Kirchenchor mischte er mit seinen kleinen dicken Fingern kräftig mit. Und da er, wie ich aus späteren Berichten erfuhr, bei seinen Großstadtbesuchen häufig in der Gegend mit den roten Lämpchen zu finden war, meinte er wohl, er müsse bisweilen etwas zur Beruhigung seines Gewissens tun.

Die Entlassung als Leiter des Kirchenchors zog die bei einem der anderen Chöre nach sich. Der »sozialistische« Chor (eine übertriebene Bezeichnung) blieb dem Sünder treu. Die Zahl seiner Unterrichtsstunden sank zusehends; vor allem Damen und Mädchen durften oder wollten nicht mehr zu ihm; ob es auch Damen und Mädchen gab, die gerade jetzt zu ihm wollten, habe ich nicht erfahren können. All diese Einzelheiten interessierten mich nur mäßig; ich hörte sie mir an, verarbeitete sie kaum, ich fühlte mich nicht verantwortlich dafür, und daß meine Mutter, vielleicht die einzig Schuldige, keine Blumen von »so einem« annehmen konnte, hatte ich allmählich, wenn auch nicht begriffen, so doch als Tatsache akzeptiert. Cuperus, so hieß es, sei dem Alkohol verfallen, seine Tochter wachse zur Verbrecherin heran, anstelle von Kaffee tränken sie Zichorie, seine Frau gehe bei anderen Leuten waschen, die Tochter habe schon auf der Straße gebettelt, sei dann von der Polizei festgenommen worden und habe sich gewehrt und um sich getreten und dabei zufällig einen kleinen Jungen zwischen die Beine getroffen.

Daß mein früherer Lehrer tatsächlich trank und immer getrunken hatte, war kaum noch zu leugnen, aber ich versuchte, es möglichst herunterzuspielen, wobei ich gute Argumente hatte, soweit meine Zuhörer Wert legten auf eigene Beobachtungen. Ich sagte, ich hätte ihn mindestens dreimal auf der Straße gesehen, zwar apathisch, aber nüchtern wie Meneer Van Son selbst, der Abstinenzler war; ich wüßte doch wirklich, wie betrunkene Männer liefen, schwankten, lallten oder sich erbrachen. So schlimm sei es nun auch wieder nicht, meinte meine Mutter, und viel Geld, um es zu vertrinken, hätte er natürlich nicht. Und ich sagte, auch über das Mädchen, diese Trix, würde geredet; aber wenn sie auf der Straße kämpfe – und sie kämpfe besser als ich! –, dann sei es wegen ihres Vaters, weil man ihn beschimpfte oder ihm sogar nachjohlte. Dieses Gespräch endete mit einem bei uns längst stereotypen Thema: Warum er denn nur Joukje im Hausflur geküßt habe? – ein Rätsel, sogar für Juristen. Vielleicht ist es eine Angewohnheit, sagte meine Mutter, wobei sie so abwesend an mir vorbeisah, daß ich lieber wieder an die Arbeit ging. Von Chris, der mich übrigens, was Cuperus anging, auffallend schonte, hörte ich noch, daß er schon früher bei so etwas erwischt worden sei: Mädchen hinter Türen küssen und schlimmere Dinge, während der Stunde. Ich merke hier an, daß dies bloßes Lästern war, genau wie alles andere – außer seiner Armut – (seine Frau scheint eifersüchtig gewesen zu sein und brachte die Geschichten ohne wirklich böse Absicht in Umlauf); aber damals hielt ich es zumindest für möglich, und es stand für mich fest, daß eine Liebelei mit Schülern bei Clementi oder sogar Beethoven oder Haydn würdeloser war, als Dienstmädchen zu küssen, die sofort losschrien.

An einem Frühlingsnachmittag spazierte ich zwischen Sonne und Regen den Kanal entlang in Richtung der kleinen Eisenbahnbrücke. Mit seinen Tuckerbooten, Börtschiffern und Torfkähnen war der Kanal das lärmende Gegenteil des Ringgrabens auf der anderen Seite der Innenstadt, und mein Interesse hatte sich schon viele Jahre zuvor von ersterem zu letzterem verlagert, so daß ein Spaziergang am Kanal mehr der körperlichen Bewegung diente als dazu, Erinnerungen nachzuhängen. Vor allem, da ein neuerlicher Regenschauer drohte, nahm ich mir vor, auf keinen Fall weiter als bis zur Eisenbahnbrücke zu gehen, dort, wenn möglich, einen Zug davonfahren oder herankommen zu sehen und dann nach Hause zurückzukehren. Als die ersten Tropfen fielen, überquerte ich eine Seitenstraße, eine wie unsere, nur weniger vornehm, und sah dort auf dem Bürgersteig, den Kragen hochgeschlagen, den großen schwarzen Hut in die Stirn gedrückt, Henri Cuperus herankommen. Ich habe gesagt, daß er auf dem Bürgersteig ging, aber zwischendurch ging er auch mit einem Fuß im halb mit verwelktem Laub gefüllten Rinnstein, breitbeinig, wie um den Bürgersteig auf keinen Fall zu verfehlen. Diese Gymnastik hinderte ihn nicht daran, in meine Richtung zu blicken. Schlimmer, er mußte mich erkannt haben, denn er hielt die Augen weiterhin auf mich gerichtet, wenn auch nicht sehr aufmerksam; mehr, wie man eine leichte Beute betrachtet, die einem nicht mehr entkommen kann. Der eine Augenblick, in dem ich stehengeblieben war, hatte mich ihm ausgeliefert, und dann waren es auf einmal zehn Augenblicke geworden. Als er mich beinahe erreicht hatte, lief er kerzengerade, die Hand an dem nun etwas nach hinten geschobenen Hut, der von einem Windstoß bedroht wurde. Auch er war magerer im Gesicht geworden, so daß er nicht mehr Admiral De Ruyter ähnelte. Anstatt wäßrig und blutunterlaufen zu sein, schielten seine Augen nur vor Fröhlichkeit, was mich einerseits beruhigte, andrerseits das vage Schuldgefühl gegenüber meinen Eltern und der Stadt W... größer werden ließ. Wer war denn nun fröhlich unter diesen Umständen? Übrigens war niemand auf der

Straße oder am Kanal, der uns hätte sehen können. Nachdem er sich gewichtig geräuspert hatte, drückte er mir mit großer Wärme die Hand. Der Regen hatte eine dichte silberne Gardine gebildet.

»Wie geht es, Nol? Nett von dir, daß du mich noch erkennst, nach so vielen Monaten!«

»Das ist doch selbstverständlich, Meneer«, sagte ich entschlossen und überließ ihm meine Hand und ließ den Regen auf beide Hände herabprasseln.

»Wir sollten uns unterstellen, du hast keinen Mantel an«, murmelte er, wobei er sich nach den beiden Häuserreihen ohne überdachte Eingänge umblickte. Wieder räusperte er sich. »Nein, selbstverständlich ist das nicht, Nol, absolut nicht, und auch wenn du weitergegangen wärst, hätte ich dich immer noch als einen meiner nettesten ehemaligen Schüler angesehen. Die anderen sind Schufte, denn die ging es einen feuchten Kehricht an, aber du warst dabei, du warst erschrokken über mich, über den Lärm im Hausflur und alles ... Ich hab ein gutes Verhältnis zu Ehemaligen«, fuhr er in munterem Ton fort, »einige fangen schon wieder an, mich zu grüßen, verdammt amüsant ist das. Bald kommen sie alle wieder zurück, die kleinen Spitzbuben, und dann haben wir drei wieder was zu beißen, zu Hause ...« Er ließ meine Hand los, wrang seinen Schnurrbart aus und blickte sich um. Er summte ein bißchen. Ebenso plötzlich, wie der Regen angefangen hatte, hörte er wieder auf; ein paar flüchtige Silberschleier zogen noch vorbei, als griffe eine Hand nach ihnen, und am Ende der Straße öffnete sich eine unternehmungslustige Spalte Blau in den grauen Wolken. Cuperus hatte seinen Hut abgenommen; quer über seine Stirn verlief ein roter Striemen. Er betrachtete seine Handfläche.

»Billige Farbe heutzutage; ich bin erst dreiundvierzig, aber dieser Schnurrbart wollte unbedingt grau werden, mein Haar nicht. Und das alles zu Beginn des zwanzigsten Jahrhunderts, des neuen Jahrhunderts, ja, ja. Begleitest du mich ein Stück? Zehn Häuser, weiter ist nicht nötig.«

Ich begleitete ihn, an seiner linken Seite. Mit seinem Kalabreser, dem Friseurduft entstieg, wedelte er sich Kühle zu. Dann und wann murmelte er etwas vor sich hin oder summte wieder. Einmal blickte er sich nach einem Steinchen um, dem er vielleicht hatte ausweichen wollen und wie durch Zauberei bereits ausgewichen war. Schwer wie ein Gong dröhnte seine Stimme über meinen Kopf hinweg.

»Uns geht's schlecht.« Ich wußte nicht, was ich sagen sollte, ich wußte nur, daß ich ihn beim zehnten Haus nicht im Stich lassen würde. »Hab keine Angst, ich werde dich nicht um Geld bitten.« Er lachte, er hustete. »Sag nichts, Junge, ich neck dich nur. Jungen wie du erfahren früh genug, daß schon mal Flaute im Betrieb sein kann. Von vorübergehender Art in meinem Fall.«

Ich hatte sagen wollen: »Wenn ich hundert Gulden hätte, Meneer ...« Aber hundert Gulden waren nur für kleine Kinder ein stattlicher Betrag, und tausend hätte er mir nicht geglaubt. Als wir das zwölfte oder dreizehnte Haus erreicht hatten, blieb er stehen:

»Möchtest du zum erstenmal in deinem Leben wirklich gute Musik hören? Meine Frau ist glücklicherweise etwas schwerhörig.«

Den Zusammenhang begriff ich nicht, aber ich stimmte sofort zu, da ich spürte, daß das geringste Zögern ihn tief beleidigt hätte. Er nickte, schritt schneller aus und sprach nicht mehr, bis wir sein Haus erreicht hatten, ein ziemlich niedriges Haus mit Spitzdach. An Höhe stand es seinen Nachbarn in nichts nach, wären die Zimmer nur nicht so niedrig gewesen. Das Vorderzimmer mit dem Flügel, in das er mich eiligst hineinschob, erschien dadurch viel voller als ein normales Zimmer mit derselben Grundfläche. Es war eine ruhige, ordentliche Straße; gegenüber lag eine verschlafene Schmiede mit dem Namen des Schmieds auf einem großen weißen Schild quer über der Fassade, die Buchstaben hier und da ausgelaufen. Das »G. J. Douwes« sah aus wie »G. J. Doodis« oder »Doodvis«, toter Fisch, aus den letzten Buchstaben konnte man alles machen.

Im Hausflur hörte ich ihn rumoren und murmeln, und das Scheppern eines Kleiderbügels bewies, daß es ihm Mühe machte, seinen Mantel aufzuhängen; vielleicht war die Schlaufe gerissen. Der Flügel hatte vergilbte Tasten; in der Ecke lag ein Heft mit einem stumpfen Rotstift; Notenhefte sah ich kaum, wahrscheinlich lagen sie im Bücherschrank, durch eine Gardine hinter dem Glas verdeckt. Auf dem Flügel stand eine Tasse Tee, die nicht mehr dampfte. Daß es dort so muffig roch, schrieb ich den vielen vertrockneten Lorbeerkränzen an der Wand zu, mit Schleifen, an denen Ratten und Mäuse genagt zu haben schienen. Nein, es roch nach Tabak, im Hausflur hatte es muffig gerochen, aber nicht nach Essen. An einer der Wände hing ein großes Porträt von Liszt, dasselbe wie im Album meiner Mutter; als junges Mädchen hatte sie für Liszt geschwärmt, vor allem, da sie ihn nie hatte spielen hören, wie meine Großmutter, die sie das Zauberwort für musikalische Mädchen gelehrt hatte: »Liszt ...« Im übrigen zeugte die Einrichtung des Zimmers von denkbar schlechtem Geschmack. In dem riesigen Pfeifenregal, einer Hindenloopen-Imitation, steckte keine einzige Pfeife; daraus schloß ich, daß der Bewohner dieses Zimmers nur Zigarren rauchte, und in letzter Zeit wahrscheinlich die zu zwei Cent. Auf einem kleinen Tisch lag ein Bücherstapel, und auf diesen Büchern lag ein Kalender, in letzter Zeit wahrscheinlich leer.

Tatsächlich hatte er, als er in einem alten, schwarzsamtenen Hausmantel hereinkam, eine frisch angesteckte Zigarre zwischen den Zähnen. Seine nassen Schnurrbarthaare hatte er nach oben gestrichen, und beim Sprechen qualmte er kräftig.

»Nimm dir einen Stuhl, Nol, du bist zwar klatschnaß, aber es ist hier doch ein Chaos. Verdammt, da steht der Tee noch …«

Er zog seinen Hosenbund hoch, ging zum Flügel, nahm die Teetasse und trat damit zu einer der Fensterbänke. Bei seinem angewiderten Gesicht wunderte es mich nicht, daß er den Tee zu mehr als der Hälfte auf eine armselige Fuchsie kippte. Es kam mir vor, als schwanke er ein wenig beim Gehen, aber den Gedanken, er hätte im Hausflur noch schnell einen Schluck genommen, verwarf ich.

»Das ist für Muttern …« (als hätte er ihr ein Trankopfer gebracht). »Die Damen sind zum Glück unterwegs; wenn sie merken, daß ich dich hier hereinhole, denken sie: ein neuer Schüler, und das sollte nicht sein.« Listig zwinkerte er mir zu, lief zum Flügel zurück und fuhr sich dabei durch seine schwarzen Locken. »Was sollen wir spielen? … Du hast noch nie wirklich gutes Spielen gehört, stimmt's?«

»Nein, Meneer. Nur von meiner Mutter und von Meneer Van Son …«

Ganz kurz blickte er auf, als wäre der Name eines mächtigen Konkurrenten in seinem Zimmer erklungen. Dann setzte er sich, etwas unwillig die Schultern zuckend, auf den Klavierhocker, halb zu mir gewandt.

»Und das Fräulein, zwei Häuser weiter, die spielt wirklich gut …«

Er schien nicht zuzuhören. Tiefer und tiefer sank sein Kopf auf die Brust. Obwohl er die Augen geschlossen hielt, war sein Gesicht nicht das eines schläfrigen Mannes, und als er die rechte Hand ans Kinn legte, begriff ich, daß er nicht döste, sondern nachdachte. Jetzt, da sein Kopf so vornüber hing, war der ordinär geschnittene und ausrasierte rote Nakken deutlicher sichtbar geworden; ich schaute mit einer gewissen Rührung darauf. Plötzlich erhob er sich, um die Teetasse, die wieder auf dem Flügel gelandet war, ein Stück beiseite zu stellen – wegen des Klirrens, dachte ich, wenn er erst mal zu spielen beginnt ... Danach legte er seine Zigarre auf die Untertasse und setzte sich wieder auf den Hocker, das Gesicht mir zugewandt.

»Nol ...« – ein tiefer Seufzer hinderte ihn daran weiterzusprechen. »Nol, du bist noch jung, aber du hast alles miterlebt, und du hast natürlich auch gedacht, daß ich betrunken war ...«

»Nein, Meneer, das habe ich nicht, ich schwöre es! Meine Mutter auch nicht; als mein Vater danach fragte, hat sie es selbst gesagt: ›Er war nicht betrunken‹, sagte sie ...«

»Deine Mutter auch nicht«, wiederholte er heiser und hielt sich die Hand vor die Augen. Seine breiten Schultern bebten.

»Mein Vater und meine Mutter haben immer gedacht, daß Sie wiederkommen würden«, log ich, »und meine Mutter hat mir selbst gesagt, daß sie es sehr nett fand, das mit den Blumen, und sie haben noch drei Tage lang in einer Vase gestanden.« (Das letzte stimmte, die Blumen waren für zu schön befunden worden, um sie einfach wegzuwerfen.)

Wieder bebten die Schultern, beide Hände hatte er jetzt vors Gesicht geschlagen: Er hatte nun wirklich alles getan, um das Schluchzen, soweit es ging, zu vermeiden; aber obwohl er, nach meiner späteren Schätzung, sicher acht Gläschen genommen hatte, zeigte er, als er endlich die Hände sinken ließ, trockene und feurige, zwar schmerzerfüllte, aber unverkennbar streitlustige Augen.

»Weißt du, warum ich das gemacht habe?«

Ich schüttelte den Kopf; denn keiner von uns hatte begriffen, warum er es gemacht hatte.

»Weil ich in deine Mutter verliebt war«, sagte er feierlich, wobei er sich gerade aufrichtete, »war, denn ich bin es nicht mehr. Sie war diese Liebe nicht wert; sie hielt mich für einen Musikanten, einen Hausknecht, und als mir das klargeworden war, beschloß ich, mich auch als Hausknecht aufzuführen, und küßte das Mädchen.«

Ein Wirbel der sonderbarsten Gedanken hinderte mich daran, mehr zu tun, als ihn mißtrauisch anzustarren. Eigentlich glauben konnte ich es nicht, vor allem, da er diesmal offensichtlich wohl doch betrunken war oder kurz zuvor betrunken gewesen war.

»Du findest es doch nicht schlimm? ... Nein, natürlich findest du es nicht schlimm; du bist noch jung und hast ein feines Gefühl. Diese Liebe war rein, rein wie Lohengrins Liebe zu Elsa von Brabant, Parsifals zu Kundry oder einer der anderen berühmten Gestalten, die du noch nicht kennst. Nie habe ich damit gerechnet, daß sie erwidert würde; nur die Blumen waren ... Aber es ist vorbei, ich bin seitdem schon wieder in zwei andere Frauen verliebt gewesen; die erste hat mir als ›Pianolehrer‹ gekündigt, aber in einem halben Jahr kommt sie wieder, das weiß ich. Als sie mir kündigte, mündlich, hier in diesem Zimmer, verliebte ich mich plötzlich in sie, und das hat sie gespürt, denn das spüren alle Frauen, deine Mutter auch, deshalb war sie auch so gemein zu mir. Ich bin bei einer Wahrsagerin gewesen – nicht, daß ich das alles überhaupt glaube, was diese Leute sagen, es war nur auf Drängen meiner Frau –, aber die sagte, innerhalb von zwei Monaten würde alles wieder gut werden. Jetzt sei ich noch ziemlich unten, aber innerhalb von zwei Monaten ..., und das hänge zusammen mit einer Schwarzhaarigen, das ist dann die zweite, siehst du; nun, wenn es soweit ist, ist es bis dahin eine blonde Frau geworden«, kicherte er unter häßlich asymmetrisch zu Berge stehenden Schnurrbartspitzen. Sofort wurde er wieder ernst: »Das darfst du ruhig deiner Mutter sagen.«

»Das mit einer blonden Frau ...?«

»Verdammt, nein, natürlich nicht«, sagte er böse, und es war, als würden seine Augen mich verschlingen, »nur daß ich … Du mußt es nicht sagen, Nol, aber du darfst es sagen. Daß ich verliebt in sie war, oder sag nur, daß ich sie sehr gern hatte oder nett fand und daß ich deshalb das Mädchen abgeknutscht habe und daß es vorbei ist. Und jetzt werde ich etwas für dich spielen; viel Zeit haben wir nicht mehr, gleich kommen die Frauen nach Hause …«

Er stand auf, und mit einer ausholenden Bewegung zur Wand kündigte er an: »Liszt!« – worauf er, ohne sich nach einem Notenheft umzusehen, am Flügel Platz nahm und einige präludierende Akkorde anschlug. Nachdem er ein paar wohlklingende Arpeggien hatte aufrauschen lassen, von denen ich nicht wußte, ob sie schon zum Stück selbst gehörten, winkte er mich zu sich, und kaum hatte ich meinen Stuhl rechts neben den Klavierhocker geschoben, als es ernst wurde: Eine verführerische Melodie begann sich über dieselben Arpeggien zu erheben, zu senken, zu sprechen, zu singen, um nach einigen Minuten in ein leidenschaftliches Sprudeln überzugehen, aus dem die Melodie nach einem Crescendo aus Donner und Blitz in einer tieferen Lage aufs neue geboren wurde. Plötzlich erklang die Melodie energisch im Baß, aufgepeitscht von beängstigend herausspringenden Vorschlägen, und die Arpeggien waren in die hohen Oktaven verjagt, wobei er einige Fehler machte. Selbst für die Ohren eines Ungeübten wie mich sündigte er eigentlich fortwährend gegen die Technik, aber nie stümperhaft oder verunzierend und nie bei den tiefen, tragenden Baßtönen, und sein Anschlag, sein Vortrag, seine Macht über die Seele dieser Musik waren von einer Meisterschaft, die mich zu einem untertänigen Verehrer machten, einem Sklaven, einem kleinen, dummen Wicht. Wenn das meine Mutter hören könnte! Wer war dieser Liszt, dessen Gesicht ich unsympathisch fand und von dem mein Vater einmal erzählt hatte, daß er katholisch geworden war, verglichen mit ihm?

Es stimmte, daß ich beim Zuhören irgendwie von seinem

Verhalten abgelenkt wurde. Nicht nur, daß er aus der nun wieder zwischen die Zähne geklemmten Zigarre gefährliche Rauchwolken ausstieß, sondern er nickte mir auch bei bestimmten Passagen schielend und aufgeräumt zu. Als er mit einem zweiten Stück angefangen hatte – der As-Dur-Etüde von Chopin, damals dachte ich noch, daß es ebenfalls von Liszt sei –, erkannte ich nach und nach die Passagen wieder: Es waren die schönsten Passagen, die Passagen, in denen etwas Besonderes mit der Musik geschah. Dann nickte er eifrig und schnell, und eingetaucht in ein glückliches Lächeln, lag sein offenes, schutzloses Gesicht da, wie sehr die Augen auch zu schielen schienen, was vielleicht vor allem dadurch zustande kam, daß er das eine zukniff und Falten um das andere spielten. Um mir nichts von dieser Mimik entgehen zu lassen, beugte ich mich so weit wie möglich nach vorn. In Takt 19 – bei der zurücklaufenden Gegenstimme in der linken Hand – schloß er die Augen, runzelte die Stirn und wiegte den ganzen Körper, einmal, zweimal, ein unwiderstehliches Wogen, das sich der Musik mitzuteilen schien. Bei den hohen Tönen griff er oft daneben. Aber sofort verstand er es, durch den Einsatz des Pedals oder andere Kunstgriffe den reifen, vollen Klang vor einer Störung zu bewahren. Diese Fehler waren entschieden nicht der Trunkenheit zuzuschreiben, er war daran gewöhnt und wußte sich zu helfen. Das alles begriff ich damals noch nicht, aber später habe ich ihn diese Etüde öfter spielen hören, und er hat mir beigebracht, sie selbst zu spielen, auf meine stümperhafte Art.

Mitten in dem hinreißenden Orgelpunkt auf es und gleich nach der Vortragsanweisung »appassionato« brach er ab, und mit einem hervorgestoßenen »Da hast du diese verdammten Weiber schon« zog er mich von meinem Stuhl. Die Haustür hatte ich nicht gehört. Im Flur erstarben die Frauenstimmen: eine schrille, schneidende und eine ermüdet schleppende mit einem provinziellen Akzent. Cuperus stand in Lauschhaltung; als alles still geworden war, lotste er mich in großer Eile aus dem Haus, wobei er nicht versäumte, mich noch kurz am Ohr zu ziehen. Ich roch jetzt deutlich seinen Alkoholatem. Er fragte nicht, ob ich noch einmal wiederkäme.

· 7 ·

Mein erster Impuls war, meine Eltern zu bitten, ob ich wieder Unterricht haben dürfe, bei ihm zu Hause. Bei näherer Betrachtung aber schien es mir unvorsichtig, meine Absichten so frühzeitig zu verraten, ohne den vorherigen Versuch, Cuperus meiner Mutter gegenüber zu rehabilitieren. Wegen der Verliebtheit, oder gewesenen Verliebtheit, machte ich mir keine Sorgen. Besonders da ich bei meinem Vater nie Verliebtheit vermutet hatte, erstaunte es mich nicht, daß Männer ihrem Charme erliegen konnten. Das einzig Schockierende war die Schlußfolgerung, daß dann die anderen Besucher ebenfalls verliebt in sie sein mußten oder gewesen sein mußten, der kleine, musikalische Van Son ebenso wie der bärenhafte und unmusikalische Vellinga. Auch war keiner von ihnen verheiratet, wie Cuperus immerhin. Nur bei dem jungen Tjallingii, weibischer als sein eigener Pudel, der jedem die Hand leckte, stieß ich auf Schwierigkeiten, aber wahrscheinlich gab es keine Regeln, die girrende und leicht hüftschwingende Männer daran hinderten, sich in anziehende, geistreiche, lachlustige und errötende Frauen zu verlieben. Das Problem der Gegenliebe tat ich ab, weniger indem ich mir ihre Standhaftigkeit gegenüber Cuperus, dem größten Eroberer von allen, vor Augen hielt, als deshalb, weil ich ihrem Status als verheiratete Frau einiges Gewicht beimaß. Außerdem wußte ich natürlich nicht ganz sicher, ob mein Vater nicht doch verliebt in sie war oder gewesen war; er könnte es verborgen halten; er könnte zum Beispiel monatelang nicht daran denken, es gab zahllose Möglichkeiten.

Meine Mitteilungen über die Liebe, das Gernhaben, die Blumen, den Hausknecht und die Kußdemonstration ließen meine Mutter nicht einmal erröten. Sie habe es immer schon vermutet, beinah von Anfang an, sagte sie; sie fände den

Mann töricht, jetzt im nachhinein bedauernswert, und die Erklärung für den Kuß erschien ihr nicht nur akzeptabel, sondern sie kannte auch die Geschichte von einem jugendlichen Verehrer ihrer Großnichte, der, nachdem er abgewiesen worden war, praktisch dasselbe getan hatte; die Dienstmädchen seien dann Opfer der enttäuschten Herren; bei der Großnichte habe das Mädchen sich gewehrt, und der Verehrer habe geflucht, nicht im Hausflur, sondern in einem Gemüsegarten. Außer ihrer eigenen Intuition habe auch der Herr Wubbo Vellinga sie aufgeklärt, dem der erregte Musiker etwa zwei Wochen nach seiner ersten Stunde bei uns sein Herz ausgeschüttet habe. Das Wort »erregt« sprach sie so bedeutungsvoll aus, daß sie damit wohl »betrunken« meinen mußte oder *»angeheitert«*, ein Ausdruck meines Vaters. Aber Vellinga zufolge, der es ihr außer Hörweite der anderen anvertraut hatte, habe »der Mann« sich nicht ungehörig über sie ausgelassen; sie habe damals sehr gelacht mit Vellinga; was für eine Verrücktheit. Sie hätten in der Sozietät, im Hauptgebäude des GARTENS, zusammen getrunken, die beiden Herren. Eigentlich sei ich viel zu jung, um solche Sachen zu hören; und von Cuperus sei sie enttäuscht, daß er mich als Mittelsperson benutzt habe. Um den Fall abzurunden, bemerkte ich noch, daß Cuperus tatsächlich manchmal trinken würde, aber nie viel und in der letzten Zeit nur aus Kummer. Das Gewissen meiner Mutter schien dadurch kaum gerührt zu werden.

Einige Tage trug ich mich mit dem Plan, Joukje zu bestechen. Wenn sie erklärte, daß Cuperus sie eigentlich doch nicht geküßt habe, oder nicht furchtbar geküßt, oder daß sie gesagt habe: »Ich kriege auch nie einen Kuß von Ihnen« oder etwas in der Art, dann würde das auf meinen Vater, der nie sehr gegen den Musiker gewesen war, aber das Argument mit der Verliebtheit bestimmt nicht gebührend zu würdigen wüßte, einen vortrefflichen Eindruck machen können. Aber

Joukje, die Kinnlose, war nicht mehr bei uns und auch nicht woanders in Stellung. Ich wußte, wo sie wohnte und was für Eltern sie hatte, und es schien mir denkbar, daß ich dann die ganze Familie würde mitbestechen müssen oder daß Joukje, mit dem Geld in der Tasche, sich viel lieber noch einmal von Cuperus würde abküssen lassen, als meinem Vater mit einer verächtlichen Lüge auf den Lippen unter die Augen zu treten.

Die Idee einer Bestechung brachte mich auf einen neuen Plan – einen Plan, der bei seiner Ausführung geradezu gigantische Ausmaße annahm. Er wuchs unter meinen Händen, genau wie Chris' Pfefferminzfabrik seinerzeit. Ich fing damit an, daß ich meine Mutter um zwanzig Gulden zur Unterstützung von Cuperus bat. Ihr vor Augen zu halten, daß es ihre abweisende Haltung gewesen war, die ihn an den Rand des gesellschaftlichen Ruins gebracht hatte, war nicht nötig: Sie gab das Geld, und ich versicherte ihr, es sei, auch wenn ich es ihm nicht sofort würde überreichen können, bei mir in guten Händen. Als sie sagte, daß sie daran nicht zweifele, bedauerte ich, nicht um mehr gebeten zu haben. Ich wußte da noch nicht, was ich weiter tun würde. Noch immer spukte es mir durch den Kopf, daß selbst hundert Gulden – das Limit kindlicher Vorstellungskraft – einen Affront darstellen könnten; aber vielleicht doch eher, wenn man es lässig anbot, als wenn man es richtig schenkte, in einem Briefumschlag. Der Briefumschlag war wichtig. Unter hundert Gulden durfte ich in keinem Fall bleiben.

Mein Auge fiel auf Chris. Ich fragte ihn, ob er sich fünf Gulden verdienen wolle. Nun konnte Chris fünf Gulden sehr gut gebrauchen, denn seine Schwäche war der Umgang mit reicheren Freunden, und sein Corpsleben sollte meinen Vater noch ein Vermögen kosten, auch wenn er selbst mehr von der Gelehrtenklause und dem Sitzungssaal hielt als von Kneipe und Bordell, Chris' Augen glitzerten also hinter seinen Brillengläsern. Was er dafür tun solle? Nicht viel, erklärte ich, es ginge nur darum, dem armen Schlucker Cuperus zu helfen, der mir Unterricht gegeben hatte. Ich sei bei ihm gewesen, er trinke nicht mehr, seine arme, kranke Frau litte Hunger. Wenn ich ihm nicht helfen konnte, mit hundert Gulden wenigstens, dann würde ich von der Schule abgehen, um für ihn zu arbeiten. Das letzte fand Chris ein bißchen zu übertrieben, und er versprach, sich einmal umzuhören. Wenn er das Geld bei seinen Freunden, und das bedeutete: den Eltern seiner Freunde, lockermachte, dann hatte dies sofort propagandistischen Nutzen – einen Nutzen, der das aufwog, was unterwegs von Chris selbst abgeschöpft würde. Kontrolle darüber hatte ich nicht im geringsten; aber ich nahm mir vor, ihm die fünf Gulden erst zu geben, wenn ein ordentlicher Betrag zusammengekommen sein würde. Er sollte auch die Lehrer fragen, riet ich.

Eine Woche später brachte er mir vierzig Gulden, und ich versprach ihm zehn Gulden statt fünf, wenn er achtzig herbeischaffte. Ich glaube wirklich, daß er sich bemühte; und spätere Informationen bestätigten mir, daß er nicht mehr als zehn Prozent zurückbehielt und daß seine Motive wirklich redlich waren, ehrlich sozial und mit einem gewissen Sinn für Wohltätigkeit. Aber er schaffte doch nicht mehr als siebzig Gulden, und da er so dumm war, mir das Geld auszuhändigen, bevor er seine Belohnung bekommen hatte, entbrannte noch ein heftiger Streit zwischen uns, denn ich gab ihm siebeneinhalb Gulden für seine Mühe, und er behauptete, daß das Verhältnis nicht stimme. Nervös vor aufgestauter Geldgier, warf er mir die schändlichsten Dinge vor: Ich hielt ihm meine Faust unter die Nase, und, wunderlich genug, er war still. Hinterher habe ich ihm die zweieinhalb Gulden doch noch gegeben, im Tausch für eine alte Uhrkette, die ich gut gebrauchen konnte. Mir fehlten jetzt noch siebzehneinhalb Gulden.

Nun mußten meine eigenen Freunde dran glauben. Dazu

hatte ich einen Hintergedanken. Käme ich ganz allein mit alldem Geld bei Cuperus an, dann könnte er denken, daß es von meinen Eltern stammte, und das Geldgeschenk, das aus schlechtem Gewissen gezahlte Geld – und eventuell Schweigegeld wegen seiner Verliebtheit in meine Mutter – vielleicht ablehnen. Käme ich dagegen mit einem Trupp Jungen, darunter möglichst ein paar ehemaligen Schülern, dann machte das einen ganz anderen Eindruck. Die siebzehneinhalb Gulden – eigentlich waren es einundzwanzig und etwas Kleingeld, das Überzählige teilten wir unter uns auf – hatte ich vor allem meiner Beredsamkeit zu verdanken. Nachdem ich kleine Gruppen um mich versammelt hatte, auch aus der fünften und sechsten Klasse, entwarf ich das Bild, das ich Chris schon eingeschärft hatte, in den schwärzesten Farben, ausgeschmückt mit Chris' eigenen Einfällen. Es kamen Quartjes, es kamen Cents, es kamen Gulden; ich ruhte nicht, bevor nicht das Mitleid der Eltern von mindestens vierzig Jungen und Mädchen erregt worden war. Es entstanden alberne Pläne von den Jungen selbst: von Haus zu Haus zu ziehen, singend im Regen zu stehen und den Passanten eine Sammelbüchse vorzuhalten oder einen alten Hut. Ich sagte, Cuperus sei der beste Pianist der Niederlande und dürfe nicht krepieren vor Hunger, weil zufällig ein paar Idioten in der Stadt gegen ihn seien. Ich sagte, ich beschwor, er sei kein Trinker und sei es auch nie gewesen, er möge Alkohol nicht einmal und vertrage ihn nicht. Ob irgendwer ihn jemals durch die Straßen habe schwanken sehen?

Außer einer unmusikalischen Bande von zehn oder zwölf Jungen und einigen Mädchen (ausgewählt anhand eines Limits von mindestens zwei Gulden) hatte ich jetzt drei ehemalige Schüler beisammen, die wieder Klavierstunden bei dem Vielgeschmähten nehmen durften und wollten, und vier, für deren ältere Brüder oder Schwestern, Cousins und Cousinen, Mütter und Tanten dasselbe galt. Es war bemerkenswert, wie sehr der Kuß schon wieder in Vergessenheit geraten zu sein schien, denn all diese Jungen hatten ihren Obolus entrichtet, ohne im Namen ihrer Familie alte Sünden zu erwähnen. Da einige nach dem ganzen Theater in der Schule kaum noch Interesse an dem Fall hatten, folgte mir, als ich mit dem Briefumschlag loszog, ein Trupp von etwa acht Getreuen, darunter zwei ehemalige Schüler. Mädchen hatte ich nach reiflicher Überlegung nicht dabeihaben wollen, ich hatte eine dunkle Ahnung, daß dies Cuperus hätte verwirren können.

Es war wieder einmal ein regnerischer Nachmittag, als wir seine stille, ärmliche Straße aufsuchten, wo das Schild von »G. J. Douwes« frische Spuren von Tränen zu zeigen schien. Der verstümmelte Name war unheilverkündender denn je. Obwohl ich nicht wußte, ob er zu Hause war und wie wir empfangen werden würden, war ich innerlich ganz ruhig, fühlte mich ein bißchen edel, ein bißchen wie Johan de Witt, der nie Geld für sich selbst annahm, wie sehr die Gesandten es ihm auch aufdrängen mochten. Aus seinem Zimmer kam keine Musik. Mit meinen Freunden hatte ich abgemacht, daß ich zuerst allein hineingehen und sie in einem geeigneten Augenblick rufen sollte. Plötzlich stand ich Auge in Auge einer weiblichen Person gegenüber, die niemand anderes als Cuperus' Frau sein konnte. Die Jungen hatten sich schweigend neben dem Haus aufgestellt, so daß sie sie nicht sehen konnte. Sie war ziemlich groß und sehr mager, mit matten, blinzelnden, bestimmt oft verweinten Augen und einer gewissen Atmosphäre von schludriger Armut, die durch eine frisch gestärkte Schürze zugleich Lügen gestraft und betont wurde: Wer sein Äußeres so adrett hielt, mußte wohl viel zu verbergen haben. Ihr Kopf war schräg vorgestreckt, horchend. Sie legte eine Hand ans Ohr.

»Darf ich bitte Meneer sprechen? Oder ist er nicht zu Hause?«

»Zu Hause ist er schon«, antwortete sie und begann zu hüsteln, eine Hand in die Seite gestemmt, während sie besorgt den schräg herabfallenden Regen im Auge behielt, der jedoch vom Haus weggetrieben wurde. Sie schien noch mehr sagen zu wollen, aber plötzlich kniff sie ihre Augen zusammen, eine Idee schien in ihr Form anzunehmen, sie tat einen Schritt rückwärts und rief mit unnatürlich schriller Stimme: »Mann, da ist ein Junge für dich«, und sagte zu mir: »Kommen Sie nur herein, junger Herr«, woraufhin sie versuchte, süßsäuerlich zu lächeln. Weiter hinten im Flur blieb sie abwartend stehen. Im Zimmer schlurfte etwas über den Boden, man hörte ein Murmeln, Stammeln, und ich dachte, jedoch ohne Angst: »Wie betrunken wird er sein?«

Und da starrte er mich von der Schwelle seines Zimmers aus an, in Hemdsärmeln. Vielleicht lag es am Briefumschlag, den ich in der Hand hielt, daß er mich nicht erkannte. Im Halbdunkel ähnelte er einem Schwarzen, mit den zerzausten Locken, den blutunterlaufenen Augen – einem Schwarzen mit einem Schnurrbart, und direkt aus diesem Schnurrbart schien der Qualm einer ungleichmäßig heruntergebrannten und stark geschrumpften Zigarre aufzusteigen. In dem Augenblick war ich nur von einem Gedanken erfüllt: Warum steckte nicht ein Hunderter in dem Briefumschlag, anstelle all dieser kleinen Scheine, die er vielleicht noch nachzählen wollte? Wenn er das nicht tut, glaubt er uns nicht, daß es wirklich hundert Gulden sind … Endlich erkannte er mich.

»Nol?« brummte er mit verdrießlicher Miene. »Unerwarteter Besuch, he …«

»Ja, Meneer«, sagte ich, den Briefumschlag unwillkürlich verlockend drehend und wendend, »ich bin gekommen … Sie hatten gesagt, daß Sie es schwer … daß Sie in Schwierigkeiten waren … Und ich und eine ganze Menge anderer Jungs, dabei zwei von Ihren ehemaligen Schülern – eigentlich sind es drei –, haben gedacht, daß wir Ihnen dies vielleicht schenken dürfen. Als Zeichen unserer Huldigung«, fügte ich hastig hinzu, denn diesen Ausdruck hatte ich einstudiert. Es schien nicht zu ihm durchzudringen.

Schlurfend war seine Frau näher gekommen. »Geben Sie es mir mal, junger Herr, vielen Dank.«

»Wir haben Geld gesammelt.« Diese Worte waren teils als Erklärung für Cuperus gedacht, teils, um seiner Frau klarzumachen, daß dies eine Geste war, bei der sie ziemlich außen vor stand. Aber sie wurde heftiger und griff nach dem Briefumschlag.

»Bleib mit deinen Pfoten davon!« schnauzte der Musiker und stellte sich schützend vor mich, woraufhin er den glimmenden Zigarrenstummel an mir vorbei nach draußen auf den Bürgersteig warf.

»Ist das Geld?«

»Ja, Meneer«, sagte ich und blickte ihm dabei beherzt in die Augen, obwohl ich am ganzen Körper zitterte, »meine Eltern wissen nichts davon, ich habe es in der Schule gesammelt, nur untereinander, niemand sonst weiß davon …«

»Geben Sie es mir doch, junger Herr!« rief die Frau mit jammernder Stimme.

Natürlich wäre es eine Dummheit gewesen, auf dieses Ansinnen einzugehen, gegen den Befehl meines früheren Lehrers. Inzwischen schien es mir jedoch ebensowenig geraten, ihm den Briefumschlag auszuhändigen, bevor ich mir einigermaßen sicher war, ihn nicht in Fetzen der Zigarre hinterherfliegen zu sehen. Cuperus hatte sich umgedreht und brüllte, sofort aber seine Stimme wieder dämpfend (das Brüllen war vermutlich das Sprechen zu der Schwerhörigen gewesen):

»Hau ab, du! Begreift auch nichts; dies ist ein großer Augenblick, ein verdammt großer und rührender … von all diesen Jungen; und du denkst nur ans Fressen, los, in deine Küche!«

Die letzten Worte hatte sie wieder verstanden. »Wenn da nur was zu fressen wäre«, höhnte sie und ging tiefer hinein in den Flur, wo sie mit dem Rücken zu uns weiter zuhörte. Ein schwacher Bratenduft strafte ihre Worte bis zu einem gewissen Grad Lügen. Während des nun folgenden Gesprächs hörte ich sie ein paarmal eindringlich »Hendrik« flüstern, ohne daß sie sich zu uns umdrehte.

»Du mußt sagen, daß ich doch alles versaufe«, äffte er sie nach, aber das konnte sie nicht verstanden haben. Um ihn abzulenken, nahm ich den Faden meiner Ansprache wieder auf:

»Wir wollen alle wieder Unterricht bei Ihnen haben, Meneer, denn wir finden alle, daß Sie der beste in der ganzen Stadt sind. Aber wenn das Geld ... wenn Sie sich dadurch beleidigt fühlen, dann können Sie, wenn sie alle wieder zu Ihnen zurückgekommen sind ...«

»Beleidigt?!« Jungenhaftes Vergnügen brach sich Bahn, seine Augen schielten, seine Schnurrbarthaare, aus denen noch etwas magischer Rauch aufstieg, zitterten beim genießerischen Kräuseln seiner vollen roten Lippen, während an seinem Herrscherkinn ein Grübchen erschien. »Gib den Umschlag nur her.« Er nahm den Umschlag, die Frau machte eine Bewegung in unsere Richtung, aber er steckte den Umschlag unter seine Weste, wodurch sein Schlips nun heraushing. Danach breitete er die Arme aus:

»Nol! Wenn das so ist, dann betrachte ich dich fortan als meinen Sohn; und wenn das nicht so ist, auch! Du bist ein verflixt netter, verteufelt edelmütiger Junge, und wenn du wieder Unterricht bei mir haben willst, dann braucht das deine alten Herrschaften nichts zu kosten!« Er sah mich strahlend vor Glück an, ohne mich jedoch in die Arme zu schließen, wie ich es mehr oder weniger erwartet hatte.

»Die anderen Jungs stehen draußen«, sagte ich verlegen.

»Die sollen alle hereinkommen! Wenn sie alle wieder Unterricht bei mir haben wollen, dann will ich ihnen die Hand drücken! Dies ist der größte Tag meines Lebens! Gott, wenn ich gewußt hätte, daß die Philister solche Söhne haben! Hans Sachs hätte gesagt …« Er suchte in seinem Gedächtnis, schüttelte mißmutig den Kopf und sang dann mit leisem, etwas heiserem Baß: »*Dem Vogel, der heut' sang, / dem war der Schnabel hold gewachsen* …« Eine abrupte Dirigentengeste stoppte die Melodie; in seinen Augen glänzten Tränen. »Wo sind diese Blitzjungens! … Hör mal, Nol«, flüsterte er, sich weit zu mir herabbeugend, und nun roch ich den Alkohol durch den Tabaksgeruch, ja, ich roch den Alkohol und wich nicht vor ihm zurück, »du kriegst doch dadurch keinen Ärger zu Hause?«

»Nein, Meneer«, flüsterte ich zurück, »heute abend spreche ich mit meinen Eltern, und wenn meine Mutter nicht will – meinem Vater ist es egal, oh, aber meine Mutter wird es auch wollen …, aber wenn sie nicht wollen, dann …« »Lauf ich weg«, hatte ich stolz hinzufügen wollen, wenn seine strahlende Nähe, mochte er auch ein bißchen betrunken sein, mir diese Prahlerei nicht verboten hätte.

Er klopfte mir auf die Schulter, und dann holte ich die Jungen, von denen einige schon den Kopf um die Haustür gesteckt hatten, und allen gab er die Hand, wobei er nicht den geringsten Unterschied machte zwischen ehemaligen Schülern und Unmusikalischen, und die Jungen lachten über ihn und sagten hinterher, daß er ein Mordskerl sei, mordskomisch; und dann mußte seine Frau noch dazukommen, um uns allen die Hand zu geben. Als der Lärm seinen Höhepunkt erreicht hatte, erschien ganz hinten im Flur Trix; ich sah sie sofort, und Cuperus, der sich gegen die beiden großen, blonden Wesen abhob wie ein italienischer Drehorgelspieler, schien ihre Nähe gespürt zu haben, denn er drehte sich um und tönte: »Hier sind deine natürlichen Feinde, Trix, komm auch dazu und gib ihnen die Hand! *Die jüngste Gevatterin spricht den Spruch. // Selig, wie die Sonne / meines Glückes lacht, / Morgen voller Wonne, / selig mir erwacht! / Traum der höchsten …«* Aber der Befehl vermochte das Mädchen ebensowenig herbeizulocken wie der Gesang, der darauf folgte, und nach einem verächtlichen Blick auf alle Anwesenden verschwand sie, wie sie gekommen war, gleich einem Schatten in diesem langen Flur, wobei ein nun etwas kräftigerer Bratenduft angeweht kam und wieder verflog, zusammen mit dem Luftzug, der an unseren Beinen entlangstrich.

Eine Woche später hatte ich Unterricht bei ihm, und dabei blieb es, bis ich die Universität besuchte. Er gewann einen gewaltigen Einfluß auf mich; ich ging, wie er ging, ein bißchen militärisch; ich versuchte zu schielen, ohne zu schielen; ich versuchte, Zigarren zu rauchen, mit verhängnisvollen Folgen. Dadurch, daß ich sein Wohltäter geworden war, fühlte ich mich um so mehr verpflichtet, meine Seele der seinen zu unterwerfen. In der Tat war es nicht wenig, was ich für ihn getan hatte. Er bekam seinen Chor zurück und auch eine große Anzahl von Schülern (nicht die beiden, die Geld gegeben hatten und die ihn, vielleicht nach häuslicher Rücksprache, für »einen großen Idioten« hielten, was zu meiner letzten Schlägerei in der Grundschule führte), und meine Mutter nahm es Dijkhuizen persönlich übel, daß der Christliche Chor weiterhin für ihn verloren war. Auch sie arbeitete hart für Cuperus, und ihr muß von dem Bericht über das »spontane« Auftreten »dieser Jungen«, womit sie ihre Fürsprache einzuleiten pflegte, auf die Dauer ebenso schlecht geworden sein wie mir. Da sie seit kurzem keinen Musikunterricht mehr nahm, brauchte sie Talsma nicht zu schonen, der seinerseits übrigens auch für Cuperus agiert zu haben schien, streng, aber rechtschaffen, wie er war. Unverkennbar wehte ein günstiger Wind für den Heimgesuchten, und ich glaube nicht, daß er, jedenfalls im ersten Jahr, viel trank, auch wenn Meester Vellinga von einem gelegentlichen Umtrunk in der Sozietät zu berichten wußte, wo Cuperus »wieder unbezahlbar« gewesen sei, ohne sich aber jemals als Hanswurst mißbrauchen zu lassen; laut Vellinga konnte er noch so betrunken sein, immer behielt er seine Würde, und er ging nach Hause, wenn es ihm ratsam schien. Der dicke Dijkhuizen hatte einmal versucht, ihn lächerlich zu machen, und war dann von Cuperus mit Stuhl und allem hochgehoben worden; aber der wußte genau, wie weit er gehen konnte, und von seinem schwebenden Sitz hatte Dijkhuizen, wenn auch innerlich verängstigt, den Mädchen am Schanktisch Kußhändchen zuwerfen können. Vellinga kam übrigens nur noch selten zu uns; auch bei ihm schien etwas »vorüber« zu sein.

Über Cuperus' Unterricht könnte ich Bände schreiben. Er brachte mich bis zu einem gewissen Punkt, an dem ich technisch seitdem mehr oder weniger stehengeblieben bin, einerseits, weil ich mich mehr für die Musik selbst interessierte als dafür, sie perfekt zu spielen, andrerseits, weil auch er es nicht allzu genau nahm mit der Technik, die er früher doch beherrscht haben mußte. Seine Fehler begleitete er mit einem amüsierten Lächeln. Es waren auch nie dieselben, es muß für ihn eine Überraschung gewesen sein, welchen Noten er jetzt schon wieder unrecht tun würde. Die *Barcarolle* von Chopin habe ich später besser (auch schneller: kein Vorteil) gehört als von ihm, aber nie wieder mit der hinreißenden Leidenschaftlichkeit, die sich auf der vorletzten Seite bis zu einer Art monumentaler und doch erhabener Raserei steigerte, wobei er die Bässe anschlug wie ein Fürst und die harmonisch stark wechselnde Melodie, hochgepeitscht durch chromatisch ansteigende Triller, aushielt wie ein Verlorener. Den verträumten Mittelteil in A-Dur spielte er so stark *rubato*, wie selbst damals kein Solopianist es gewagt hätte.

Geradezu einzigartig waren seine Erläuterungen nach dem Spiel oder sogar währenddessen, wobei er bei mir wenig Fachausdrücke verwenden konnte und mir dennoch eine präzise Vorstellung gab von dem Schönen, Besonderen, Kühnen bestimmter Takte oder von Teilen eines Takts. Der berühmte, stark dissonierende Orgelpunkt der besagten *Barcarolle*, den er auf eine Ebene mit den unsterblichsten Orgelpunkten Bachs stellte, begleitete er mit den wunderlichsten Grimassen und Ausrufen; er zerbiß seine Zigarre; er fing Feuer; seine Schnurrbarthaare funkelten; und dann wiederholte er alles sehr langsam und zeigte mir in klarer, wenn auch notgedrungen dilettantischer Sprache ein harmonisches Skelett, ein anatomisches Wunder von Klanggliedern, sieben oder acht Takte umfassend, einen symmetrischen Organismus mit Armen und Beinen, mächtig auf der einen Plattform des ewigen Fis ganz in der Tiefe ruhend. Die Dissonanzen, aus der Notwendigkeit entstanden, für diesen lebenden Organismus immer wieder das Gleichgewicht zu finden, erstaunten und entzückten mich mehr, als ich sagen kann, aber er behauptete, daß sie nicht die Hauptsache seien, sondern nur ein Umweg, um vom ersten Fis-Dur (nach dem großen *Ritenuto*) zum Fis-Dur des *Calando* zu gelangen, mit dem die Coda ihren Anfang nimmt. Um dieser unglaublichen Harmonien willen durfte man die Melodie nicht vernachlässigen: Einmal sang er nur sie allein, mit einem weichen Tenor (den hatte er auch zur Verfügung), bei sparsamer Begleitung, und es klang wie die Stimme eines Liebhabers über dem Wasser. Es ist immer ein strittiger Punkt zwischen uns geblieben: Ich achtete stärker auf extravagante Details, unvermutete Akkorde, kontrapunktische Reibungen; aber schließlich hatte er selbst mich das gelehrt, und ich glaube auch nicht, daß die Verschiedenheit so gravierend war, wie er es erscheinen ließ. Nie bin ich heftiger errötet als bei seiner Feststellung, ich würde mehr mit den Ohren eines Fachmanns hören als er.

Seine Vorliebe für Liszt, so lautstark proklamiert, ging nicht mehr besonders tief; sie war eher ein Überbleibsel aus wilden, langhaarigen Jugendjahren, denen er innerlich treu bleiben wollte. Dennoch spielte er mir wiederholt eine wunderschöne Rhapsodie vor, die berüchtigte weit überragend, und in dieser machte er keinen einzigen Fehler. Er muß sie als sehr junger Mann einstudiert haben. Über seine Vergangenheit sprach er übrigens selten oder nie. Komponiert hatte er nicht, was für einen Augenblick enttäuschend schien, aber in gewissem Sinne doch zu ihm paßte: Ich jedenfalls sah ihn nicht Noten auf leeres Papier kritzeln und lange Zeit den Bleistift zwischen den Lippen halten, wenn er nicht weiterwußte. Er war gewissermaßen zu andauernd inspiriert zum Komponieren.

Gern erzählte er Besonderheiten aus dem Leben Liszts und dem der anderen Romantiker, zog Bücher hinzu und Bilder und alte Zeitungsausschnitte; aber dabei blieb er sehr zurückhaltend, und daß Chopin eine gewisse George Sand gekannt hat und daß Liszt ... nun ja, eben Liszt war, erfuhr ich nicht aus seinem Mund. Eher schien er geneigt zu sein, das Leben dieser Berühmtheiten zu entsexualisieren, und lieber ließ er sich über Schumann und Clara aus, die einander auf allen europäischen Podien treu blieben, als über die verworrenen Geschichten rund um Richard Wagner, die er auch nicht alle gekannt haben kann. Ich war jetzt ja sein »Sohn« – auch wenn er das Wort nie mehr aussprach –, und vielleicht meinte er, meiner Mutter gegenüber etwas wiedergutmachen zu müssen, deren Dienstmädchen er denn doch geküßt hatte.

Sein eigentlicher Liebling, nicht als Mensch, sondern als Komponist, war Wagner. Aber das sagte er nicht rundheraus – in W... galt Wagner auch dann noch als lärmender Neuerer, als einige vorauseilende Geister den jungen Richard Strauss schon zu bewundern behaupteten –, und es hat Monate gedauert, bis er beim Spielen der Klavierauszüge – womit er die Illusion von Orchesterbegleitung erzeugen wollte – sein ironisches Lächeln ablegte. Dazu sang er selbst, alle Stimmen, erzählte zwischendurch von der chromatischen Liebesekstase Tristans, dem edlen, reichen Meer an Klängen, der Kontrapunktik und den Nonenakkorden der *Meistersinger*, den *Leitmotiven* des *Ring* und auch noch von dem einen und anderen der Handlung. Er nahm die besten Passagen und stellte die Treulosigkeit Hagens ebenso meisterhaft dar wie die Listen Mimes, die magische Schroffheit Klingsors oder den treuherzigen Schwachsinn Gunthers. Er erklärte mir, warum das Marke-Motiv aus dem *Tristan* besser sei als das berühmte Liebesmotiv, und er trug es vor, und ich glaube noch immer, daß er recht hatte. Er spielte ausgewählte Stükke, Glanznummern und berühmte Szenen, und tagelang war ich verrückt vor Freude über die *Meistersinger*-Ouvertüre, ganze Abende lang betäubt von der Schlußszene des *Siegfried*, während Siegfrieds Rheinfahrt aus der *Götterdämmerung* mir als Höhepunkt aller Programmusik erschien. Dann wogte der Flügel, dann klirrte die Teetasse, die er als eine Art Schlagzeug zu dulden schien, dann klirrten die Scheiben ein bißchen mit, und der Himmel schaute herein wie ein erbleichender Zuschauer, der sich an Dächern und Giebelrändern festhielt. Bei diesen grandiosen Interpretationen machte er nicht mehr Fehler, als der tüchtigste Fachmann gemacht hätte. Es bestand kein Zweifel: Der Anlage nach war er kein Pianist, sondern der Interpret farbiger Orchestermusik, einerlei, ob er den Stab schwang oder mit den Fingern hämmerte. Er dachte und fühlte in orchestralen Klängen und hatte keine Hemmungen, bei seinem bereits so vielseitigen Dienst, den er Wagners Genie erwies, auch noch Fagotte und Tuben nachzuahmen.

Während ich Cuperus' Frau, die auch mir Tee brachte, regelmäßig zu sehen bekam, zeigte Trix sich selten oder nie. Wenn ich ihr gelegentlich im Flur oder vor der Tür begegnete, schien sie mich nicht zu erkennen. Das war nicht verwunderlich; in den letzten Jahren hatte ich sie nur auf der Straße gesehen, wenn sie gerade kämpfte, und sie mochte vielleicht wissen, daß ich der Junge mit dem Briefumschlag war, aber ihr Stolz duldete gerade aus dem Grund keine Annäherung. Ihr Gesicht war gezeichnet, Aufsässigkeit sprach daraus und Mißmut; nur ihre stolze Haltung hatte sie bewahrt und das eigenartige Zusammenkneifen der wäßrigen und doch so ungemein bezaubernden Augen – wenn sie lachte. Mich lachte sie nicht an. Von seiner leidenden Frau sprach Cuperus in einer Art barscher Rührung, und möglicherweise, um den schlechten Eindruck der Briefumschlagszene auszulöschen, pflegte er ihr bereits an der Tür das Tablett mit den beiden Teetassen abzunehmen und ihr aufmunternd zuzureden – »so, Mutter, so, gute Seele, was rackerst du dich wieder ab«, und andere Redensarten, die eine Frau über Vierzig so ungern aus dem Mund ihres gesetzlich Angetrauten vernimmt.

Über Trix ließ er sich nur vage aus, sogar als ich ihm von dem Sousa-Marsch und dem Tanzen erzählt hatte: »Trix, o ja, schade, daß sie nicht singen will; sie prügelt sich lieber, obschon das in der letzten Zeit anscheinend etwas weniger wird ... Schade, sie hat gutes Material.« Als ich diese Anschuldigung widerlegte, indem ich ihn darauf hinwies, daß sie sich immer für ihn geprügelt habe und ich das selbst gesehen und sehr mutig gefunden hätte, glitten seine Augen flüchtig über mich hinweg: »Nicht nur für mich, sondern auch gegen mich, gegen mich persönlich, meine ich, in der schwarzen Zeit, du weißt schon; dann dachten die beiden manchmal, daß ich das Haushaltsgeld nicht ehrlich verteilte, nun ja, nicht mehr dran denken. Aber dann schlug sie mir auch ins Gesicht, siehst du; es ist sehr eigenartig, das als Vater zu erleben ...« Er sagte noch: »Ein schwieriges Mädchen, Nol, aber verrückt nach mir, auch wenn sie immer noch ein bißchen böse ist.« Und etwas später: »Sie geht bald fort; sie muß einmal eine Weile weg hier aus der Stadt.« Ich fragte mich, ob sie verlobt sei oder ob Cuperus unerwünschtes Getändel im Keim ersticken wollte.

Ich weiß nicht mehr, ob es kurz vor oder kurz nach den nächsten Sommerferien war, als ich mit ihr ins Gespräch kam. Im Oktober jenes Jahres ist sie zu einer unverheirateten Tante in einem kleineren Ort gegangen; diese Tante, eine ehemalige Krankenschwester oder etwas Ähnliches und im Besitz eines Diploms als Lehrerin an Haushaltsschulen, sollte sie Haushaltsführung und Manieren lehren, sollte sie ein bißchen »zähmen«, wie mein Lehrer sich ausdrückte, und er bestand darauf, daß sie weiterhin Gesangsunterricht nahm. Aber das kam mir erst später zu Ohren, und als sie eines Nachmittags plötzlich vor mir stand, wußte ich nicht, daß sie einen Monat später (oder lassen wir es drei Monate gewesen sein) weggehen würde. Ich war allein im Musikzimmer; gewohnt, seinen Mittagsschlaf zu halten, ließ Cuperus mich öfter einmal warten; der Zeitverlust wurde durch »Überstunden« doppelt und dreifach ausgeglichen. Mit erstauntem Gesicht, weil ihr Vater noch nicht da war, kam sie mit dem Tee herein. Sofort stand ich auf und ging mit ausgestreckter Hand auf sie zu. Ohne die Hand zu beachten, stellte sie den Tee auf den Flügel. Ich steckte meine Hand in die Hosentasche und sagte:

»Ich bin Nol Rieske. Wir haben früher einmal zusammen getanzt, aber das weißt du natürlich nicht mehr. Ich war damals noch klein.«

»Getanzt?« fragte sie gleichgültig. »Wo getanzt?«

Ich fand sie nicht schön. Ihre Lippen waren zu schmal, über ihr ganzes Gesicht liefen Falten, die jede etwas Unglückliches zu erzählen hatten, und das aschblonde Haar war dünn und fettig. Aber noch immer war sie fast einen Kopf größer als ich, und ihre schlanke Figur und ihre gerade, herausfordernde Haltung machten einen tiefen Eindruck auf mich. Ich fühlte mich merkwürdig schwach und doch frei, zu tun und zu lassen, was ich wollte, wobei mir der Gedanke half, daß ich Mädchen gegenüber noch nie verlegen gewesen war, wenigstens wenn wir einmal miteinander ins Gespräch gekommen waren. Ihre wäßrigen Augen waren ausdruckslos, ihr Mund stand etwas offen, was sie jedoch nicht dumm machte, und sie hatte die leicht gebogene Nase von Cuperus. Auf ihre Frage hatte ich geantwortet, daß wir im GARTEN getanzt hätten, nach der Musik ihres Vaters.

»Oh, damals«, sagte sie, und in ihren Augen leuchtete Erinnerung auf, wonach sie sich kurz zur Tür umblickte. Ich beschloß, diese Augen zum Lachen zu bringen, koste es, was es wolle.

»Du hast damals gesagt, daß meine Wangen so rot waren.« Als sie mich weiter ansah, als erwartete sie, sich auch noch anhören zu müssen, sie hätte gesagt, daß ich so hübsche nackte Beine hätte, fuhr ich schnell fort: »Die habe ich immer noch. Oder findest du, daß sie es nicht mehr sind?«

Endlich schien sie zu begreifen, daß sie einem Schüler gegenüber, dem sie ihr tägliches Brot zu verdanken hatte, etwas entgegenkommender sein müßte ...

»Sie sind immer noch sehr rot«, sagte sie ernst, »aber du mußt nicht zuviel in den Spiegel schauen.«

Daß sie zu mir wie zu einem kleinen Kind sprach, machte mir nicht das mindeste aus. Sie hätte mich in ihre Arme nehmen und mich wiegen können, dieses große Mädchen, dieser Raufbold. Lächelnd sagte ich:

»Ich fand dich blaß. Nicht schön blaß, eigentlich. Ich hab dich früher einmal kämpfen sehen, gegen Mädchen. Das war ... Das war riesig ...«

Ein schmerzlicher Zug um ihren Mund, die Augen kühler denn je – aber was hat sie für schöne Wimpern, bemerkte ich auf einmal ...

»Steckst du deine Nase denn immer überall rein?«

»Nein, Trix«, sagte ich neckend. Einige Augenblicke wurde nicht gesprochen. »Ich hoffe, daß du mich Nol nennen willst, nicht Herr Rieske.«

»Das auf keinen Fall«, sagte sie entschieden und schaute durchs Fenster zur gegenüberliegenden Straßenseite, wo »G. J. Douwes« in der brütenden Sonne Risse bekam, die ihn vielleicht vom Tode erretten würden.

»Magst du Musik?«

»Überhaupt nicht«, sagte sie schnell, während sie zum Fenster ging. Und über die Schulter fügte sie hinzu: »Musik langweilt mich jetzt, früher nicht.«

Nachdem sie das Fenster hochgeschoben hatte, rief sie laut: »Wartet, ich komme sofort« – ich sah zwei Mädchen auf das Haus zukommen, drüben von der anderen Straßenseite her. Von diesem Besuch schien sie sehr angetan zu sein, denn als sie an mir vorbeilief und sich mit einem gemurmelten »Auf Wiedersehen, Nol« von mir verabschiedete, lachten ihre Augen, nicht mich an, nicht durch mein Zutun. Dennoch war ich sehr zufrieden mit mir.

Dieses Lachen war nicht, wie wenn Sonnenschein durch trübes Wasser bricht. Es war etwas völlig anderes, es waren eher die Linien um die Augen, die ihre natürliche Schalkhaftigkeit zurückgewannen, die Lider und die Wimpern … Ich weiß nicht, wie ich das ausdrücken soll. Ich weiß auch nicht, wie schnell ich sie wieder vergaß in diesen Sommerferien und wie viele Monate, ja, Jahre ich kaum an sie dachte – ich weiß nicht einmal, wie so etwas möglich gewesen ist.

· 8 ·

Im Winter durfte W... zwar im Zeichen des Eisvergnügens stehen, doch in den letzten Jahren war eine leichte Konkurrenz von seiten der lokalen Oper zu spüren, einer Schöpfung von Anwalt Vellinga und einigen Musikliebhabern aus den besseren Kreisen. Die wichtigsten Solisten kamen aus Holland; im übrigen bemühte man sich, soweit wie möglich, um örtliche Kräfte. In aller Eile schuf Cuperus, der sogar von den anderen Musikern in W... als Dirigent vorgeschlagen worden war, seine treugebliebene Truppe zum Opernchor um, worauf auch im Christlichen Chor der Damm gebrochen war, mehr oder weniger angeregt von Dijkhuizen, der nicht als Spielverderber gelten wollte, jetzt, wo es darum ging, das Prestige gegenüber der benachbarten Universitätsstadt zu wahren, die doppelt so viele Einwohner zählte, aber, recht betrachtet, auf genau demselben Breitengrad lag und in der Geschichte immer vorgezogen worden war. Daß man einige Instrumentalisten aus dem großspurigen Ort würde ausleihen müssen, war schon schlimm genug.

Da Chris sich in jenem Ort aufhielt, wo er vor allem in Wirtschaft und Handelsrecht brillierte, eine Frucht vielleicht seiner Bemühungen um die Pfefferminzfabrik, konnte ich mit kindlicher Unbefangenheit die Vorbereitungen und auch einige Besprechungen bei uns zu Hause auskosten. All meine forcierte Männlichkeit trat in den Hintergrund, ich war nur noch eine lichtempfindliche Platte für Theatereindrücke, und als Cuperus meiner Mutter zum erstenmal wieder die Hand gab, betrachtete ich dies kaum als einen großen Augenblick in meinem Leben. Ich durfte Proben beiwohnen, mich an dem echten, nicht nur auf dem Flügel nachgeahmten Orchestralen erfreuen, dem tiefen und barbarischen Klang des Blechs, dem kultivierten und reinen Holz, und wenn die Geigen sauber klangen, war auch das sehr schön, obwohl ich gegen Streichinstrumente, sogar wenn sie von Kreislers bedient wurden, immer einiges Mißtrauen behalten habe. Außer den örtlichen professionellen Kräften und besseren Amateuren gab es im Orchester auch einige alte Hasen aus der Universitätsstadt, die ich bereits erwähnte, mit denen Cuperus dauernd im Streit lag, genauso wie mit dem Amsterdamer Regisseur, der nach dem ersten Jahr nicht mehr kommen wollte und durch einen gefügigeren Mann ersetzt wurde, einen halben Dilettanten, aber geschickt und eifrig und ohne das Bild von Wagner-Opern im Kopf. Beim erstenmal – ich besuchte damals die dritte Klasse des Lyzeums – hatte man sich für die *Martha* von Flotow entschieden, ein nettes und sentimentales Pflänzchen, das Cuperus mit viel Schwung und mit Verachtung im Herzen dirigierte, leider ohne meine Anwesenheit, da ich mit einer Grippe im Bett lag, so daß ich auch die Generalprobe hatte versäumen müssen.

Für diese *Martha*-Aufführung hatte man sich beim heiklen Thema der holländischen professionellen Solisten auf den nicht ganz unbekannten Wessel Stegeman beschränkt, während die Titelrolle von einer Schönen aus unserer Mitte gesungen wurde, Jantje de Ridder, einer Brünetten mit geschultem Sopran und einigem Theatertemperament. Sicherlich auch anderen Temperamenten, denn sie war eine Schülerin von Cuperus, und ich habe sie jahrelang verdächtigt, die »Schwarzhaarige« zu sein, die der Wahrsagerin zufolge seine gesellschaftliche Wiedergeburt einläuten sollte. Sie flirtete mit jedem – nicht leichtsinnig oder unbesonnen (sie war schon in den Dreißigern), sondern mit der Besonnenheit der vollblütigen Frau, die ihr Leben so lange wie möglich genießen will, ohne allzu viele Blicke auf sich zu lenken. Ihre schwärmerischen Augen erinnerten mich an dunkelbraune Eidotter; sie hatte stark hervorstechende Wangenknochen, die mir schon etwas besser gefielen; und ihre Figur und ihr Gang waren schlechthin verführerisch zu nennen, mit diesen breiten, beweglichen Hüften, die auf der Bühne für so viel Leidenschaft und Verhängnis verantwortlich waren. Ihre Sprechstimme war tief, mit klugen und amourösen Beiklängen; ich habe nie verstanden, wie sich daraus plötzlich ein Sopran entwickeln konnte. Für die Rolle der Martha von Natur aus selbstbewußt genug, hinderte eine gewisse Provinzialität sie daran, ihren Charme erfolgreich auf einen Vellinga, einen Caspers und andere aus deren Kreisen zu richten; meistens waren es obskure, nur ansatzweise musikalische junge Leute, die sie anzog und dann wieder abstieß, nachdem sie sie, wie jeder wußte und keiner ihr verübelte, ausreichend zurechtgeschliffen hatte. Kaum hatte sie jedoch den Tenor Stegeman erblickt, als sie auf ihn flog, diesmal nicht, um zu flirten, sondern um zu erobern.

Auch ich betete Wessel Stegeman an, als einen authentischen Opernsänger und Kulturbringer aus Holland, der zu alledem noch bei uns zu Hause wohnte. Wäre er nicht so schlank und zierlich und ein klein wenig schwindsüchtig gewesen und hätte er nicht aus so erstaunten, grauen, runden Augen in dem länglichen Gesicht in eine alltägliche, vielleicht feindliche Welt geschaut, hätte er in meiner Verehrung Cuperus verdrängen können; so aber war ich im nachhinein nur froh, daß Jantje de Ridder ihn mir abspenstig machte, und mit Rührung beobachtete ich die beiden Darsteller, wie sie ihre Rollen einstudierten, in Wochen, in denen sie kaum etwas anderes von ihrer Umgebung wahrnahmen als einer den anderen. Auch Stegeman war im Grunde bürgerlich, und sie hätten sehr gut heiraten können, wozu es jedoch trotz allen guten Willens nicht kam. Zu mir war er sehr liebenswürdig, er nahm mich auf lange Spaziergänge mit und klärte mich, verborgen unter seinem Strickschal, über den Charakter französischer und deutscher Mädchen auf, die seiner

Meinung nach alle logen. Nur bei den holländischen Mädchen brauche man nicht aufzupassen, und das sei angenehm, denn mit denen hätten »wir« (er und ich also) es doch noch am meisten zu tun.

Dieser Strickschal war auch der wichtigste Gegenstand in der Liebesbezeugung der beiden Sänger. Nie habe ich eine Frau so hingebungsvoll mit einem Kleidungsstück hantieren sehen wie Jantje de Ridder mit dem Strickschal von Wessel Stegeman; sie holte sogar diese wollene Schärpe aus dem Flur, als während eines kleinen Soupers bei meinen Eltern jemand meinte, daß es zöge. Bei solchen Gelegenheiten starrten sie einander an, tranken einander aus, wie man eine Medizin zu sich nimmt, mit diesen zwei Paar runden Vogelaugen, so unterschiedlich in Farbe und Ausdruck; und Jantje, schmachtend und herrschsüchtig, bemutterte ihn im Flur, auf der Straße, im Schnee, in ihrem Appartement wahrscheinlich und auch bei Cuperus zu Hause, wo ich das Paar einmal antraf, als ich zum Unterricht kam. Sie hatten gerade geprobt, waren noch erfüllt von Musik, tönten und zwitscherten, gebärdeten sich ernsthaft und spielerisch und beschäftigten sich fünf Minuten lang mit dem Wollschal, wobei sie es noch schafften, mir über den Kopf zu streichen, während Cuperus, amüsiert von der Schwelle seines Zimmers zuschauend, vergebliche Bemühungen unternahm, den Schnurrbart mit seiner Zigarre in Brand zu stecken. Zu mir sagte er hinterher: »Wir müssen aufpassen, daß das nicht schiefgeht, mein lieber Junge. Wir werden sie dauernd aus den Kulissen zur Mitte der Bühne scheuchen müssen.«

Nach einer Woche wurde Stegeman bei uns zu Hause so mitteilsam, daß meine Mutter oft mit der Hand vor dem Mund das Zimmer verlassen mußte. Auch mir erschien manchmal unglaubwürdig, was er alles aufs Tapet brachte, aber er erzählte so unbeirrt und mit so wenig Humor, daß ich bewußte Lügen bei einem Erwachsenen wie ihm (abgesehen von der Verleumdung der ausländischen Mädchen) ausschloß. Er hatte die Angewohnheit, jedes auch nur entfernt anstößige Wort in einer Art Souffleursgemurmel untergehen zu lassen. So erinnere ich mich an die folgende Tirade während eines geselligen Beisammenseins nach einer der letzten Proben: »Ja, Meneer, Neid in unserem Fach, das ist ganz normal, man muß immer darauf gefaßt sein, tut mir leid, das sagen zu müssen. Da haben wir zum Beispiel Ordelio, den Bariton: ein großer Sänger, ein ausgezeichneter Schauspieler, ich ziehe meinen Hut vor ihm. Aber mich haßt er wie den T… Und schade, der Mann s… wie ein Loch, was ihn schon oft in Schwierigkeiten auf der Bühne gebracht hat. Und dann muß man mit so einem zusammenarbeiten, jemine, ich habe Jeanne« – er nannte Jantje immer Jeanne, oder sie wollte, daß er sie so nannte – »schon die tollsten Sachen davon erzählt. Außerdem st… er, Pardon, so aus dem M…, ja, es ist unappetitlich, daß ich ihn neulich in *Tiefland*, Sie wissen, die Oper des großen d'Albert, als Pedro (ich muß ihn dann auf einen Tisch schleudern, nichts für mich, denn er macht sich auch noch schwer) einfach nicht anfassen mochte; ich wurde förmlich eingenebelt, vor allem bei den hohen Tönen; und hinterher sagte ich: ›Verd…, Ordelio, s… doch nun mal weniger, Junge, denk mal ein bißchen mehr an deine Kollegen.‹ Sofort natürlich ein Toben und Ausdrücke wie M…kerl und so weiter. Ein halbes Jahr später gaben wir *Carmen*, in Rotterdam. Ich der José, er der Escamillo, was er unheimlich gut macht, zugegeben, aber vor der Vorstellung, Mevrouw, war er, mit Ihrer Erlaubnis, bereits so sternh…v…, daß ich das Schlimmste befürchtete.« Hier verließ meine Mutter – fast stolpernd – das Zimmer. »Nun müssen Sie wissen, Meneer, daß er vorher ein echtes spanisches Messer gekauft hatte, ein Navada – Navaja, richtig, Navaja, das ist das Wort; jedem zeigte er das Ding, und als wir uns endlich in dieser großen Szene im dritten Akt gegenüberstanden (der Mann war wirklich vollkommen bes…, absolut sternh…v…), da klappt er das scharfe Messer auf, stellt sich direkt neben mich mit seinem absch… Alk…atem und sagt zu mir, mitten im Singen: ›Ich schlitze dir den Wanst auf.‹ Die Höhe! Aber ich gebe ihm Kontra, und ich sage, alles im Singen, verstehen Sie: ›Dann schlag ich dir den Schädel ein!‹ Und er spielt die ganze Zeit mit dem Messer, es war wirklich ein echtes, ziseliertes …«

Obwohl mein Vater ihn durchaus mochte, hielt er dies für den geeigneten Augenblick, dem Sänger mit einer Bemerkung in die Rede zu fallen, die ebenso fachkundig wie die vorige Geschichte, in meinen Ohren aber weniger spannend und unterhaltsam, eher ernüchternd klang. Mein Vater sagte, daß große Schauspieler so etwas wohl öfter täten, um so naturgetreu wie möglich spielen zu können und sich dazu vorher anzuheizen, sozusagen; in Deutschland, er dächte in Dortmund, solle dem einmal eine Schauspielerin zum Opfer gefallen sein. So zeigte er unwillentlich die Gesetzmäßigkeit in dem farbenfrohen, persönlichen und alkoholischen Wirrwarr des Theaters auf. Aber Stegeman konnte dies nur als eine verblümte Zurechtweisung wegen seiner Geschwätzigkeit auffassen; er schwieg, blickte uns einen nach dem anderen mit seinen erstaunten Augen an, sagte noch etwas in der Art, daß dies in südlichen Ländern bei heißblütigen Völkern tatsächlich schon einmal vorkäme, stand auf und ging nach einem freundlichen und wohlwollenden »Gute Nacht« ins Bett. An Gutmütigkeit wurde er wirklich von keinem zweiten Tenor übertroffen.

Anders als Ordelio war Stegeman eher ein Liebhaber harmloser, von Frauen geschätzter Theaterwitze – das »Reich ihm das Reis! Sein der Scheiß« statt »Sein der Preis« aus den *Meistersingern* hätte in ihm einen erbitterten Gegner gefunden –, denen er einen spontanen Anstrich wie in einem Gesellschaftsspiel zu verleihen wußte. So gab er einmal mit unschuldigem, kindlichem Augenaufschlag zu verstehen, er würde es wagen, während einer seiner Jammerarien in *Martha* »Mag das Baby euch vergeben, / Was Ihr an mir Armen tut« zu singen statt »Mag der Himmel euch vergeben«, ohne daß jemand im Saal es merken würde. Keine Neigung zu Blasphemie lag dieser komischen Vertauschung zugrunde, die er am Abend der Aufführung – meine Mutter erzählte es mir, als sie um halb eins noch an mein Bett kam – tatsächlich deutlich hörbar und zugleich unbemerkt vornahm; aber es gab eine kleine, schmächtige Sängerin aus der zweiten Besetzung, die einmal von Tjallingii, selbst eigentlich eine infantil aussehende Erscheinung, »Baby« genannt worden war und jetzt außer sich vor Vergnügen über das Zitat geriet. In einer Aura von gutem Willen und Erwartungen für das folgende Jahr schied Stegeman. Jantje de Ridder weinte ein paar Tage, bekam einen Brief von ihm und wartete zwei Monate auf den nächsten, wonach sie in schützender Begleitung einen Ausflug zu irgendeinem Ort unternahm. Meine Mutter bekam Rosen und zwei Tage später wir alle ein signiertes Porträt von Stegeman als Tannhäuser, den Pilgerstab in der Hand, das bärtige oder besser von einem Bart umrahmte Gesicht im letzten, schier zerfließenden Stadium von Reue und religiöser Verzweiflung. Ich dachte damals zunächst, daß wir (wir) im Jahr darauf *Tannhäuser* geben oder bringen oder machen, das heißt also aufführen würden.

Aber ganz abgesehen davon, daß Cuperus unangenehme Erinnerungen an die *Tannhäuser*-Musik hatte, dachte er gar nicht daran, nach dem Erfolg mit einer Groschenromanze wie der *Martha* so hoch zu greifen, vor unseren nicht allzu verwöhnten Ohren. Stegeman und Jeannetje (das war Cuperus' Name für sie) mochten gut gesungen haben, vertraute er mir an, aber im übrigen stimmte nichts, vor allem nicht das heterogen zusammengestellte Orchester mit rechthaberischen Stümpern, denen man die disziplinierte Musik erst einmal mit dem Bügeleisen einbrennen müßte. Ich erinnerte mich an sein Entsetzen, mit dem er während der Proben wiederholt abgeklopft hatte, das Gesicht rot angeschwollen, das Hemd grau von Schweiß und mit einem reichen Angebot außerordentlich gewagten Vokabulars: »Scheißdreck da bei euch; Tempo halten, ihr Esel; o ja, Herr Klarinettist? O richtig, kommen Sie noch mit, der Herr Klarinettist?« Wagner-Opern, selbst die einfacheren, waren verboten bis ans Ende aller Tage. Man könnte den *Faust* wagen, mit einfacher Regie; aber die *Faust*-Musik vertrug Cuperus nicht so gut, ihm wurde etwas schwindlig davon, außer von der Serenade des Mephisto, einzelnen Liebesduetten und einigen Sätzen aus dem Walzer. Ohnehin war er im allgemeinen wenig französisch-orientiert; Chopin beispielsweise betrachtete er als einen Vollblutpolen, für den jeder Lärm auf dem Klavier einen revolutionären Anstrich haben mußte und dessen Talente von einer gewissen George Sand verdorben worden waren, mindestens ebensosehr wie die des ziemlich unbedeutenden Berlioz von dem Luder, dieser Schauspielerin.

Als ich ungefähr neun Monate später einmal zum Unterricht kam, saß er ohne Jacke am Flügel, die Augen starr auf ein ziemlich zerfleddertes Notenheft gerichtet, aus dem er gerade eben gespielt hatte. Seine Zigarre erlosch in dem verschütteten Tee auf der Untertasse. Das Heft befindet sich heute in meinem Besitz, aber das erste, was ich damals davon sah – Cuperus schenkte mir anfangs wenig Beachtung und blätterte seufzend weiter darin herum –, waren die Worte: »Chor der Zigarettenarbeiterinnen« und, ein paar Notenlinien weiter unten: »Chor der jungen Leute«. Die Musik ist von Otto Singer für einen Klavierauszug zweihändig bearbeitet und von der Musikalienhandlung N. J. Servaas in Den Haag geliefert worden, und auf fast jeder Seite stehen unlesbare Bleistiftnotizen des vorigen Eigentümers, dessen Unterschrift auf dem Titelblatt aussieht wie »J. Morteles« oder auch wie »W. Tortel«. Andere Notizen, von Cuperus stammend, sind so lesbar wie die Noten selbst. Es ist schmutzig und abgegriffen, er hatte es Jahre zuvor auf dem Markt gekauft. Das war auch ungefähr das erste, was er darüber sagte.

»Aber nie eine Note daraus gespielt«, fuhr er fort, wobei er einen mißtrauischen Blick auf den Chor der Zigarettenmädchen wagte, »und nun wollen sie *dies* Ding auf einmal, anstatt den *Faust*; das heißt, Meneer Caspers will es, und der gibt das meiste Geld. An seiner Stelle würde ich das auch wollen, wenn ich die Oper ein halbes Jahr zuvor in Amsterdam gesehen hätte, mit einer Solistin ...« – er legte Finger und Daumen an den Mund und produzierte das Geräusch eines diskreten Kusses – »einer Frau, vor der man im Staub kriecht; nun ja, das hat Caspers natürlich nicht getan, aber ich werde dir mal ein Porträt von ihr zeigen, Nol. Großer Gott ...« Mit einem tiefen Seufzer und leicht knackenden Gelenken stand er auf, aber bevor er seinen Schrank erreicht hatte, mußte er noch meine etwas entrüstete Frage beantworten:

»Aber wie heißt diese Oper denn, Meneer?«

»*Carmen* natürlich. Die Partitur und die Stimmen bekomme ich in ein paar Tagen. Ich habe das Ding selbst nie gesehen, früher; ich kenne nur diese Fleischerjungenmusik des Toreros – die würde ich auf jeden Fall weglassen ... oder kürzen ...«

Während er dies sagte, hatte er die Glastür vom Bücherschrank geöffnet, dessen Inneres dem Auge durch eine orgelpfeifenartige Bespannung aus gelber, zerschlissener Seide entzogen wurde, nahm Fotos und andere Papiere aus einer Schachtel und verteilte sie auf dem Tisch. Ich hatte mich zu ihm gestellt. Soweit ich es beurteilen konnte, waren es hauptsächlich Abbildungen von charmanten Frauen in reizenden Gewändern, Zeitungsausschnitte, Rezensionen, aber die Rezensionen selbst waren erbarmungslos verstümmelt worden, es kam nur auf das hinzugefügte Porträt an. Ich sah holländische Zeitungsausschnitte, deutsche Zeitungsausschnitte, italienische Zeitungsausschnitte. Es waren auch einige Männer dabei, dicke Tenöre, geschniegelte Baritone, neugierig blickende Bässe, aber die schob mein Lehrer genauso eilig beiseite wie den größten Teil der Sängerinnen, die offenbar nicht für meine Augen geeignet schienen, bis zum Schluß nur zwei Frauen übrigblieben, eine beleibte Blondine, in ein Hemd gekleidet, und eine leidenschaftliche Schwarzhaarige, die besonders hübsch aufgeputzt war mit etwas, das ich später als Mantille habe bezeichnen lernen.

»Die ist es«, sagte Cuperus, auf die Schwarzhaarige weisend, »und die andere wollte ich dir auch eben zeigen, denn das ist die größte Wagner-Sängerin aus meinen Jugendjahren, ich habe sie in Hannover gehört als Isolde, Wilhelmine Brustknappe hieß sie. Aber die Dunkle, die interessiert uns mehr. Alice de Rato heißt sie – natürlich nicht wirklich –, und Caspers will sie hier haben und trägt die zusätzlichen Kosten. Und für den Escamillo, das ist der Bursche von den Fleischerjungen, will er Ordelio haben, und bei dem bezahlt er die Hälfte; er ist ein echter Idealist, der Caspers, die findet man nicht oft unter Bankiers … Das macht mir zu schaffen, siehst du, Nol. Eine Oper zu dirigieren, die du nicht kennst, das geht noch, aber eine Frau wie die Alice de Rato dauernd schräg über dir zu haben … Aber nun, es ist eine Tatsache, daß unsere liebe Jeannetje diese Partie nicht singen kann; ich hab schon so einiges von ihr gesehen … Wir werden die Porträts mal wieder wegräumen, es sind auch Tänzerinnen dabei, meine Frau mag dies Zeugs nicht so gern … Ich bin übrigens noch nicht so zufrieden, denn es ist ein Mezzo; Jeannetje könnte eine andere Rolle bekommen, es taucht auch noch ein friedfertiges spanisches Mädchen darin auf … Ich werde dir bei Gelegenheit etwas vorspielen, nächstes Mal kriegst du dann eine Stunde länger Unterricht, wenn ich Zeit habe zumindest …«

»Singt Meneer Stegeman auch mit?«

Er saß schon wieder am Flügel und blätterte vier Seiten zurück. »Weiß ich nicht; auch das muß Caspers entscheiden. Er ist nicht so teuer; seine Stimme ist etwas dünn, aber er kann wunderbar das Gemüt rühren ... Sieh mal, das halte ich für ein lustiges Stück, da gerade eben ...«

»Chor der Dragoner«, las ich, und danach ein paar Textbrocken: *»Diese Menge, im Gedränge«.* Cuperus spielte eine kleine Marschmusik, angenehm, witzig, ein bißchen schelmisch und übermütig; durchaus keine Wagner-Musik, aber doch aufregender als was auch immer in *Martha*. Währenddessen nickte er mir zu, das eine Auge zugekniffen. »Hübsch, dieser chromatisch steigende Baß – diese kleine Fanfare in ces ist Unsinn ... nun ja« – er brach ab –, »es ist natürlich allerbeste Opernmusik, viel besser als *Faust*, das merkt man sofort; viel moderner, könnte bei dem jungen Wagner in der Lehre gewesen sein, ich fand jedenfalls etwas um Seite 120 herum, nein, weiter, schon ganz gegen Schluß, wenn Carmen von José ermordet wird, ich sehe es unseren Werner oder Werther schon machen, und dann ein solches Weib anzusingen ...« – währenddessen hatte er weitergeblättert, bis Seite 131; oben auf Seite 130 stand »Duett und Schlußchor« –, »hier fleht José, daß er wieder zu Carmen zurückkommen darf, der Dummkopf, hier, bei tempo primo ... Gut, gut, banale Begleitung, aber das Orchester hört man nicht, aber dies meine ich alles nicht; hier, ab dem 9. Takt, das ist es, hör dir das an, das ist der reinste Wagner – wunderbar! –, nein, gegen Schluß ist es wieder vorbei, und doch verteufelt gut, dieser es-as-f-Akkord – aber ich meine eigentlich die Kontrapunktgeschichte eben davor, mit diesen verdammt guten Imitationen« – er wiederholte die Passage, langsamer –, »das ist *Tristan*, das ist *Parsifal*, das ist alles, was du nur willst, aber Bizet hat davon nie eine einzige Note gehört oder gelesen; er kann höchstens etwas aus *Lohengrin* gehört haben; den *Tannhäuser*, sicher ... Gekonnt, sehr gekonnt.«

Ich fand es nicht gekonnt, sondern schön und, meinem Lehrer gehorchend, wagnerianisch. Nicht umsonst freilich hatte er mir den halben *Tristan* vorgespielt und die berühmtesten Passagen aus dem *Parsifal*. Ich begriff, was er meinte: Es war auffallend, daß die Musik dieses Franzosen Bizet ein wenig an Wagner erinnerte, und das vor Wagner; aber für uns, die wir den ganzen Wagner in unserem Bücherschrank hatten, in dicken, roten Bänden, war es nichts, worüber man in Aufregung geriet.

»*Carmen, nur ein Wort noch höre!*« sang Cuperus die Stelle unten auf der Seite. »Ja, das muß schon schiefgehen, wenn der Kerl so furchtbar langweilig redet. Und gleich ein Stück weiter nimmt Carmen Zuflucht zu chromatischen Etüden, Modulationen aus dem Jahre Null … Wir werden mal ein bißchen Spanisches aufsuchen; nicht die Waschkesselmusik des Toreros und all die roten Tücher für den Herrn Stier … Bitte: ›*Kinder kommen gelaufen*‹, ja natürlich, alles hübsche Sechzehntel, wie Limonade in einer Flasche mit Schaumbläschen, tüchtig schütteln, Jungs, und eine gewaltige Steigerung und so … Hier haben wir die Habanera, die spiele ich nicht, die lasse ich, verdammt noch mal, weg, laß Caspers die mal aus dem Saal pfeifen; aber die nächste Seite, das ist wieder ausgezeichnet, wie das Motiv derselben Tingeltangelmusik pianissimo auf der Dominante landet, sogar auch noch mit einer hübschen kanonischen Imitation, hörst du das? Verflixt, der Kerl verstand sein Fach … Ach, du großer Gott, was für ein Unsinn ist das nun wieder« – falsch und sentimental sang er ein in der Tat ziemlich banales Andantino mit, grinsend wie ein Teufel –, »aber was haben wir hier? Prächtig! Vortrefflich! Das Andantino mag Bizet von den Musen vergeben werden. Dieses absteigende Motiv, wieder auf der liegenbleibenden Dominante – was hier genau passiert, weiß ich nicht, Carmen wird wohl wieder etwas ausgeheckt haben, aber das untersuche ich später alles noch …

Hier bekommen wir etwas von dem Fräulein Micaëla, dem Lämmlein aus dem Stück; Jeannetje wird ihren ganzen Charakter umstellen müssen, wenn sie mitmachen will, sie wird die wahre Demut und Keuschheit lernen müssen; übrigens, die ganze Partie ist ein harter Brocken, gleich, wenn sie auftritt, wie ein gefangenes Vögelchen mit all diesen Dragonern um sie herum, das Stück spielte ich gerade eben, bevor du kamst. Aber Jeannetje ist kein gefangenes Vögelchen.«

»Warum nicht?«

»Sie fängt selbst«, sagte mein Lehrer, »aber nun haben wir noch nichts richtig Spanisches gehabt. Du mußt etwas richtig Spanisches hören, bevor du weggehst.«

So viel hintereinander hatte ich ihn noch nie sprechen hören. Viel getrunken konnte er nicht haben: Es war die wachsende Begeisterung für die Musik, die ihn beflügelte, für diese Carmen und für die Frau, die die Carmen »machen« sollte. Nachdem er noch ein wenig geblättert hatte, immer mit Bemerkungen, abwechselnd über das Geniale und das Banale der Oper, schaute er mich ein paar Augenblicke aufmerksam an:

»Ich habe keine Lust zum Spanischen. Aber was würdest du davon halten, wenn ich Trix mitmachen ließe?«

Ich wurde rot, aber ich glaubte nicht, daß er es merkte. Wenn doch, so mochte ich vor Verlegenheit errötet sein, weil er mir eine beratende Stimme zuerkannte.

»Hat sie noch Gesangsunterricht, Meneer?«

»Ja und nein, ich weiß es eigentlich nicht genau. Aber ihre Stimme hat Fortschritte gemacht, fand ich letztes Mal, als sie ein paar Tage hier war und so gnädig war, ihrem Pa ›ein Stückchen vorzusingen‹, das Luder. Ich könnte ihr eine der kleinen Rollen geben – die Frasquita oder Branguita oder Brangäne oder wie diese Leute heißen –, es wäre schon gut, wenn man hier in W… einmal hört, daß sie noch etwas anderes kann, als Jungen treten und ihren Vater aus der Gosse holen ... Ich werde jetzt noch ein hübsch abgerundetes Stück für dich spielen, Nol, dann mußt du gehen, denn ich will heute nachmittag und heute abend dies Stück zweimal durchspielen; von der Instrumentierung habe ich dann immer noch keinen blassen Schimmer ... Eines dieser Intermezzi vielleicht; das erste habe ich schon versucht, ein Kinderspiel; das zweite ... konventionelle Begleitung, aber ist doch auch was, so auf den ersten Blick ...; das dritte? ... Spanisch! Tom de-de-dom tom tom tom, tom de-de-dom tom tom tom – pluck pluck – pluck pluck ... Los, nehmen wir das zweite. Stell dir eine Pizzikato-Begleitung von den Celli vor, ich kann nichts dafür, Nol, beiß die Zähne zusammen, ich kann nichts dafür, ich werde aber das Pedal nehmen; vielleicht ist es auch Harfe, ja, natürlich Harfe; und für die Melodie Flöte, es werden wohl die ersten Geigen sein, aber stell du dir mal die ganze Zeit Flöte vor ... Was ist davor passiert? Oh, ich sehe schon: Carmen brennt mit José durch ...«

Er spielte das zweite Intermezzo aus der Oper *Carmen*, und aus seinen schielfreudigen Raubritteraugen verschwand nach einigen Augenblicken alle Ironie. Er machte ein paar Fehler; spielte alles noch einmal, die Gegenstimme vom 13. Takt an stärker akzentuierend. Der Flügel sang, er nahm weniger Pedal als beim erstenmal, das Zupfen der Begleitung klang exakt und verfeinert, und obwohl er gegen Ende verzweifelt den Kopf schüttelte, wußte ich, daß wieder einmal ein Wunder auf diesem Instrument geschehen war und daß dies nicht Wagner war. Mit seinen Ohren hörend, war ich ganz in den Bann dieser klaren und doch schmachtenden Musik geraten, auch wenn ich noch nicht absehen konnte, wie sein auch für mich entscheidendes abschließendes Urteil lauten würde. Nachdem er einige Takte aus der Mitte des Stücks flüchtig wiederholt hatte, legte er die Hände in den Schoß.

»Es scheinen mir doch keine Streicher darin vorzukommen, außer in der Mitte: Du hast recht gehabt, Nol. Ich kannte das Stück, ich muß es früher einmal in einem Konzert gehört haben, ein Potpourri wahrscheinlich ... Es ist ... ja, es ist wirklich gut, es hat eine vollendete Vielstimmigkeit. Ich werde dir das Heft später einmal mit nach Hause geben, dann darfst du die schönsten Harmonien heraussuchen.«

Wir schwiegen eine Weile, die Musik klang noch nach, und inzwischen schaute ich auf den großen Bogen über den Notenlinien, das einzige, was den inneren Zusammenhang dieses Liedes für mich sichtbar machte. Er hüstelte, griff nach seiner erloschenen Zigarre und schaffte es mit dem dritten Streichholz, sie anzuzünden.

»Der Anfang ist ein bißchen stibitzt aus dem langsamen Satz des Klavierkonzerts von Liszt, aber die Melodie ist schöner, viel edler und ausgewogener, und durch den verflixt gekonnten Kontrapunkt macht er auch viel mehr daraus; bei Liszt fällt es sofort ab, unmotiviert ... Ich bin mir sicher, daß es Holzbläser sind: Flöte, Klarinette, Oboe vielleicht; das hast du gut herausgespürt, Nol, mein Kompliment ... Der Schluß mit dem billigen absteigenden Baß enttäuscht ein wenig, aber dann diese letzten sechs Takte, wunderbar, wunderbar, nie zuvor so etwas gehört, aber ich werde Wagner mal daraufhin durchsuchen, da findet man schließlich alles, genau wie bei Bach ... Hörst du dieses d gegen dieses es-as in der Begleitung? Für sich genommen, ist es falsch wie eine Katze, aber im ganzen ... unglaublich.«

Er spielte den falschen Akkord ein paarmal gesondert, laut, anklagend, und dann noch einmal das Ganze, wodurch der Akkord gerechtfertigt wurde, über dem geduldigen, nicht zu verjagenden Zupfen in der linken Hand. Plötzlich schlug er sich an die Stirn:

»Herrgott, ich muß irgendwo noch ein Büchlein über *Car-*

men haben, ich weiß nicht, von wem, auf niederländisch. Darin müssen wir beide mal kurz stöbern.«

Einige Blicke in den offenstehenden Bücherschrank zeigten ihm, daß dort nichts nach seinem Geschmack zu finden war, und er begann nun, in einem tiefen Wandschrank zu suchen, wobei er mir zurief, daß in dem Büchlein vielleicht etwas über die Herkunft des zweiten Intermezzos stünde: Wenn es doch spanisch sei, dann würde er das Ding noch einmal etwas aufmerksamer ansehen … Ächzend beugte er sich vor, schwere Rauchwolken hervorstoßend, als stünden all die Bücher, Notenhefte, Papiere und vielleicht neuen Fotos von Sängerinnen in Flammen. Aufwirbelnder Staub vermischte sich mit dem blauen Rauch. Da hielt er ein Büchlein in einer Schutzhülle aus Papier in der Hand.

»… Opéra-comique … wirft ihm eine Blume ins Gesicht, nur zu … Ha, hier: ursprünglich für *L'Arlésienne*, hm … *Flöte, Klarinette und Harfe*: Bravo, Nol, du hast den Nagel wieder hübsch auf den Kopf getroffen … Was ist das hier? Was wagt dieser Kerl jetzt zu behaupten? *Pastoral gefärbte idyllische Musik … beschwört im Zuhörer die gebirgige Landschaft herauf* … Gott im Himmel, was für ein Schafskopf!« Mit verächtlicher Gebärde warf er das Büchlein auf den Tisch und starrte es zornig an, die Stirn drohend gerunzelt. »Hast du eine gebirgige Landschaft gesehen oder gehört? Dieser Lümmel! Der Dummkopf, kein Gefühl im Leib, nichts … Begreift nicht, daß José und Carmen, die doch gerade eben zusammen weggelaufen sind …, daß die eh … Sieht nicht ein, dieser Idiot mit seinem ›Idyllisch‹, mit seinem ›Pastoral‹, als ob diese göttliche Musik genauso ein Schafskopf wäre wie er selbst …« Und mit der geballten Faust über dem Büchlein mit dem Papierumschlag: »Sieht nicht ein, dieser Dirigent eines Kastratenchors, sieht nicht ein, daß dies Liebesmusik ist, *Liebesmusik* zum Teufel, die dir durch Mark und Bein … der *Tristan*, ja, auch, schon, schon, aber …«

· 9 ·

Nachdem mein Lehrer die Partitur erhalten und sich ganz mit der Musik vertraut gemacht hatte, flößte er mir seine leidenschaftliche Bewunderung ein wie eine starke Medizin. An das »Spanische« gewöhnte er sich schnell – nur die Habanera konnte er lange nicht orchestrieren –, und sogar die Fleischermusik von Escamillo und seinem Anhang fand seinen Beifall: Zu der Sorte von Kerlen paßte keine bessere Musik; und als er in dem geschmähten Büchlein entdeckt hatte, daß Bizet der Toreromarsch mit Gewalt hatte abgetrotzt werden müssen und von dem Meister selbst »Müll« genannt worden war, kannte seine brüderliche Zuneigung für den Komponisten keine Grenzen mehr. Während des Spielens – aus dem Unterricht wurde vorläufig nichts – interessierte er sich mehr für das Orchester als für die Singstimmen, die er übrigens alle, einschließlich der Duette, mitsang. In dem Klavierauszug hatte er in seiner autokratischen Handschrift die wichtigsten Orchesterstimmen vermerkt, und wir bekamen sie auch zu hören, das heißt ich, nicht selten seine schweigsame Frau, die von dem Torero eingenommen zu sein schien, und ein einziges Mal Caspers und der junge Tjallingii, der bescheiden und zittrig bekannte Melodien mitsummte und dessen Pudel auf dem Bürgersteig lag, gegenüber von G. J. Douwes. Die Herren hatten ihre Mäntel anbehalten, saßen auf eilends aus dem Hinterzimmer herbeigeschafften alten Sesseln und bliesen Zigarettenrauch zur niedrigen Zimmerdecke. Sie verhielten sich still und zurückhaltend, ohne miteinander über Cuperus' auf die Spitze getriebene Polyphonie – selbst die Kastagnetten imitierte er – zu lachen oder zu flüstern, ohne sich über die technischen Erläuterungen zu ärgern, die fast ausschließlich an mich gerichtet waren, auch wenn er sich während des Spielens immer wieder, begeistert nickend, zu den beiden umdrehte.

Da gab es die Finessen im Duett José–Micaëla und darin im ¾-Teil eine Gegenstimme des Tenors, zum Sterben schön, gefolgt von Terzen, die nur ein verliebter Engel Bizet eingegeben haben konnte: Deutlich genug, meine Herren; hätte José sich an die kleine Micaëla gehalten, dann wäre alles gutgegangen, auch wenn die Oper vielleicht ein bißchen fade geworden wäre. Anschließend kam eine aufpeitschende ²⁄₄-Passage während des Streits zwischen den beiden Nebenbuhlern, mit dissonierenden Sexten, bei denen man einfach selber anfing zu kämpfen, wenn man nicht aufpaßte (Cuperus hatte mir diesen Teil, oben auf Seite 109, bestimmt schon zwanzigmal vorgetragen). Und dann vor allem auch die überraschenden Modulationen in dem Seguidilla, der echte, unverfälschte spanische Akzent; und Carmens Kastagnettentanz im zweiten Akt, mit den sich nähernden und sich wieder entfernenden Fanfaren von Josés Gewissen, naturgetreu von Cuperus mit zusammengepreßten Lippen nachgeahmt; und dann Carmens Verspottung des Leutnant Zuniga, ein melodisches Wunder aus höhnischen Pizzikati, Trillern, Sequenzen, Sexten, listig eingeschobenem Moll – was für eine Frau, diese Carmen! Und Caspers und der junge Tjallingii nickten gehorsam: Ja, Carmen, das war eine Frau, und auch wenn der Pianist sie mit begeisterter Stimme eine »Schlampe« nannte, akzeptierten sie die derbe Charakteristik. Eine ganz gewöhnliche Schlampe, sagte Cuperus mit zitterndem Schnurrbart, aber eine Sängerin wie die Alice de Rato könne etwas daraus machen; es sei die Krone seiner Künstlerlaufbahn, daß diese Frau ganz nach W... kommen wolle, um zu singen; worauf Caspers die Beine streckte, die Hände in die Hosentaschen steckte und aufmerksam zur Decke starrte. Alice de Rato war schließlich seine Entdeckung und würde ihn sein Geld kosten, aber als wohlanständiger Mensch wünschte er nicht, sich in Gegenwart anderer über sie auszulassen.

»Und«, sagte Cuperus, wobei er wie ein Wilder Seiten umschlug, »das war auch schon wieder so eine gute Idee, so recht von Theaterinstinkt zeugend, den Todesstoß an den Schluß zu setzen, während des Toreromarsches, nicht mitten im Dröhnen und den verminderten Septimakkorden und solchem Zeug. Die ganze Musik des viertens Akts hat übrigens einen drohenden Akzent, bis hin zum Erscheinen des Alcalde. Und dann, nicht zu vergessen, der Schluß des dritten Akts! Genial, meine Herren! Der Toreromarsch, hinter den Kulissen gesungen vom Fleischer selbst, José schon wieder eifersüchtig – er hätte die Schlampe genausogut jetzt ermorden können –, Tragik in jedem Fall, herzzerreißende Tragik (noch dazu mit einer sterbenden Mutter, und Jeannetje de Ridder mit einer blonden Perücke, schon wieder bittend und flehend). Tragik! Aber die Musik selber, wie geht es weiter? Da stehen sie alle und starren wie die Ölgötzen: Carmen, José, Micaëla, die Schmuggler; es ist deutlich, daß der Aufzug nicht mit ein paar *wuchtigen* Akkorden aufhören kann nach dem ›Torero, Torero‹, wie zurückgehalten es auch immer hier gesungen sein mag. Was macht der Schelm? Was macht das Genie Bizet? Fischt mir da aus dem Anfang des Akts ein wehmütiges und verhängnisvolles Marschthema heraus und bekommt so eine Coda, eine Coda ... Grandios, meine Herren, grandios. Schade nur, daß hier das h in der synkopischen Zwischenstimme weggefallen ist, das heißt, was hier ein h sein müßte, dort ist es etwas anderes, denn dies steht in F, und das andere, am Anfang, das steht in ... eh ... As, glaube ich, oder so etwas ...« Und Caspers und der junge Tjallingii nickten höflich: Es war wirklich schade um das h; aber ersterer, der schon für die Diva gesorgt hatte, konnte sich nicht auch noch darüber aufregen, und der junge Tjallingii hatte seinen Pudel an der Haustür kratzen hören.

Übrigens kümmerten sie sich wenig um die Vorbereitungen und überließen alles Vellinga, der den Regisseur und den Kostümbildner anschrieb und sensationelle Berichte über Alice de Rato, Ordelio, Stegeman, Cuperus und Bizet in seine Zeitung setzen ließ. Erstere wollte auf Caspers Kosten immerhin zur Generalprobe erscheinen, der zweite nicht einmal das. Stegeman würde schon Wochen zuvor mit von der Partie sein, doch lehnte er es ab, privat zu wohnen; vermutlich auf Betreiben von Jantje de Ridder, mit der er wieder korrespondierte und die gerade andere Zimmer bezogen und noch zu wenige Informationen zur Lebensauffassung der Vermieterin hatte, zog er ein Hotel vor. Daß Tenor und Bariton erbitterte Feinde waren, wußten in W... nur meine Eltern, die die ganze Geschichte vergessen und ihr auch kaum Glauben geschenkt hatten, während Jeannetje schon verpflichtet war anzunehmen, daß der Heldenmut ihres Freundes allem standhielte. Übrigens (das hat sie mir viel später erzählt) hatte Stegeman ihr gegenüber den Zwischenfall mit dem Navaja-Messer als einen der harmlosen Späße dargestellt, wie sie auf der Bühne alle naselang vorkämen: eine zwingende Notwendigkeit, um nicht von der fünften Aufführung an im Stehen einzuschlafen. Jetzt, da Stegeman doch nicht bei uns wohnte, interessierte ich mich viel mehr für Ordelio, einen wirklich unverschämt scharfen Hund, wie Cuperus fand, der es im übrigen aber bestimmt nicht nötig hätte, sich von ihm erklären zu lassen, wie er zu singen und zu spielen habe.

Als ich eines Abends allein mit Cuperus war, riet er mir, den Proben nicht beizuwohnen, nicht einmal der Generalprobe. Es würde mich etwas Selbstüberwindung kosten; aber um wieviel größer, weil unerwarteter, würde der Genuß sein als nach all diesen Aneinanderreihungen abgeklopfter einzelner Stücke, und übrigens würde ich ja schon die ganze Partitur kennen, besser als jeder andere. Hätte ich denn nicht intuitiv herausgespürt, daß das zweite Intermezzo, das Liebesintermezzo, *Holz* erforderte und keine Katzendärme? – dieser absichtliche Irrtum machte ihm noch immer Spaß –, und es sei noch die Frage, ob Ordelio es jemals soweit in seinem Leben bringen würde! Meinen Plan, mich noch schnell dem Chor anzuschließen (trotz der zu meinem Alter passenden Brummstimme), hatte er mir schon vorher ausgeredet. Ich fragte ihn, ob Trix schon Fortschritte mache. Sie sollte tatsächlich die Partie der Frasquita einstudieren (Mercedes würde von einem ziemlich guten Mezzosopran aus der Umgebung von W… gespielt werden) und kam jede Woche für einen Tag aus ihrem abgelegenen Ort, um mit ihrem Vater zu üben. Ungefähr drei Wochen vor der Aufführung, so war abgemacht, würde sie endgültig nach Hause zurückkehren. Ich hatte sie nie singen hören, eigentlich auch jahrelang nicht gesehen, und ich versuchte, sie mir als spanisches Zigeunermädchen vorzustellen, das auf der Bühne würde tanzen dürfen. An den Tagen, an denen sie sich in W… aufhielt, hatte ich nie Unterricht.

»Nicht schlecht«, brummte Cuperus auf meine Frage. »Mercedes wird sie anfeuern müssen; wenn Konkurrenz im Spiel ist, kann sie alles. Sie ist nur dickköpfig … Neulich hat sie mir erzählt, daß ihr früher einmal zusammen getanzt habt. Was war das?«

»Nichts«, sagte ich, »als Kinder, im GARTEN.«

»Sie sagte, zu Musik von mir.«

»Ja, ich glaube schon«, murmelte ich. In meiner Phantasie hörte ich die Schmettermusik, die ich jetzt so weit hinter mir gelassen hatte. Dort tanzten zwei Kinder, eine seltsame Improvisation von kurzer Dauer. Selbstbewußt lief der Dirigent über die kleine Brücke und kehrte mit einem zerbrochenen Dirigentenstab in der Hand zurück, geschlagen, stolz und betrunken. Über all das würde ich niemals mit ihm sprechen können, niemals.

»Es wäre gut, wenn du sie einmal treffen würdest«, sagte er zögernd, nachdem er einige Augenblicke seinen Fuß auf dem rechten Pedal angestarrt hatte, »ich habe dich einmal meinen ›Sohn‹ genannt, das wollen wir auf sich beruhen lassen; aber sie ist in jedem Fall meine Tochter, und für mich liegt etwas ... etwas Unnatürliches darin, daß ihr euch nie ordentlich begegnet seid. Wenn du ihr nicht widersprichst, ist sie durchaus freundlich. Sie ist schließlich vier Jahre älter als du, und dein Herz ist schon besetzt.« Nachdenklich strich er seinen Schnurrbart hoch. »Was in ihr vorgeht, weiß ich nicht ... Aber vielleicht hat diese Frasquita auch keine Männer angeschaut ...«

Worauf er angespielt hatte, war eine meiner flüchtigen Verliebtheiten, die im Augenblick meiner vertraulichen Mitteilung schon wieder vorüber waren. Aber mochte mein Herz auch nicht besetzt sein, so war es doch voller siebzehnjährigen Stolzes, um so mehr, als mein geheimer Entschluß, lieber Straßenfeger als Jurist zu werden und allein deshalb Medizin zu studieren, um Chris und in geringerem Maße auch meinen Vater zu ärgern, schon anfing, Formen anzunehmen; ein Junge, der so etwas im Kopf hat, konnte sich kaum welchem weiblichen Wesen auch immer unterordnen.

»Ich will mich Trix nicht aufdrängen«, sagte ich, »und sie soll vor allem nicht eine Art Ersatzbruder in mir sehen.«

»Unsinn! Du nimmst es viel zu ernst. Ich habe eine Idee. Du warst der erste, der mich hier diese verflucht prächtige *Carmen*-Musik hat spielen hören, und du bist der einzige, der all die raffinierten Späßchen im Orchester zu würdigen weiß, wenn wir das Stück aufführen. Laß uns ein geselliges Beisammensein daraus machen, ich hole die beiden Frauen hierher, ich hole eine Flasche Wein zu diesem Anlaß, und wir trinken auf den Erfolg von *Carmen*. Wenn du nicht willst, brauchst du nicht zu trinken, ich zwinge nie jemandem etwas auf wie andere Trunkenbolde.«

Ich hatte nichts dagegen, Trix Wein trinken zu sehen. Kurz darauf kam seine Frau mit zwei Gläsern herein, während Cuperus irgendwo hinten im Haus war, um Trix zu überreden. Als er zurückkam, wirkte er zerfahren, sagte aber nichts. Jetzt verschwand die Mutter. Während ich mit meinem ungeduldigen Lehrer zehn lange Minuten wartete, lauschte ich angespannt einem Wortwechsel, bevor wir mit Sicherheit wußten, daß Trix nicht wollte. Ihre Mutter war entrüstet und entschuldigte sich bei mir für »das ungezogene Mädchen«, was mir recht komisch in den Ohren klang für ein Mädchen von zwanzig oder einundzwanzig Jahren, die die Frasquita »machen« sollte. Nachdem sie eine Keksdose gebracht hatte, verschwand sie in einem Hinterzimmer, wo sie offenbar allein saß, denn es wurde nicht geredet; nur hörte man sie von Zeit zu Zeit hüsteln, mit einer Kaffeetasse klirren oder im Ofen stochern. Wo steckte Trix? Oben, hinten, in der Küche, im Keller? Vielleicht war sie gar nicht da, dachte ich, während ich dem Toreromarsch und den Zigarettenmädchen lauschte und dem legendären dissonierenden Streit zwischen José und Escamillo und Carmen im vierten Akt: der einzig wirklich leidenschaftlichen Liebesmusik in der ganzen Oper, die man von dem Fleischergesellen nicht erwartet hätte, aber ja, dieses Paar paßte nun einmal zusammen; José war viel zu gut für das Gesindel, ein feiner Kerl zwar, aber schwach, schwach … Während des Spielens trank Cuperus fast die ganze Flasche Wein aus, aber außer einem rot aufgedunsenen Gesicht war ihm wenig anzumerken. Es wurde behauptet, ich weiß nicht, von wem, daß er in der letzten Zeit wieder mehr trank. Sicher nicht aus Groll oder Kummer, eher aus Glück oder vielleicht aus Angst, das Glück wieder zu verlieren.

Eines Nachmittags in der Woche vor der Generalprobe ging ich zur Eisbahn. Der kräftig hereinbrechende Frost hatte dem Stadtrat keine Gelegenheit gegeben, Vorbereitungen für Wettkämpfe zu treffen; diese wurden erst ein paar Tage später ausgeschrieben, vor allem, da die ganze Arbeit Meester Vellingas Schultern aufgeladen wurde, der von *Carmen* ganz absorbiert war und – mit Hilfe des in Papier eingeschlagenen Büchleins, das meinem Lehrer gehörte – eigenhändig eine Lebensgeschichte von Bizet für seine Zeitung verfaßt hatte. Ganz W... war auf den Beinen – für richtig weite Schlittschuhläufe war das Eis noch zu unzuverlässig oder noch nicht ausreichend geprüft –, und mitten drin liefen die Herren Stadträte mit den altmodischen Zylindern auf ihren gesunden roten Köpfen Schlittschuh. Aus meiner Familie war Chris dabei, der für einen Tag herübergekommen war, um seine Schulden zu regeln, die er gleichsam von Amts wegen machte, ohne den rechten Spaß an dem, was man Ausschweifungen nannte. Freundschaftlich grüßte ich ihn, wie einen flüchtigen Bekannten. Außer Vellinga gehörten auch Caspers und Dijkhuizen zum Stadtrat; in diesem Stadtrat saßen vornehmlich begüterte Leute, die sich alle mit Zylinder und Orden auf der Eisbahn oder am Eingang zeigen durften.

Den junge Tjallingii, in diesem Jahr nicht Mitglied des Stadtrats, weil er, wie er sagte, die vielen Räte, in denen er saß, nicht mehr auseinanderhalten konnte, sah ich mit der zukünftigen Micaëla laufen. Die beiden hatten ungeheuren Spaß, wahrscheinlich einfach nur, weil sie zusammen Schlittschuh liefen und füreinander so ungefährlich waren. Zwar war der junge Tjallingii völlig normal, aber in Gegenwart von Frauen kicherte er nur oder gab ihnen närrische Spitznamen – »Hühnchen« zum Beispiel oder »Tierlein« oder »Eleanoortje«, wofür man ihm gelegentlich strafend auf die Finger klopfte. Daß er, wie ich glaubte, Jahre zuvor in meine Mutter verliebt gewesen war, darauf wäre kein vernünftiger Mensch gekommen. Er wirkte etwas zurückgeblieben, von aristokratischer Zucht, mit Erbnase, ohne Kinn, ein magerer, pergamentener Mann; aber auf einigen Gebieten – Numismatik, glaube ich – sehr gelehrt, und auch von Musik verstand er ziemlich viel, obwohl er gegenüber Fachleuten konsequent schwieg. Er hatte nicht studiert und tat überhaupt nichts. Doch sind launige Geschichten über ihn in Umlauf gewesen. Der stotternde Meester Van Son, dessen Verehrung für meine Mutter sich vornehmlich in giftiger Eifersucht äußerte, hatte einmal versucht, ihn bei uns hinauszuekeln. Der junge Tjallingii war damals zwei Wochen fortgeblieben, nicht ohne meiner Mutter beinahe täglich Blumen bringen zu lassen, wonach er eines Samstag abends mit seinem Pudel an unserer Haustür erschienen war, meine Mutter zu sprechen wünschte und ankündigte, sich wieder mit Van Son versöhnen zu wollen. Er fände Van Son eigentlich doch ganz nett, sagte er, und er habe den Pudel inzwischen darauf dressiert, auf dem Flur zu warten, ohne an den Türen zu kratzen. Zufällig war Van Son anwesend, und als der Besucher ins Zimmer kam, ging es sofort wieder mit ihm durch, und er stotterte etwas Haßerfülltes. Entschlossen trat der junge Tjallingii mit einem kleinen goldenen Bleistift auf ihn zu, zog flink wie ein Zauberer eine von dessen locker sitzenden Manschetten heraus, was der Kanzleivorsteher verächtlich duldete, kritzelte einige Worte darauf und erntete den Applaus, den er längst verdient hätte. Auf der Manschette, erzählte man später, hätte gestanden: »Chant-S-son« – er muß die zwei Wochen ununterbrochen darüber nachgedacht haben.

Das Gewühl war so groß, daß man schon froh sein mußte, wieder einmal einen Zylinder auftauchen zu sehen. Nur liefen diese Stadträte durchweg träge auf ihren Schlittschuhen dahin und blickten währenddessen autoritär über die Menge; zusammen mit einer Dame legten sie ein vorbildliches Tempo vor; in großer Gesellschaft zeigten sie sich ungern, da sie mit all ihren Orden nicht umschwärmten Pfingstochsen gleichen wollten. Die Eisbahn bot beinahe keine Aussicht über die weißen Wiesen, da sie von niedrigen, mit Gebüsch bewachsenen Wällen umgeben war. Ganz am Ende, wo Kinder und Anfänger liefen, ging dieses Gebüsch in Weidengehölz über. Man war hier gar nicht so weit vom Ringgraben und vom GARTEN entfernt, und für mich, ebensowenig wasserbaukundig wie juristisch veranlagt, bildeten GARTEN und Eisbahn ein Ganzes: Konnte man auf letzterer laufen, dann mußte es auch möglich sein, auf dem Teich vor dem Musikpavillon seine Kreise zu ziehen, zuerst links von der rustikalen Brücke, dann rechts. Obwohl an diesem Nachmittag wegen einer Orchesterprobe der *Carmen* keine Musik spielte, verhielt sich das Schlittschuh laufende Volk recht feurig und stürmisch, und es gab heftige Zusammenstöße, wobei alte Freunde und Feinde, Konkurrenten, Nebenbuhler, Betrüger und Betrogene sich erstaunt lachend nacheinander umblickten und ihre Frauen anspornten, dasselbe zu tun und mitzuwinken. Mutwillige Jungen, Hand in Hand, lösten ihre Kette auf, um einzeln unter hilflos abwehrenden Armen hindurchzugleiten. Kleine, gebeugte Veteranen strebten einem unsichtbaren Ziel zu, das aus nichts anderem bestand, als daß sie an vielen vorbeiliefen und wieder andere überholten. Schiffsleute, noch nicht in ihren langen Unterhosen, folgten schelmisch dem wegweisenden Tabakrauch anderer Schiffsleute. Dahinsegelnde Frauen, kräftige Bäuerinnen, hintereinander, die Hände auf den Hüften der vor ihr Laufenden, bildeten graue oder farbige Raupen; Damen aus der Stadt, die das alles nicht konnten, bekamen von kräftigen Burschen gefährlichen Unterricht. Direkt vor mir tauchte ein Zylinder auf; es war Meester Vellinga, der mit Trix Cuperus zusammen lief, ihre Hände über Kreuz. Ich folgte ihnen, so gut ich konnte, und bekam immer wieder einmal etwas von dem roten, lachenden Bulldoggengesicht zu sehen, dessen Schädel fast im Zylinder verschwand. Trix trug eine Pudelmütze, keinen Pullover. Sie war nicht mehr blaß. Natürlich kannten sich Vellinga und das Mädchen – Mädchen, junge Frau –, und daß die höheren Kreise sich auf dem Eis mit ganzen und halben Plebejern mischten, war üblich. Ich beschloß für den Fall, daß ich sie gleich noch zu fassen bekäme, sofort den Studententon anzuschlagen, den ich von Chris und auch von einigen seiner Freunde kannte, welche samstags manchmal mitkamen. Die Hauptsache war, alles mit Aplomb zu behaupten und dann und wann tiefes Stillschweigen zu wahren, als wüßte man mehr, als man sagen konnte, durfte oder wollte, und sich durch nichts überraschen zu lassen.

Es hatte den Anschein, als ob sie einander abwechselnd vorwarfen, das Schlittschuhlaufen verlernt zu haben, aber vielleicht redeten sie über etwas ganz anderes. Vellinga gab sich familiär, aber nicht herablassend; Trix warf beim Lachen den Kopf zurück. Es schien mir nicht ungünstig, daß der Chefredakteur sie in eine fröhliche Stimmung versetzt hatte. Plötzlich ein halber Zusammenstoß, ein Drehen umeinander, lustige Rufe, und nachdem er das Mädchen losgelassen hatte, lief Vellinga im Stadtratstempo mit einem vornehm aussehenden alten Herrn und dessen Frau weiter. Er winkte Trix, die zurückgeblieben war, noch ein paarmal zu, wobei ich die Wintersonne in seinem ulkigen Pincenez glänzen sah. Doch schon war ich auf sie zugeschossen, bereit, ihre Hände zu ergreifen, die jetzt unbekümmert winkten. Trotz ihrer übermäßigen Größe lief sie geschickt und sicher. Mit einem fragenden Lächeln blickte ich sie an.

»Meneer Rieske ...«

»Das fehlt noch«, sagte ich und zog ihre Hände in den dikken Wollfäustlingen zu mir heran, »wenn du so weitermachst, nenne ich dich Fräulein Frasquita ...«

»›Frascati‹ hat Meneer Vellinga mich genannt«, sagte sie trocken.

»Rieske ist ein Name, den ich hasse. Nenn mich dann lieber Der Bunte, wie meine Mutter; ich treib es auch manchmal bunt ...«

»Ach komm«, sagte sie geringschätzig.

Aber sie lief jetzt mit mir weiter. Unauffällig drängte ich sie zum Zaun, der die Mitte der Eisbahn begrenzte, wo die Wettkämpfe ausgetragen wurden und einige junge Leute bereits tapfer übten. Draußen am Zaun entlang liefen nur »Kratzer«, die Ängstlichen, die Stümper; das allgemeine Tempo dort war mitleiderregend, wenn auch sinnvoll.

»Wie findest du's, daß du auftreten sollst?«

Ich sprach so sachlich wie möglich, gleich würde mir wohl die Sorte von Witzen einfallen, mit denen Vellinga sie amüsiert hatte. Aber durch meinen Ton schien sie auf einmal wieder abzukühlen, noch mehr als auf meine vorherigen Fragen hin, die sie zumindest beantwortet hatte. Ich biß mir auf die Lippen und suchte meine Zuflucht in höheren Weisheiten. Ein vorübergehender Mißerfolg zählte nicht; weitermachen, schlicht und einfach weitermachen; Chris hatte mir etwas, nicht viel, aber etwas von seinen eigenen albernen Abenteuern erzählt, und er hatte gesagt oder zitiert: »Laß dich niemals aus dem Feld schlagen, auch wenn von den fünf Mädels, die du ansprichst, erst die fünfte will. Das ist keine Schande, es kann gut sein, daß die Mädels keine Lust haben oder schon einen anderen haben; die Chancen sind absolut anders verteilt als bei einem Examen.«

»Bestimmt unangenehm, denn du magst keine Musik«, fuhr ich fort und schob sie so dicht an den Zaun wie irgend möglich, ohne den Trupp der Ungeschickten auseinanderzutreiben. Zusammenstöße mit Schnelläufern waren jetzt nicht mehr zu befürchten. »Aber eine Oper scheint mir doch …«

Bestimmt eine Minute lang hatte sie den Kopf abgewandt gehalten. Jetzt blickte sie mich mit einer mürrischen Falte über der Nasenwurzel an. »Hör bitte damit auf. Jeder ödet mich mit dem Gefasel an. Die Leute scheinen verrückt zu sein. Vellinga hat mich auch schon damit angeödet: Er sagte, ich müsse nach Amsterdam und eine große Sängerin werden ...« Sie lachte verächtlich, und dies war einer der Augenblicke, in denen ich, so jung ich auch sein mochte, das Provinzielle in ihr spürte, das Kleinbürgerliche ihrer Mutter – die Genugtuung, sich über den großen Herrn, der einem gerade ein Lob ausgesprochen hat, hinter seinem Rücken lustig zu machen.

»Vellinga ist nicht musikalisch«, sagte ich und wußte nicht, ob sich das beschönigend oder beschuldigend anhörte.

Ich beschloß, eine Zeitlang schweigend mit ihr weiterzulaufen, am Zaun entlang, und mir währenddessen eine Reihe von Fragen zurechtzulegen, beispielsweise, weshalb sie sich an dem Abend nicht zu uns gesetzt habe, um ein Glas Wein mitzutrinken. Aber nein, das wäre eine unentschuldbare Dummheit gewesen. Nicht Chris, sondern meine eigene Erfahrung hatte mich diesmal gelehrt, daß nichts Mädchen, also auch junge Frauen, so verärgerte, wie an peinliche Vorfälle erinnert zu werden, die länger als eine Woche zurücklagen. Innerhalb einer Woche konnte man es versuchen, auch wenn dann ebenfalls Vorsicht geboten war.

Aber während ich so rechnete und abwog und plante, drang es unmittelbar zu mir durch, daß ich zum erstenmal seit meiner Kinderzeit diese beiden Hände wieder in meinen hielt – Frauenhände, Mädchenhände –, die mir an einem warmen Sommernachmittag im GARTEN am Teich so frei und unbekümmert gereicht worden waren. Ich konnte nicht bitten: Zieh die Handschuhe aus, darum und darum; ich konnte nicht einmal über den GARTEN mit ihr reden, nach unserem letzten Gespräch, das so lächerlich und von ihrer Seite aus so überlegen beendet worden war. Sollte ich sagen, daß ich eine Art Ersatzbruder von ihr war? ... O mein Gott, das nicht, vor allem das nicht, stöhnte ich innerlich; wenn ich mich so sehr vergaloppierte, müßte ich mich selber ohrfeigen, ohrfeigen, während sie dabei war ... Es gab, recht betrachtet, nur wenige Themen, über die ich ohne die heillosesten Folgen mit ihr reden konnte. Aber die Hände waren da und die Wärme der Handschuhe und daran der große Mädchenkörper, unnahbar und gerade durch diese Größe so betörend. Der halbe Kopf Unterschied: das war es, was mir das Blut in die Wangen trieb und meine Beine wie eh und je zittern ließ. Diese böse Größe, dieses böse Mädchen Trix, das in seinem Leben mit mehr Jungen gekämpft hatte als ich und all meine Freunde zusammen. Diese Jungen hatte sie in den Bauch getreten, und jetzt sang sie die Frasquita aus der Oper *Carmen* und hörte nicht auf, mich in meine Schranken zu weisen und … o ja, so war es natürlich, ich war natürlich verliebt in sie, immer verliebt in sie gewesen, seit jenem heißen Tag, als ich wie ein Späher von einer Felswand in eine ziemlich feindliche Umgebung hinabgestiegen war. Ich hatte es nur nicht gewußt; prosaische Mächte hatten es vor mir verborgen gehalten … Verliebt in Trix Cuperus. Verliebt in sie. Still für mich sprach ich es aus, ganz deutlich, um nur ja klarzustellen, daß es stimmte, was diese Worte bedeuteten.

»Warum bist du so still?« In ihren Augen leuchtete etwas von diesem Lachen auf, das ich anbetete, immer angebetet hatte, dieses Lachen der wäßrigen, kühlen Augen. Und zum erstenmal sah ich, daß die Falten in ihrem Gesicht beinahe verschwunden waren und daß sie viel schöner war als früher. Ich räusperte mich kräftig und brachte dann mit noch immer beinahe tonloser Stimme heraus:

»Ich hab gemerkt, daß ich über gar nichts mit dir reden kann, ohne daß du unfreundlich zu mir wirst. Das ist nicht schlimm; aber dann sage ich lieber nichts mehr; einfach so mit dir zu laufen ist auch sehr schön.«

Obwohl ich immer noch vor mich hin blickte, merkte ich, daß sie mich überrascht von der Seite musterte. Was gab es an mir zu sehen? In meiner Seele konnte sie nicht lesen; sie konnte höchstens feststellen, daß ich trotz des zwar nicht beißenden, aber doch kräftig wehenden Winterwindes ungewöhnlich blaß geworden war, sicher nicht so sehr wie Chris, aber als Anzeichen dennoch nicht zu verkennen für jemanden, der schon einmal auf meine roten Wangen aufmerksam geworden war.

»Sag mal was«, sagte sie, und als ich sie wieder anblickte, lachten ihre Augen nicht mehr. Sie waren aufmerksam, nicht völlig kühl; ein Anflug der vertikalen Falte zwischen den aschblonden Augenbrauen war sichtbar, und die Lippen hielt sie nachdenklich, vielleicht etwas ängstlich, zusammengepreßt.

»Wie gefällt es dir bei deiner Tante?«

»Schlecht«, sagte sie sofort, »ich bin in allen Dingen ungeschickt. Das einzige, was ich kann, ist Geschirr spülen und Sachen festhalten und wegbringen, ohne sie fallen zu lassen. Meine Tante sagt, daß ich Kellnerin werden soll, und vielleicht werde ich das auch, aber das sagt sie nur, wenn sie ärgerlich ist. Ich tu überhaupt nichts, weißt du. Etwas lesen und spazierengehen. Kochen finde ich schrecklich, und Freundinnen habe ich dort nicht. Ich liebe das Leben nur, wenn etwas Betrieb hineinkommt.«

»Vielleicht dann doch die Oper«, sagte ich leichthin, »aber ist deine Tante denn ein so unangenehmer Mensch?«

»O nein, ich bin unangenehm. Sie ist sehr … ›nett‹ ist nicht das richtige Wort, aber originell, ein bißchen verrückt; manchmal denke ich, daß sie mehr meinem Vater ähnelt als meiner Mutter – nicht äußerlich, meine ich –, und doch ist sie eine Schwester meiner Mutter.«

»Dein Vater ist aber wirklich originell«, sagte ich vorsichtig, »du mußt ihn sehr lieben …«

Sei es, um eine kurze, entschlossene Bewegung zu machen, sei es, um das blonde Haar aus der Stirn zu streichen, das ihr in die Augen wehte, machte sie Anstalten, ihre rechte Hand aus meiner zu ziehen, unterließ es aber, als ich sie weiterhin abwartend anschaute. Wir fuhren nun so langsam, daß mancher Kratzer an uns vorbeilief und sich ängstlich und neugierig umsah. Ich spielte mit dem Gedanken, ihre Hände zu drücken: nicht in der Art eines gewöhnlichen und heimtückischen Händchenhaltens, sondern wie ein allmählich zunehmender Druck, insgeheim vertrauenerweckend, ohne daß ihr sofort bewußt würde, was da geschah. Ich verwarf diesen Plan wieder. Ich dachte an ihre Größe. Sie würde sich über mich beugen können, ich würde in der Höhlung ihres Körpers stehen können …

»Früher«, sagte sie, sich kurz umsehend, nach einem Bekannten vielleicht; wir waren schon vorher von Vorbeilaufenden gegrüßt worden. »Da schon noch, aber ich ertrage es nicht, daß er trinkt, und der Ton, den er dann manchmal anschlägt. Aber darüber rede ich lieber nicht.«

»Aber dein Vater ist doch ein großer Mann, und große Männer …«

»Ich bin sehr anständig, Nol«, sagte sie mit einem kleinen Lachen, das ironisch, aber auch traurig gemeint sein konnte, »du wirst wissen, wie alt ich bin und daß ich ruhig schon … Aber da bei meiner Tante: Immer Leute hinter einem her, Leute, die nichts taugen, nichts für mich … Aber es ist Unsinn, darüber zu reden.«

»Warum? Ich erzähle nichts weiter! Du solltest mal wissen, wie verschlossen ich bin, mindestens ebensosehr wie du …«

»Bin ich verschlossen?«

Ich wartete einen Moment. »Warst du noch nie verliebt?«

»Darauf antworte ich nicht.«

»Also ja.« Wieder das Warten, und ich genoß das Warten. »Ich nicht.«

Als sie auf diese Enthüllung nicht reagierte, fügte ich ganz deutlich hinzu:

»Aber jetzt bin ich es.«

Drei jugendliche Schlittschuhläufer schickten sich in der Mitte zu einem gleichermaßen imaginären wie mörderischen

Wettlauf an, in Pullovern und langen Unterhosen. Zerstreut ließen wir den Blick über dieses Schauspiel gleiten. Wir fuhren gerade in die Kurve, das Eis war splittrig. Lässig, ohne zu schwanken oder sich zu verspringen, lief sie über ein paar Risse. Ich drückte ihre Hände – ohne Überzeugung. Es war lächerlich, was ich gesagt hatte, was ich tat, was ich hoffte. Vielleicht war ich nicht einmal verliebt in sie. Es war schon oft so gewesen, und dann ging es vorüber, genau wie bei Cuperus mit meiner Mutter und der Schwarzhaarigen und wem vielleicht sonst noch. Sogar bei Wessel Stegeman und Jantje de Ridder ging es vorüber, zeitweilig …

»Nun bist du schon wieder still«, sagte sie, als auch die zweite Kurve hinter uns lag.

»Du könntest wenigstens fragen, in *wen* ich verliebt bin«, sagte ich kühl, aber von neuer Hoffnung beseelt, »es ist kein Geheimnis.«

»Ein Mädchen aus deiner Schule.«

»Ja, ein Mädchen aus meiner Schule«, höhnte ich, »aus der Grundschule, mußt du sagen. Aus dem Kindergarten!«

Nachdem sie eine Zeitlang geschwiegen hatte, sagte sie, etwas steif, etwas höflich bemutternd:

»Ich finde dich ziemlich witzig, Nol. Ich bin vier Jahre älter als du, und dann darf ich so etwas wohl sagen. Woher soll ich nun wissen, in welche Mädchen du verliebt bist?«

»›Welche Mädchen‹ auch noch. Aber ich sage nichts; wenn du es selbst nicht errätst …«

Warum verstand sie nicht alles? Gerade nach diesem Anflug von Mütterlichkeit, wie sehr sie sich dabei auch von mir entfernt hatte, schien es mir beinahe dumm von ihr, mich nicht zu durchschauen; oder mit Absicht dumm, und dann spielte sie mit mir …

»Da haben wir unsere Frasquita, sieh nur, sieh!«

Ziemlich behende sich um seine eigene Achse drehend, versperrte ein dicker Mann uns den Weg. Es war Dijkhuizen.

Er war wie ein Polarreisender eingemummelt, um seinen Bauch hatte er wahrscheinlich Gürtel und Gummibandagen geschlungen. Obwohl er mich bei der Schulter gefaßt hatte, richtete er das Wort an Trix.

»Ich muß dich mal eben allein sprechen, Mädchen, wir müssen uns einmal über die wunderbare Musik unterhalten, die dein Vater mit dem alten Feuer einstudiert. Nol, gleich bekommst du sie zurück.«

Natürlich konnte ich mich nicht wehren: Das hätte sie tun müssen. Mit einem abfälligen Lächeln faßte sie die Hände des korpulenten Geschäftsmanns, dessen scharfe Augen mit den tiefen Ringen über ihre Gestalt glitten. Er war bleich wie ein Hefeteig beim Gehen, wie Chris und ich zu sagen pflegten. Nur seine platte Nase, jungenhaft sympathisch, setzte einen kleinen Akzent in dem groben und sinnlichen Gesicht. Dank einer pastoral geformten Stirn sah er ohne Mütze viel vertrauenerweckender aus.

· 10 ·

Ein paarmal sah ich das soeben entstandene Paar vorbeilaufen. Als es mir zehn Minuten später nicht mehr gelang, das Mädchen zu entdecken, Dijkhuizen dagegen sehr wohl, eifrig im Gespräch mit anderen Herren, ging ich – ziemlich erbost – nach Hause. Aber schon bald begriff ich, daß ich nichts verloren und Dijkhuizen, dieses fette Ekel, nichts gewonnen hatte und daß Trix wenigstens etwas von dem begriffen haben mußte, was mich so sehr erfüllte, auch wenn sie es wieder vergessen würde, wie auch ich sie so oft vergessen hatte, scheinbar. Gegen Abend geriet ich heftig ins Grübeln wegen des Altersunterschieds. Vier Jahre älter (oder etwas weniger: von Cuperus wußte ich, wann sie Geburtstag hatte); aber in gewissem Sinne wurde dieser Unterschied im Laufe der Jahre kleiner, wie ich sie auch in der Größe um fast einen halben Kopf eingeholt hatte. Und in zwei Jahren würde ich Student sein, ein richtiger Herr. Es würde das beste sein, in aller Ruhe eine zweite Gelegenheit abzuwarten. Nach der Aufführung, wenn sie wieder zu Hause wäre, könnte ich sie in einem Brief zu einem Spaziergang einladen.

Nachdem ich mich mit diesen und anderen praktischen Plänen beruhigt hatte, überließ ich mich ganz meinem Gefühl und weinte wieder einmal im Bett – doch ganz anders als damals, nachdem Cuperus mich verlassen hatte. Diese Tränen taten nicht weh in den Augen; sie wallten auf, liefen wie ein Frühlingsregen über meine Wangen und tränkten das weiße Kissen, das ich wie einen vagen, späten Schnee zu beiden Seiten meines todstillen Kopfes mehr vermutete als wahrnahm. Kein Schluchzen, keine Hilfe durch zuckende Bewegungen. In diesem kleinen, von Straßenlaternen erhellten Zimmer fühlte ich mich so weit entfernt von allem, sogar von der *Carmen* wie auch von jeder anderen Musik, daß ich in einer Einsamkeit zu schweben schien, die mich so nah an Trix Cuperus heranführen konnte, wie ich nur wünschte und – darauf kam ich immer wieder zurück – schon seit Jahren gewünscht hatte. Geduldig suchte ich diese Jahre nach Vorboten dieser Liebe ab. Es gab sie nicht. Oder es gab sie, aber sie mußten erst in eine andere Sprache übertragen werden. Es war der Unterschied zwischen dem Marsch von Sousa, der mir als kleinem Jungen den Kopf verdreht hatte, und dem zweiten Intermezzo von Bizet, von dem Cuperus kürzlich gedroht hatte, er würde es auf die Dauer besser finden als jedes Stück von Wagner. Es war alles sehr sinnreich und stetig vor sich gegangen: Die Musik bewegte sich voran, das Herz bewegte sich voran, man begann mit Clementi, einem Tänzchen im GARTEN, man belauerte ein großes Mädchen, das kleine Jungen im Namen ihres verleumdeten Vaters verprügelte; später kam die Erfüllung, kamen die Beweise. Als ich an jenem Abend durch den Schnee hatte kriechen wollen, in den sich ihre wilden Fußspuren eingedrückt hatten, da war das schon Liebe gewesen, was sonst? Ich philosophierte: Was ich bis jetzt Verliebtheit genannt hatte, war Nachäfferei von Erwachsenen gewesen; wachsend im verborgenen, war mir meine große Liebe nicht als Liebe erschienen.

Vorläufig hatte die Begegnung auf dem Eis keine anderen Folgen, als daß ich beschloß, Cuperus' Rat in den Wind zu schlagen. Das kam allein schon daher, daß ich die Oper doch lieber zweimal sah. Bei der Generalprobe würde ich alles vom Saal aus verfolgen können, ohne daß mein künstlerisches Gewissen mir verbieten würde, während der Aufführung hinter den Kulissen zu stehen. Nicht nur mein Interesse an der Bühnentechnik und daran, Alice de Rato und Ordelio genauer zu beobachten, hatten mir diesen neuen Plan eingegeben, gegen den mein Lehrer keine Bedenken hatte, sondern auch die Erwägung, daß ich Trix dann näherkäme, gerade an dem Abend, der mit einem Ball beendet werden sollte.

Während der Generalprobe, der ich mit weiteren zwanzig geladenen Gästen beiwohnte, befand ich mich in einem fast ununterbrochenen Zustand der Betäubung. Auf Orchesterdetails zu achten, die mich Cuperus gelehrt hatte; den *Parsifal* wiederzuerkennen; das fehlende h am Ende des dritten Akts zu bedauern – es war schon ebenso ausgeschlossen, wie Kritik an dem »Spanischgetue« zu üben, von dem diese Oper nur so zu wimmeln schien, wenigstens in ihren Kostümen. Bereits mit Einsetzen des zirkusartigen Geschmetters am Anfang wirkte die Musik unmittelbar elektrisierend auf meine Beine, meine Nackenwirbel, meine Magengegend; denken konnte ich nicht mehr; ich wußte nur, daß es viel zu schnell vorüberging, daß ich diese Klänge zwanzigmal hintereinander würde anhören müssen, auch wenn ich wahrscheinlich tot wäre, bevor das Ende erreicht war. An ein paar Details erinnere ich mich: an Cuperus' Ernst vor allem, der sein Orchester gut unter Kontrolle zu haben schien und genau auf den Vortrag der Sänger achtete, wobei er Alice de Rato, und in geringerem Maße Stegeman, deutlich schonte. Dafür bekam es Jantje de Ridder, hoffnungslos erblondet, aber unfähig, schlicht und fromm zu flehen, deutlich zu spüren. Das zweite Intermezzo rührte mich weniger stark als bei Cuperus auf dem Flügel. Trix beobachtete ich besonders, aber ich versuchte, mich möglichst nur auf ihre künstlerischen Leistungen zu konzentrieren. Ihre Körpergröße in dem spanischen Kostüm mochte sie etwas lächerlich erscheinen lassen, aber von ihrer Stimme war ich überrascht, auch wenn es eine weitgehend ungeschulte Stimme war. Ungenügend dagegen war ihr Spiel, verständlicherweise, denn sie war wohl die letzte, die mit einer Gestalt, die eher für Elsa, Eva oder Brünnhilde gemacht schien, ein wankendes, keifendes, intrigierendes Zigeunerweib darstellen konnte. Die notwendigen Zurechtweisungen – »He, Trix, du mußt Karten spielen, oder Karten legen, du hast mich doch schon mal Karten spielen sehen? Klatschen mußt du die Dinger! Was soll Mevrouw De Rato denn von dir denken?« – verschafften ihrem Vater eine der wenigen Gelegenheiten, sie noch wie ein Kind behandeln zu können, und er genoß es sichtlich. Nach den Regeln hätte der Regisseur sich um das steife Spiel kümmern müssen; er streckte denn auch zögernd den Kopf um eine Kulisse: ein munteres, friseurähnliches Männlein (ich hatte ihn schon früher einmal im Theater gesehen) mit angeklebtem Haar, Backenbart und einem melancholisch herabhängenden Schnurrbart. Geradezu komisch war es, Stegeman, den ich einige Tage vorher in seinem Hotel begrüßt hatte, gegen einen unsichtbaren Escamillo kämpfen zu sehen, furchterregend, ihn mit einer unnötig großen Anzahl von Messerstichen die Carmen aus Amsterdam töten zu sehen, unendlich ergreifend seine Abschiedsklage, die ich aus meinem *Carmen*-Buch auf deutsch abschreibe (von der schaurigen niederländischen Übersetzung habe ich nie etwas wissen wollen) – *»Seht mich hier blutgerötet! Ja, ich habe sie getötet! Ach, Carmen! Du mein angebetet Leben!«* –, erfreulich und beruhigend, ihn hinterher neben seiner Micaëla stehen zu sehen, den Arm um ihre Taille gelegt. Nebeneinander aufgereiht, verbeugten sie sich alle vor dem kleinen Publikum, auch Trix, sogar einige Chorsänger, die nicht rechtzeitig hatten verscheucht werden können. Als Cuperus entdeckte, daß Alice de Rato für sich allein dastand und noch dabei war, ihre Kleider abzuklopfen – sie war als einzige nicht in Kostüm –, kletterte er auf die Bühne, schickte sich an, ihr einen Handkuß zu geben, beschränkte sich aber darauf, sie näher an die Rampe zu ziehen und sich gemeinsam mit ihr zu verbeugen. Viel Kontakt würde er an diesem Abend nicht mit ihr haben; die halbe Stadt wußte, daß sie um 7.15 Uhr angekommen war und am nächsten Morgen um 6.46 Uhr wieder abfahren würde, und in der Ergebenheit, mit der Caspers, ein paar Reihen vor mir, sein Opernglas sinken ließ, lag etwas von der nüchternen Zurückhaltung des erfahrenen Jägers bei einem allzu scheuen oder allzu seltenen Wild. Nach ihrem fülligen Busen zu urteilen, konnte die Sängerin nicht mehr jung sein, wobei ich jedoch, der ich mich bereits für einen alten Theaterhasen hielt, die fehlende Schminke berücksichtigte. Mit all ihrem Zähneblecken und ihrem Kapriziös-mit-den-Schultern-Zucken agierte sie eher leichtsinnig als verhängnisvoll, und bei der ziemlich vulgären, hüftschwingenden Gemächlichkeit vermißte man jedes Quentchen Ehrgeiz, was sich unter anderem auch im fehlenden Spiel während der Duette mit einem fehlenden Escamillo und in einer geradezu beleidigenden Behandlung von Leutnant Zuniga während des zweiten Akts äußerte. Wo sie hätte höhnen und piesacken müssen, schien sie ihn nicht einmal zu bemerken, worüber er sich hinterher (er war Anstreicher mit einem grob zurechtgehauenen Baß) bitter beklagt haben muß. Ihre Zigaretten rauchte sie schwungvoll genug, aber man wartete fast darauf, sie dabei auf den Boden spucken zu sehen. Ihre Stimme war großartig. In der Stadt gingen böse Gerüchte über ihr sittenloses Leben um. Ausschweifungen. Gebrochene Herzen. Absichtlich zerstörte Liebesbeziehungen. Es war vorstellbar und uninteressant. Ich ging schnell fort; ich sparte mir jetzt alles für die Aufführung auf und den Ball. Es würde hübsch sein zu sehen, wie sich Cuperus und Caspers um Carmens willen wenn auch nicht in den Haaren liegen, so doch aus dem Wege gehen und zeitweise hassen würden. Mehr erwartete ich nicht davon.

Dem Impuls, Trix Blumen zu schicken, widerstand ich. Einmal in diesen vier Tagen vor der Aufführung suchte ich Cuperus noch auf. Erbärmlich hustend, öffnete mir seine Frau; das erste, was sie sagte, war, daß Trix noch für ein paar Tage bei ihrer Tante sei, um alles zu regeln und ihre Sachen abzuholen. Da sie sonst nie von ihrer Tochter gesprochen hatte, befremdete mich ihr Verhalten so sehr, daß ich zu fragen vergaß, ob Cuperus mich empfangen könne. Mit ein paar freundlichen, laut gesprochenen Worten lief ich an ihr vorbei zum Musikzimmer, dessen Tür angelehnt war. Drinnen war es dunkel und still. Schweigend streckte seine Frau die Hand durch den Spalt und knipste das elektrische Licht an, das in W… seit einigen Monaten üblich geworden war; danach lief sie nach hinten, und ich ging hinein. Cuperus saß am Flügel, den Kopf auf die Hand gestützt, die Ellbogen drückten auf die Tasten. Sein Gesicht war fast nicht zu erkennen. Obwohl er die Augen halb geöffnet hatte, sah oder erkannte er mich nicht. Er bewegte sich nicht, seine Hände zitterten nicht. Bevor ich wegging, durchsuchte ich das Zimmer flüchtig nach einer Flasche oder einem Glas. Aber er hatte tiefe Schränke. Ich begriff, daß er ein heimlicher Trinker geworden war; dennoch, hätte seine Frau gewußt, daß es so schlimm um ihn stand, hätte sie mich niemals hineingelassen. Sehr bedrückt verließ ich das Haus und wünschte beinahe, daß die *Carmen*-Aufführung nicht stattfinden würde. Denn das war es; ich zweifelte nicht mehr, ich kannte ihn: In drei Wochen würde er Alice de Rato vergessen haben, jetzt aber war er imstande, sich um ihretwillen zu Tode zu trinken. Wie eine ferne Möglichkeit drängte sich mir der Gedanke auf, daß auch ich mich zu Tode trinken könnte, in fünf Jahren, in zehn Jahren, um Trix' willen.

Am Abend der Aufführung war ich um halb acht am Eingang des kleinen Theaters. Alice de Rato war eine Viertelstunde zuvor von Caspers in seinem neuen Auto vom Zug abgeholt worden, wobei es eine Verspätung wegen des Nebels gegeben hatte. Es herrschte dichter Nebel, undurchdringlich, in der Stadt, auf den Straßen und auch auf den Eisenbahnschienen. In dem Zug der Sängerin hätte ihrer Meinung nach auch Ordelio sitzen müssen; sie sei am Abend vorher noch zusammen mit ihm aufgetreten, in *Traviata*. Diese Einzelheiten erfuhr ich von dem jungen Tjallingii, der in der Eingangstür stand, mit einem Orden an der Brust. Er sagte zu mir: »Er hat es natürlich vergessen, er trinkt noch schlimmer als unser verehrter Maestro. Wir hätten einen Ersatzmann suchen müssen, hier aus der Stadt. Wessel sieht schwarz und macht sich Vorwürfe, die Kommission nicht zuvor informiert zu haben ...« Ich eilte zur Bühne. Es ging mir plötzlich durch den Kopf, daß ich Blumen hätte mitbringen sollen; an diesem Abend wäre es möglich gewesen: Blumen mit einem Kärtchen, und auf dem Kärtchen nur mein Name; dann wäre sie verpflichtet gewesen, sich bei mir zu bedanken.

Hinter den Kulissen waren bereits viele Statisten versammelt, in Uniform oder in stutzerhafter Kleidung und mit abscheulich verwischter Schminke auf den Gesichtern. Der kleine Chor stand in wichtigtuerischem Gespräch mitten auf der Bühne und stampfte mit den Füßen vor Kälte. Den anwesenden Kommissionsherren, Vellinga, Caspers und einigen anderen, merkte ich mehr als den geschminkten Gesichtern an, daß irgend etwas Beunruhigendes im Gange war. Nur die Diva, die aufdringlich duftende De Rato, spazierte vergnügt an mir vorbei und spielte mit ihrem Fächer, wobei sie Vellinga zurief: »*Ce cochon, il est saôul tout de même, monsieur, mettez-le dans un bain froid, ce toréro ...*« Caspers blickte sie ruhig an, man brauchte kein Menschenkenner zu sein, um festzustellen, daß er keinen Kontakt zu ihr suchte. Kurz darauf unterhielt sie sich sehr vertraulich in gebrochenem Holländisch mit einem jungen Bühnenarbeiter, den sie mit ihrem Fächer in die Seite stupste. Cuperus war nicht da. Erst nach einiger Zeit entdeckte ich Trix mit ein paar anderen Mädchen, alle stark geschminkt, und jetzt roch ich auf einmal auch die Schminke in der Luft, die an einen Zirkus erinnerte und alles durchdrang, alles beherrschte. Verwirrt lief ich herum, mußte einmal ausweichen, wurde dann wieder von umhergetragenen Kulissenteilen zum Stehenbleiben gezwungen und wunderte mich über das plumpe Aussehen, die Risse und

Schrunden und die schreienden Farben von dem, was bei der Generalprobe dem recht gut erhaltenen Interieur einer spanischen Stadt geglichen hatte.

Plötzlich flog die Tür einer der Garderoben weit auf, und der Regisseur kam heraus, um sich auf die Bühne zu begeben. In dem kleinen Zimmer sah ich einen großen, breitschultrigen Mann in teurem Mantel mit Pelzkragen gestikulieren; ihm gegenüber Cuperus; hinter ihm, in größerem Abstand, Stegeman und Jeannetje, beide in Kostüm. Als dann die Kommissionsherren aus verschiedenen Richtungen herbeischlenderten und sich in ungeordneter Reihe vor der Tür versammelten wie vor einer *chapelle ardente*, hielt ich es für angemessen, mich hinter sie zu stellen. Der große Mann hatte ein öliges braunes Gesicht, eine große Habichtnase und einen breiten, bitter-sarkastischen Mund; er mochte in den Fünfzigern sein. Er gestikulierte, er redete, er argumentierte, aber man hörte ihn nicht. Dies hätte dem Durcheinander auf der Bühne, dem Stimmen des Orchesters, der verfrühten Freude eines Musikers, der die ganze Zeit das Seguidilla-Motiv trompetete, zugeschrieben werden können, wäre nicht Cuperus' Stimme so gut verständlich gewesen:

»Sie hätten sofort zu einem Arzt gehen müssen, Meneer Ordelio.«

»Wir haben hier einen Halsarzt, ganz neu«, sagte Micaëla, mit deren sehr dicken blonden Zöpfen Don José spielte, »aber jetzt ist es zu spät, es ist schon fünf vor acht. Jesses, wie ärgerlich, nach all der Mühe …«

Der fremde Mann gestikulierte; wir rückten etwas weiter auf, wobei Vellinga, ein erstaunt-spöttisches Grinsen auf dem Gesicht, die Leitung übernahm, und konnten ihn nun ungefähr verstehen:

»… *dévine*. Ich war schon um halb sechs hier und habe eine Stunde lang in meinem Hotel gegurgelt und mit warmen Tüchern gearbeitet. Es ist euer wahnsinniges Klima hier, ich kenne das sonst nicht. Ich biete nochmals an, die Rolle zu spielen und zu sprechen. Damit sollten die Leute hier doch zufrieden sein.«

Stegeman lachte, etwas wiehernd: »Seltsame …«

»Sie schlagen einen Ton an, der mir nicht gefällt«, brummte Cuperus, wobei ich Vellinga prusten hörte vor Lachen wegen der ungewollten Doppeldeutigkeit dieser Worte, »wir sind hier keine Ausschußware, mein Herr, und wir bezahlen Sie.«

»Schlechte Manieren des Großen Sängers«, sagte Stegeman leise, aber der andere hatte ihn verstanden und drehte sich blitzschnell zu ihm um: »Halt du dich verd… noch mal da heraus, oder ich geh dir an die Wäsche! Rotznase! Du kannst die Schnauze halten, du siehst aus wie ein spanischer Handlungsreisender …«

Beschützend legte Jeannetje den Arm um Stegemans Taille. »Aspirin hätten Sie nehmen sollen, Meneer. Ein Sänger braucht nämlich nicht heiser zu sein, wenn er nicht will …«

»Ich weiß nicht, was ich machen soll«, sagte Cuperus zu den Kommissionsherren, die nun über die Schwelle getreten waren.

»Jetzt hören Sie mal her, meine Herren«, sagte der Sänger und gab durch entsprechende Gesten zu erkennen, daß er das Wort sowohl an Cuperus als auch an den amüsiert lächelnden Vellinga zu richten wünschte, »ich habe *nichts* gegen diese Stadt, das möchte ich hervorheben. Ich finde, es ist eine herrliche Stadt. Ich bin nicht absichtlich heiser geworden durch Ihren abscheulichen Nebel. Ich werde gern wieder gehen, dann sind Sie nur verpflichtet, mir Reise und Logis zu vergüten, und *Meneer* Stegeman darf gleichzeitig den José und den Escamillo machen, das kann er sehr gut; ab und zu einmal aufs Töpfchen setzen, dann kann er es noch besser. Aber ich wollte folgendes sagen: Wenn *ich*, durch mein *Spiel*, mein *Auftreten*, meine *Auffassung* von dieser Rolle den Menschen mehr Kunstgenuß biete als ein *Stümper*, der vielleicht wird einspringen wollen, dann müssen Sie mir die Chance geben. Solange ich nicht auf der Bühne bin, werde ich ununterbrochen gurgeln, das verspreche ich Ihnen, vielleicht kommt die Stimme dann noch vor dem Ende der Vorstellung wieder. Forcieren darf ich nichts, aber ich werde alles tun, um Ihnen zu helfen. Mehr kann ich nicht sagen. Das ist der Standpunkt, den jeder Konfrater einnehmen würde, außer dem verkleideten Affen da …«

Mehr konnte er in der Tat nicht sagen, denn seine Stimme brach und wurde zu einem irritierten Hüsteln, und die letzten Worte konnte man kaum verstehen. Stegeman hatte sich eine Zigarette angesteckt, deren Rauch er dem Leidenden ins Gesicht zu blasen versuchte.

»Dann wollen wir das mal machen«, sagte Vellinga schulterzuckend, »ich werde das Publikum kurz informieren. Ich teile den Standpunkt. Es ist nicht Ihre Schuld.«

Ordelio verbeugte sich kurz, schnaufte und seufzte und fächelte sich mit zwei beringten Händen Kühlung zu.

»Ein Arzt«, schlug Dijkhuizen vor.

»Der kann Heiserkeit nicht in einer halben Stunde heilen«, sagte Caspers, wandte sich gelangweilt ab, wonach er höflich, doch schweigend der fächerwedelnden Carmen auswich, die hereinschrie:

»*Hé, ce monsieur-là, est-il enfin capable de remplier ses devoirs masculins?*«

»*Vieille canaille*«, hörte ich den Bariton noch murmeln, aber dann begann jeder, sich voll Eifer in die Oper *Carmen* zu stürzen, zu rennen, sich klein zu machen, von der Bühne zu flattern. Cuperus ging zu seinem Orchester; eine »erste Klingel« ertönte; Alice de Rato hielt den jungen Bühnenarbeiter von der Arbeit ab; José küßte Micaëla; ich stieß beinahe mit Trix zusammen, ohne von ihr bemerkt zu werden; hinter einer geschlossenen Tür hörte man das Gurgeln von Ordelio.

Dann wurde es auf einmal still im Saal, und von der falschen Seite hörten wir Vellingas Stimme:

»Meine Damen und Herren, ich muß Ihnen eine unangenehme und doch auch wieder erfreuliche Mitteilung machen. Unser Escamillo, der große Baritonsänger Ordelio – oder Baßbariton, glaube ich –, ist hier heute abend heiser angekommen, heiser, meine Damen und Herren, infolge des häßlichen Nebels, der nach letzten Meldungen über dem ganzen Land liegt, also auch dort, woher der Herr Ordelio kommt. Natürlich hätte er auf der Stelle umkehren können; aber so ist der Herr Ordelio nicht, er wollte uns nicht ohne Escamillo sitzen- und Sie durch Kälte und Nebel wieder nach Hause gehen lassen; und obgleich er etwas erhöhte Temperatur hat und eigentlich in sein Bett gehört, mit heißem Grog und einem Detektivroman, und keinen Ton, keine Note herausbringt, hat er angeboten, die Rolle zu spielen, zu sprechen, zu *rezitieren*, und inzwischen alles zu tun, um seine Heiserkeit loszuwerden: gurgeln und so fort, und wir ziehen natürlich auch einen Arzt hinzu. Der Herr Ordelio ist ein großer Künstler, meine Damen und Herren, aber er ist kein Zauberer auf medizinischem Gebiet, und wir ebensowenig. Heiser ist heiser. In jedem Fall werden Sie sich an seinem Spiel erfreuen können, und das ist etwas, was Sie nicht jeden Tag zu sehen bekommen. Wir finden es außergewöhnlich fair von dem Herrn Ordelio, und Sie alle, wie ich Sie kenne, finden das auch. Ich bitte Sie also um Nachsicht und zugleich um Anerkennung für die ... eh, Selbstüberwindung, die der Herr ... die Selbstüberwindung des Herrn Ordelio. Wir beginnen jetzt, und ich kann Ihnen versichern, meine Damen und Herren, daß sonst niemand heiser ist! Ich danke Ihnen.« Es kam ein schwacher Applaus – später wurde behauptet, daß von den oberen, billigen Rängen verdächtiges Hüsteln und Räuspern und »He, Geld zurück« zu hören gewesen sei –, und unmittelbar darauf brach die Ouvertüre los.

Wir hinter den Kulissen standen ziemlich hilflos zusammengepfercht. Es war unmöglich, irgendwo anders hinzurennen, um beispielsweise Alice de Rato von hinten zu betrachten oder von nahem zuzusehen, wie die Zigarettenarbeiterinnen auf die Bühne gescheucht wurden, vor allem, da der Regisseur durch wütendes Flüstern und die paar Feuerwehrleute und ein Polizist durch ihre zuverlässige Regungslosigkeit jede Änderung des Platzes erschwerten. Äußerst spannend war es dagegen, sich eine Sicht auf die Bühne nebst Orchestergraben und einen Sektor des Publikums zu verschaffen. In einem einzigen intimen, aufs äußerste individualisierten Ausschnitt sah man beispielsweise Micaëla und José feurig zusammen agieren, dazu einen Arm von Cuperus über eine Holzbläsergruppe hinweg, wo der Tapezierer gerade seine Klarinette an den Mund setzte, und gleich dahinter einige Reihen von Zuschauern, die sich lautlos die Nase schneuzten, den Kopf bewegten, als versuchten sie, mich in den Blick zu bekommen, sich nach ihrem Textbuch bückten, sich nach Freunden oder Freundinnen umschauten oder in wohlwollender, brav abwartender Haltung das doppelte Liebeswunder von Wessel Stegeman und Jantje de Ridder auf sich wirken ließen.

Am meisten fesselte mich Alice de Rato. Obwohl ihr Gesang keine neuen Offenbarungen brachte, war sie eine völlig andere Frau als auf der Generalprobe, und Stegeman war ihr ebensowenig gewachsen wie der Anstreicher Zuniga, den sie nun tatsächlich verhöhnte, ihm vor der Nase schnipste, ihn hypnotisierte, so daß er sich nicht zu beklagen brauchte und sich auch hinterher in dem Sinne auslassen sollte. Mit ihrer leicht umflorten, jedoch kräftigen Stimme, ihren Hüften, ihrer schwülen und infamen Beintechnik spielte sie sie alle an die Wand, wenn auch mehr wie eine Puffmutter denn wie ein Zigeunermädchen, von der man noch glauben soll, daß sie in einer Zigarettenfabrik arbeitet. Ihre Sprache war etwas sonderbar; es war kein Flämisch (wie ein Kenner wußte); es erinnerte irgendwie an Niederländisch; es war bestimmt kein Französisch; aber das machte nichts, denn niemand im Saal hatte ein Interesse daran, die Worte zu verstehen, weder ihre noch die eines anderen. Während der Angriff der Zigarettenmädchen auf Carmen ein wenig mißlang, weil sie sich nicht recht trauten, endete Carmens Flucht über die kleine Brücke am Ende des ersten Akts fast in einer Katastrophe, da sie über ein Brett stolperte und eigentlich auch zu beleibt war; aber es gab prasselnden Applaus, und Hand in Hand mit zwei anderen Solisten mußte sie dreimal vor die Rampe treten. Wir hinter der Bühne atmeten befreit auf; Hände wurden gedrückt; Zuniga umarmte seine Frau, die aus der Garderobe aufgetaucht war, wohin sie sich aufopferungsvoll zurückgezogen hatte, um, wer weiß, für den Erfolg der Aufführung oder das Seelenheil ihres Mannes zu beten; mit Tee und anderen Getränken kamen Kellner herbeigeschossen; aber schon bald standen wir wieder an die kalten, geweißten Mauern oder die Garderobentüren gedrückt, um nicht von einem Stück der entstehenden Schenke von Lillas Pastia oder einem Fluch des Regisseurs getroffen zu werden. Cuperus blieb, wo er war.

Kurz bevor der Kulissenwechsel beendet war, flog eine Tür auf, so daß vier oder fünf Leute nach vorn taumelten, und im Torerokostüm zeigte sich der Sänger Ordelio und stimmte mit rauher, aber kräftiger Stimme sein berühmtes Lied aus dem zweiten Akt an, das jedoch auf dem zweiten as abbrach, wonach er mit pathetischer Verzweiflungsgebärde die Tür wieder schloß. Man hatte noch etwas Mühe mit der Beleuchtung, aber bald wurde in einem Sevillanischen Dämmerlicht gesungen und schamlos agiert und aufs Tamburin geschlagen. De Rato wiegte sich mehr in den Hüften, als daß sie tanzte; die Zigeunermädchen wirbelten herum, wie man es mit ihnen eingeübt hatte, Trix wie ein großer, verkleideter

Junge mit frechen Sprüngen und ausladenden Schritten; danach noch ein paar Rezitative, und schon bahnte sich Ordelio geradezu mit den Fäusten einen Weg zur Lichtung, wo ihn seine Trabanten scheu, jedoch ohne Fackeln erwarteten, letzteres infolge eines Verbots der örtlichen Feuerwehr. Während Escamillo gefeiert wurde, mehr, als er verdiente, achtete ich auf die Gesichter von zwei Kommissionsherren. Ihre völlige Ruhe verschaffte mir eine gewisse Erleichterung, denn ich hätte es nicht gern gesehen, wenn diese Aufführung, auf die Cuperus so viel gesetzt hatte, mißlingen würde. Kein Zweifel, Ordelio war mit heiserer Stimme imstande, einen Saal zu erobern, solange er noch Arme und Beine hatte. Die Geräusche mochten irgendwo zwischen Summen und Zischen liegen, aber seine Bewegungen verdreifachte er: Er sprang, schritt, wandte sich zehnmal so schnell in der Hüfte, als es Carmen selbst in Lebensgefahr gekonnt hätte, bedrohte äußerst durchtrieben einen imaginären Stier, tötete drei andere imaginäre Stiere, sprang über ein Horn, schwenkte unsichtbare rote Tücher, schleifte sie niedrig über den Boden und ließ sich huldigen und hinausgeleiten wie ein echter Matador, der es wieder einmal geschafft hat. Während der wunderbaren Coda, wenn sich der Toreromarsch harmonisch verwandelt und sich mit Pizzikato-Begleitung leise und tragisch auf kommende Verwicklungen vorzubereiten scheint, erklang ein wohlwollendes Gemurmel im Saal (für Beifall auf offener Szene reichte das Temperament in W… nicht aus). In gewisser Weise hatte er es leicht vor der Pause. Das Lächerliche an seiner Heiserkeit würde erst in den Duetten zutage treten, mit Don José, mit Carmen …

In der Pause erschien ein junger Arzt, den man im Publikum gefunden hatte, um zu erklären, daß Gurgeln absolut nichts helfe; als er dem Bariton den Puls fühlen wollte, scheuchte dieser ihn weg, wonach er eine Zeitlang mit Caspers in einer Ecke der übervollen Garderobe weiterredete und dabei zerstreut gegen Ordelios Koffer trat, der dort stand. Kellner schleppten warme Getränke an, und man hörte die sonderbarsten Ratschläge, unter anderem aus dem Munde einer bekannten Gesangspädagogin, die bei irgend jemandem übernachtete und meinte, am nützlichsten fände sie immer Kamillentee. Noch mehr Besucher aus dem Saal erschienen, so daß Cuperus, als er mit zerzaustem Haar und einem Wollschal im verschwitzten Nacken nach dem Rechten sehen wollte, beinahe nicht durchkam. Caspers erwartete ihn, legte ihm den Arm um die Schulter und trat, eifrig flüsternd, mit ihm beiseite, weg von den anderen Kommissionsherren. Etwas später war ich Zeuge seines vielleicht ersten persönlichen Kontakts mit Alice de Rato, der jedoch zu nichts führte, weil sie sich damit vergnügte, den Leidenden mit Ausrufen auf französisch zu piesacken, einer Sprache, deren mein Lehrer nicht mächtig war. Sie wird ihn gesehen, sie wird nicht auf ihn herabgesehen haben als Musiker, aber sie vergaß ihn sofort wieder. Übrigens herrschte nach dem Erfolg der ersten Hälfte der Oper eine fast ausgelassene Stimmung. Auf der Bühne tanzten Mädchen um den dicken Zuniga herum, der in die Hände klatschte und sie anfeuerte. Jeder brummte, summte oder pfiff das Torerolied, bis hin zum geschäftigen Bühnenarbeiter. Man schrie: »Nicht rauchen, nicht rauchen!« – nicht wegen der Feuerwehrleute, die großzügig alles, außer den Fackeln für Escamillos Bewunderer, übersahen, sondern in Anbetracht der Heiserkeit. Wie heilte man Heiserkeit in einer Garderobe?

Gerade vertraute mir eine unbekannte Person an, daß dieser Ordelio gerade dagegen angehen müßte, einfach *singen*, Meneer, die Heiserkeit wegsingen, die Stimmbänder gerade *nicht* schonen, als Vellinga sich laut lachend aus einer Gruppe löste, in deren Nähe Trix Cuperus stand und auf die Bühne blickte. Ihr Gesicht war ernst; dennoch konnte es sein, daß Vellingas Gelächter auch für sie bestimmt gewesen war. Er trug ein großes Glas dampfenden Grog in der Hand, das er geschickt manövrierend zur Garderobe brachte. Von dem, was drinnen geschah, konnte ich nichts sehen, aber nach den bewundernden Ausrufen zu urteilen, leerte der langsam zur Raserei gebrachte Ordelio das Glas bis auf den Grund. Undeutlich drang seine Stimme nach draußen, und seine Worte wurden von anderen übernommen, ehrfürchtig nachgesprochen: Es war heißer Rum gewesen, purer Rum, was für ein Kerl, das einfach runterzukippen gegen seine Heiserkeit. Man jubelte, Alice de Rato kreischte: »*Maintenant, mon vieux, tu peux séduire ta Carmencita!*« Bühnenarbeiter rangierten schwankend letzte Stücke Hochgebirge; zwielichtige Schmugglerfiguren drängten sich zusammen; Cuperus eilte zu seinem Orchester.

Das zweite Intermezzo klang nicht gerade sauber, denn viele der Musiker hatten sich bei der Garderobe aufgehalten, und eine Rennerei über Treppen und durch Türen kam der Interpretation der erhabenen Liebesekstase wenig zugute. Die Fehler ärgerten Cuperus, er verzog das Gesicht und zischte Gehässiges, vor allem zu dem Tapezierer, der seine Klarinette irgendwann hinlegte und eine Weile mit großen Augen nach oben starrte, wonach er die Klarinette wieder in die Hand nahm. Auch bei der gespenstischen, bis zu Mahlers Siebter Symphonie nicht übertroffenen Schmugglermusik mit dem Sextett ließ das Orchester zu wünschen übrig. Ständig Unsauberkeiten, ungenaue Einsätze, lahme Triller – das einzige, worüber ich mich nicht ärgerte, waren die falschen Geigen, denn meiner Meinung nach waren die von Natur aus falsch und außerdem langweilig. Ich wußte nicht, daß dies der Durchschnitt dessen war, was man von solch einem Orchester erwarten durfte, ich hielt es für ein Zeichen, daß die Oper jetzt von zwei Seiten bedroht würde. Es war kein Genuß mehr für mich; ich bekam Angst, Cuperus' wegen.

Nach dem von Nietzsche hochgeschätzten *Andante molto moderato* (ich las seine Angriffe auf Wagner in einem späten und düsteren Studentenjahr), Carmens Todesarie, bei der Alice de Rato sich plötzlich weit über ihren Antwerpener Fischweib-Pegel erhob; nach dem vergnügten Ensemble in Ges-Dur, mit einer Zwischenpassage in B-Dur, wo die sich enge chromatische Durchgänge bahnenden Terzen Cuperus' Meinung nach nur für musikalische Genießer bestimmt waren; nach den gut gesungenen Sentimentalitäten von Micaëla, völlig allein im Gebirge; nach den Echos, völlig außerhalb des Gebirges, nämlich im Orchester, wo sie mißglückten; und nach dem Schuß auf Escamillo (bisher wußte noch niemand, wie es um seine Stimme stand) begann das stürmisch verlaufende Duett, das mit dem Kampf endete. Ich nahm mir vor, nur auf die Musik zu achten. Neben dem Anfang des $^2/_4$-Abschnitts mit den dissonierenden Sexten, den ich auswendig konnte (Cuperus hatte ihn mich ein paarmal spielen lassen, als *Adagio*), gab es auf der Seite davor, gleich nach Escamillos unverschämter Feststellung »*Carmens Liebe nie länger als sechs Wochen währt*«, im Orchester eine ausgehaltene Note e, das Feinste vom Feinen, das mir auf der Generalprobe entgangen war. Auch die Klangfarbe des Orchesters war in dieser Szene ganz großartig, wie Cuperus meinte.

Während Escamillo heiser, aber dennoch als Sänger, nicht als Sprecher, zuverlässig seine für José so schmerzlichen Herzensergüsse hören ließ, konnte ich meine Umgebung mustern. Alice de Rato stand vier Schritte von mir entfernt auf ihrem Posten und flüsterte mit dem jungen Bühnenarbeiter. Bleich und schmutzig geschminkt, tauchte das Gesicht von José ab und an im Halbdunkel auf. Escamillo sah ich nicht. Getragen von einer von Schlaglöchern und Unebenheiten wimmelnden Begleitung gab Stegeman, was er konnte, so daß die Stimme des großen Ordelio von seiner wie weggeblasen wurde: wenig kollegial vielleicht, aber im Gedanken an das Publikum dennoch vertretbar. Die ausgehaltene Note e entging mir schon wieder, wahrscheinlich ist sie an beiden Abenden ungespielt geblieben. Es folgten die dissonierenden Sexten. Und immer der quälende, wenn auch medizinisch erklärbare Unterschied zwischen den Stimmvolumen. Ich sah sie nun beide, die Spieler, lauernd zueinandergebeugt, Messer in der Hand. Der Orgelpunkt auf der Dominante c – und der Kampf konnte auf f seinen Anfang nehmen. Schwache Stöße austeilend, schoben sich die beiden Gegner aus meinem Gesichtsfeld; zehn 4/4-Takte würde es dauern, bevor Escamillos Messer zerbrechen und José von Carmen zur Ordnung gerufen würde. Da ertönte Carmens Stimme, zu früh: »*Héla!*« Was fiel De Rato ein? Die Musik ging weiter; um mich herum entstand Unruhe; aber nirgendwo wurde noch gesungen, und das Orchester war schon beinahe bei Escamillos Danklied angelangt, als Cuperus abklopfte. Im Saal wurde gelacht; der heisere Bariton und der so vortrefflich disponierte Tenor hatten schon vorher, da sie sich so eifrig und unebenbürtig anbrüllten, eine leichte Heiterkeit entfesselt.

Bei der Beschreibung dessen, was auf der Bühne passierte, kann ich mich nicht nur an meine eigenen Eindrücke halten. Ebensowenig an die anderer, aber nach einiger Zeit entstand, vor allem durch Josés Zutun, der noch drei Tage in W… blieb, um sich von Micaëla trösten zu lassen, doch etwas wie ein zusammenhängender und offiziell bestätigter Bericht. Ordelio hatte sein echtes Navaja bei sich. Das mochte noch hingehen, und Stegeman hat auch nie behauptet, er sei direkt mit der Waffe bedroht worden. Aber kurz nach *L'Istesso Tempo* – dem Anfang der Passage in F-Dur, mit den von der Tonika zur Dominante absteigenden, schweren, würgenden, sich immer mehr schließenden Akkorden in der linken Hand (ich ziehe noch immer meinen Klavierauszug zu Rate, in den gerade bei dieser Episode nur wenige instrumentale

Anweisungen gekritzelt sind) – war Ordelio dem jüngeren Sänger glattweg an die Kehle gesprungen, das Navaja zwischen den Zähnen, worauf Stegeman, vielleicht doch ein Hasenfuß, sich sofort hatte fallen lassen. Gleich danach muß er ihm noch einen Tritt versetzt haben; noch später rollten sie beide über die Bühne, schweigend, jedoch in akuter Gefahr, denn das Messer hatte der Angreifer noch bei sich. (Von der Polizei beschlagnahmt, erwies es sich als gefährlich scharf.) Der erste, der dazwischengehen wollte, war der Regisseur; ein Tritt von Escamillo ließ ihn zurückprallen. Der Polizist hielt sich auf Abstand – nicht aus Feigheit, sondern weil er dachte, das alles gehöre zur Oper –, die Feuerwehrleute, mit etwas stärker entwickeltem dramatischem Instinkt, ließen sich durch das blitzende Messer verjagen. Auch die Kommissionsherren liebten keine Navajas, obwohl Vellinga, der Exfußballer, der gegebene Mann gewesen wäre, die Initiative zu ergreifen. Die Frauen kreischten. Da die Bühne halb verdunkelt blieb, konnte niemand im Saal sich Gewißheit über den Ernst der Lage verschaffen, und die Heiterkeit behielt die Oberhand über das Entsetzen.

Als Ordelio – der, wie man hinterher merkte, sturzbetrunken war, was vielleicht doch gegen seine Trinkgewohnheiten sprach – Stegeman zum zweitenmal ungehindert zu fassen bekam, sprang Cuperus auf die Bühne, ging unter zunehmendem Kreischen und Schreien auf Escamillo zu, der gerade unter den sich verzweifelt wehrenden Don José gerollt war, und zog ihn an seinem Torerowams hoch, während er dem Tenor zubrüllte, er solle von der Bühne verschwinden. Von dem Navaja wußte er nichts; es ist unklar, ob der Betrunkene ihn noch hat stechen wollen; aber Cuperus, außer sich vor Wut, ließ ihm keine Zeit und schlug ihm mit der linken Faust ein paarmal ins Gesicht, wonach der Stierkämpfer vom Polizisten und den Feuerwehrleuten und noch ein paar anderen, die dabeisein wollten, von der Bühne getragen wurde.

Cuperus sah ich erst, als er sich den Rock abklopfte und sich langsam vors gedämpft brennende Rampenlicht begab. Den lärmenden Saal, wo einige tatkräftige Herren bereits aufgestanden waren und die billigeren Ränge die Torero-Melodie angestimmt hatten, mahnte er gebieterisch zur Ruhe, stellte sich ordentlich in Positur, noch mächtig schnaufend, die Hand am Schnurrbart. Nachdem er einen der Kommissionsherren, der zögernd hinter ihm auf die Bühne getreten war, mit einem kleinen Nicken beruhigt hatte, begann er eine Ansprache, die zunächst ziemlich ruhig angehört wurde.

»Meine Damen und Herren. Sie sind soeben Zeuge einer höchst unerquicklichen Szene geworden. Der Herr Ordelio hat sich derartig schlecht aufgeführt, daß er *nicht* mehr mitspielen darf. Es könnte für uns alle lebensgefährlich werden. Wir bedauern außerordentlich, aber wir werden diese Oper abbrechen müssen …«

»Geld zurück!« wurde im Saal gebrüllt.

»…, ohne daß die Rolle von Escamillo zu ihrem Recht kommt, anders als in der Orchesterbegleitung und, wie ich hoffe, in Ihrer Phantasie …«

Die letzten Worte klangen etwas zu arrogant. Da stand ein älterer Herr aus der zweiten Reihe auf, ein Möbelfabrikant, der auf Versammlungen gern das Wort führte.

»Pardon, Meneer Cuperus, uns wurde von Meneer Vellinga gesagt, daß Meneer Ordelio heiser sei, und das haben wir auch gehört. Aber nur durch Heiserkeit kommt man doch nicht dazu, den ganzen Laden auf den Kopf zu …«

»Er war nicht heiser, Meneer«, schnauzte Cuperus, der dadurch einen Moment die Fassung verlor, nicht weil er etwas Falsches gesagt hatte, sondern weil er so dumm gewesen war, dem Möbelfabrikanten überhaupt zu antworten (später hat er mir das erzählt, hat er mir gesagt, daß Menschen, die sich in entscheidenden Augenblicken von ihren Gefühlen hinreißen lassen, erledigt werden müßten). Er fuhr fort: »Er war sehr wohl heiser, aber außerdem betrunken, oder völlig durchgedreht ...«

»Du bist selbst betrunken!!!«

Sogar auf den besseren Rängen wurde gelacht. Der Möbelfabrikant setzte sich schulterzuckend hin, er war schließlich ein kultivierter Mann. Von diesem Augenblick an streckte der Tapezierer-Klarinettist seinen Kopf über die hölzerne Balustrade des Orchestergrabens, um dem Publikum Grimassen zu schneiden, immer mit einem Seitenblick auf seinen Dirigenten. Cuperus knabberte an seinem Schnurrbart und ballte die Fäuste.

»Ich wollte noch sagen, daß wir das Genie von Bizet besser ehren können als durch persönliche Beleidigungen. Wir haben uns viel Mühe gegeben, diese wunderbare Oper einzuüben ...«

»Bravo!« rief eine alte Dame, die offenbar über eine hervorragende Altstimme verfügte.

»..., und wir haben keine Lust, uns alles verderben zu lassen von einem Hanswurst aus *Holland*, der mal eben zu uns hier in den Norden kommt, um ...«

Das war ein kluger Schachzug von meinem Lehrer, denn nun brach von allen Rängen ein donnernder Applaus los, vermischt mit lokalpatriotischen Rufen. Als der Beifall sich gelegt hatte, sagte er:

»Wir machen jetzt weiter, wie ich hoffe, auf würdige Weise« – hierbei warf er einen drohenden Blick aufs Orchester, wo Unerschütterliche redeten und lachten (das Betragen des Tapezierers, ganz links, entging seiner Aufmerksamkeit) –, »ohne Escamillo, aber im Geist des großen Bizet, der ...«

Hier wurde er vom Tapezierer unterbrochen, der – und nicht einmal auf allzu billigen Rängen – Freunde und Verwandte entdeckt hatte. Humorist aus Berufung, erfüllt von Groll auf Dirigentenschelte, beugte er sich weit über die Holzbrüstung und trompetete mit der Hand am Mund:

»Torero, sieh mal, was für ein Stier!
Pfui, was für ein Tier!
Behalt ihn im Visier!«

Gefolgt von einem abgrundtiefen: »Buh-uh-uh-uh!« Da ich kurz nach dem Applaus das Theater durch einen Hinterausgang verlassen hatte, habe ich es nicht mehr gehört, ebensowenig wie das, was dann folgte. Das war nicht mehr viel. Mit großem Bedacht gelang es Caspers, den schnaufenden, dann und wann vor ohnmächtiger Wut schluchzenden Cuperus von der Bühne zu geleiten, hin zum Orchestergraben, wo der Tapezierer kurz darauf gehorsam mitspielte.

· 11 ·

Für mich war der Abend noch nicht zu Ende. Dem Theater hatte ich den Rücken gekehrt, weil ich Cuperus nicht beistehen konnte und es weniger feige fand, meinen Protest deutlich zu zeigen, als dem halbherzigen Beispiel der Kommissionsherren zu folgen. Allerdings fluchte ich laut vernehmlich, als ich an den Feuerwehrleuten vorbei den engen Gang mit der Treppe nach unten aufsuchte. Was diese Enttäuschung, noch dazu nach dem halben Fiasko mit Alice de Rato, bedeutete, wußte ich. Ich wußte, wie stolz er war und wie wichtig es ihm war, noch nie öffentlich als Trunkenbold beschimpft worden zu sein, auch wenn vielleicht Anlaß dazu bestanden hätte. Aber ich konnte ihm nicht helfen. Eine halbe Stunde lang lief ich durch den Nebel. Nach Hause wollte ich auf keinen Fall, dafür reizte mich der Ball noch zu sehr. Gegen Ende der Vorstellung, das ich ungefähr abschätzen konnte – vorausgesetzt, daß alles zügig verliefe –, sorgte ich dafür, im Foyer zu sein, wo ich schon vorher meinen Mantel und meinen Hut geholt hatte. Wenn ich der Garderobenfrau glauben durfte, dann würde die Oper bald zu Ende sein; ein paar Leute würden gehen, die meisten natürlich zum Ball bleiben. Vor dem Theater standen in der Tat fünf oder sechs Kutschen. Beide lauschten wir den gedämpften Klängen von Carmens strahlendem Ende, den tragischen und triumphierenden Schlußakkorden und, Gott sei Dank, einem gewaltigen Applaus, auch von den billigeren Rängen, die der Doppeltür am nächsten waren. Lange bevor der Beifall sich gelegt hatte, flog diese Tür auf und entließ einen Schwarm schlechtgekleideter Besucher, die den Kunstgenuß unverzüglich von sich abschüttelten und wie Taschendiebe das Gebäude verließen. Nach einiger Zeit folgten ihnen die Bedächtigen, die ins Foyer und dann in das angrenzende Café strömten, um sich die Füße zu vertreten. Ein würdevoller Herr ließ sich Hut und Mantel reichen und begab sich mit seiner dick eingepackten Frau nach draußen; auch die Bürgermeisterfamilie bemerkte ich, offenbar mit der gleichen Absicht.

Gerade als ich meine Sachen aufs neue abgeben wollte, erregte das Rufen einer Frau draußen bei den Kutschen meine Aufmerksamkeit. Ich meinte, die Stimme von Alice de Rato zu erkennen, die ich tatsächlich kurz darauf in einem langen Mantel neben einem der vorgefahrenen Wagen stehen sah. Sie rief etwas nach links, und als ich in die Richtung blickte, bog Cuperus gerade, am Arm von Vellinga, um die Ecke des Theaters, gefolgt von Stegeman, Jantje de Ridder und Trix, alle drei im Kostüm unter ihrer Winterkleidung, Arm in Arm alle drei. Stegeman trug eine ganze Ladung Blumen, offensichtlich die von Jantje und Alice, und um den Hals einen Kranz für ihn selbst; Trix trug ihre eigenen Blumen oder vielleicht die ihres Vaters. Außer Cuperus und Trix erkannten mich alle sofort, jauchzten und schwenkten die Arme, soweit das möglich war. Ich fragte Cuperus, wie es gegangen sei, und Vellinga, der etwas getrunken zu haben schien, gab Antwort. Wunderbar! Ordelio läge besoffen in seinem Hotel mit einem blauen Auge von unserem Maestro, wie das »Fräulein Tjallingii« ihn immer nenne (und einem Schnitt in seinem Wanst von mir, ergänzte Stegeman genüßlich), und ob ich nicht mit einsteigen wolle. Dieses großzügige Angebot wurde von Alice de Rato unterstützt, die mich mit *»ce joli garçon«* betitelte. Sie würden Cuperus und Trix nach Hause bringen, in die Federn, rief Vellinga; aber Cuperus schaute mürrisch vor sich hin und begab sich als erster zur Kutsche. Der Kutscher übernahm die Blumen, um sie bei sich auf den Bock zu legen. Stegeman und Jantje folgten Cuperus, ich stand jetzt schräg gegenüber von Trix, die mich ignorierte. Ich wußte nicht, was ich tun sollte. Spielverderber wollte ich nicht sein, aber ich hatte keine Lust, in Trix' Gesellschaft in einer ordinären Kneipe zu landen und als siebter Mann vielleicht auf den Schoß der eigenartigen Carmen gesetzt zu werden, die von dem wählerischen Caspers bereits schmählich im Stich gelassen worden war und Cuperus vielleicht noch unglücklicher machen würde, als er schon war. Auch gefiel mir Vellingas Herumgelärme nicht. Er erzählte mir zwar, daß sie noch eben schnell beim Hotel des Italieners vorbeifahren würden, um ihm Aspirin zu bringen, dazu eine Serenade von Don José, aber er schien mich nicht richtig anzusehen, er schien mit jemand anderem zu sprechen. Trix stieg ein. Als De Rato mich mit hineinziehen wollte, wehrte ich mich und gab damit Vellinga ein gewisses Recht, mich wie zerstreut beiseite zu schieben. Es erschien mir auch korrekter, nicht mitzugehen, da Cuperus mich nicht eingeladen hatte. Der Kutscher schob die letzten beiden hinein, und ich sah seine großen Hände abwechselnd auf dem Hinterteil von Mevrouw De Rato und auf dem des Journalisten, die einander an Umfang wenig nachstanden, auch wenn die Proportionen insgesamt unterschiedlich verteilt waren. Gebückt verschwanden sie im Wagenschlag; man wunderte sich irgendwie, daß man sie nicht sofort wieder auf die Straße rollen sah, quer durch die Kutsche. Die bunten Blumen auf dem Kutschbock waren vom Nebel verschleiert, in dem sie sich gleich auflösen würden. Aus der Kutsche hörte man Gekreisch. Ich winkte ihnen nach und meinte, im kleinen Rückfenster eine winkende Hand wahrzunehmen.

Auf dem Ball plauderte ich eine Stunde lang mit meiner Mutter, die mir vom weiteren Verlauf der Aufführung berichten mußte. Stegeman habe ausgezeichnet gespielt, sagte sie, und die Solisten hätten viermal zurückkommen müssen, und alle hätten Blumen bekommen, die Tochter von Cuperus notabene von Vellinga, eigenhändig auf die Bühne gebracht, und Zuniga von seiner Frau, die er eigenhändig auf die Bühne gezogen habe, obgleich sie sich heftig sträubte – nicht ganz unverständlich, dies letzte, denn sie war mit einer Hose ihres Mannes über dem Arm erschienen, das heißt einer nicht-militärischen Hose. Und José und Micaëla hätten einander Blumen überreicht, trotz ihrer zum soundsovielten Male geplatzten Hochzeit, und von einem unbekannten Bewunderer sei ein Kranz für Ordelio gebracht worden, den Cuperus einfach zerfetzt unter die Musiker geworfen habe, eine etwas grobe Geste, denn die meisten von ihnen hätten doch wirklich ihr Bestes gegeben. Seinen eigenen Kranz habe er nicht annehmen wollen und ihn einem der Chorsänger um den Hals gehängt, aber den würden sie ihm wohl nach Hause bringen. Je fröhlicher und spöttischer meine Mutter redete, desto größer wurde meine Niedergeschlagenheit, schon allein deshalb, weil ihre Munterkeit mir unnatürlich erschien. Dieses komische Geplapper verbarg Ermüdung, eine neue Art der Ermüdung, die ich nicht an ihr kannte. Als ich fortging, machte sie keine Anstalten, sich mit ihren Freundinnen zu treffen.

Zwei Tage darauf besuchte ich Cuperus. Er empfing mich abweisend, und ich sah, daß er getrunken hatte. Daß es mir trotz aller Mühe kaum gelang, ihm klarzumachen, weshalb ich das Theater verlassen hatte – mein Protest war nicht unbemerkt geblieben –, zeugte übrigens eher von Zerstreutheit als von Apathie. Sein schwarzer Hausmantel war von Zigarrenasche übersät, der Ofen war ausgegangen, und er sagte, daß er in einem Monat fünfzig würde und sich wie sechzig fühle, und wodurch? Durch das Gesindel! Da brüllte er los und beschuldigte die ganze Welt und bemitleidete sich selbst und warf mir böse, schielende Blicke zu. Dennoch fiel mir auf, daß er mir selten direkt in die Augen sah. Oper: Vorbei! Völlig zu Recht, völlig zu Recht – mit einem Saufbold als Dirigenten konnte man ja doch nichts anfangen! (Und tatsächlich wurden Vellingas Versuche, aus W… ein kleines Bayreuth zu machen, nicht fortgesetzt, vor allem, weil Caspers, der besonders mit Alice de Rato die Katze im Sack gekauft hatte, kein Geld mehr geben wollte, und mit ihm eine Reihe anderer Kapitalkräftiger; das Musikleben in W... begann von nun an dahinzusiechen, sogar die Abende bei meinen Eltern litten darunter.) Lächerlich gemacht von diesem Gesindel, diesem dreckigen Pöbel, er, Henri Cuperus, der als Operndirigent das Höchste hätte erreichen können, mit etwas mehr Chancen, etwas mehr Wohlwollen! Eine ordentliche Anstellung in einer der großen Städte – und er hätte sich gehütet, sich mit solchem Gesindel wie dieser Alice de Rato abzugeben ... (es folgten einige Epitheta, die ich nicht wiederholen kann), in die er, Gott sei es geklagt, auch noch verliebt gewesen sei! Das käme nur durch das Leben in der Provinz; in einer großen Stadt, an der Oper, sehe man genug Frauen, um sich nicht in eine einzige verlieben zu müssen, und in was für eine! ... Spielen wolle er nicht mehr für mich, die *Carmen* habe er in die Ecke geworfen; ich könne weiter Stunden bei ihm nehmen; aber ich müsse wissen, daß er ein völlig *desillusionierter* Mann sei; wenn das inspirierend auf mich wirken würde, *à la bonne heure*! Als ich nach Trix fragte, begann er, zu fluchen und zu schimpfen, ohne seine Augen auch nur in meine Richtung zu bewegen; vielmehr saß er halb von mir abgewandt, mit melancholischen Hängebacken und zitterndem Schnurrbart. Trix sei verrückt. Hätte sich alles so zu Herzen genommen, daß sie wieder zu ihrer Tante gegangen sei. Wolle nie wieder singen, nicht öfter als einmal im Monat herkommen ... alle Mühe umsonst ... Seine Hände glitten unruhig über seinen Hausmantel, seine Stimme erstarb; mir kam der Gedanke, er könne, genau wie seine Frau, etwas von meinen Gefühlen bemerkt haben. Als ich mich verabschiedete, grüßte er kaum.

Während meiner ersten Stunde, bei welcher Gelegenheit er mich um Entschuldigung bat, hütete ich mich wohlweislich, noch einmal nach dem Mädchen zu fragen, um so mehr, als ich mir vorgenommen hatte, ihr zu schreiben. Für diesen Brief habe ich mindestens zehn Entwürfe geschrieben, unter ihnen einen von vier Seiten; schließlich preßte ich alles auf zehn Zeilen zusammen und machte mir, als die Antwort ausblieb, selbst Vorwürfe, weil ich zu kühl und zu unklar geblieben war. Es stand kaum etwas anderes darin, als daß ihre Stimme mir sehr gut gefallen habe und ich auf eine Wiederholung unserer Begegnung hoffte – einer Begegnung wie die auf dem Eis, hatte ich dazugeschrieben. Meine Motive waren durchsichtig genug; aber unmöglich würde sie aus dem Brief auf den Grad und die Art meiner Verliebtheit, ihre Hitze schließen können; und hatte sie irgendeinen Hinweis, daß nicht ein prästudentischer Leichtsinn mich trieb, der sich in korrekte Redewendungen hüllte?

Cuperus bekam die Folgen seines Lasters zu spüren. Wenn er auf die Noten zeigte, zitterten seine Hände, und er vernachlässigte sich selbst, so daß zum erstenmal sichtbar wurde, wie grau sein Schnurrbart und wie weiß seine Bartstoppeln geworden waren. Einmal hatte er in meiner Gegenwart einen Wutanfall, zeigte hohnlachend auf die alten Kränze an den Wänden und auf den neuen, mit den glänzendroten Schleifen, und stand auf, um sie herunterzuholen und aus dem Fenster zu werfen. Als ich ihm den Weg versperrte, fing er an, mich zu beschimpfen; als er mein entschlossenes Gesicht sah, ging er gesenkten Hauptes zum Flügel, wo er mit einer großen Anzahl von Streichhölzern eine Zigarre anzustecken versuchte: Schweigend trat er ans Fenster und warf die Zigarre hinaus; danach gab er mir eine halbe Stunde normal Unterricht.

Dennoch war schwierig zu sagen, weshalb er derartig verbittert war. Vor der Enttäuschung über die *Carmen* hatte man nie etwas von seinem Ehrgeiz gemerkt, ein großer Operndirigent zu werden. Alice de Rato konnte ich ausschließen; er war lediglich in ihr Porträt, das vor mindestens fünfzehn Jahren entstanden war, und in ihren Ruhm verliebt gewesen. Trix? Es konnte natürlich sein, daß er ihre Gegenwart im Haus vermißte, mit einer Frau, die immer stiller und schwerhöriger wurde, immer magerer, immer reifer für Kurort oder Sanatorium. Einmal spielte er auf eine unglückliche Jugendliebe an, und auch an den Veränderungen in seinem musikalischen Geschmack war zu merken, daß er den Weg in die Vergangenheit eingeschlagen hatte: wieder eine Zeitlang Wagner, dann ein zorniger Ausbruch, daß es nicht zum Anhören sei ohne menschliche Stimmen und ohne Theater, und zum Schluß eine späte und wenig triumphale Rückkehr zu den reinen Dreiklängen, die ihm arpeggioweise bei Liszt zur Verfügung standen.

Das darauffolgende Jahr ist das ruhigste und sogar glücklichste in meinem ganzen Leben gewesen. Meine Verliebtheit nannte ich »meine große Liebe«, und ich war davon überzeugt, daß ich Trix wiedersehen würde, auch wenn ich vor meinem Schulabschluß keine Initiative ergreifen wollte. Die wenigen Tage zu nutzen, an denen sie zu Hause war (ich konnte von ihrem Vater immer erfahren, wann), verbot ich mir selbst. Zuerst mußte ich meinen Schülerstatus hinter mir gelassen haben. Ich war ein errötender junger Mann geworden, breitschultrig, meiner Mutter mit großer Liebe verbunden, deren Erröten nicht mehr soviel Gutes verhieß, und mit einer vielleicht bemerkenswerten Fähigkeit, sich zu beherrschen und das aufzuschieben, auf das ein anderer sich stürzen würde. Der Leser dieser Zeilen mag mich anders sehen, aber ich richte mein Augenmerk vor allem auf dieses eine glückliche Jahr, das an einem schwülen Tag in der letzten Aprilwoche endete. Drei Tage zuvor war ich neunzehn Jahre alt geworden.

An dem Abend ging ich zu meiner Klavierstunde bei Cuperus – der Nachmittagsunterricht gehörte längst der Vergangenheit an, da er den »Überstunden« nicht genügend Spielraum bot. Ein lauer Wind trieb mich mit freundlichen Stößen in die stille Straße, in der, wie immer, weniger Laternen zu brennen schienen als woanders. Ich erinnere mich an das Echo meiner Schritte von den Häusern auf der anderen Seite. Es schien kein Mond; kaum noch war die Beklemmung des Frühlingsanfangs spürbar, mit seinen Düften und den immer wieder etwas anders klingenden Geräuschen. Schon von weitem hatte ich meinen Lehrer spielen hören, und als ich vor seiner Tür stand, erkannte ich die Musik. Es war das zweite Intermezzo aus *Carmen*, das er einst die »Liebesmusik« genannt hatte. Aber er spielte es völlig anders als anderthalb Jahre zuvor. Natürlich berührten mich diese Klänge – und wäre es nur, weil er sie spielte und seine Scheu vor der Oper überwunden zu haben schien –, aber erst später habe ich herausfinden können, worin die Veränderung bestand. Er spielte mit sehr wenig Pedal und nahm das Tempo etwas schneller. Fast die ganze zweite Seite, bis auf die Coda, ließ er weg. Was übrigblieb, war ein heiter klingelndes rondoartiges Stück, unverändert in Es-Dur, ohne die Modulationen und die schmelzenden, leidenschaftlichen Akzente der zweiten Seite. Der überwältigende Eindruck, den diese durchsichtige, geradezu keusche Transformation an diesem Frühlingsabend auf mich machte, war jedoch vor allem dem Tempo zuzuschreiben, in dem er die Coda spielte: langsamer, breiter, nicht in der Art eines sentimentalen Verzögerungsmanövers, sondern bereits von der ersten Note an wie ein überirdisch erhabener Choral, in dem halbe Noten als Cantus firmus betont wurden und eine scharfe Dissonanz schauriger war als irgend etwas auf der Welt. Die letzten drei Takte ließ er weg, das Es-Dur-Zupfen wurde schneller, und alles begann von vorn. An der Gardine sah ich, daß er im Dunkeln saß.

Währenddessen hatte ich mich auf die Schwelle gesetzt und lauschte, den Kopf an den Türpfosten gelehnt. Er machte keine Fehler; er mußte es tage-, vielleicht nächtelang geübt haben, ganz leise, wie er einst, aus einem anderen Zimmer, das Wolf-Lied meiner Mutter begleitet hatte. So wenig legato spielte er, daß man die Vortragsweise mozartisch nennen konnte, und fast unmenschlich kühl, vor allem durch diese monomanen Wiederholungen. Das Gefühl lag nicht nur in den Noten, nicht in dem streichelnden, drückenden, verzögernden Finger. War dies sein einsamer Abschied von der Oper *Carmen*? Aber er wußte, daß ich jeden Augenblick eintreffen konnte; und das machte sein Spiel noch unmenschlicher, beunruhigender – elementar wie ein Kristall, der leise klirrend einen endlosen Felsabhang herabrollt, niemals den Boden des Abgrunds erreicht, dann und wann still liegenbleibt und Atem holt auf den letzten schmalen Plateaus vor dem Ende, das kein Ende ist. Solange Cuperus lebte, waren noch Opern möglich. Denn das war es, was mir die Kehle zuschnürte, so daß auch ich mich einer Vergangenheit zuwandte, die mehr als ein Jahr zurücklag. Es waren die warmen Farben, die Freude der Statisten, die amüsante und doch irgendwie rührende, von Zigeunermädchen unbedrohte Liebe zwischen Micaëla und Don José, der jetzt schon wieder ein halbes Jahr nicht geschrieben hatte; die Schminkluft vor allem auch, der göttliche Schmutz des Theaters, sogar die umflorte Stimme von Alice de Rato. Die *Carmen*-Musik. Der Tribun Henri Cuperus, verhöhnt von seinem eigenen Volk, das er geistig doch so sehr überragte. Es war vorbei. Von jetzt an würde ich nur makellose *Carmen*-Aufführungen sehen, ohne Tapezierer, die ihren eigenen Dirigenten lächerlich machten, ohne heiser und edel angetrunkene Escamillos – nur noch korrekte Herren und Navaja-Imitationen.

Das Holz, an das ich meine Wange lehnte, war schon nicht mehr kühl. Windstöße jagten vorbei, ohne daß ich darauf achtete, Schritte näherten sich und weckten mich kaum aus meinem traurigen Grübeln, und ich erschrak nicht, als die große Gestalt mit einem Ruck vor der Haustür stehenblieb. Durch einen Schleier sah ich eine Einkaufstasche, aus der Sachen hervorschauten. Erst als sie sich vor mir hinkniete, sah ich sie an; aber ich hatte weder Zeit noch Kraft, die Musik – die gerade eben aufgehört hatte – als Grund anzugeben, weshalb ich dort auf der Schwelle saß wie ein erschöpfter Landstreicher, denn schon hatte sie die Tasche abgesetzt, ihre Arme lagen um meinen Hals, und ich hörte ihr Flüstern:

»Warum weinst du, Nol?«

»Das kannst du gar nicht sehen«, murmelte ich. Nein, aber sie konnte es fühlen, mit ihren Händen, daran hatte ich nicht gedacht, und auch ich legte meine Arme um sie, und ich sagte, ich hätte nicht auf sie gewartet und nicht einmal gewußt, daß sie in der Stadt sei, aber daß ich sie liebe, nur das.

Mit einer Kraft, deren Ungestüm mich aus der Fassung brachte, zog sie mich an sich; es tat fast weh, wie sie mich umklammerte.

»Ich dich auch«, flüsterte sie leidenschaftlich.

»Ich habe dich schon immer geliebt.« Jetzt ging das Licht im Zimmer an, und wir hörten Cuperus' Schritte; ich sprach hastiger: »Aber ich kann ohne dich leben, wenn es sein muß. Wir haben als Kinder getanzt ...«

»Ich dich auch, schon immer.« Es klang nicht wie ein Echo, sondern warm und innig. Wir küßten uns und horchten auf die Schritte im Zimmer; sie war es, die mich hochzog.

»Nicht immer, nicht als Kind schon«, flüsterte ich, als wir standen: Ich wollte nicht an noch mehr Wunder glauben.

»Vielleicht«, sagte sie, fast unhörbar, während sie die Tasche nahm und Anstalten machte, den Schlüssel ins Schloß zu stecken, »dann als du das Geld gebracht hast. Hör gut zu, vergiß nicht: Morgen abend, genau um neun Uhr, auf der Straße, du siehst mich schon rauskommen. Morgen abend.« Ich wiederholte: »Morgen abend, neun Uhr«, und nachdem sie mir das Gesicht mit ihrem Taschentuch trockengerieben hatte, nahm sie mich mit hinein. Das Taschentuch duftete frisch, ohne eine Spur von Parfüm.

Ich war ohne Hut und Mantel. Trix behielt ihren Mantel an und hatte ihren Hut neben die Einkaufstasche auf den Boden gelegt, aus der eine in bläuliches Silberpapier gewikkelte Medizinflasche hervorstand. Falls dies auf Verwirrung deuten konnte, so war nichts davon zu spüren, als wir nebeneinander bei Cuperus erschienen, der in dem erleuchteten Zimmer nahe am Flügel stand, das Gesicht uns zugewandt. Trix sagte nichts und schaute ihn reglos an. Auf mein »Guten Abend« hin schlug er die Augen nieder und machte eine ungeschickte, einladende Geste. Obwohl Trix und ich uns nicht an der Hand hielten oder auch nur dicht nebeneinander standen, war dieses gemeinsame Hereinkommen zu Beginn einer Unterrichtsstunde doch recht vielsagend und vielleicht recht freimütig, so daß eine gewisse Zurückhaltung bei jedem Vater verständlich gewesen wäre. Aber Cuperus übertrieb, denn er sagte kein Wort und vermied nur, Trix in die Augen zu sehen, deren Blick unverwandt auf ihn gerichtet war. Nachdem ich noch etwas über das milde Wetter gesagt hatte, schaute ich nur noch das Mädchen an. Wie alt war ihr Gesicht jetzt wieder geworden. Aber diese Linien, durch Lebenserfahrung auf die Stirn gezeichnet, fand ich so hinreißend, der Altersunterschied machte mich derartig stolz, daß ich an Cuperus, an seine Starrköpfigkeit oder Verlegenheit schon nicht mehr dachte. Endlich drehte sie sich um und verließ mit einem »ich gehe zu Mutter« das Zimmer.

Daß ich keine Noten bei mir hatte, bedeutete ihm, daß er mir heute abend vorspielen solle. Über das Intermezzo wollte ich nicht reden; ein Blick auf den Flügel hatte mir schon das Fehlen des *Carmen*-Albums gezeigt. Als ich ihm eine Zigarette anbot, lehnte er ab und steckte sich auch keine Zigarre an. Er lief ziellos umher, verschob Notenblätter, sprach über Wagner, den er wieder einmal beim Wickel gehabt hatte – auf dem Tisch lagen vier rote Bände seiner vollständigen Sammlung von Musikdramen –, und fragte, ob ich vielleicht Bach hören wolle. Danach schwieg er wieder. Er war ganz sicher nüchtern. Nach einiger Zeit sagte er:

»Ich hatte vergessen, dir zu sagen, daß Trix wieder für zwei Tage hier ist.«

»Ich traf sie vor dem Haus«, sagte ich ohne Verlegenheit. Seine Haltung, so zögernd, so unsicher, ob er mich anschauen sollte, imponierte mir nur mäßig; über deren Ursachen machte ich mir keine Gedanken; ich lebte bereits im nächsten Abend.

»Ja, so mußte es kommen«, sagte er, als sei die Begegnung auf der Schwelle von entscheidender Bedeutung für unser aller Leben. Er stellte einen roten Band auf den Flügel, ohne ihn zu öffnen. »Wagner, bitte. In allen Künsten bewandert, hatte er sicher von seinem Schwiegervater … Immer dasselbe. Ich werde noch bei Bach enden, da gibt es wenigstens keine … Alle andere Musik ist verdorben. Brünnhilde, Isolde … Carmen« – er sprach den Namen aus, als ekelte es ihn –, »und Kundry nicht zu vergessen, all das schmutzige Zeugs …«

»Sie werden doch kein Frauenfeind?«

»Ein Mann ist nie der einzige. Das sage ich einfach so allgemein« – für einen Augenblick sah er mich unter seinen schütter gewordenen, von grauen Büscheln durchsetzten Augenbrauen an; wie er den Rücken krümmte, das war beinahe untertänig zu nennen –, »immer taucht einer auf, den man nicht erwartet hat. Kundry – nicht einmal das schlimmste Luder, denn sie war verzaubert, man konnte sich besser vor ihr in acht nehmen – Kundry … was wollte ich sagen? … bei ihr war alles gerade umgekehrt, sie wurde gerettet, sozusagen, aber da war es mit der Liebe auch sofort vorbei. Gesindel …«

»Aus einer anderen Oper habe ich gelernt, daß ein Mann dafür sorgen muß, daß er nie hinter einem anderen Mann zurücksteht.« Ich sagte einfach, was mir gerade einfiel, obwohl ich wirklich der Meinung war, Don José hätte lieber Escamillo ermorden sollen als Carmen.

»Ach ja?« fragte er, mit etwas höhnischer Stimme.

»So denke ich darüber.«

»Ein Mann ist immer allen anderen Männern und Frauen unterlegen, weil er allein dasteht«, sagte er und fügte sofort hinzu:

»Bach.«

Nachlässig und mit zuviel Pedal begann er, einzelne Stükke aus den *Englischen Suiten* zu spielen. Als Organist mußte er oft Bach gespielt haben, mehr für sich allein, und in meiner Phantasie sah ich ihn in einer verlassenen Dorfkirche an der Orgel sitzen, angestrahlt von weißem Licht und im Kopf Ruhm und Ehre und Verkanntsein und eine hübsche Krämerstochter, in die er sich gerade verliebt zu haben meinte. Ich fühlte mich sehr überlegen. In meinem Gehirn formte sich zum erstenmal ein Gedanke, den ich später weiterentwickelt habe: daß Menschen wie Cuperus sich alle drei Monate in Frauen verlieben müssen, nur um in Kontakt mit einer Gemeinschaft zu kommen, aus der sie unwiderruflich verbannt waren. Das hatte er richtig erkannt: Hätte man ihn nach Amsterdam verpflanzt, als Leiter einer Oper, dann hätte er diese Verliebtheiten nicht, oder weniger oft, gebraucht. Es wurde kein geselliger oder auch nur lehrreicher Abend; er stümperte irgend etwas vor sich hin und spielte schließlich aus Lustlosigkeit die langweiligste Sonate von Beethoven (op. 31, Nr. 1, so langweilig, daß kein Pianist, der etwas auf sich hält, jemals bei deren bezauberndem Rondo ankommt). Tee wurde nicht gebracht. Die beiden Bewohnerinnen schienen auf und davon zu sein, so still war es im Haus.

Am nächsten Abend wartete ich vergeblich eine Stunde lang. Klingeln hatte keinen Sinn; ich begriff, daß sie schon fort war. Während ich still nach Hause zurückging, kam mir zum erstenmal der Gedanke, daß auch mein Glück einmal zu Ende sein könnte, für Jahre. Die Verwunderung, die dadurch entstand, hatte nicht einmal einen unangenehmen Charakter; ich besaß die Sicherheit der Jugend, alles ertragen zu können. Wie lange dauerte die Jugend? Was Trix' Verhalten betraf, hatte ich die Wahl zwischen einer geradezu lächerlichen Launenhaftigkeit, von der bisher nie etwas zu spüren gewesen war; dem Einfluß ihres Vaters, der sie nicht in den Griff bekam, wofür ich keinen triftigen Grund entdecken konnte; und schließlich der typisch provinziellen Haltung von Mädchen, die einen Verehrer vergeblich kommen lassen und am nächsten Abend ebenso lieb und unterhaltsam sind, wie sie am vorherigen Abend hätten sein sollen. Manchmal hat eine solche naive Art, unmanierlich zu sein, sogar etwas mit »Prüfung« zu tun ... Von diesem Gedanken geleitet, malte ich mir Trix so ungünstig wie möglich aus und kam einigermaßen gut durch die Nacht. Am nächsten Morgen lag ein Brief neben meinem Teller.

»Lieber Nol. Bitte vergib mir, daß ich nicht gekommen bin. Es ist besser so. Von dem, was ich gesagt habe, nehme ich kein Wort zurück, aber es kann nichts mit uns werden, das sehe ich jetzt ein. Du weißt nichts von mir. Vergiß mich; wenn du erst mal studierst, wird dir das sicher kaum Mühe bereiten. Deine Trix.«

»Es kann nichts mit uns werden, das ist wirklich provinziell«, murmelte ich vor mich hin, während ich meinen Teller und alles rundherum nur noch vergrößert, nur noch verschwommen sehen konnte, in einem Kranz von vagen Lichtstrahlen mit Prisma-Effekten. Ich faltete den Brief zusammen – einen Brief ohne Absender auf dem Umschlag – und schaute zu meiner Mutter, die nichts bemerkt hatte.

· 12 ·

Postwendend schrieb ich zurück, höflich und voller Verständnis, und als Höhepunkt setzte ich ihr auseinander, daß dieses »nichts von ihr wissen« meiner Meinung nach gleichermaßen selbstverständlich wie zu ändern sei. Ich erwarte keine Antwort, schrieb ich; ich wolle jetzt erst einmal meinen Schulabschluß machen, und wenn ich mich dann etwa nach drei Monaten in der Universitätsstadt eingelebt hätte, würde ich wieder von mir hören lassen. Liebesbezeugungen unterließ ich; mir war nämlich der Gedanke gekommen, daß ich einen Nebenbuhler haben könnte, jemanden, den sie nicht liebte oder zumindest weniger als mich (oder notfalls ebensosehr oder mehr: Ich kannte das weibliche Herz in all seinen Kompliziertheiten, denen ich in Romanen auf die Spur gekommen war), der sie aber heiraten wollte oder konnte, worauf vor allem die Worte »es kann nichts mit uns werden« in ihrem Brief hindeuten mochten und Cuperus' Bemerkungen über die Unmöglichkeit ungeteilten Besitzes. Aber je mehr ich darüber nachdachte, desto unverständlicher wurde mir ihr Verhalten, und meine einzige Sicherheit war die Erinnerung an den Kuß in der stillen Straße, das Wunder, das mir in einem Augenblick zuteil geworden war, in dem ich nicht einmal an sie gedacht hatte.

Nach reiflicher Überlegung erzählte ich alles meiner Mutter, was immer eine Dummheit ist, aber in meinem Fall gerechtfertigt war durch die Hoffnungslosigkeit meiner Liebe – objektiv gesprochen. Außerdem erklärte ich das Ganze vorsichtshalber für eine »Jugendliebe«, so daß ich immer noch einen Rückzieher machen konnte, wenn meine Mutter mich auslachen sollte. Das Gespräch dauerte nicht lang und bestand von ihrer Seite hauptsächlich aus der sensationellen und meiner Meinung nach überheblichen Bemerkung, sie habe es schon immer gewußt. In einem Jahr, sagte sie, sollten wir uns eingehender darüber unterhalten; auch sie schien von der Universität eine grundlegende Wandlung meiner Natur zu erwarten, vielleicht, daß man ebensolche Summen für sexuelle Bedürfnisse würde zahlen müssen wie für Chris, dem dies, strenggenommen, nicht einmal etwas nützte. Sie war sehr still und zerstreut in diesen Monaten, und daß sie länger und vertraulicher mit meinem Vater redete, als sie es je getan hatte, faßte ich als ein ungünstiges Vorzeichen für beide auf, ich wußte selber nicht, weshalb.

Mein Vater alterte schnell. Er hatte sich inzwischen an meine Studienrichtung gewöhnt, die für ihn ans Ordinäre grenzte, und war recht freundlich zu mir, doch immer mit einer Distanz, die zwischen Chris und ihm kaum bestand. Mit Chris stürzte er sich gern auf juristische Gespräche, heftig und penetrant, wie ein Hund auf alte, völlig abgenagte Knochen aus dem Garten. Außer mir musizierte selten noch jemand im Haus, und wenn mein Vater um Brahms bat, dann spielte ich Brahms. Als ich Debussy entdeckt hatte, und nicht einmal einen allzu schwierigen Debussy, nahm er mich beiseite, und nur dadurch, daß ich ihm versicherte, daß auch Meneer Cuperus nichts von diesem kränklich verweichlichten, falsch klingenden, sehr unzusammenhängenden und wahrscheinlich degenerierten Franzosen wissen wolle, konnte ich ihn zur Vernunft bringen. Er wurde daraufhin noch freundlicher, und zum erstenmal in meinem Leben glaubte ich, daß er ein gutes Herz hatte und vielleicht ein größeres Bedürfnis nach Liebe als meine Mutter.

Mit Cuperus ging es bergab. Jeder sagte das, und man ließ es geschehen wie eine Naturkatastrophe leicht anstößigen Charakters. Es begann damit, daß er seine Frau im Tode vorangehen ließ. In den Sommerferien, während ich auf Reisen war, starb sie an einem Blutsturz; ich schickte ein Telegramm, einen Brief, später Blumen; es kam keine Antwort.

Eine Woche vor meiner Abreise an die Hochschule suchte ich ihn auf. Die Klavierstunden gehörten schon seit fast einem halben Jahr der Vergangenheit an, auch wenn er mir noch manchmal vorgespielt hatte, und schon vorher hatte ich zusammen mit ihm überlegt, welchen Musiker ich in der anderen Stadt am besten zu seinem Nachfolger wählen konnte. Ich hatte die Absicht, alle bedeutende Musik, wenn sie nicht zu »historisch« (also das ganze siebzehnte und achtzehnte Jahrhundert) war, und dabei vor allem auch die Instrumentalmusik, gründlich kennenzulernen, aber nicht, um Amateurpianist zu werden; also Musiktheorie und -geschichte, Harmonielehre und Kontrapunkt, etwas Partiturlesen und gute, sachkundige Ratschläge für das Selbststudium. Obwohl er alle seine möglichen Nachfolger als Pfuscher bezeichnete, nannte er schließlich jemanden, mit dem ich es versuchen könne. Wir besprachen dies in bestem Einvernehmen, denn er war gerade nüchtern, und er mußte einsehen, daß ich nicht jede Woche ein paar Stunden bahnfahren konnte, um weiterhin Unterricht bei ihm zu nehmen. Aber so betrunken wie bei jenem ersten Besuch nach dem Tod seiner Frau hatte ich ihn noch nie erlebt. Lautstarke Vorwürfe, ich hätte ihn im Stich gelassen, ich hätte ihn mit seiner Frau verrecken lassen und sei nicht auf der Beerdigung gewesen – eine Beerdigung, zum K…, und er hätte eigentlich drei Zylinder übereinander tragen müssen für die Ehre und den guten Namen der Familie, und Trix, diese Hexe, hätte nicht einmal ein paar Worte sprechen wollen, und er –, nun ja, er, er … worauf er in Tränen ausbrach und mich um Verzeihung bat, was ihn nicht hinderte, gleich darauf, noch immer wütend, Trix mit so fürchterlichen Schimpfworten zu belegen, daß ich Mühe hatte, nicht das Zimmer zu verlassen. Es endete damit, daß ich ihn ins Bett brachte und halb auszog. Er nannte mich jetzt seinen Sohn, und kurz bevor er schnarchend einschlief, erkannte er mich schon nicht mehr. Er bat mich, das Geld für den Fleischer auf keinen Fall der Hexe Nummer zwei zu geben.

Hexe Nummer zwei war die Tante von Trix, die mich im Flur abfing. Das erste, was sie mir sagte, war, Trix sei noch im Dorf mit dem Umzug beschäftigt; sie selbst sei etwas eher hergekommen, weil es mit Hendrik ganz schlimm aussehe, wie schlimm, hätte ich selbst gemerkt. Er habe immer sehr an seiner Frau gehangen, und so sei es ein harter Schlag für ihn gewesen. Diese Tante hatte ungefähr die Größe von Trix und war kaum weniger schlank; aber auf ihrem ziemlich fleischigen Hals wackelte ein Kopf, der nicht zur Familie zu gehören schien, so absonderlich proportioniert war er: recht dick und rund, mit einer klugen Stirn, außerordentlich großen, hell glänzenden Augen, die sich zu einem Schlitz verengen konnten, wobei sich das Fleisch ihrer Wangen mit hochzog, und einer äußerst zarten Nase mit betonten Nasenlöchern – man schaute hinein wie in einen Totenkopf. Und doch war es keine Stupsnase; selbst nach meinem Anatomiestudium habe ich nie richtig begriffen, wie dieses Phänomen hatte entstehen können. Dieser Kopf nun, der in ihrer Jugend eine Art irritierenden Charme ausgeübt haben mochte – sie war übrigens neun Jahre jünger als ihre Schwester –, war, an diesem Nachmittag wenigstens, in andauernder Bewegung, nicht nur, wenn sie sprach, sondern auch von sich aus, als Kopf. Es war ein abwehrendes Schütteln, ein Nicken, als wüßte sie alles, ein zitterndes Von-unten-herauf-Schielen, ein plötzlich befreites Aufwärts-Wogen und Die-Welt-damit-Provozieren und so weiter. Sie war besser gekleidet als ihre Schwester, kultivierter, und redete vor allem gewählter als ihre Schwester und hätte so für eine Dame gehalten werden können – eine etwas verrückte Dame, dachte ich anfangs; später habe ich gemerkt, daß sie ihren Verstand durchaus beisammenhatte und ihren Kopf stundenlang stillhalten konnte, wenn ihr das gelegen kam.

Obwohl sie mich nicht abstieß – vielleicht durch die Gestalt und das aschblonde Haar von Trix –, suchte ich eiligst dem Haus zu entfliehen, hauptsächlich, weil ich vertrauliche Mitteilungen befürchtete; zumindest verdächtig war es gewesen, daß sie gleich von Trix angefangen hatte; das mußte sofort im Keim erstickt werden, denn wenn Trix das erfuhr, war mehr verloren als durch eine mißlungene Begegnung. Mit großen Schritten folgte sie mir durch den Flur und erzählte dabei, daß sie von jetzt an den Haushalt für ihren Schwager führen werde und daß Trix sich eine Stelle würde suchen müssen, denn keiner der beiden besäße einen Cent, und wenn Hendrik so weitermache, dann ginge es schief mit den Stunden und dem Chor, obwohl er dafür immer schon einen Eimer kaltes Wasser über den Kopf bekommen habe, früher, von seiner Frau. Und dann würde Schmalhans Küchenmeister, ja, ja, und sie habe zwar ein kleines Vermögen geerbt, von einem Herrn, bei dem sie in Stellung gewesen sei, aber Geld in den Schnaps von Hendrik stecken ... Das war das letzte, was sie sagte; sie verabschiedete sich nicht, als würde ich gleich zurückkommen. Gegenüber war das Schild der Schmiede neu gestrichen worden: Dort stand jetzt »G. J. Douwes und Sohn«, ohne Tränen, Streifen oder Buchstabendeformationen.

Ich schrieb noch einen herzlichen Brief an Cuperus, in dem ich ihn bat, seine Schwägerin und seine Tochter zu grüßen, packte meine Sachen zusammen, küßte meine Mutter und reiste zu Chris, den ich in einem humorvollen Brief auf peinliche Gerichtsbarkeit vorbereitet hatte, falls er selbst mich inkorporieren wolle. Aber da bestand nicht die geringste Gefahr; Chris war längst über das Inkorporieren erhaben; er mußte sozusagen selbst noch inkorporiert werden, und zwar bezüglich der Frauen, die er noch immer als ziemlich teure Apparate betrachtete, deren vorübergehende Anschaffung man aber seinen Freunden und späteren Kollegen, möglichen Bekannten und Gönnern nun einmal schuldig war. Ich wohnte in einem ganz anderen Stadtteil zur Untermiete und habe Chris in Liebesdingen nur einmal erlebt, in einem berühmten und sündhaft teuren Etablissement, wo ich, um zu provozieren, eine Tasse Tee trank, in die man mir dennoch Kognak getan hatte. Aber über Chris habe ich genug Schlechtes geredet in diesen Memoiren; darum lasse ich es mit der Bemerkung bewenden, daß, wenn ich mich nicht sehr getäuscht habe, geflickte Unterwäsche meines Vaters sichtbar wurde, als er sich auf Befehl anderer Studenten halb auszog. Chris ist glücklich verheiratet, und ich habe keinerlei Interesse daran, sein Liebesleben zu verunglimpfen; auch muß ich hier noch erwähnen, daß er offenbar in seinem siebzehnten Lebensjahr einige Wochen lang unglücklich verliebt gewesen ist, was ihn vielleicht aus dem Gleis geworfen hat. Das Ritual der Inkorporierung erduldete ich mit bleichem Lächeln und ging jeder Prügelei aus dem Weg. Ich wollte jetzt so rasch wie möglich erwachsen werden. Drei, vier Monate schienen mir der passende Zeitraum dafür zu sein, in meiner Lage; und in meinem ersten Studienjahr war ich bestimmt ruhiger und maßvoller als in meinem fünften oder sechsten, aber das ist eine andere Geschichte.

Ohne Rücksicht auf sein Schweigen informierte ich Cuperus kurz über meine Erfahrungen, über die Leistungen meines neuen Musiklehrers, meine wachsende Vorliebe für Debussy und Ravel, die er mir nicht verübeln solle, vor allem, da sie im Prinzip nichts anderes sei als eine Folge seines so sehr aufs Detail, auf das Besondere und harmonisch Gewagte zugeschnittenen Unterrichts, auch wenn er dies alles leugnen würde. (Mein neuer Lehrer, ein etwas nüchterner Gelehrter, wollte von dieser Harmoniemanie überhaupt nichts wissen; er dachte in Linien, nicht in Farben, und verteufelte Wagner in jeder Unterrichtsstunde; daß er zu einem beträchtlichen Teil auch über Debussy hätte schimpfen müssen, habe ich ihm nicht klarmachen können.) Wieder blieb jede Antwort aus, vielleicht zitterten seine Hände schon zu stark.

Als die geistige Beschneidung der Neuen, die rituellen Einweihungen, die Späße, die Bildung von Verbindungen, Hausbesuche, Aufgaben und Trinkprüfungen der Vergangenheit angehörten, besuchte meine Mutter uns beide. Den erbitterten Streit um ihre Person, in den ich mich mit Chris einließ und bei dem ich mich, es sei offen zugegeben, von einer kindischen Seite zeigte, übergehe ich stillschweigend; die Hauptsache für mich war, mich eine Stunde lang ungestört mit ihr unterhalten zu können, nicht in meinem Zimmer, wo meine Zimmerwirtin immer wieder hereinkam, sondern in einem großen, ruhigen Café. Ungestört, vielleicht zum letztenmal. Sie hatte mir nicht schreiben wollen, daß sie es am Herzen habe, seit kurzem. Oder seit langem; und als ich ihr Gesicht und die pochende Halsschlagader kritisch mit meinem Laienblick ansah, mußte ich mich fragen, wer als erster an die Reihe kommen würde, sie oder Cuperus. Das Gespräch, jedenfalls dessen vertraulichen Teil, lasse ich hier folgen, so, wie ich mich daran erinnere.

»Deine nette kleine Trix scheint auf die schiefe Bahn zu geraten«, sagte meine Mutter, wie abwesend, den Kopf zu den Leuten gewandt, die draußen im milden Oktoberregen vorübergingen, einem Regen, der die großen Scheiben des Cafés unberührt ließ. So hatte sie immer gesprochen, Peinlichkeiten mit »scheint« und Verkleinerungsformen umschiffend und in einem Ton, als spräche sie von jemand anderem, der vielleicht, vielleicht nicht ganz richtig im Kopf war. Dennoch spürte ich, wie alles in mir erstarrte. In weniger als zwei Monaten würde ich Trix schreiben. Und nun kam der Angriff schon vor der Zeit, ein sauber ausgeführter Flankenangriff.

»Weißt du das sicher?«

»Ich habe es von verschiedenen Seiten gehört, und auch

wenn es nicht wahr sein sollte, wollte ich es dir doch erzählen …«

»Ja, ich hätte es sonst von anderen hören können; sehr nett von dir. Aber du hast keine Vorstellung davon, wie wenig es mich rührt.«

»Gott sei Dank«, sagte sie mit einem Seufzer.

»Das bedeutet«, sagte ich scharf und lehnte mich steif zurück und blies meinen Zigarettenrauch von ihr weg (in einer der Scheiben sah ich mich sitzen: errötend, mit eckigen Schultern, jung und wohlerzogen), »das bedeutet, daß diese Dinge keinen Einfluß auf meine Liebe haben. Sie mögen wahr sein, aber ich habe nie erwartet, daß diese Liebe mich glücklich machen würde. Ich halte einiges aus.«

Mit einem gezwungenen Lachen fuhr sie fort:

»Dann muß ich dir noch etwas erzählen. Du weißt vielleicht nicht, daß sie eine Stelle im GARTEN hat, in der Sozietät, nicht als Kellnerin, glaube ich, sie hat mehr die Oberaufsicht. Cuperus vertrinkt alles, sie mußte Geld verdienen, und von Musik will sie nichts mehr hören oder sehen …«

»Von wem hast du das gehört: von Van Son, Tjallingii oder Vellinga?« fragte ich mit leichtem Sarkasmus.

»Aus der Richtung. Aber nicht von Vellinga.«

»Das ist schade, denn als Journalist ist er am besten informiert. Ich meine nicht, was die Anstellung betrifft, das wird schon wahr sein, Gott, ja, warum nicht, aber was die schiefe Bahn betrifft, das ist in keiner Stellung, nicht einmal als *dame d'honneur* bei Hofe oder als Dienstmädchen in einem berüchtigten …«

»Sei mal eben still, Nol. Vellinga konnte nicht darüber reden, weil er … weil er selbst die schiefe Bahn ist.«

Noch mehr erstarrte ich, noch korrekter wurde meine Haltung. Dann spürte ich, wie mir schwindlig wurde, und ich nahm einen Schluck Tee. Es geht schief, dachte ich, schief mit mir und mit allem; aber es gibt Trix noch. Denn irgendwo in mir war auch ein weites, ja großartiges Gefühl, das mich von allen Menschen und Dingen entfernte, befreite. Dies war die Prüfung. Eine ganz andere Prüfung, als fünf Gläser Genever hintereinander auszutrinken und dann mit dem Kopf nach unten zu warten, wer als erster umfällt.

»Ja, die Blumen«, sagte ich heiser, »ja, sicher, es wird schon wahr sein ...«

»Weitere Einzelheiten weiß ich nicht.« Meine Mutter schneuzte sich die Nase, hüstelte hinter ihrem Taschentuch. »Du mußt ... Für so etwas sorgt die Zeit ...«

»Versteh mich richtig«, sagte ich steif, fast von oben herab, »die Zeit sorgt für gar nichts, in diesem Fall. Die Zeit ist ein Unding, daran glaube ich nicht; und die Philosophen, die wissen nicht einmal, was Zeit überhaupt ist ... Man erzählt es mir, du, andere, und ich höre es mir an. Dazu bin ich gezwungen. Ich kann nicht wegrennen, wenn jemand mir etwas erzählt, das kann man nicht ... Aber, meine Güte, du bist doch früher selbst auch ... du hast doch selbst früher jemanden geliebt?«

»Kaum«, sagte meine Mutter.

Ich schwieg einen Augenblick. »Warum wußtest du sofort, daß es immer so war zwischen Trix und mir? Bei ihr scheint mir das allerdings übertrieben; bei mir in gewissem Sinne auch; aber es verbarg sich ein Kern von Wahrheit darin.«

Auf einen Schlag wurde sie eifrig und aufmerksam, beinahe vergnügt, als begänne sich ein spannendes Gespräch mit nicht unintelligenten und verteufelt schlagfertigen Freundinnen abzuzeichnen, ein Gespräch, das an allen Höhen und Tiefen der Menschenkenntnis, der Vorbestimmung entlangführte, an Leben und Tod, Männerweisheit und Männertorheit, an Humor, Schicksal, Klatsch und Tratsch, Zerstreutheit, gegenseitiger Rivalität, heimlichen Sticheleien, leichten Sympathien, Abwehr ausdrücklicher Sympathien, an Kindern, keine Kinder, zu viele Kinder – ein scharfes Wortgefecht, das stundenlang durchgehalten werden konnte, in dem ein von ihr hervorgerufenes Gelächter ihr einen sofort wieder geleugneten Sieg schenkte, und dieser verhaltene Zug auf dem Gesicht der weltläufigen Frau: »Nächstes Mal mehr dazu, wenn wir dann noch leben ...« Sie konnte nun über zurückliegende Dinge reden, über die Vergangenheit, die für mich eine vollständige und unauffindbare Vergangenheit werden mußte, wenn ich meine Jungmännerjahre auf vernünftige Art durchstehen wollte.

»Ich habe es gesehen! Schon von dem Tag an, als du mit ihr getanzt hast.«

»Das ist wahr«, nickte ich beifällig, »es ist etwas übertrieben, aber damit hat alles angefangen, natürlich. Sonst wäre sie mir gar nicht aufgefallen. Aber wieso hast du es gesehen?«

»Vielleicht war es eine Art Zweites Gesicht. Das macht mir sonst nicht oft zu schaffen, aber hier betraf es dich – ich meine, weil wir uns so ähnlich sind ... Ich weiß auch, daß Kindheitsgeschichten oft besonders tief gehen; Schulverlobungen scheinen immer zu zerbrechen, aber diese anderen Dinge sitzen oft unverrückbar fest. Ich weiß zum Beispiel von einem Mann und einer Frau, beide verheiratet, die sich im Zug gegenübersaßen. Sie kannten sich nicht, es wurde nicht einmal viel geredet, aber nach einer Viertelstunde wußten sie, daß sie sich liebten; sie sind jetzt beide geschieden und miteinander verheiratet. Später, durch Geschichten von Tanten und Großtanten, haben sie herausfinden können, daß sie als Kinder von drei oder vier Jahren miteinander gespielt hatten, irgendwo auf einem großen Fest – richtig verliebt gespielt, sollen diese Tanten gesagt haben ...«

»Zufall«, diesen Kommentar meinte ich meinem ein paar Wochen alten naturwissenschaftlichen Studium schuldig zu sein.

»Ihre Eltern hatten sich seit über dreißig Jahren aus den

Augen verloren. Die ganze Geschichte hat man mir in allen Einzelheiten erzählt, ich könnte dir die Namen nennen und wo sie wohnten und die Bahnstrecke. Diese beiden waren auch gar nicht mehr jung …«

»Sehr interessant«, sagte ich, während ich den Rauch meiner Zigarette an ihr vorbeiblies, »das soll einem mal passieren, so im Zug … Ich vermute, daß sie beide so unglücklich verheiratet waren, daß sie sich in jeden anderen im Zug verliebt hätten … Ich necke dich nur, es wird wohl etwas daran sein; aber darf ich dich etwas fragen?«

Noch eifriger, zweifellos in der Absicht, mir gleich ein stark wirkendes Gegengift zu verabreichen, fuhr sie fort:

»Natürlich kommt das selten vor, und ihr … du warst schon viel älter, als du dieses Mädchen …«

»Darf ich dich etwas fragen, Mutter?« fragte ich leiser, und als sie mit ein wenig verschreckten Augen zustimmend nickte: »Du sagtest eben, daß du ›kaum‹ jemanden geliebt hast. Also auch Vater nicht, was übrigens jedes Kind sehen konnte. Sogar Chris. Er hat es mir einmal in einer Zeit des Waffenstillstands gesagt: ›Vater und Mutter küssen sich auch nicht oft, du!‹«

»Zu Anfang dachte ich es«, sagte sie ruhig.

»Aber jetzt hör weiter zu. Von Cuperus wissen wir beide, daß er verliebt in dich gewesen ist. Aber all die anderen, ich bin mir sicher, daß die es auch waren. Van Son, Tjallingii – Vellinga, Caspers und vielleicht noch ein paar andere. Nun wollte ich dich fragen, ob du nie in Versuchung gekommen bist … Du darfst auf keinen Fall böse werden, Mutter! … Aber Caspers – und Vellinga – waren doch …«

»Es hat mich nie viel Mühe gekostet, die Herren auf Abstand zu halten. Cuperus noch am meisten, aber du kennst selbst die Umstände.«

»O nein, daran zweifle ich nicht. Aber … ich meine nur die Versuchung, siehst du. Es kann dir selbst doch … Frauen geraten leichter in Versuchung, wenn sie ... wenn sie niemanden lieben, meine ich ...«

Was wußte sie schon, warum ich das Gespräch so inquisitorisch beendete, in dem der eine Vellinga gegen den anderen ausgespielt wurde, in dem »Deine nette kleine Trix« ein wenig gerächt wurde für die Gerüchte, die wahr sein mochten und die man – dieses große »man«, das alle Menschen brüderlich umfaßte, einschließlich meiner Mutter – gewagt hatte zu wiederholen und an den Mann zu bringen? Obwohl wir uns eine ganze Zeit starr anblickten – Kampf zwischen Mutter und Sohn, der immer gut ausgeht und immer eine Entfremdung hinterläßt –, glaube ich nicht, und ich bin immer froh darüber gewesen, daß ihr Zweites Gesicht sie befähigte, meine infame Absicht zu durchschauen.

· 13 ·

Trotzdem konnte keine Rede davon sein, daß der eine Vellinga den anderen so einfach austrieb, was meine Gefühle betraf. An dem Abend, nachdem meine Mutter fortgegangen war – für mich noch besonders dadurch vergällt, daß Chris halsstarrig Arm in Arm mit ihr zum Bahnhof ging, während ich mich unmöglich an ihren anderen Arm hängen konnte –, betrank ich mich in meinem Zimmer mit durchschlagendem Erfolg, sei es auch anfangs mehr aus Wut denn aus Verzweiflung. Ich verzweifelte nicht, wollte nicht verzweifeln; es war ja nichts Definitives geschehen, nichts als der Auftakt zu einer neuen Phase meiner Liebe, ein Umschalten, das ganz kurz mit einem Klicken einhergeht, vor dem man unnötig erschrickt wie vor einem *»rien ne va plus«*. Liebe, ich sagte es schon, hat nichts mit Zeit zu tun oder mit Ausgang oder Anfang. Während ich mir ein Glas nach dem anderen einschenkte, bemühte ich mich, diese und andere Wahrheiten scharf ins Auge zu fassen. Zum Teil wurde dieses scheinbar unsinnige Verhalten durch eine eigenartige Lehre beeinflußt, mit der ein älteres Semester indischer Herkunft uns Neulinge zu amüsieren, in Unruhe zu versetzen und anzustiften versucht hatte. Wer in Gesellschaft trinke, so ungefähr hatte er argumentiert, und hinterher unter wüstem Fluchen alles wieder auskotze, habe nichts vom Saufen. Trinken müsse man in Abgeschiedenheit und dabei alle Bewegung vermeiden. Man dürfe nicht einmal mit sich selber reden. Richte man dann die Aufmerksamkeit auf innere Schwierigkeiten oder Probleme oder auf höhere Erkenntnisse, dann gehe dem Trinker manchmal ganz plötzlich ein seltsames Licht auf, das am nächsten Tag sogar von sehr praktischer Bedeutung sein könne. Es sei eine Art Mystik; er habe es vor all seinen Prüfungen versucht, und daß er einmal drei Monate bekommen habe, das hätte nur an dem Gesöff gelegen, das man ihm abends zuvor in die Hand gedrückt habe. Als der Mystiker uns über all dies in Kenntnis setzte, war er übrigens betrunken, was zwar nicht unbedingt gegen seine Lehre sprach, aber doch starke Argumente gegen seine eigene Orthodoxie in sich trug.

Dennoch war vielleicht etwas dran an dieser Saufbold-Mystik, denn kurz bevor ich so gegen zwölf in mehr als einen Abgrund gleichzeitig zu versinken schien, war es, als könnte ich mich in eine Kugel verwandeln und vor Trix' Füßen landen, mit einer Explosion all meiner zusammengeballten Gedanken und Gefühle. Die höhere Wahrheit, die mir zuteil wurde und der ein Goethescher Akzent nicht völlig fehlte, war, daß man immer tätig sein mußte, und als ich nach acht oder neun Stunden Schnarchen mit einem Brief anfing, hatte ich kaum Grund, dem Inder mein Vertrauen abzusprechen. Diesen Brief schrieb ich einige Monate zu früh; das wurde aber dadurch kompensiert, daß er, ziemlich sachlich abgefaßt, eigentlich nichts anderes beinhaltete als die Bitte an Trix, bald von sich hören zu lassen. Ich bat sie, innerhalb einer Woche zurückzuschreiben, wenn sie überhaupt schreiben wolle; das Ultimative milderte ich ab, indem ich über meine Unterschrift setzte: »immer der Deine«. Als ich den Brief zur Post gebracht hatte und mein Katzenjammer dank des Herings, den mir meine entsetzte Zimmerwirtin gebracht hatte, abgeklungen war (nicht, daß ich mich übergeben hätte, aber sie hatte die leere Flasche gesehen, und da sie mich am vorigen Tag noch als Muttersöhnchen erlebt hatte, meinte sie, daß auch sie handeln müsse), schrieb ich einen zweiten Brief, diesmal an Jantje de Ridder. Mir fiel sonst niemand ein; Informationen bei Freunden oder früheren Freunden meiner Eltern einzuholen – obwohl ich kurz an Caspers dachte und sogar an Tjallingii – widerstrebte mir allzu sehr, auch wenn diese meiner Bitte um Geheimhaltung wahrscheinlich mit mehr moralischer Überzeugung nachgekommen wären als Jeannetje. Aber auch wenn sie darüber klatschen würde, wäre noch nichts verloren. Es ging mir nur darum, keine Bemerkungen von männlichen Zeitgenossen ertragen zu müssen, die ich selbst zuvor informiert hatte, schwarz auf weiß.

Von Trix hörte ich nichts. Jeannetje mit den runden, schwärmerischen Augen hat mir jedoch eine Antwort zukommen lassen, so bemerkenswert, daß sie hier als Ganzes eingefügt werden soll:

»Lieber Nol (darf ich doch sagen, oder?)! Sehr nett, etwas von Dir zu hören, jetzt, wo Du Dich als Student präsentierst. Ich denke immer noch viel an die *Carmen*-Aufführung und wie Du so ernsthaft in Deinem schwarzen Anzug hinter den Kulissen gestanden hast. Den Ordelio haben wir ordentlich geärgert, alle zusammen, findest Du nicht auch? Gibt es da bei Euch mal eine Oper? Von Wessel seit Urzeiten nichts gehört, aber er hat ein Engagement in Den Haag, sehr beschäftigt, und nun kommt es darauf an. Seine alten Freunde vergißt man nicht so leicht. Ich gebe viele Stunden, und *ich höre schon mal das eine oder andere*. Natürlich klatsche ich nicht, du kannst mir völlig vertrauen, Nol. Aus Erfahrung weiß ich, daß Zimmerwirtinnen manchmal in Briefen schnüffeln, deshalb nur diese Mitteilung: Wonach du fragtest, das hab ich auch gehört, bin aber nicht dabeigewesen und will nicht der Gewährsmann sein. Der eine ist zu allem imstande, und den anderen kenne ich nicht so gut. Leben und leben lassen. Es muß schon eine ganze Zeit im Gange sein, auch da, wo sie vorher wohnte. Wenn ich noch etwas höre, schreib ich Dir. Aber dann mußt Du mich auch mal besuchen, Nol, wenn Du in W… bist. Wo ich wohne, ist es sehr ruhig, Du kennst das Viertel wahrscheinlich nicht mal, Du warst immer so ein geistig abwesender Gelehrter. Mit Cuperus geht es schlecht, er hat all seine Chöre und die meisten seiner Stunden verloren. Schnaps, Schnaps, Schnaps. Wie schade. Ich gebe jetzt auch Gesangsstunden und bin also eigentlich seine Konkurrentin, wie findest Du das! Adieu! Nimm das Leben leicht. Mit vielen Grüßen von Deiner Jantje de Ridder.«

Geistig abwesender Gelehrter ... Wie lächerlich verzerrt die Menschen einen doch sahen. Der Brief war wild geschrieben, mit Kritzelstrichen, aber die Unterschrift, sauber wie von einem Schulmädchen, brachte Ordnung in das Chaos. Briefpapier und Briefumschlag waren dick und fest, ziemlich teuer, ein Geschenk von Stegeman vermutlich. Bevor ich den Brief in den Papierkorb warf, mußte ich einen Moment lachen. Jetzt, da ich das Alter erreicht hatte, das ihr neben Stegemans allzu spärlichen Liebesbezeugungen am meisten zuzusagen schien, schätzte ich sie näher an Vierzig als an Dreißig. Hatte sie einen Versuch wagen wollen? Es war so unwichtig ... »Auch da, wo sie vorher wohnte.« Sollte Trix sich wirklich schon in den Tagen unserer Begegnung vor dem Haus ihres Vaters mit Vellinga eingelassen haben? Es quälte mich, ich konnte es nicht glauben, und doch bestand die Möglichkeit. Plötzlich – das zerknüllte Papier im Papierkorb knisterte fast noch – sagte ich laut das Wort »Hure«. Es klang anders, als ich es erwartet hatte; es schien beinahe ein biblisches Wort zu sein, ein durch übertriebenen Kanzelgebrauch etwas abgenutztes, fast schmückendes Wort. Ich war nicht böse; ich begriff nur, daß ich Trix, auch wenn sie zurückschriebe, nicht mehr in der alten respektvollen Form würde begegnen können. Aber sie schrieb nicht zurück, und immer seltener wurden die Augenblicke, in denen ich es nicht wahrhaben wollte. Vellinga war ein unternehmungslustiger Mann, eine Berühmtheit in W..., und außerdem wäre sein Erfolg bei ihr eine Erklärung für ihre törichte Haltung mir gegenüber. Ich suchte viel nach Erklärungen in diesen Monaten, es brachte mich zum Philosophieren, meine nachdenkliche Natur offenbarte sich. Das hielt an bis zu den Weihnachtsferien.

Chris ging schon voraus, angeblich, um »ruhig arbeiten zu können« für das nahende Examen, in Wirklichkeit, um einmal in einer Umgebung zu sein, wo kein wöchentlicher Bordellbesuch oder ein Äquivalent von ihm gefordert wurde. Von diesen Praktiken hatte er nämlich allmählich genug – auch hatte seine sparsame, berechnende Art ein Wort mitzureden –, so daß er nach einiger Zeit vielleicht sogar die Verachtung seiner Freunde erdulden würde, solange er nur nicht zu den Frauen zu gehen brauchte. Außerdem hatte ich ihm mit Hilfe eines antiquarisch gekauften Atlas mit Hautausschlägen große Angst vor möglichen Folgen gemacht. Es war wieder dasselbe wie mit dem Nasenbluten: Ich zeigte ihm den Atlas ausschließlich, um ihn zu ärgern, aber vielleicht habe ich ihn vor den abscheulichsten Krankheiten bewahrt. Im übrigen durchlief er seine Studienjahre wie auf einer Zielgeraden. In einem Anwaltsbüro der Universitätsstadt wurde bereits eine Stelle für ihn freigehalten; neben der ungeheuchelten Freude, die man empfand, bereitete ihnen seine rechthaberische Art sicher schon einiges Kopfzerbrechen, weniger wegen seiner Tatkraft, dem Kapital, das er einbringen würde, als der Liebedienerei wegen, deren sie sich gegenüber einer ganzen Reihe von Bekannten – angefangen bei meinem Vater – würden befleißigen müssen. Ich hatte ihm einmal gesagt, daß er ohne das Nasenbluten nie dorthin gelangt wäre, aber er verstand mich schon nicht mehr.

Als ich in W... eintraf, war die Stimmung sehr verändert. Meine Mutter lag im Bett, raffte sich nach ein paar Tagen wieder auf und war so fürsorglich zu uns, wie es ihr Zustand erlaubte. Dagegen machte mein Vater einen viel energischeren Eindruck als früher, als hätte er die Übergangsjahre zum Alter endlich überwunden (oder als hätte er ein Liebchen irgendwo in den Außenbezirken von W..., aber das kann der Leser sich getrost aus dem Kopf schlagen). Er war beweglicher, aktiver, blickte mir gutgelaunt, forschend in die Augen und disputierte mit Chris, sobald er nur die Gelegenheit bekam. Aber jetzt begann Chris, sich auf die Hinterbeine zu stellen. Gestärkt durch sein Examenswissen und das bessere Gedächtnis der Jugend, konnte er meinen Vater übertrumpfen. Was mein Vater durch jahrelange Erfahrung wußte, brauchte er als Anwalt nicht zu wissen, es konnte als veraltet gelten, als formalistisch abgetan werden. Immer mehr Avancen machte ihm mein Vater, und noch heute sehe ich das äußerst forcierte Lächeln, mit dem sie einander anhörten, widersprachen und sich zögernd trennten. Aber der Streit wurde wiederaufgenommen, und die Gesetzesparagraphen nahmen kein Ende – abscheuliche Folter des Geistes: Zahlen, die überhaupt nichts bedeuteten, die ihre Existenz dem Zufall einer Reihenfolge zu danken hatten anstatt der strengen Gesetzmäßigkeit der Natur! Wie viele teuflische Dinge vermutete ich hinter dieser Parade der Unwichtigkeiten; wie ernst nahm ich mir vor, Jurastudenten an Debattierabenden hiermit zu konfrontieren, sie aus der Reserve zu locken und dann dem Hohn der anderen preiszugeben! Ein falscher Beruf – *der* falsche Beruf; die Rechtgelehrsamkeit war ein Symbol für die Dinge, die der Mensch um jeden Preis unterlassen sollte. Wie harte Bälle, die sie erst eine Zeitlang terrierartig zwischen den Zähnen hielten, warfen Vater und Sohn einander die Paragraphen zu, so daß der eine keine Argumente mehr in das einbringen konnte, was der andere jetzt auf seinem Standpunkt umklammert hielt, besaß, abnagte, mit Sicherheit wußte. Nicht selten war mein Vater dazu gezwungen, sich eine halbe Stunde lang in alte Akten zu vertiefen; einmal gingen sie sogar beide zum Gericht, um Sachen nachzusehen. Es kann sein, daß Chris meinen Vater dort besiegt oder ihn unerträglich erniedrigt hat, denn als sie zurückkamen, kündigte letzterer einen hübschen Plan an. Wir sollten einmal zu dritt irgendwo essen gehen, gut essen gehen, in der Stadt, gleichsam zum Abschied von der Jugend und vom Elternhaus und den Pflichten der Eltern. Es war ein gekünstelter Vorschlag, aber ich spürte, daß mein armer Vater Chris nicht mehr gewachsen war, und stimmte sofort zu. Chris' Brillengläser, die so lange den seinen geglichen hatten, verbargen jetzt ein neues juristisches Feuer: Jugend, Jugend! – dagegen half nur gut essen und trinken.

In Gegenwart meiner Mutter wurde der Plan weiter ausgearbeitet. Als mein Vater die Sozietät im GARTEN als geeignete Bühne für unsere »Fresserei« nannte – um Chris für sich einzunehmen, gab er sich auch schon studentisch –, fing ich einen besorgten Blick von ihr auf, den ich mit einem beruhigenden Nicken beantwortete. Fand die Fresserei statt, dann bestand tatsächlich die Möglichkeit, daß ich Trix in ihrer neuen Umgebung zu sehen bekommen würde; aber ich wollte mich auf keinen Fall von einer Frau aus einem Restaurant vertreiben lassen, die meine Briefe nicht beantwortete und auf eine auch für mich erniedrigende Weise in aller Munde war. Vielleicht war auch Vellinga dort, es könnte ein spannendes Wiedersehen geben. Mir würde sie nichts anmerken, o nein, sie sollte nicht denken, daß ich ein kleines Kind war, das zu bestimmten Zeiten seinem gebrochenen Herzen in nichtssagenden Briefchen Luft machen mußte und seine Hundetreue vielleicht klammheimlich unter der Briefmarke versteckte ... Was mir den letzten Zweifel genommen hatte, war Cuperus' Haltung. Er machte einen verkommenen, geschwächten, auch geistig geschwächten Eindruck; aber da ich meinen Besuch angekündigt hatte, war er nüchtern, und sein beschämtes Schweigen, als ich mich nach Trix erkundigte, gab mir zum erstenmal einen konkreten Hinweis auf das, was ich bisher nur halb hatte glauben wollen. Früher hatte er auf Trix geschimpft, aus seinem Gekränktsein heraus, weil sie ihn seinem Schicksal überließ und nicht mehr singen wollte – geschwiegen hatte er nie.

Die Sozietät im GARTEN (es gab auch eine hinter der

Börse, jedoch, wie man sagte, mit weniger Atmosphäre) hatte in den letzten Jahren durch die Aktivitäten eines neuen Pächters, eines ehemaligen Kochs bei einer der größten Dampfschiffahrtsgesellschaften, mehr Ansehen erlangt. Bestellte man alles im voraus, dann bekam man das feinste Diner für verhältnismäßig wenig Geld; man wurde dann in eine Art *chambre séparée* gesetzt und sah ängstliche Kellner um die Ecke von den Mattglastüren spähen. Die Lage des Gebäudes hatte ihren eigenen Reiz, sogar im Winter, auch wenn kein Schnee lag, wie an jenem vierten Januar, als wir in dicken Mänteln zu dritt den Ausflug wagten, mein Vater atemlos und spitzfindig diskutierend in der Mitte. Als er sich anschickte, die hohe Steintreppe hinaufzusteigen, stützte ich ihn, während Chris summend hinter uns herkam.

Das Holzgebäude ruhte auf einem Steinfundament, das an der Seite zum Ringgraben eine Reihe leicht geschwungener Pfeiler zwischen den Fenstern emporschickte – architektonisch in die Irre führend, denn diese Fenster gehörten nur zur Küche und anderen Diensträumen und den Wohnräumen des Geschäftsführers; wer drüben auf der anderen Seite des Ringgrabens ein Fernglas benutzte, sah beispielsweise hinter dem ersten Fenster einen Koch in eifrigem Gespräch mit einem Kellner, hinter dem zweiten eine Anrichte mit viel Messing, hinter dem dritten einen Teddybären, hinter dem vierten ganz vage ein gerahmtes Dampfschiff. Im großen Saal, der Zugang zum Teil des Gartens mit dem Teich und dem Musikpavillon gewährte, standen zwei Billardtische. Als Wandschmuck hatte man häßliche Karyatiden aus braunem Holz aufgehängt, die sich Früchte vor ihren Busen hielten. Rustikales, wie Geweihe oder eine stehengebliebene Kuckucksuhr, fehlten; hoch über dem Schanktisch hing eine runde Bahnhofsuhr, deren schmaler Rahmen das einzige Schwarz zwischen alldem Braun war; es gab sogar Parkettfußboden, aber darüber wurde immer feiner Sand gestreut. Es war eine ruhige, neutrale Umgebung, mit einem Hauch von Patriarchalität, vor allem in dem *chambre séparée*, wo wir es uns am Kanonenöfchen bequem machten, so weit wie möglich von dem Tisch, der für drei Personen gedeckt war, entfernt. Nach meinem ersten Schnaps wagte ich einen zerstreuten Blick in den Park, wo, gemessen an meinen Erinnerungen, alles so klein und unbedeutend erschien, so elend vernachlässigt in der fallenden Abenddämmerung.

Im Saal war es nicht immer ruhig. Dort wurden gelegentlich Billard- und Skatturniere ausgetragen, und sogar bei einer normalen Partie konnte ein verfehlter Stoß unter Fluchen und Füßestampfen beklagt werden, auch wenn drei Notabeln gerade Zeitung lasen, treue Gäste meistens, die lieber mit etwas ausgelassenen Bauern aus der Umgebung als mit ihresgleichen umgingen. Dennoch war es kein Restaurant für Stammgäste, außer bei bestimmten Gelegenheiten – der eigentlichen »Sozietät« –, die einen vagen und improvisierten, sei es auch prinzipiell alkoholischen Charakter hatten. Die Besucher waren ausreichend finanzkräftig. Dennoch gab es eine erkennbare Hierarchie, so daß jeder junge Bauer mit steifem Nacken und hochgezogenen Schultern wußte, was er einem alten Tjallingii schuldig war, dem ehemaligen Vorsteher der Anwaltskammer, der die Abende hier dösend zubrachte, oder einem noch betagteren Anwalt, der die Bauern grüßte, indem er die Augenbrauen hochzog, als meinte er, schon halb im Himmel, entfernte irdische Opfer wiederzuerkennen. Mit dem Personal ging man wie mit seinesgleichen um, was nur bei neu eingestellten Kellnern manchmal mißlang.

Wie auf Verabredung ließen mein Vater und Chris die Juristerei beiseite, und ich sah nicht ein, weshalb es nicht ein erträgliches Essen werden sollte. Ein Kellner bediente; der Pächter war an der Mattglastür erschienen, um uns würdevoll zuzunicken. Trix hatte ich nicht gesehen. Aber als die

Suppe serviert wurde, kam sie herein; ich spürte sie hinter mir, ihre beängstigende Größe, wie über den dicken Teppich schwebend; sie hielt etwas Weißes in der Hand. Sie beugte sich über meinen Vater, um ihm die Weinkarte zu zeigen, und da eigentlich ein Kellner diese Aufgabe hätten übernehmen müssen, wußte ich mit absoluter Sicherheit, sie war absichtlich gekommen, um zu beweisen, daß sie keine Angst vor uns hatte. Während mein Vater Burgunder bestellte, hielt sie den Blick gesenkt. Ihr Gesicht war hart, die Augen erschienen ausdruckslos, wie früher so oft schon, aber jetzt wunderschön durch das Dach ihrer Wimpern. Die Frisur war anders: einfacher, charakterloser; sie trug eine lange, weiße Schürze. Sie war schon wieder fort; das heißt, auf dem Rückweg; ich rief ihr nach: »Fräulein.« Sie drehte sich um. »Bringen Sie mir Tafelwasser, ich werde keinen Wein trinken.« Zu meinem erstaunten Vater sagte ich, mein Magen mache mir zu schaffen, wobei ich mir auf die Weste klopfte und die Augen etwas albern verdrehte.

Der Kellner brachte den Wein und das Tafelwasser, und bevor wir mit der Suppe fertig waren, hatte ich die Flasche schon geleert. Der Kellner brachte das Fleisch und die Beilagen, und als er fort war und mein Vater gewichtig vorzulegen begann, stand ich auf und drückte auf die Klingel. Bevor ich wieder an unserem Tisch war, streckte der Kellner seinen Kopf herein, und ich rief: »Nein, das Fräulein«, wobei ich eine Trinkgebärde machte und er ein schafsartiges Grinsen aufsetzte, das keinerlei Bedeutung hatte. Es war ein junger, noch ungeschickter Kellner. »Anscheinend habe ich jetzt schon Nachdurst von den drei Schnäpsen«, sagte ich zu Chris, der sich jeden Kommentars enthielt, wonach ich bei Trix noch einmal eine Flasche Tafelwasser bestellte, das vom Kellner gebracht wurde. Ich bat meinen Vater um etwas Wein, »für die Farbe, um nicht von den Kellnern und Kellnerinnen ausgelacht zu werden«, und trank mein Glas gierig leer.

»Das Mädchen habe ich schon mal gesehen«, sagte mein Vater beim Kauen, wobei er seine Brille abnahm und sich halb nach den geschlossenen Schiebetüren umdrehte.

»Das ist die Tochter von Henri Cuperus«, sagte Chris, »du weißt schon.«

»Ach ja, das Mädchen, die hat damals in der Oper gesungen, ganz ordentlich sogar. Eigenartig, daß sie hier jetzt bedient.«

»Ihr Vater trinkt«, sagte ich, während ich die letzten Reste meines Tafelwassers hinunterstürzte, »und sie muß Geld verdienen. Ich kenne sie zwar, aber hier nenne ich sie ›Fräulein‹ ...«

»Na, aber dann hätte sie doch etwas anderes finden können.«

»Sie bekommt hier vermutlich viel Trinkgeld«, sagte ich, wobei ich mich, wie zur Erläuterung, zu der Schiebetür aus Mattglas umdrehte, »Cuperus war früher oft hier, er kennt den Pächter wahrscheinlich; so wird sie an die Stelle gekommen sein. Ich kann ihn einmal danach fragen.«

Mein Vater machte eine abwehrende Handbewegung, und Chris sagte:

»Du siehst ihn sicher noch manchmal. Meine Güte, ich erinnere mich noch, wie du mit der Sammelbüchse für ihn herumgingst, als Junge! Ich habe immer Mitleid mit dem Mann gehabt. Ich gebe nicht vor, etwas von Musik zu verstehen, aber die *Carmen*-Aufführung war, was ihn anging, kein Mißerfolg. Ich habe schlechtere Dirigenten gesehen.«

»Gestürzt«, sagte mein Vater.

Als das Dessert aufgetragen war, stand ich mit verlegenem Lächeln auf: »Sagt mal, seid mir nicht böse ..., einen Augenblick.«

Sie schauten mir nicht einmal nach, als ich mit etwas steifen Schritten zur Tür ging. Fünf Minuten Freiheit! Das Wasser, das ich so unbesonnen getrunken hatte, gab mir zwei

Minuten, und dann war da auch noch mein Magen. Ich konnte ohne weiteres zehn Minuten daraus machen.

Der Saal war verraucht; der Pächter hinter dem Schanktisch unterhielt sich mit ein paar schwatzhaften Bauern; Trix sah ich nicht. In einem anderen Teil des Saals bedienten ein Kellner und ein kleines, dunkelhaariges Mädchen. Da kam unser Kellner durch eine Tür, und ich fragte ihn, wo Fräulein Cuperus sei: Ich hätte noch etwas zu bestellen, etwas Besonderes, eine Überraschung für meine Tischgenossen. Er zeigte auf einen schmalen Gang, der zu den Küchen führen mußte und bei einer Tür endete. Kurz vor der Tür machte der Gang eine scharfe Kurve, und dort, in einer Art Verschlag, dessen Decke schräg verlief, fand ich Trix an einem Tisch voller großer und kleiner Gläser und Wein- und Likörflaschen. Sofort blickte sie auf.

»Warum hast du mir nicht geantwortet?«

Sie sah mir direkt in die Augen. »Weil ich es besser fand.«

»Besser, aber nicht höflicher«, sagte ich, ziemlich unsinnig, »ich möchte wissen, warum du mich so behandelst.« (Hier kam ein Kellner in den Gang mit einem nicht gerade freundlichen: »Trix, du wirst verlangt«, worauf sie reagierte mit: »Sofort, eine Bestellung.«) »Warum behandelst du mich so? Ich komme als Ebenbürtiger, auch wenn ich dich im Beisein meines Vaters und meines Bruders ›Fräulein‹ nenne. Ich kann nichts dafür, daß ich einen Richter zum Vater habe. Ich bin nicht absichtlich hierhergekommen, und sie wissen nichts von uns.«

Ganz kurz neigte sie den Kopf, dann richtete sie sich wieder auf, kerzengerade, aber nicht herausfordernd. Um ihre Augen spielte etwas von ihrem früheren Lachen, ich mußte mich am Tisch festhalten, weil mir die Knie weich wurden.

»Und du weißt nichts von mir. Mein Vater ist schwer krank, du mußt …«

»Das ist keine Antwort«, brachte ich mit Mühe hervor, »du kannst sagen, daß du mich nicht mehr liebst, das ist die einzige Antwort, die ich akzeptiere.«

»Ich belüge dich nicht.«

»O nein, aber dann bist du total verrückt!« Kochend vor Wut stellte ich mich genau vor sie. Als sie nicht zurückwich, fragte ich: »Was ist mit deinem Vater …?«

»Delirium.«

»Kann er Besuch empfangen?«

»Vermutlich schon. Du mußt jetzt gehen, Nol.«

»Wann kann ich dich sprechen? Um wieviel Uhr kommst du heute abend nach Hause?«

»Ich komm nicht mehr nach Hause, ich schlafe hier. Ich konnte es dort nicht mehr mit ansehen.«

Ich schlafe hier, ich schlafe hier – im Takt meiner Schritte sprangen diese Worte in meinem Kopf herum, nachdem ich ihr mit einem brüsken Gruß den Rücken zugekehrt hatte. Im Saal schaute ich mich noch einmal um. Vellinga war nicht da. Hinter mir kam Trix mit einem Glas Likör für einen sehr alten Herrn herein, der seine Zeitung zu einer Fliegenklatsche gefaltet hatte, wahrscheinlich, um der Versuchung zu widerstehen, noch länger darin zu lesen. Ein junger Bauer rief sie freundlich beim Namen. Er bestellte Bier.

Eine halbe Stunde später war ich bei Cuperus. Meinem Vater gegenüber hatte ich fast mit offenen Karten spielen können: Auf dem Weg zur Toilette hätte ich Cuperus' Tochter getroffen, die mich über den Zustand ihres Vaters informiert habe. Bei Kaffee und Kognak ließen sie mich ohne großes Bedauern gehen, um mit ihren bebrillten Dickschädeln das niederländische Recht jetzt einmal von einer ganz anderen Seite zu betrachten. Ich dagegen dachte an Delirium tremens und daran, was ältere Medizinstudenten uns Grünschnäbeln und Frischlingen darüber einst mitgeteilt hatten, um uns Angst einzujagen, wenn wir uns reihenweise schmachvoll zum Kotzen drängelten. Aber ich wußte nicht einmal mehr, ob es lebensgefährlich war, und als ich Cuperus in seinem Schlafzimmer antraf, friedlich vor sich hin schwitzend und mir schelmisch zublinzelnd, dachte ich keinen Augenblick, daß er in Gefahr sein könnte, auch wenn mir auffiel, daß seine sonst so rote Gesichtsfarbe ins Violettbleiche spielte. Es schien mir nicht ausgeschlossen, daß ein Arzt sagen würde, er sehe schlecht aus. Im übrigen hielt ich mich an seine Schwägerin, die mich mit einem »das Schlimmste ist vorbei« begrüßt hatte. Ihrer Meinung nach war er ins Delirium gefallen, weil er schon tagelang nüchtern gewesen war – ein Märchen, das ich damals noch nicht in der Lage war zu widerlegen –, und »das Schlimmste«, das waren die Tiere gewesen, und die waren jetzt nicht mehr da, oder nur wenige; und auch die Musik war schon eine Zeitlang fortgeblieben. Auf der Treppe fragte ich sie, weshalb Trix eigentlich diese Stelle in der Sozietät angenommen habe und nicht irgendwo in den Haushalt gegangen sei. Ich fragte es im Ton des jungen Arztes, der sich um die sozialen Belange kümmert, und sie drehte sich lachend zu mir um, wobei ihre gespenstische Nase kurz zu sehen war, während ihr Kopf abwehrend oder zustimmend oder voll Schadenfreude zuckte und tanzte, energisch, aber nicht unbeherrscht. »Das mußt du schon Trix selber fragen«, sagte sie vertraulich, als wir oben standen, »sie will es eben nicht anders.« Mit einem kräftigen Griff hatte sie mich an meinem Arm ins Schlafzimmer geschoben.

»Ich habe Richard Wagner gesehen«, sagte Cuperus und blinzelte mir zu, nachdem er einige meiner Fragen mit einem gutmütigen Brummen beantwortet hatte, »zuerst waren es lauter Mücken und Frösche, kleine und große, es war viel kleines Kroppzeug dabei, auch bei den verdammten Fröschen – mich wirst du nicht mehr trinken sehen, Nol; du bist doch Nol, doch nicht der Vetter? Der ist hinter mir her; denkt auch schon, daß er ein angenommener Sohn ist, aber der kriegt keinen Cent von mir. Alles ist für dich! Jetzt mußt du nur noch die Fotos suchen.«

»Welche Fotos?«

»Die versteckt meine Frau vor mir, und wenn ich danach frage, wird sie böse, und dann sagt sie, daß ich mich während der Stunden an die Mädchen heranmache. Alles Lügen. Aber diese Tiere … diese Tiere waren schrecklich, schrecklich! Das kommt alles vom Alkohol«, erklärte er und machte den Versuch, sich im Bett aufzurichten, wobei sein ganzer Körper zitterte. Da er bei bester Laune zu sein schien, beschloß ich, mich seiner Sinnestäuschung anzupassen. Währenddessen fühlte ich seinen Puls: fliegend und unregelmäßig. Aber was verstand ich davon?

»Ich bin schon ein halber Arzt«, sagte ich entschuldigend, »Sie werden sich bestimmt bald wieder erholen. Was machte Richard Wagner?«

»Richard Wagner?« wiederholte er erstaunt und strich sich mit der Hand über seine von Schweißperlen bedeckte Stirn. »Sag mal, was war an deiner Hand? Es kriecht meinen Arm hoch …«

»Da war nichts an meiner Hand.«

»Wenn du hier Tiere reinbringst, Nol, solltest du lieber wieder gehen«, sagte er, mehr unzufrieden als streng, »sie machen die verrücktesten Sachen mit mir, um mich zu prüfen, sie stellen ein Gläschen Klaren, alten Klaren, vor mich hin, guck mal da, und dann denken sie, daß es leer ist, wenn sie zurückkommen …, guck mal, da.« Und er zeigte auf den Tisch, wo nicht einmal ein Wasserglas stand. Es begann, einem Spiel zu gleichen, das ich mit meinem Lehrer spielte. Für mich bestand das Spiel darin, genau die Grenze zu erkennen, ab wann ich ihm nicht mehr widersprechen durfte. Plötzlich wurde er wachsam und sperrte seine zitternden Augenlider etwas weiter auf, so daß ein ganzer Teil des funkelnden Schwarz zu sehen war:

»Warte, du bist bei Trix gewesen.«

»Woher wissen Sie das?« stammelte ich, mit einem Gefühl in der Kehle, als würde ich gewürgt. Ich beherrschte mich schnell und fuhr for: »Ich habe Trix in der Sozietät gesehen. Ich soll Sie von ihr grüßen.«

»Dahin ging ich früher auch«, sagte er, »wir hatten dort einen Chor, mit Harmonium, und sie waren immer noch nicht glücklich mit mir. In diesem Musikpavillon. Verdammt zugig, sie bibberten manchmal im Schnee. Ich wollte, ich hätte etwas Schnee auf dem Kopf.«

»Vellinga«, sagte ich, »haben Sie nicht Vellinga dort regelmäßig getroffen?«

Einen Augenblick schielte er in meine Richtung, dann glitt ein listiger Zug über sein Gesicht, der mich zum erstenmal an den alten, kraftvollen Cuperus erinnerte. »Guter Mann«, sagte er, wobei er stark blinzelte; er wartete einige Zeit, und sein Schnurrbart begann, zu zittern und zu wakkeln, und er schielte wie ein Teufel, und dann sagte er: »Und dazu ein Riesenschuft. Bei der *Carmen*-Aufführung hat er noch gekämpft, der erste in W…, der auf der Bühne gekämpft hat, und dann war es vorbei mit Henri Cuperus, der von einigen Menschen« – mit unbeschreiblichem Hochmut und mit Verachtung in der Stimme wiederholte er die Worte –, »von *einigen Menschen* für ein Genie gehalten wurde … Ich habe Vellinga die letzten Jahre nicht mehr gesehen; er war nicht so wichtig für mein Leben.«

»Aber warum ist er denn ein Schuft?« fragte ich so gutmütig, wie ich nur konnte.

»Soll ich dir mal was von ihm erzählen?« Wie um mir etwas ins Ohr zu flüstern, versuchte er, sich wieder aufzurichten, fiel aber mit einem tiefen Brummen zurück. Ich hatte nicht den Mut, ihm zu helfen. »Ich hatte zwei Monate lang nicht getrunken, um deinetwillen. Ich wußte, daß du zu Weihnachten kommen würdest, und du bist mein einziger

Sohn – und da hast du es: Tiere, Frösche und auch große. Du solltest mal einen Monat am Stück nicht schlafen«, sagte er mit etwas wie Feindseligkeit, »aber es ist wahr, Richard Wagner schläft auch nicht, das sagte er wenigstens – ich brauche nur die Augen zuzumachen, und ich sehe ihn wieder vor mir, mit seiner großen Nase und seinem Barett, und dann legte er mir seine Hand auf den Arm, schwer wie Blei, diese Hand, aber ich hatte keine Angst, Nol, du kannst keine Angst haben vor Männern, deren Musik du immer gespielt hast, unter Blut und Tränen, möchte ich fast sagen, ich hatte keine Angst, und dann sagte er … dann sagte er …«

»Auf deutsch?«

»Das weiß ich nicht mehr. Nein, auf holländisch. Dann sagte er: ›Cuperus, warte einen Moment mit deinen Tieren und mit den Fröschen, denn es gibt auch noch einen Drachen; in der *Walküre*, du weißt schon …‹«

»Im *Siegfried*«, murmelte ich.

»In der *Walküre*, da nimmt Wotan Abschied von seiner Tochter, und, paß auf, sagte er – Wagner, meine ich –, paß auf, Cuperus, sagte er, dieser *Feuerzauber*, das ist zum Donnerwetter keine Kleinigkeit, denn da nimmt ein Vater Abschied von seiner Tochter, und dann kommt dieser andere …«

»Siegfried«, sagte ich ermutigend, »der kommt dann; im *Siegfried*, der nächsten Oper …«

»Ja, der kommt dann«, wiederholte er und lag einige Zeit mit geschlossenen Augen da.

»Was war die Gemeinheit von Vellinga?«

Als er die Augen aufschlug, glänzten Tränen darin, und er begann, wie gejagt zu reden:

»Meine Schuld war es nicht, lieber Junge, erzähl es jedem, daß es nicht meine Schuld war, um Himmels willen. Ich habe so fürchterlich gelitten. Du mußt für sie sorgen.«

»Ja, warum nicht«, flüsterte ich.

»Gott, o Jesus …, laß meine Tochter … laß meine Tochter

nicht … Wagner ist mit seiner Weisheit am Ende … Es sind alles Lumpen und Schufte … *Halt!*« rief er drohend, die rechte Faust geballt, woraufhin er in ein fieberhaftes Murmeln verfiel: »Ja, aber da kommen sie wieder, verdammt, von allen Seiten … Der Herr Frosch voran, mit diesem verfluchten Sonnenschirm … Willst du wieder auf meinem Schoß sitzen, genau wie neulich? … und dann verkehrt den Takt schlagen sicher … Wenn er mir nun mit dem Sonnenschirm noch die Mücken vom Leib hielte, aber natürlich, daran denkt er ja wieder gar nicht … Weg!« schrie er in fürchterlicher Angst. »Ich habe es nicht getan, Rato war es … Oh, guten Tag, Herr Frosch, angenehm, angenehm …« Seine Stimme erstarb, und ich sah ihn auf eine unwahrscheinliche Art erblassen, und über dieses blasse, graue, fremd gewordene Gesicht strömte Schweiß.

Ich flüchtete aus dem Zimmer. Im Flur stieß ich beinahe mit der Tante zusammen, die eine Flasche und einen Löffel bei sich hatte. Ich sagte, ich würde einen Arzt holen.

»Der ist heute abend noch hiergewesen«, sagte sie und horchte dabei mit zusammengekniffenen Augen auf den Lärm hinter der halbgeschlossenen Tür, »und heute nachmittag haben wir Paralde*hyd* bekommen« – die letzte Silbe klang wie ein Jauchzer –, »davon kann Hendrik schlafen.«

»Ist er nicht schwierig? Schaffen Sie es allein mit ihm?«

»Ich?« Amüsiertes Augenrollen stempelte meine Frage zu der eines sehr jungen Mannes ab. »Ich bin stark, Meneer … Nol, werde ich mal sagen, was? Er ist wie ein Kind in meinen Händen. Früher bin ich Lehrschwester gewesen, und wenn schwierige Patienten da waren, dann wurde ich immer hinzugezogen …«

Auf dem Weg nach Hause ging ich bei Cuperus' Hausarzt vorbei, dem ich schon einmal bei anderer Gelegenheit begegnet war. In der Haustür stand er mir Rede und Antwort. Wenn das Herz es schaffen würde, mache er sich keine Sorgen, aber bei Alkoholikern sei das Herz nie die stärkste Seite, und Cuperus sei schon ein paarmal am Rande eines Kollapses gewesen. Als ich verlegen den Kopf abwandte, musterte er mich mit spöttischem Interesse; er schien sich nicht klarzumachen, daß er es mit einem Medizinstudenten zu tun hatte. Bevor er die Tür schloß, sagt er noch, das örtliche Krankenhaus sei zu klein und für solche Fälle auch nicht eingerichtet. Ja, ja, ein Jammer um so ein Talent. Aber der Mann habe sein Leben lang gesoffen … Dem war schwerlich zu widersprechen: Er hatte sein Leben lang gesoffen, der Mann.

· 14 ·

Am nächsten Morgen rief ich den Arzt an, der offenbar wenig zufrieden mit sich war. Er komme gerade von Cuperus und habe ihm eine Kampferinjektion gegeben. Wie um seinen Irrtum vom vorigen Abend gutzumachen, ließ er sich noch eine Zeitlang darüber aus und brach das Gespräch mit einem entschuldigenden kleinen Lachen ab, als fühlte er sich eigentlich verpflichtet, das gesamte Thema in zehn Minuten erschöpfend zu behandeln. Ich beschloß, abends um sieben wieder zu meinem Lehrer zu gehen. Mittags bestand die größte Gefahr, daß Trix dort sein würde, und ich wollte nicht dauernd Begegnungen forcieren, vor allem nicht, wenn Dritte dabei waren. In den Vormittagsstunden hatte ich mit einem schläfrigen Cuperus zu rechnen, einem unaufgeräumten Zimmer und einer reizbaren ehemaligen Lehrschwester.

Am Schritt hörte ich, daß es Trix war, die mir öffnete. Ich stand an der Stelle, wo wir uns geküßt hatten, und ich wußte, daß sie noch kühler zu mir sein würde, wenn auch sie daran dachte. Doch sie begrüßte mich nicht unfreundlich.

»Schlecht«, sagte sie auf meine Fragen, »du kannst nicht reinkommen, er darf nicht gestört werden, hat der Arzt gesagt; der hat ihm gerade noch eine Spritze gegeben, fürs Herz. Ich habe das Gefühl, daß es heute nacht zu Ende gehen wird, obgleich er so aufgeräumt tut. Aber ich kann nicht bleiben. In zwei Stunden komme ich noch mal kurz wieder.«

»Ich wollte auf jeden Fall Abschied von ihm nehmen«, sagte ich und setzte den Fuß auf die Türschwelle.

Da erklang die Stimme der Tante hinten im Flur:

»Jetzt übertreib mal nicht, Trix. Er schafft es, ich sag es dir. Ich fühle es. Eine Schande, daß du Meneer Nol nicht hereinkommen läßt ...«

»Scher dich zum Teufel!« kreischte Trix, drehte sich mit einem Ruck um und rannte mit drei Schritten in den Flur, wie um der Tante einen Schrecken einzujagen. »Schlange! Ich will Nol nicht hereinlassen, und wenn du ihn reinläßt, dann weißt du, was passiert.«

»Kreatur!« sagte die Tante schneidend deutlich und verschwand; kurz darauf hörte ich oben eine Tür schlagen.

»Aber das ist doch zu dumm«, sagte ich nicht ohne Autorität, »du kannst mich doch nicht daran hindern, meinen alten Lehrer zum letztenmal zu sehen, dem ich soviel zu verdanken habe – sogar dich.« Ich ließ ein sarkastisches kurzes Lachen hören, obwohl, als ich sie aussprach, die Worte nicht sarkastisch gemeint gewesen waren.

Nun trat sie näher zu mir heran; ihr Gesicht war weich im diffusen Licht der Straße, weich und ein wenig ängstlich. »Nol, hör mal zu. Du darfst einfach nicht zu ihm, und du mußt versprechen, es auch nicht zu tun, wenn ich nachher weg bin. Er würde dich wahrscheinlich auch gar nicht erkennen … Versprich es mir, los, wenn es wahr ist, daß du mich noch liebst …«

Ich nahm ihre Hand. Ich dachte schon nicht mehr an Cuperus. Denn für sie würde ich alles tun. Aber da war die Tante wieder im Flur, schlich sich unhörbar auf ihren Pantoffeln heran und rief, Trix' Vater gehe es gerade sehr gut, und er wolle von seinem »angenommenen Sohn« (diese Worte artikulierte sie deutlich) Abschied nehmen, auch wenn es unsinnig sei, von Abschiednehmen zu sprechen. Mir schien jedes Wort gelogen, aber Trix hatte bereits auf ihre Art geantwortet, indem sie sich zum zweitenmal umdrehte und der Tante die Faust ins Gesicht stieß. Ich dachte wieder an Cuperus und meinte, unauffällig nach oben schleichen zu können, sobald die beiden kämpfenden Frauen durch den Flur rollen würden; aber auch wenn die Tante zurückgeschlagen haben sollte, der wild fluchenden Trix war sie nicht gewachsen, und nachdem die Tante zum zweitenmal verjagt worden war, kam das Mädchen schnell auf mich zu. Sie schien kaum außer Atem zu sein. Mit den Händen auf meinen Schultern flüsterte sie mir zu:

»Ich hatte Angst, daß sie noch etwas sagen würde, dann wäre sie nicht lebend davongekommen, die Schlange. Mein Vater erzählt Sachen über mich. Nicht die ganze Zeit, aber er könnte es tun, wenn du da wärst. Das will ich nicht. Dann würde ich ihm ins Gesicht schlagen, und das geht doch nicht, Nol. Und wenn ich nicht dabei wäre, würde ich doch denken, daß er etwas gesagt hätte, auch wenn du hinterher alles leugnen würdest.«

»Über dich kann er nichts, nichts dieser Art erzählen«, sagte ich, während ich eine ihrer Hände löste und küßte, »in meinen Ohren nicht, Trix. Du weißt, wie ich über dich denke, und immer …«

»Verstehst du denn nicht, was ich meine?« Sie war jetzt ganz nah bei mir und legte mir die Arme um den Hals, den Kopf gesenkt, sie erschien schwach und fügsam. »Lieber … lieber …«

»Ich verstehe gar nichts«, flüsterte ich mit bebender Stimme, »ich bin dumm. Ich weiß nur, daß ich dich liebe, und alles, buchstäblich alles für dich tun will. Mein Leben für dich geben. Nicht zu deinem Vater gehen, natürlich nicht. Sogar Briefe schreiben, die nie …«

Vorsichtig löste sie sich von mir und schob mich nach draußen. »Es ist nicht meine Schuld. Denk bei allem, was du hörst, daran, es ist nicht meine Schuld. Ich werde dir schreiben, morgen. Geh jetzt weg, und du hast versprochen, nicht zu meinem Vater zu gehen …«

»Wenn du das dann wenigstens auch tust«, murmelte ich mechanisch, während die Tür sich schloß. Geraume Zeit starrte ich noch auf das Fenster des dunklen Vorderzimmers. Cuperus lag oben in einem Hinterzimmer; ich würde kein Licht mehr bei Cuperus sehen. Als ich mich in Bewegung setzte, nahm ich mir vor, den Arzt nicht mehr anzurufen und ruhig auf seinen Tod zu warten, wenn es denn so sein sollte.

Aber in dieser Nacht kam der Zusammenbruch, der vielleicht schon monatelang gedroht hatte. Der Kummer stieg aus den Eingeweiden auf wie eine Kugel schwachen Feuers, und ich mußte in mein Kissen beißen, um nicht aufzuschreien. Wie ein Rasender schlug ich mich selbst, nicht aus Wut oder Empörung über das, was das Schicksal mir schien zuteilen zu wollen, sondern um mich zu beherrschen: etwas, das ich immer getan hatte, etwas, das sogar zu den größten Leistungen meines Lebens gehört hatte. Ebensogut hätte ich den Willen haben können, mich gegen die unmittelbaren Folgen eines Stiches in den Magen zu beherrschen. Denn aus dem Magen stieg es auf, es war etwas Körperliches, was ich erlebte; rein geistiger Kummer existiert nicht. Dieses wehe, rauhe Elend war nur durch den schwersten Druck auf die Magengegend zu besänftigen. Eine Zeitlang lag ich nach vorn über die Bettkante gebeugt, in der Hoffnung, daß Übergeben helfen würde. Trix sah ich als Opfer, wovon, wußte ich nicht; ich haßte sie nicht, lieb hatte ich sie kaum noch, auch wenn ich begriff, daß die Folter, die ich durchmachte, die Liebe in ihrer höchsten Form war, so, wie sie der Körper erlebt. Man konnte daran sterben, das Herz konnte aufhören zu schlagen, nicht weniger als beim Delirium tremens. Man konnte dem Rat des indischen Studenten folgen und, genau wie bei starkem Betrunkensein in Abgeschiedenheit, versuchen, zu einer Erkenntnis zu kommen, einer Summe meines Lebens, einer Perspektive auf Jahre und Zeiten. Man konnte dem Körper freien Lauf lassen und weinen, hilflos schluchzen und wieder ins Kissen beißen – eine Kapitulation eigentlich, aber doch eine Erleichterung, eine große Erleichterung, mit dem Trost des Selbstmitleids. Und währenddessen, mitten durch alles hindurch, die Stimme des Gewissens, die ihren Platz ebenfalls im Körper hatte: »Trix loslassen – Trix loslassen – Trix loslassen«, der auf der Stelle widersprochen wurde von einer noch tieferen Stimme, der tiefsten, oder noch nicht einmal der tiefsten dieser stürmischen Polyphonie: »Nie – nie …« Unbändig schluchzte ich, und auf einmal stand Chris vor meinem Bett, im Pyjama, und er sagte: »Nol, Junge, was ist los?« Und er sorgte dafür, daß ich mich aufsetzte, seinen Arm im Rücken, und ging Wasser holen und sagte immer wieder: »Nol, Junge … Nol, Junge …« Schließlich erzählte ich ihm, daß ich so traurig sei über das Herzleiden unserer Mutter. Als er endlich weg war, kam mir der Gedanke, daß er mich immer ziemlich gern gehabt haben mußte. Das wird dann wohl nach der Sache mit dem Nasenbluten angefangen haben: Das war mein letzter Gedanke, bevor ich einschlief.

Am nächsten Morgen hatte ich eine besonders klare Erinnerung an die zweittiefste Stimme: »Trix loslassen« – und ich beschloß, dies also auch zu tun, egal, ob sie schriebe oder nicht schriebe. Um sieben Uhr war ein Brief von ihr da, wahrscheinlich eigenhändig bei uns in den Briefkasten geworfen. Das Dienstmädchen schob ihn unter meiner Tür durch, und ich las ihn im Bett, mein noch halb durchweichtes Kopfkissen im Rücken.

»Lieber Nol!

Es ist jetzt beinahe halb sieben, und Vater ist heute nacht um drei Uhr gestorben, nach stundenlanger Bewußtlosigkeit. Das Herz hat versagt. Tante hat den Doktor noch um eine Spritze gebeten, aber der sagte, daß die eine genug war, und wollte nicht kommen. Werde Du ein besserer Arzt, Nol, ich glaube, daß Du es wirst. Schreib keinen Brief, schicke nur Blumen, wenn Du das möchtest. Er hat Dir etwas hinterlassen, eine Kleinigkeit, ich schicke es Dir mit der Post. In einem klaren Augenblick hat er es Tante gesagt. Ich weiß, daß sein Tod Dir mehr Kummer bereitet als mir. Bei dem anderen, worüber ich Dir schreiben sollte, ist es vielleicht genau umgekehrt. Du mußt einfach jemand anderen lieben, lieber Nol. Ich werde Dir auch sagen, warum. Ich bin Deiner nicht wert, in jeder Beziehung. Denk gut darüber nach, und versuche, mich anders zu sehen. Ich kann nicht alles erklären, aber wenn Du glaubst, was sie über mich klatschen, dann bist Du schon ein gutes Stück weiter. Es ist nicht meine Schuld, aber das ändert nichts an den Tatsachen. Ich werde Dich nach einiger Zeit vielleicht ebenfalls vergessen. Schreib deshalb nicht mehr, und besuche mich nicht mehr.

Deine Trix

PS: Geh auch nicht zu Tante, der ist nicht zu trauen, auch wenn sie Vater sehr gut geholfen hat. Ich bin gewöhnlich nicht so gemein zu ihr wie gestern abend.«

Der Satzteil »ich werde Dich nach einiger Zeit ...« war in einer etwas anderen Schrift geschrieben, als hätte sie lange darüber nachgedacht oder wäre unterbrochen worden. Ruhig blieb ich liegen, den Brief in der Hand, in dem Bewußtsein, daß der Kampf zu Ende war. Ich hatte ein wehmütiges Lächeln für Chris, einen Gedanken für Cuperus, einige Takte des zweiten Intermezzos im Kopf, Sorgen um mein Physikum, und in meinen Ohren die Boote auf dem Kanal, die dieselben geblieben waren wie auch die Pflastersteine, die Bäume, die Kinder und die gesamte Situation. Stand mir kein anderer Weg offen, als Trix ihren Willen zu lassen, so würde ich das auch gut und richtig machen. Trix war nicht die ganze Welt. Ich überschlug meine Ausgaben für die Blumen; es sollten nicht die schönsten sein, denn dann würde sie noch denken, daß die Hälfte für sie bestimmt war.

»Gehst du zu seinem Begräbnis?« fragte mein Vater beim Frühstück. Das Gerücht hatte sich schon verbreitet, das Dienstmädchen wußte es, Cuperus ging nicht völlig unbemerkt dahin. Ich gab vor, daß er es mir verboten habe und selbst auch nie Begräbnisse mochte: Als seine Frau gestorben sei, sagte ich, hätte er drei Zylinder tragen mögen, um ein bißchen würdiger auszusehen. Mein Vater schnaubte: »Sonderbare Auffassungen. Und doch mochte ich ihn, auch wenn ich nie persönlich Kontakt zu ihm hatte … Laß mal sehen, nein, nie. Oder doch? Ja, damals die Oper, die erste, *Martha*, richtig, als sie alle hierherkamen, da habe ich ihm einmal die Hand gegeben, und ich erinnere mich noch, daß ich nicht einmal bei mir gedacht habe, du hast unser Dienstmädchen geküßt; das war übrigens auch so etwas Unsinniges, ein Künstlerstreich …«

Mit der Abendpost kam Cuperus' Legat: der Klavierauszug von *Carmen*, in dem der Namenszug des vorigen Besitzers mit einer dünnen, korrekten Linie durchgestrichen war. Darunter war zu lesen: »Für Nol Rieske, zur Erinnerung an die berühmteste mißlungene Aufführung aller Zeiten, in dem Gefühl tiefer Freundschaft, Henri Cuperus.« Diese Widmung mußte lange vor seiner Krankheit abgefaßt worden sein; es ist nicht unmöglich, daß er ihn bald nach der Aufführung für mich bestimmt hat, als er noch nicht an den Tod dachte. Über den Tod hatte er eigentlich nie mit mir gesprochen, und ich glaube nicht, daß er religiös war, auch wenn er in der Phase der Orgeln und der Kirchenchöre etwas geheuchelt haben wird. Alles Religiöse, so stellte ich mir vor, wurde bei ihm von der Musik verschluckt. Betrachtete er das Schicksal von Tristan und Isolde oder von Siegfried mit Hagens Speer im Rücken oder von dem reumütigen Amfortas, dann war es immer, als würde ganz gewiß irgendein musikalischer Himmel, perlend von Dur-Dreiklängen oder durchtönt von tragischen Trauermärschen, diese Figuren ganz und gar in sich aufnehmen; und Carmen … ach, Carmen war ein Fall für sich, eine ganz normale Schlampe, auf die es weiter nicht ankam.

Es ist wahr, daß mir in diesen ersten Tagen nach seinem Tod eher solche Beispiele seines drastischen Humors in den Sinn kamen als Zeichen seiner Gutherzigkeit oder seines

Edelmuts. Trotz seiner kleinbürgerlichen oder bäuerlichen Herkunft – von seiner Familie hatte er mir nie viel erzählt – war er ein *Gentilhomme* gewesen, aber damit sollte man sich nicht zu lange aufhalten. In den Augen der Welt war meine Mutter viel bestürzter als ich, und ich scheute mich nicht, sie mit dieser Bestürzung über den Tod eines Menschen, den sie früher schließlich mehr oder weniger aus dem Haus geworfen hatte, zu necken. Cuperus, meinte ich, mußte einem Sieg wohl sehr nahe gewesen sein, jedenfalls einem inneren Sieg. Dabei berücksichtigte ich jedoch, daß er sich ihr gegenüber immer von seiner besten Seite gezeigt und seine groben und burlesken Seiten sorgfältig vor ihr verborgen gehalten hatte; selbst der Kuß unten im Hausflur war für den, der das Motiv kannte, noch die Tat eines Edelmanns gewesen, der Rache an einer kleinlichen Bürgerin nimmt.

Während der kurzen Woche, die mich noch von den Vorlesungssälen und Laboratorien trennte, hörte ich Gespräche über Cuperus mit der Gemütsruhe eines Stoikers an: Man mochte ihn verleumden, man mochte sein Talent bezweifeln, man mochte ihm den Mißerfolg der *Carmen* in die Schuhe schieben, man mochte seine Leiche ausgraben und in Stücke schneiden, es berührte mich nicht. Vellinga begegnete ich zweimal, einmal auf der Straße, das zweitemal in Gesellschaft. Er war sehr feinfühlig in seinem Nachruf auf den Musiker und auffallend herzlich zu mir. Nicht wenig befremdete es mich, keine Spur von Haß, Abscheu oder Eifersucht in mir zu entdecken. Höchstens fand ich ihn etwas lächerlich, als älteren Mann, der seine Energien noch so zum Wohl der Stadt verströmte. Übrigens ging er in dieser Zeit mehr und mehr in seiner Zeitung auf und vertraute die Leitung des Vergnügungslebens jüngeren Kräften an, unter seiner Aufsicht. Auf junge Menschen übte dieser Exfußballer noch immer große Anziehungskraft aus, und genüßlich konnte er von seinen Redakteuren und Reportern erzählen, die das Fach bei ihm lernten und die ihn anhimmelten, ihm die Füße leckten, ihm ewige Treue schworen und dankbar und als Verräter nach Amsterdam oder Rotterdam abzogen. Dennoch keine Not: Es kamen immer wieder neue, und in drei Tagen beherrschten sie das Fach. Das war die Jugend; wenn keine Schulpflicht bestünde, hätte er Zehnjährige gewonnen, die waren geistig am beweglichsten und am besten zu formen, am gehorsamsten und am neugierigsten. In letzter Zeit nahm er achtzehnjährige Bauernjungen, mit Hebekränen direkt aus dem Lehmboden gezogen: Die konnte man schon am ersten Tag die Lokalnachrichten machen lassen, sie waren nicht nur neugierig, sondern sie glaubten auch noch alles.

Ich war der junge Student, der in Gesellschaft sein *savoir vivre* demonstrieren, Älteren zuhören und tadellos schweigen durfte. War das Thema Cuperus erschöpft, dann hörte ich mir die Betrachtungen zum Benehmen von Cuperus' Tochter an, die nicht einmal an sein Sterbebett habe kommen wollen (diese Lüge beruhte vermutlich auf falsch verstandenem Geschwätz der Tante) und im übrigen ein so liederliches Leben führe, daß sie den Tod des Musikers vielleicht noch beschleunigt habe. Anfangs versuchte meine Mutter, das Gespräch in andere Bahnen zu lenken, aber vergeblich – sie allein gegen sechs oder sieben Freundinnen, die sich nach ihrer Gesundheit erkundigen wollten –, und als sie mein unbewegtes Gesicht und meine vornehme Zurückhaltung auf sich hatte wirken lassen, fand sie sich damit ab und dachte wohl, daß ich mir Trix aus dem Kopf geschlagen hatte. Ich will diesen Damen keine Vorwürfe machen (auch wenn der Leser bemerkt haben wird, daß ich sie nirgends beschrieben habe: eine kleine Rache), es waren schließlich auch nur Frauen, die mit ihrer Zeit nichts anzufangen wußten; und dann war ihr Laster-das-kein-Laster-war in meinem neuen Lebensstadium vielleicht sogar heilsam für mich.

Darüber, wie das Verhältnis mit Vellinga (dem niemand Vorwürfe machte) angefangen hatte, wußten sie nichts zu berichten, aber sie hatten Kenntnis von regelmäßigen Treffen, entweder bei Vellinga zu Hause – er wohnte neben seiner Tageszeitung zur Untermiete – oder in Hotels oder, und das war besonders schändlich, in der Sozietät selbst, wo Trix eine Kammer hatte. Da der Pächter viel an Vellinga verdiente, ließ er es augenzwinkernd zu: Bestimmt kein Vorbild für die anderen Mädchen, unter denen sehr anständige waren, wie man sagte. Außerdem hielt er sie aus, was er selbst jedoch leugnete.

In den fast drei Jahren, die diesen Weihnachtsferien folgten – zwei Jahre und acht Monate, genau gerechnet –, kam mir nur sporadisch etwas über Trix zu Ohren. Nach anderthalb Jahren zog sie zu ihrer Tante, weil die nächtlichen Besuche ihres »Verehrers« dem Pächter zu weit gingen – ich wiederhole hier schlicht, was mir erzählt wurde. Daß er sie bei ihrer Tante besuchte, hielt man für möglich, wurde jedoch nicht bestätigt; es wäre natürlich sehr befriedigend gewesen, wenn man es hätte beweisen können, aber dagegen sprach, daß die Tante an nicht weniger als drei Junggesellen Zimmer vermietete, und die würden dann doch etwas bemerkt haben. Dijkhuizen, der sich gelegentlich bei uns zeigte, kannte einen von ihnen, einen jungen Mann aus christlicher Familie, der Trix als sehr anständig und anziehend betrachtete, auch wenn sie ein Dragoner sei; und das mochte zwar eine lächerliche Falscheinschätzung sein, es lieferte doch ein Argument für Vellingas Umsicht in diesem Punkt, es sei denn, der junge Mann war ein derart leidenschaftlicher Tiefschläfer, wie man es von einem Junggesellen seines Alters kaum erwarten konnte (dies letzte war, wenn ich mich nicht sehr täusche, meine humoristische Zugabe, die dem korpulenten Geschäftsmann Tränen in die Augen trieb und mir einen Stoß ins Zwerchfell verschaffte, dazu ein gebrummtes: »Diese Studenten aber auch, sie wissen alles, und sie sagen auch alles!«). Derartige Offenbarungen wurden mir natürlich in den Ferien zuteil, so daß ich mich daran gewöhnte, dreimal im Jahr als Zyniker in die Bahn zu steigen und mich gegen meine Empfindlichkeit ebenso zu wappnen wie gegen die Unempfindlichkeit der anderen, die keine Unempfindlichkeit war, weil niemand wußte, was ich verborgen hielt. Trix selbst habe ich nicht gesehen in diesen drei Jahren; es war nicht schwer, ihr aus dem Weg zu gehen, da ich mich nie im GARTEN oder in seiner Nähe zeigte, ihr Haus mied, in dessen Vorderzimmer an dem Platz des Flügels jetzt ein Junggeselle schlief, und auf der Straße vor jeder großen Frau den Kopf abwandte, wie ein noch nicht völlig geübter Mönch.

Nach einem halben Jahr, als ich mein Gefühl für sie bis zu einem gewissen Grad verdrängt hatte, wurde mir klar, daß ich nur dann etwas in meinem Leben würde zustande bringen können, wenn ich für eine »Nachfolgerin«, wie ein Außenstehender das nennen würde, sorgte. Ich betrachtete das als eine Pflicht mir selbst gegenüber. Dabei ging ich sehr wählerisch vor, sowohl aus angeborenem Geschmack (für mich kein Bordellbesuch) als aus der Überlegung heraus, daß das Heilmittel sich nicht als schlimmer erweisen durfte als die Krankheit selbst, und sei es auch nur zum Nachteil meiner Arbeit. Ich wurde sehr berechnend, sehr vorsichtig; ich wartete oft monatelang, und es fehlte wenig, daß ich meinen Trösterinnen die Anzahl der Monate genannt hätte, die es dauern konnte. Alkohol mied ich. Im Prinzip waren diese Abenteuer, bei denen ich keine Herzen brach, weder bedeutsam noch abenteuerlich, und hätte ich nicht meine Musik gehabt und als Gegengewicht die Poesie (an die ich ebenfalls völlig unkreativ heranging), wäre ich vielleicht einer einförmigen Präbürgerlichkeit verfallen, die der von Chris in seinem Anwaltsbüro um nichts nachstand. Ich sah ihn nicht oft;

er gab sich mir gegenüber seit jener durchweinten Nacht als Beschützer; doch er blieb Chris, auch wenn ich ihn in all den Jahren falsch beurteilt hatte.

Etwa fünf Monate vor meinem Physikum habe ich noch einmal auf die Art des indischen Studenten getrunken. Das Resultat war enttäuschend: Was kam, war nichts anderes als eine Wiederholung der Eingebung vom vorigen Mal, kurz nach meiner Inkorporierung. Als der Rausch seinen Höhepunkt erreicht hatte, setzte sich nämlich der Gedanke in mir fest, ich müsse Jantje de Ridder schreiben, was ich auch noch machte, kurz bevor ich mit einem Schluckauf in mein Bett fiel. Am nächsten Morgen zerriß ich den Brief und schrieb einen besseren. Wir hätten einander nun so lange nicht gesehen; wenn sie zufällig einmal in die Universitätsstadt käme, solle sie nicht versäumen, mich aufzusuchen. Sowohl wegen seiner Kürze als auch wegen seiner durchsichtigen Berechnung, die sich dahinter verbarg, war es ein mehr als hundsgemeiner Brief; aber sie kam innerhalb einer Woche, und als ich sie nach einem kurzen Vorspiel, wobei ich Genever oder Likör verschmähte, erobert hatte, oder sie mich, spürte ich die wehmütige Genugtuung, wenigstens etwas von der alten *Carmen*-Aufführung wiederaufleben zu lassen, etwas von meiner Jugend, meiner Opernvergangenheit, meiner halb gestorbenen Liebe zu der anderen, der echten.

Sie war lieb und herzlich, aber auf die Dauer sentimental und nachtragend wegen verpaßter Chancen, auch wenn ich nicht glaube, daß sie erwog, mich in ihre Netze zu verstrikken. Sie gab rundheraus zu, daß Stegeman ihre große Liebe sei und es bleiben würde; Stegeman, fand sie, sei ein rechter Herr, ja, ich auch, aber Stegeman sei Künstler, ja, ich auch ein bißchen natürlich, aber Stegeman hätte so liebe, runde Augen etc. Sie wird mich schon gemocht haben, um so mehr, als ich die Kunst verstand, sie anzuhören, ohne ihr zuzuhören, und sie mit fast übertriebenem Zartgefühl behandelte. Es war lehrreich, die wenigen Monate, die es gedauert hat. Nicht, daß man viel von ihr lernen konnte. Wieviel sie auch hinter sich haben mochte, es war immer nach demselben Muster verlaufen: Sie hatte irgendwann genug von den Männern, weil die sie nicht genug liebten – was ich aus einer Reihe von Finessen schloß, die ich ihren Büroknaben einfach nicht zutraute –, und wem ihre Art nicht gefiel, der konnte wegbleiben. Wäre sie weniger weich und gutherzig gewesen, dann hätte sie, so habe ich oft gedacht, einen festen Kreis von Bewunderern haben müssen, alle mit denselben Rechten, wie Höflinge um sie geschart, gleich den adligen Jägerinnen in der Oper *Martha*. Ihre Bildung war ziemlich gering, ihr Interesse für Anatomie und Physiologie unbegrenzt, ihre Besorgtheit um mein Wohlbefinden hinderlich; schon zum zweitenmal zog sie mir den Regenmantel mit den mütterlich zaudernden Bewegungen an, deren ich mich so gut aus Cuperus' Flur erinnerte. In W... habe ich mich nie mit ihr gezeigt, sie aber regelmäßig besucht, unbemerkt, soweit ich weiß: Niemand interessierte sich für Jantjes Amouren – eine Folge der Überproduktion.

Natürlich sprachen wir viel über Cuperus und Stegeman und die *Carmen*-Aufführung, wobei sie feinfühlig genug war, das Thema meines ersten Briefs unberührt zu lassen. Cuperus, sagte sie, sei an einem blauen Montag verliebt in sie gewesen; aber sie habe da noch Angst vor ihm gehabt, sie mochte auch eigentlich keine verheirateten Männer, und als er mit drohenden Augen und tiefer Stimme gesagt habe: »Du weißt, daß ich dich anbete, Jeannetje«, sei sie prompt in Tränen ausgebrochen. Das habe er ihr immer nachgetragen – es war zu wenig wagnerianisch, dachte ich für mich –, und danach sei immer nur gekommen: »Wie steht es mit der Liebe, Jeannetje?« Sie sagte noch, daß Cuperus niemals jemand anderen geliebt habe als seine eigene Frau; damals glaubte ich das nicht, heute aber doch.

Nach unserer ersten Uneinigkeit fragte ich sie, ob sie wüßte, wie das Verhältnis von Vellinga und Trix Cuperus zustande gekommen sei. Früher, gab ich zu, sei ich von Trix eine Zeitlang eingenommen gewesen, und ich hätte ein gewisses Interesse daran. Es müsse, sagte sie, wohl an dem Abend der *Carmen*-Aufführung angefangen haben, aber das sei nur eine Vermutung. Diese Mitteilung berührte mich tief. Trix erwog also bereits in den Tagen, als sie mich geküßt hatte, Vellinga zu erhören, oder schlimmer: Sie »ging« schon mit ihm – ein Wort, das ich besonders verabscheute. »Eine Nacht miteinander ausgegangen«, das bedeutete »eine Nacht miteinander geschlafen«, es war nicht nur ekelhaft und unkultiviert, es war auch sprachlich unrichtig. Zu sechst seien sie weggefahren, wie ich mich wohl erinnern würde, und unterwegs habe Vellinga sie alle eingeladen, ein Stündchen mit auf sein Zimmer zu kommen, um auf den Erfolg zu trinken. So sei es geschehen, sie hätten alle ein Glas Whiskey-Soda getrunken, außer Trix, die starr vor sich hin geblickt habe, und nachdem sie sich mit dem Fuß ein Zeichen gegeben hätten, hätten Stegeman und sie sich davongemacht. Niemand habe dagegen protestiert; Cuperus habe trübselig in sich versunken dagesessen, Vellinga habe immer abwechselnd Trix und Alice de Rato den Hof gemacht, wobei die letzte, immer wieder gähnend, ohne die Hand vor den Mund zu nehmen, hauptsächlich Französisch gesprochen habe, worauf nicht einmal Vellinga eingegangen sei: Wessel und sie hätten den Eindruck bekommen, daß Cuperus ebenfalls nicht mehr lange durchhalten würde, auch wenn er in der einen Viertelstunde, in der sie dabeigewesen seien, viel getrunken habe. Es könne natürlich sein, daß sich der Journalist in Trix verliebt habe und ihr später mit seinem bekannten Eifer den Kopf verdreht habe. Diese Worte meiner pathetischen Freundin klangen so vieldeutig, daß ich sie rundheraus fragte, ob sie Vellinga ebensogut kenne wie mich. Danach wurde mir die reine

Wahrheit aufgetischt: Damals habe sich Vellinga (ich sei noch ein kleiner Junge gewesen, mit diesen roten Wangen, sie erinnere sich noch sehr genau an mich) sehr um sie bemüht, aber sie mochte keine älteren Männer, er müsse jetzt schon in den Vierzigern sein. Der Altersunterschied zu Jantje schien in der Tat erheblich. Wessel sei erst vierunddreißig, vertraute sie mir an. Er schreibe fast gar nicht mehr. Er sei von Natur ein träger Briefeschreiber, dabei ein fleißiger Arbeiter.

Diese Affäre endete auf die eleganteste Weise. Als ich bemerkte, daß sie Stegeman stärker in unsere Gespräche einbezog, als ich eigentlich hätte zulassen dürfen, nahm ich sie kurzerhand mit nach Den Haag: Bahnfahrt erster Klasse, ein teures Hotel, Autos und die Aussicht auf teures Essen. Diese Protzereien waren noch keinen ganzen Tag im Gange, als Stegeman sich schon zu uns gesellte, mit denselben runden, unschuldigen Augen wie früher und einer beginnenden Glatze, auf der das angeklebte Haar die Lampen unseres gemeinsamen Wohnzimmers spiegelte, das ich im Hotel vorbestellt hatte. Übrigens hatte ich auch Stegeman zu uns bestellt, telefonisch. Jeannetje begrüßte er mit Händedruck, die Augen entschlossen von mir abgewandt. Er machte seine Sache gut. Während des lächerlich teuren Lunch hoben Jeannetje und der Tenor ernsthaft ihre Gläser auf mich. Er mußte an dem Abend auftreten, aber nach elf würde er wieder zu uns ins Hotel kommen; oh, aber wenn wir zuschauen würden, dann wäre es noch schöner, richtig wie in alten Zeiten, nur würde er leider nicht mit Jeannetje auf der *Bühne* stehen können, nicht einmal mit Alice de Rato, dieser alten Kanaille! Auch seine Geschichten hatten sich kaum verändert, und er kannte die neuesten Skandale aus der Opernwelt. Alice de Rato habe allmählich so viele Männer und Frauen unglücklich gemacht (»Diese Frau, Meneer Rieske, Nol, ist ein Teufel. Für andere; *ich* finde nichts an ihr, sie läßt auch stark nach, als Frau wenigstens, was man auch merkt, wenn man mit ihr spielt – sie hat hier manchmal eine Gastrolle –, denn trotz aller Pflege st… sie aus dem M… Pardon. Aber die Stimme ist noch da, ich ziehe meinen Hut davor, und sie ist bestimmt fünfzig, vielleicht sechzig. Wir sagen untereinander immer: Das Alter der Rato darfst du raten, ha, ha, ha; sie soll die Tochter einer berüchtigten Antwerpener P…mutter sein, die zu ihrer Zeit auch gesungen zu haben scheint; ich habe Jeannetje dies früher schon einmal erzählt. Ihr Französisch? Ach, Angeberei, aber sie hat tatsächlich lange in Frankreich gesungen. Paris? Nein, natürlich nicht, von wegen, Paris … Für meinen Geschmack intrigiert sie zuviel; vor ein paar Jahren hat sie einmal einen Brief von mir an … ja, Jeanne, an dich, abgefangen, und warum? Warum? … Sadismus? Ach, Meneer Rieske, Sadismus, Sadismus … oh, du meinst … richtig, richtig … möglich, möglich …«), daß sich in Amsterdam einige Leute zusammengetan hätten, um sie in einer dunklen Nacht in eine der schlammigsten Grachten zu werfen und wieder herauszuholen. Damit würde man nicht viel erreichen, zugegeben, aber Rachsucht sei dem Menschen nun einmal angeboren, das könne man aus *Carmen* lernen, ha, ha, ha.

Nach Stegemans Auftritt verließen wir zu dritt das Theater, *Aidas* Klänge im Ohr, und gingen direkt auf Jeannetjes Zimmer, nach meinem Dafürhalten das gemütlichste der drei von mir gemieteten. Die Gläser in der Hand, saßen wir zuerst auf Stühlen, später auf der Bettkante, und plauderten, grübelten und schwärmten. Enge Freundschaftsbande knüpften sich. Mir wurde eine medizinische Zukunft vorausgesagt. Das Theater, die Oper achtete man nicht weniger hoch als die Wissenschaft oder was ihnen sonst noch lieb war. Als Jeannetje, in der Mitte, uns die Meinungen und Überzeugungen von den Lippen las und die Arme um unserer beider männliche Nacken legte – für einen naiven Zuschauer Vorbote eines äußerst wenig carmenhaften Schauspiels –, entschuldigte ich mich, lief in mein Zimmer, packte meinen Koffer und ging ins benachbarte Hotel, von wo aus ich die Direktion unseres Hotels über meine Solvenz und meines Vaters Position informierte. Auf meinem Nachttischchen hatte ich folgenden Brief zurückgelassen: »Liebe Jeannetje, nur Carmen darf Micaëla und José trennen. Nol.« Sie hat es mir nie verübelt, nach ihrer unbefangen und sittsam ausgestreckten Hand drei oder vier Jahre später zu urteilen. Stegeman schickte mir nach meinem Physikum ein Glückwunschtelegramm.

· 15 ·

Mein Physikum legte ich vor dem Sommer ab, und in den Ferien unternahm ich mit meinem Vater und Chris eine Reise durch Deutschland. Ziel waren die Bayrischen Alpen, die aber von den beiden anderen nicht erreicht wurden. Ihr deutsches Blut schien so laut zu sprechen, daß sie sich nicht allzuweit vom Zentrum entfernen wollten, woher zufällig auch die Rieskes stammten (aus Halberstadt, um genau zu sein). Zwar hatte ich mich in ihrer Gesellschaft keine Minute gelangweilt, aber als ich das Schneegebirge für mich allein hatte, mußte ich mich doch fragen, ob dieses Wohlgefühl im Zusammensein mit Menschen, die mir so wenig zu sagen hatten, nicht ein Zeichen von wachsender Kühle bei mir war, von schleichender Verbürgerlichung. Mit schlechtem Gewissen stand ich vor den Alpen, der leuchtenden Einladung zu südlicheren Gefilden, die mich nicht lockten. Aber was wollte ich denn? Was konnte ich? Ich, einer der zehntausend umherziehenden, wohlbehüteten Niederländer, die nicht eine einzige Feder in einem Bordell gelassen hatten und für die der ewige Schnee nur auf Ansichtskarten existierte? Gefährliche Kletterpartien würden mich vorübergehend von diesem Unfrieden heilen können. Aber ich wagte nichts. Ich reiste zurück in die Niederlande.

Gut versorgt zurückgelassen, schien es meiner Mutter bei meiner Rückkehr mit ihrem Herzen recht ordentlich zu gehen. Sie ruhte viel, unternahm kleine Spaziergänge und mogelte Freundinnen herein, mit denen sie sich unterhalten konnte. Der schlimmste Tratsch, mochte sie ihn auch in ihrem Herzen verachten, war für sie noch ein Stück Leben. In Gesprächen mit älteren Studenten hatte ich mir ein Bild von Herzkrankheiten gemacht, das ich nun mit dem Leiden meiner Mutter in Beziehung zu setzen versuchte. Bei ihr stellte ich mir dieses einfallsreich zusammengesetzte, von Kindheit an geschundene Organ wie eine verschreckte Faust vor, die sich ballte und entspannte, Tausende, Hunderttausende Male hintereinander, presto, prestissimo und noch in der ruhigsten aller Nächte allegro con brio – um sich dann plötzlich zu einer Hand zu entspannen, und diese Hand wurde dem Tod gereicht, eine großzügige Geste, der sich niemand würde verweigern können. Gerade bei ihrem Herzleiden kamen diese erschütternden Wechsel vor, abgesehen also von akuten Herzlähmungen, die meine Kommilitonen banal fanden, obwohl als Ende beneidenswert. Viel schöner, viel spannender und rätselhafter waren diese späten Zusammenbrüche, ebenso unvorhersehbar wie unkontrollierbar, wenn die Faust zur Hand wurde und dann Wochen und Monate ausgestreckt blieb, während der Tod mit Gewalt durch Injektionen auf Abstand gehalten wurde: Kampfer, Koffein, Äther, Strophantin, Digitalis – für jeden Finger eine. Cuperus waren all diese Wohltaten nicht zuteil geworden, obwohl eine einzige von ihnen, konsequent verabreicht, ihm höchstwahrscheinlich das Leben hätte retten können.

Im Oktober jenes Jahres war es auf einmal soweit. Chris und ich bekamen beide ein Telegramm. Chris fuhr sofort los, nach einem vergeblichen Versuch, mich anzurufen, während ich, in dem Bewußtsein, mich vorbereiten zu müssen, noch ein paar Stunden wartete. Erleichterung, sogar Befriedigung hatten den ersten Schreck schon rasch übertönt: nicht, weil meine Mutter nun vielleicht von ihrem Leiden erlöst werden würde (bis dahin hatte sie kaum gelitten), ebensowenig, weil der Medizinstudent schon vor dem Physikum eine Art grollender Ergebung gegenüber einem Stiefkind entwickelte, das ein Hätschelkind hätte sein müssen, nämlich der Therapie, diesem Blinddarm der Medizin, sondern weil das Ende von etwas in Sicht kam, das zum Enden verurteilt war. Der Tod meiner Mutter würde ein Protest gegen ein Leben sein, das nicht mehr taugte, und sie selbst würde dafür sorgen, ohne Hilfe von anderen. Nun bekam sie das Recht und die Vollmacht, nein zu sagen, etwas, das sie trotz all ihrer Entschlossenheit und trotz ihrer durch Ironie gemilderten Schlagfertigkeit in ihrem ganzen Leben nicht getan hatte. Auf ihrem Sterbebett würde sie etwas Großes vollbringen, etwas von wahrlich philosophischer Tragweite, auch wenn sie sich selbst dessen nicht bewußt war, einerseits durch die Tröstungen der Religion, für sie selbstverständlich, andererseits dadurch, daß ihr Geist nur positiven Dingen gegenüber offen war, und am liebsten denen gegenüber, die einen Lachanfall entfesselten. Ich traute ihr zu, lachend zu sterben, weil andere annahmen, daß sie sterben würde, und das ein bißchen tragisch fanden. Und das, während sie doch genau wußte, daß der Tod schon hinter ihr stand.

Eine wachsende Beklemmung bemächtigte sich meiner erst, nachdem ich eine Viertelstunde im Zug gesessen hatte. Angenommen, sie würde noch vier Tage zu leben haben – das Telegramm war alarmierend genug, sie war schon ins örtliche Krankenhaus eingeliefert worden –, dann würde ich meine Haltung für vier Tage festlegen müssen, nicht ihr oder mir selbst gegenüber, sondern gegenüber meinem Vater und Chris und einer Reihe anderer Personen; und nach ihrem Tod würden diese Personen zu Legionen. Ich war von Natur aus nicht schüchtern, ich wußte mich zu bewegen, sprechen konnte ich ziemlich mühelos, aber dies, dies schien meine Kräfte zu übersteigen, gerade da es meine Mutter betraf. Stundenlang würden wir an ihrem Sterbebett sitzen und abwechselnd ihre Hand halten, widerrechtlich, denn diese Hand gehörte dem Tod. Wie Chamäleons würden wir heucheln, wir würden lachen, wenn sie lachte, und sie würde damit aufhören, wenn sie diese Grimassen wahrnahm. Es würden Augenblicke kommen, in denen wir genau dasselbe sagen und tun, sogar denken würden, als hätte der große

Gleichmacher seine Hand bereits auch nach uns ausgestreckt. Nach einiger Zeit würde ein Arzt uns verjagen, aber wir würden zurückkommen, eifrig summend, wie Fliegen.

Doch linderte der Gedanke, daß ich einen Augenblick mit ihr allein sein konnte, mein Elend nicht. Das war kein Alleinsein, ganz abgesehen davon, daß Ärzte und Schwestern auf der Lauer liegen würden. Solange sie, röchelnd, hechelnd und der Ohnmacht nahe, bereit war, jeden Augenblick das Leben wieder zu ergreifen – denn so war sie, so würde ich auch sein, wenn ich stürbe –, jeden Augenblick mit mir in die Kutsche zu steigen, zum GARTEN, in dem die Blaskapelle spielte, jeden Augenblick mit Cuperus zu kämpfen, bis er die Dummheit mit den Blumen und dem Dienstmädchen beging, jeden Augenblick, die Hand vor dem Mund, das Zimmer zu verlassen, weil der jugendliche Tenor Stegeman behauptete, den Alkoholatem des berühmten Baritons Ordelio gerochen zu haben, solange dies möglich war, dies und noch viel mehr, würde ich nicht wissen, was ich mit diesem kostbaren Geschenk unseres letzten Beisammenseins anfangen sollte. Denn sie würden alle dabeisein: die Toten und die Lebenden, die Alten und die Jungen; ich würde einfach vergessen, daß sie im Sterben lag, ich würde mir eine Zigarette anzünden und einen Studentenwitz erzählen …

Kurz nach acht erreichte ich W… Zuerst ging ich nach Hause, wo keine Nachricht für mich hinterlegt war. Das Dienstmädchen sagte, meine Mutter sei bei Bewußtsein. Der Versuchung, zuerst noch im Krankenhaus anzurufen, widerstand ich; es könnte den Eindruck erwecken, als würde ich mein Kommen abhängig machen von den Informationen; daß ich so lange nach Chris ankam, machte ohnehin keinen guten Eindruck. Ich bat das Dienstmädchen um ein Butterbrot, das ich auf der Straße aß. Ich hatte Appetit auf Kaffee, auf Alkohol; ich entdeckte Fähigkeiten in mir, vierundzwanzig Stunden ohne Unterbrechung zu schlafen.

Es war so ein kleines Krankenhaus, das unsrige. Das Hübscheste an diesem kleinen Gebäude war seine schneeweiße Farbe, und auch, daß es am Ringgraben lag, schräg gegenüber dem GARTEN. Eine Schwester brachte mich zum Zimmer meiner Mutter, wo mein Vater und Chris links vom Bett auf Stühlen saßen und mir förmlich, jedoch nicht unfreundlich, zunickten. Mein Vater hatte die Stirn gerunzelt und nahm immer wieder seine Brille ab; Chris machte ungefähr dasselbe: Er setzte seine Brille ab, um danach die Stirn in Falten zu legen. Von Zeit zu Zeit starrten sie auf den Fußboden, zwischen ihren spitzen Knien hindurch. Wie ein Schauspieler, der nicht wissen darf, was ihn auf der Bühne erwartet, vermied ich es so lange wie möglich, meine Mutter anzusehen. Als ich endlich saß und sie anblickte, bemerkte ich, daß ihre Augen auf mich gerichtet waren. Sie nickte schwach, ohne zu lächeln; ich fragte mich, ob sie wohl böse sei, weil ich so spät kam. Einmal keuchend, in kurzen Stößen, dann wieder still, wie um Kraft zu sparen, dann wieder mit geschlossenen Augen einen tiefen Zug Leben zu sich nehmend, lag sie da und litt – oder der Körper litt; der Körper tat Dinge, für die er eigentlich nicht bestimmt war, die er aber tun mußte: Der Körper hatte seine eigenen Pflichten. Aber dies hätte ich alles im voraus wissen oder ahnen können. Ihr Äußeres war es, das meine vorschnellen Erwartungen Lügen strafte. Sie sah nur schläfrig aus, auch wenn sie keuchte, schläfrig wie eine Frau, die einen langen Arbeitstag hinter sich hat. Es war, als bekäme ich zum erstenmal in meinem Leben eine solche Frau zu sehen, und vielleicht war das auch so. Schläfrig wegdämmernd, schwer in den Armen des natürlichen Vergessens: eine neue Mutter, die uns hier geschenkt wurde, eine Mutter, die im Angesicht des Todes die gesündeste Ergebenheit gefunden hatte.

Wenn sie hüstelte, eilte Chris, um etwas Überflüssiges zu tun, was er selber, schon während er es tat, einsah; ich hatte dann das unangenehme Gefühl, diese marionettenhaften Gesten würden eigentlich von mir, dem angehenden Arzt, erwartet. Einmal kam er auf Zehenspitzen ums Bett herum, um mir medizinische Dinge ins Ohr zu flüstern: Meine Mutter habe Ödeme in den Beinen, manchmal hätte sie Herzschmerzen, obwohl sie leugnete, daß sie litt; der Arzt habe wenig Hoffnung, aber sie habe alles bekommen, was nötig sei. »Digitalis«, murmelte ich, um mich zu rehabilitieren, und Chris nickte, als wüßte er alles über Digitalis – später stellte sich heraus, daß sie kein Digitalis bekommen hatte –, und sagte, sie habe auch Morphium bekommen, das täte ihr sehr gut. Bis halb elf könnten wir bleiben; um zehn Uhr käme der Arzt mit der Injektion oder den Injektionen. Es könne noch Tage dauern, sagte er, kurz bevor er zu seinem Stuhl zurückschlich; meine Mutter folgte ihm mit den Augen. Mein Vater hielt den Kopf in den Händen, und meine Mutter schaute sich das an und lächelte mir zu. Ermutigend nickte ich zurück und schlug meine Beine andersherum übereinander, da das linke eingeschlafen war. Morphium also. Man meinte, eine gesunde, schläfrige Mutter vor sich zu sehen, und es war Morphium.

Daß kein Wort gesprochen wurde, lag offenbar am Arzt, denn als die Oberschwester uns wortreich den Kaffee gebracht und das Kissen aufgeschüttelt hatte, begannen mein Vater und Chris ein alltägliches Gespräch, in das sie auch meine Mutter einzubeziehen versuchten. Sie lächelte, schüttelte den Kopf, versuchte, mit den Schultern zu zucken, und sagte dann und wann ein Wort, mit leiser, kindlicher Stimme. Auf dem Nachttischchen stand ein unangerührtes, vielleicht schon wieder als überflüssig oder schädlich befundenes Getränk, aufwendig verpackt, golden oben und mit schönen Farben auf dem Etikett: Kinderspielzeug für wohlhabende Sterbende. Einmal bewegte sie sich noch unruhig und sagte: »Ihr könnt gern lauter sprechen«, aber als mein Vater und

Chris diesem halben Befehl nachkamen, hörte sie nicht mehr zu. Sie keuchte jetzt viel weniger, und in ihren Mundwinkeln zitterte ein nachsichtiges Lächeln, das meinem Vater und Chris galt. Ich stand auf und küßte sie auf die Stirn. Als sie die Augen zu mir aufschlug, hatte ich das Gefühl, ich müsse sie entführen, sie irgendwo verstecken, aussetzen wie einen Findling.

Aber die Zeit verstrich – neun Uhr, Viertel nach neun –, und es passierte nichts, und niemand kam mehr, um nach ihr zu sehen. Es war ganz still im Gebäude. Bis jetzt mochte dies Warten nicht unerträglich gewesen sein – auch wenn meine Beine in allen Stellungen einschliefen, so daß ich in einem gedankenlosen Augenblick fast soweit war, sie auf die Bettkante zu legen –, nun plötzlich begann die Folter, die ich vorhergesehen hatte und die mir nicht zur Ehre gereichte. Tod und Teufel schickten sich an, mir den Aufenthalt in diesem in weiße Sauce getauchten Raum von vier mal vier Metern durch eine Reihe von körperlichen Empfindungen zur Hölle zu machen, eine physische Unmöglichkeit. Meine Mutter litt, ich litt; aber sie konnte nicht davonlaufen, ich konnte es. In meiner Brust nagten Verzweiflung und Kummer, in meinem Kopf plagten mich Langeweile und Schuldgefühl, in meinem Magen Hunger, Durst, das Verlangen nach Alkohol, das Bittere und das Salzige des Lebens, die höchste Weisheit, die tiefen Erkenntnisse der Eingeweide; meine Beine wurden langsam, aber sicher von Nadeln durchbohrt. Abwechselnd war mir, als hätte ich Flügel und als täte ich gut daran, meinem Vater den Schädel einzuschlagen, dem armen Mann, der in seinem juristischen Kopf doch nur grübelte und stritt, was meine Mutter das Leben gekostet hatte, auch wenn er ihr nie Steine in den Weg gelegt hatte. Meine Hände zitterten. Ich stand auf, ging zu meinem Vater und flüsterte ihm ins Ohr, daß ich mich nicht gut fühlte und etwas frische Luft brauchte. Das war die reine Wahrheit. Und doch war es eine Lüge; nur wußte ich nicht, worin sie bestand. Vor halb elf würde ich zurück sein. Einen Augenblick schaute er mich erstaunt an, dann gewann seine Menschenkenntnis die Oberhand, und mit einem gutmütigen Nicken erteilte er mir die Erlaubnis. Chris rührte sich nicht. Meine Mutter habe ich nicht mehr angesehen.

Draußen war mein erster Gedanke, daß ich trinken müsse, viel trinken. Mein Magen hatte mal wieder recht gehabt. Es war etwas mit mir geschehen, es würde etwas mit mir geschehen. Nicht, daß meine Mutter starb oder nicht starb, litt oder nicht litt, sondern daß *ich* lebte, *noch* lebte, das war das Schlimme, das Unwiderrufliche. *So* lebte. Und auf einmal – ich lief über die Holzbrücke, die mich zur anderen Seite des Ringgrabens bringen sollte –, auf einmal haßte ich meine Mutter, und ich hätte sie verfluchen können um dessentwillen, was sie gesagt hatte und nie hätte sagen dürfen. Jeder hätte sich vergessen dürfen– »deine nette kleine Trix« –, aber sie nicht. Da war ich schon auf dem Weg zur Sozietät. Ich wußte es jetzt: Ich war nicht der, als der ich immer erschienen war, ich hatte ein verlogenes Spiel mit mir selbst gespielt dort in der Universitätsstadt, beinahe drei Jahre lang. Ich hatte meinen Magen und mein Gedärm nicht berücksichtigt, ich hatte mich selbst ausgehöhlt, ganze Partien waren vertrocknet, so daß mir alles, was sie mir hätten zeigen und was ich hätte lernen können, vorenthalten worden war. Ich hatte nicht einmal gesoffen! Ich war Chris gewesen, o allertiefste Schande ... Mit weichen Knien stieg ich die Treppe zur alten Burg hinauf. Meine Mutter mochte unterdessen sterben.

Der blaue Tabakrauch war das erste, was mich irgendwie beruhigte. Es waren wenige Gäste da und nur ein Kellner, ein nicht ganz junger. Ziemlich aufgeweckt, wenn auch einsam, saß der alte Tjallingii an der Wand und sinnierte vor sich hin, und in dem verrauchten Lichtkegel spielten junge Bauern mit ein paar schäbig gekleideten Herrn, die ich für Handlungsreisende hielt, Billard. Das *chambre séparée* war nicht erleuchtet, die Mattglastür geschlossen. Der Pächter am Schanktisch machte seine Abrechnung; nach einigem Nachdenken nickte er mir gemessen zu, ohne den Kellner zu mir zu schicken. Ich nahm ganz nah am Fenster Platz, mit dem Rücken zum Musikpavillon; doch hatte ich bereits gemerkt, daß es dort hinten, im Osten, verdächtig hell wurde. Es war der Mond, den ich am Bahnhof von W… dunkelrot über den Güterwaggons hatte stehen sehen.

Als sie mich fünf Minuten hatten sitzen lassen, wurde ich böse und rief: »Ober!« Der Kellner kam herbeigestürzt.

»Ist Fräulein Cuperus da?«

Er unterdrückte ein nachsichtiges Lächeln; er schien mir kein ungeschickter Kellner zu sein; ich sollte besser vorsichtig mit ihm umgehen.

»Ja, Meneer, wollten Sie sie sprechen?«

»Sprechen …? Ich möchte, daß sie mich bedient.«

Er kratzte sich hinter dem Ohr. »Ich werde fragen, Meneer. Eigentlich bediene ich hier.«

»Das Trinkgeld bleibt für Sie, von allem, was ich trinke, zehn Prozent für Sie. Und das wird nicht wenig sein«, fügte ich drohend hinzu, dennoch innerlich lachend, als ich sah, wie er ein halb bedenkliches, halb bewunderndes Gesicht zog. Gleich darauf verschwand er in dem mir bekannten Gang.

Es dauerte eine Ewigkeit, bis Trix erschien, der Kellner scheinbar untertänig hinter ihr her. Mitten im Saal, zwischen zwei besetzten Tischen, ließ er sie allein weitergehen, den Kopf etwas schief, als erwartete er viel von ihrem Auftreten. Ja, sie war noch ebenso groß, auch das beruhigte mich. Etwas magerer vielleicht: Sie hatte auch härter gearbeitet als ich in diesen drei Jahren. Sie stand vor mir und strich sich mit der Hand über die weiße Schürze, und ich sah ihr direkt in die

Augen, ohne eine bestimmte Absicht. Sie war viel älter geworden. Tiefgreifende Veränderungen im Gesicht, in den Augen, konnte ich nicht entdecken, sie war es noch, sie würde mir nicht entkommen können, einige Minuten lang. Dann streckten wir gleichzeitig die Hand aus – ich mit einer Verbeugung, ohne dabei aufzustehen –, und wir nannten uns beim Vornamen.

»Hör zu, Trix«, sagte ich und winkte sie näher heran, »meine Mutter liegt im Sterben, ich komme gerade vom Krankenhaus, ich hielt es da nicht länger aus. Ich muß einfach etwas trinken. Mach dir keine Sorgen, ich vertrage das; aber ich will nicht immer die Visage von dem Kellner vor mir sehen. Wenn du nun so freundlich sein würdest, die Sachen hierherzubringen, gleich drei Gläschen Genever, dann brauchst du nicht jedesmal zu laufen, und du kannst sie hier unauffällig hinstellen.«

»Gehst du nicht besser zu deiner Mutter zurück?« Sie blickte über ihre Schulter zum Schanktisch oder vielleicht zu den Billardspielern, die sie übrigens nicht weiter beachteten.

»Es kann gut sein, daß sie noch ein paar Tage lebt, aber ich halte es nicht aus, wir haben schon Abschied voneinander genommen.«

»Willst du vielleicht in den kleinen Saal?«

Diese Vorstellung reizte mich für einen Augenblick. Aber es ging mir nicht darum, mit Trix allein zu sein, ich wollte Schnaps von ihr haben und sie hin und her laufen sehen, immer wieder in den Gang hinein und heraus.

Sie brachte die drei Gläschen auf einem Tablett, und mit langen Pausen dazwischen stellte sie sie vor mich hin, so daß ich das erste schon getrunken hatte, als das dritte noch in der Luft schwebte.

»Meine Mutter stirbt an ihrem Herzen, so wie dein Vater damals«, sagte ich und blickte vertraulich zu ihr auf, »das Trinken übernehme ich jetzt ...«

»Warum hast du nie wieder geschrieben?« fragte sie mürrisch und blickte dann wieder über die Schulter.

Diese maßlose Inkonsequenz beruhigte mich endlich vollkommen. Ich hatte sie bei einem Fehler erwischt, ich fühlte mich richtig wohl, ich fühlte mich ihr in vielerlei Hinsicht überlegen. Es war fast komisch: Sie hatte erwartet, daß ich ihr schriebe.

»Was meinst du damit, Trix? Nach deinem letzten Brief! Ich habe auch meinen Stolz, weißt du. Ach was, Stolz – ich war nur der gehorsame Diener einer gewissen Trix Cuperus ... Du hast dich nicht verändert – du solltest auch überhaupt nicht verändert sein: Das ist für mich die Hauptsache.«

»Jeder Mensch verändert sich.«

Beinahe verächtlich war der Ton; aber ich kannte das: Vielleicht hatte sie etwas damit gemeint. Während sie das erste Glas in einer Tasche ihrer Schürze verschwinden ließ, kam ihr Gesicht dicht an meines heran, wobei ich etwas roch, das man normalerweise als »billiges Parfüm« abtut; ich kann nicht sagen, daß es mich abstieß; aber ebensowenig benebelte es mich. Ich bildete mir ein, ihre Persönlichkeit auf einer Wandtafel zeichnen zu können. Zur Hälfte die alte Trix: scheu, keusch und stachlig; daneben die andere Hälfte: das Barmädchen aus der Provinz, die sachlich und schlau ihre Gäste manipulierte – nicht von »niedriger Art«, aber doch angesteckt von Vulgarität, Vulgarität bis zu einer bestimmten Grenze, die, wie sorgfältig sie auch gehütet sein mochte, sich jedes Jahr etwas weiter verschob. Welche Hälfte ich mehr liebte, wußte ich nicht; in Wirklichkeit gab es natürlich keine Hälften. Als ich mein zweites Glas geleert hatte, immer noch in ihrer Anwesenheit, wußte ich, daß ich die Liebe begriff: Das war etwas, das ohne Hälften auf der Welt existierte, glücklicherweise nicht allzu oft. Ich griff nach dem dritten Glas.

»Fühlst du dich hier ein bißchen glücklich?«

Sie zuckte die Achseln. »Ich bin noch nie glücklich gewesen. Du vielleicht?«

»O ja, ich schon«, antwortete ich mit einem gewissen Eifer, als müßte ich es ihr recht machen, »wenn dein Vater für mich spielte, vor allem aus Opern, war ich oft vollkommen glücklich. In den letzten drei Jahren bin ich nie unglücklich gewesen. Das Medizinstudium ist sehr interessant.«

»Ich bin froh, daß du das sagst und daß *ich* dich nicht unglücklich gemacht habe.« Mit diesen Worten tat sie einen großen Schritt rückwärts, und noch einen, offensichtlich in der Absicht, so wenig Aufsehen wie möglich zu erregen. Auf dem Tablett stand ein einziges Glas.

»Trix, noch einmal drei!« flehte ich, sehr unangenehm berührt, daß sie sich allmählich von meinem Tisch entfernte. Sie hatte sich schon umgedreht.

»Erst einmal einen«, flüsterte sie über die Schulter, in halb fragendem Ton: eine bewundernswerte Maßnahme, für den Fall, daß jemand sie hören würde. Am besten überließ ich jetzt alles ihrer immensen Erfahrung in diesem verrauchten Saal. Wenn sie nur zurückkam. Am Schanktisch sprach sie mit dem Pächter, den Kopf gebieterisch im Nacken, trotz der überredenden Gebärden, mit denen sie ihre Worte unterstützte. Ich erriet die Worte: »Die Mutter von diesem armen Schlucker ist todkrank, er muß was trinken, ich werde schon aufpassen« – und die *»all right«*-Gebärde des Pächters sah ich mit eigenen Augen.

Aber sie kam nicht wieder. Empört über diesen perfiden Verrat, überlegte ich, was ich am besten tun sollte, solange ich mich weiterhin weigerte, den herumgeisternden Kellner in meine Bestellungen mit einzubeziehen. Diesem Kellner hatte ich angekündigt, unmäßig viel zu trinken; außerdem war dieses Trinken immer noch wichtiger als Trix, *in diesem Augenblick.* Jeder Augenblick hat seinen eigenen Wert im Leben, auch wenn ich früher gesagt habe, daß die Zeit in der

Liebe keine Bedeutung hätte. Das war nicht unwahr, aber für die Augenblicke mußte man doch Sorge tragen, man konnte nicht alles vermischen. Beim Billard wurde mit den Füßen gestampft: Eine weiße Kugel hatte geradewegs eine weiße oder rote Kugel getroffen, das mußte schon Leidenschaften entfesseln. Vor die Wahl Schnaps oder Liebe gestellt, konnte man natürlich auch etwas ganz anderes unternehmen. Ich stand auf und ging zur Gartentür, die abends für die Besucher der Sozietät verboten war – ich glaube sogar polizeilich. Die Tür ließ ich angelehnt, um es meinen Verfolgern etwas leichter zu machen. Da kein Wind wehte, würde sie nicht klappern, das kam mir zugute. Ich legte Wert darauf, mich in dieser Angelegenheit so korrekt wie möglich zu verhalten.

Kein Wind. Nur der weiße Schein des Mondes über dem Musikpavillon, die hohen Bäume davor, und das Licht der Sozietät auf dem Kies, über den ich schritt, vorbei an einem bestimmten Platz, der irgendwo hier sein mußte. Die kleine Brücke war schwach zu sehen. Mit dem Fuß tastend, lief ich nach rechts, an den Stufen aus Naturstein vorbei, die zum Lindenweg führten. Da begann es, trotz der Windstille leise zu rauschen. Ich ließ mich auf den Grasabhang fallen und beschloß, dort zu bleiben, bis die Kälte spürbar werden würde. Höher und höher kletterte der Mond hinter dem Musikpavillon, triumphierend bereits in alldem milchigen Weiß seines geborgten Lichts, gegen das die Wölbung des Daches und die einzelnen Bäume schwarz und einsam standen.

Da öffnete sich die Tür des Hauptgebäudes: ein Kellner, um mich zu vertreiben – ein Ende auch dieses Paradieses. Schritte auf dem Kies, eine Frauenstimme: »Nol.« Automatisch hüstelte ich, sie war schon auf dem Weg zu mir. In halb liegender Haltung zu ihr aufblickend, wunderte ich mich über ihre Größe und über das rührende Verlangen, das ein solcher Körper dadurch hervorrufen konnte. Und ich war doch an hundert Frauen und Mädchen vorbeigelaufen, die ebenso groß waren wie sie.

»Warum hast du keinen Genever mitgebracht?« fragte ich gleichgültig.

Sie hatte sich etwas entfernt von mir ins Gras gesetzt. »Ich habe gesagt, daß du dich nicht gut fühlst und frische Luft brauchst. Solltest du nicht zu deiner Mutter gehen, Nol?«

»Wie spät ist es?«

»Zehn vor halb elf.«

»Dann komme ich nicht mehr rein. Viel Sinn hat es auch nicht. Ich habe alles von dir gelernt: Du hast deinen Vater damals auch krepieren lassen. Wir sind Seelenverwandte, früher habe ich mich deinen Ersatzbruder genannt. Aber auch meine Mutter und ich sind Seelenverwandte, und es ist gleichgültig, ob sie lebt oder tot ist. Das ist keine Herzlosigkeit, Trix, es ist ein Zuviel an Liebe. Wir können nicht hinter den Menschen herlaufen, die wir lieben. Das würden sie auch nicht verstehen. Dort« – und ich wies nach oben auf den Lindenweg hinter uns –, »dort hat sie gesessen, als wir zusammen tanzten, hier« – und ich zeigte auf den Platz schräg vor uns, auf den Kies, plattgetreten von vielen, vielen Füßen in den Sommermonaten, dürftig erleuchtet aus einem verrauchten, nicht allzu lärmenden Saal. »Sie hat über uns gelacht, aber nicht sehr – das weiß ich noch genau, die anderen Damen lachten, sie eigentlich nicht, sie machte nur ein lachendes Gesicht –, denn sie wußte, daß ich dort mit meinem Schicksal tanzte, so klug war meine Mutter. Sie stirbt jetzt, und du bist längst tot und gestorben, aber was macht das für einen Unterschied? Hier hat sich nichts verändert. Nur habe ich den GARTEN nie bei Mondlicht gesehen ...«

Denn unterdessen hatte ich den Mond genau im Auge behalten; in wenigen Minuten würde er mit seinem silbernen Rand über dem Musikpavillon auftauchen und etwas an dem

Platz verändern, auf dem wir mit angezogenen Knien im Gras saßen.

»Willst du mir vergeben, Nol?«

Ich stand auf und setzte mich neben sie, nahm ihre Hand und ließ sie wieder los. »Es ist nichts zu vergeben, liebe Trix. Wie kannst du etwas vergeben, was du nicht begreifst! Vielleicht liebe ich dich, weil ich nichts begreife. Aber du treibst es zu weit. Du machst ein Geheimnis daraus.«

»Du weißt nichts von mir.«

»Richtig, das meine ich ja gerade«, sagte ich und schaute ihr Gesicht an, auf dem das Mondlicht bereits zu spielen begann, etwas eher als auf meinem, weil sie größer war als ich. Ein Gesicht, bleich und ernst wie der Tod und so unsäglich verlockend. Suchend blickten wir einander in die Augen, und in meinen Ohren rauschte es, und in meinem Magen war eine Art Seligkeit, vom Genever, vom Genever mußte die herrühren …

»Trix, ist es wahr, was sie immer erzählt haben über Vellinga und dich?«

»Ja. Aber«, fügte sie schnell hinzu, während sie meine Hand nahm und sich zu mir herüberbeugte, »es ist etwas, das außerhalb von dir und mir liegt …«

»Dir und mir«, wiederholte ich bitter. Sie mußte die Frage längst erwartet haben, die Antwort parat, vielleicht seit Jahren; und das bedeutete, daß sie mich noch immer liebte und mich weiterhin zum Narren halten würde. »Jeder Mensch verändert sich.« Aber aus meiner Sicht veränderte sie sich viel zu sehr, und sie hatte es nie anders gemacht; infolgedessen hatte sie sich insgesamt nicht verändert …

»Ich habe mir niemals das geringste aus ihm gemacht, es war etwas anderes, und es war nicht meine Schuld. Ich kann es dir erklären …«

Mit einem Ruck zog ich meine Hand weg. »Oh, Erklärungen! Du solltest mir erst mal erklären, warum du das Abscheuliche daran nicht siehst, offenkundig. Offenkundig! Du hast einmal gesagt, daß du mich liebst, und du hast das wiederholt, als du mit Meneer Vellinga schon ... Verd...«

Ich beherrschte mich; ich dachte an meine Mutter, die sich auf ihrem Sterbebett beherrschte, auch wenn sie es ihr sehr leicht gemacht hatten, mit ihrem Morphium ... Und, ja, jetzt spürte ich ihre Arme um meinen Hals und ihr Gesicht an meinem, und ich roch ihr »billiges Parfüm«, das ich auch schon anbetete, seit einer halben Stunde; das war alles nicht zu vermeiden gewesen; wir saßen dicht aneinandergeschmiegt, eigentlich nicht zu vertreiben aus dem Garten der Gärten, und ich blickte zur oberen Silberwange des Mondes und hörte Trix' fieberhaftes Murmeln sich mit dem Rauschen der Linden und anderer Bäume vermischen.

»Ich werde dir alles erzählen, Nol. Ich liebe nur dich, und jetzt noch mehr als vorher, weil du hierhergekommen bist in deinem Kummer ...«

Nicht ganz wahr, dachte ich, übertrieben, sie übertreibt. Ich küßte sie aufs Haar, das Barmädchenhaar mit Wellen, die liebste und teuerste aller Frauenkronen.

»Er bedeutet mir nichts, er hat mich zum letztenmal gesehen, der Kerl! Mach dir doch nichts daraus. Laß uns alles vergessen, Nol, laß dich von mir trösten, Nol, lieber ... lieber ...«

Vellinga und ihr nichts bedeuten. Sie mußte doch begreifen, daß ich unmöglich diese Sorte Trost annehmen konnte, die sie mit unglaublichem Widerwillen im Herzen Vellinga schenkte, wenn ein besonders schwieriger Leitartikel ihn nervös machte! Vellinga und nichts bedeuten. Aber diesem Nichts hatte sie sich ausgeliefert, und jetzt war sie tot und gestorben, nicht für mich, oh, noch lange nicht, niemals; aber in sich selber. Während ich mich, wehrlos, wie es schien, von ihr umarmen ließ und ihren keuchenden Mund an dem meinen fühlte, dachte ich an meine Mutter, hinter mir dort oben, und an ihren Vater, für mich bei den Birkenstämmen der Brücke, und an alles, was dahinter lag, dort, wo der Mond endlich freie Hand hatte. So entwich ich ihren Armen, so entglitt ich ihr, und ich saß wieder neben ihr. Sie ordnete ihren Rock und hielt dabei das Gesicht von mir abgewandt; vielleicht wollte sie sich vergewissern, daß keine Gefahr drohe.

»Es gibt eines, was du behalten mußt, Trix, und das ist, daß ich dich liebe und alles für dich tun will. Jetzt liegt meine Mutter im Sterben, und dein Vater steht dort auf der anderen Seite und grinst ein bißchen mißtrauisch und zwirbelt seinen Schnurrbart auf ...«

»Sprich nicht über meinen Vater!«

»Ich sag doch nichts Schlechtes über ihn?«

»Du kannst soviel Schlechtes über ihn sagen, wie du nur willst«, hörte ich sie murmeln.

»Und dann der GARTEN. Es ist heiliger Boden, auf dem wir uns befinden. Für mich war es ein geheimnisvoller Garten, noch bevor du in mein Leben kamst, um mit mir zu tanzen. Es gab hier – sie sind immer noch da – goldene Vögel, auch Gänse und Pfauen, aber vor allem goldene Vögel. Es war ein goldener Garten. Dann sah ich auf einmal all die Instrumente, und ich hörte den Marsch, und die Sonne ließ die Blechinstrumente kupferrot aufglänzen, und sie bliesen darauf mit vor Anstrengung roten Gesichtern, und da wurde es der kupferne Garten, und das ist lange so geblieben. Kupfer ist schöner und einfacher, auch fröhlicher als Gold. Die *Carmen* war eine kupferne Oper ...«

Meine ganze Aufmerksamkeit auf den Mond gerichtet, der sich endlich ganz vom Musikpavillon gelöst hatte – silberne Schale mit einer etwas verdeckten Spitze –, war ich in ein entrücktes Murmeln verfallen, als würden die Geister des GARTENS mir die Worte eingeben. Als ich zur Seite blickte, war Trix verschwunden; aber ich ließ mich nicht stören und redete weiter zu ihr, als wäre sie noch da.

»Der GARTEN ist noch immer aus Kupfer, jetzt im Herbst, aber darauf achtet niemand, und für uns ist er jetzt aus Silber: nicht das teuerste, aber doch das eigenartigste, edelste Metall. Das Metall des Abschieds, die silberne Kräuselung auf dem Wasser, vom letzten Windstoß eines stürmischen Abends, kurz bevor es dunkel wird. Und achte einmal auf den Mond, wie er immer wieder aufs neue Abschied von uns nimmt. Die Sonne sagt: Ich komme zurück, und läßt sich wohlgenährt und errötend ins Meer fallen. Aber der Mond sagt: Ich komme *wahrscheinlich nicht* zurück, denn ich habe soviel Mühe, mich selbst immer wieder zu verwandeln, und wer kennt das Ende? Ich verstehe viel vom Mond, Trix. Am traurigsten ist er immer kurz vor Neumond – wie optimistisch ausgedrückt! –, denn dann hängt er wie ein krummer Strich, ein altgewordener Seufzer über der aufgehenden Sonne, und doch darf er nicht hinab, um auszuruhen, er muß weiter, von der Sonne nach oben gepustet in all seinem Jammer und Elend, noch drei Tage und Nächte lang, immer ausgezehrter, immer schemenhafter und dünner. Die Sonne pustet ihn empor wie eine Feder, und niemand glaubt, daß er je zurückkommen könnte, und vielleicht ist das auch so, vielleicht kommt jedesmal wieder ein anderer Mond, ein neuer Mond, wie der Name schon sagt …«

Was für fremde Gerüche erfüllten den GARTEN jetzt: Moder und leichte Fäulnis, die endlosen Nuancen der dürren Blätter. Im Teich würde es jetzt sicher brodeln und planschen, als würden all die Frösche von Cuperus, mit oder ohne Sonnenschirm, noch einmal von vorne anfangen. Über die silberne Kräuselung im Wasser sah ich die zwölfjährige Trix ihrem Vater über die Brücke entgegeneilen und ihn umarmen, ein Bein in der Luft. Welche abscheulichen Morde waren an diesen beiden Menschen begangen worden, nur durch die Zeit, durch die Vergänglichkeit, die hier Stimme und Farbe bekommen hatte.

Aber je länger ich dort saß, fröstelnd in dem naßkalten Dunst, den der Mond aus dem Teich emporzuziehen schien, desto stärker wurde das Verlangen nach Menschen, nach Trinken, Geselligkeit, bäuerischen Stimmen notfalls. Trix war an diesem Abend für mich verloren; ich rechnete sogar damit, sie nie wiederzusehen. Nicht so sehr, weil ich sie »verschmäht« hatte, sondern weil man nicht auf sie bauen konnte; sie war selber aus Mondlicht gemacht, genau wie ihre Mutter und die sonderbare Tante: bleiche Frauen aus dem Norden, die Seejungfrauen hätten werden sollen und dies Stigma in ihren Augen trugen, die eine so, die andere so ... Ich mußte in den Saal zurück. Darauf war ich auch aus praktischen Gründen angewiesen: Um diese Zeit gab es im GARTEN keinen anderen Ausgang.

Fröstelnd lief ich zur Tür und war mir einer Sache sicher: noch drei Gläschen trinken zu müssen, bevor ich nach Hause ging, um meinem Vater und Chris unter die Augen zu treten. Eine Zeitlang blieb ich vor der Glastür stehen, um die Lage einzuschätzen. Es war voller geworden; nicht ungünstig, für den Fall, daß Trix noch bedienen mußte: Sie hatte dann eher die Gelegenheit, mir auszuweichen. Da waren andere Billardspieler, und in einem von ihnen, in horizontaler Büßerhaltung über dem Rand des Billardtisches liegend, die Hände um den Queue wie um das Kreuzholz selbst geschlungen, erkannte ich Vellinga. Die Melone hatte er schräg auf dem Hinterkopf. Drei kleine Männer schauten beifällig zu.

Ich öffnete die Tür und ging zu meinem frei gebliebenen Tisch. Trix war nirgends zu sehen. Den Kellner, der sofort zu mir kam, kannte ich von früher: Es war ein betagter Kellner, der meiner Mutter manchmal Milch oder Tee gebracht haben mochte.

»Hallo«, sagte ich, als ich sah, daß er mich ebenfalls erkannte, »wie geht's? Ich möchte etwas trinken, und nicht zuwenig, denn meine Mutter ist schwer krank, und ich halte das nicht aus. Ich habe etwas über zwanzig Gulden bei mir ...«

»Oh, Meneer Rieske, wir kennen Sie doch ...«

»Ja, aber vielleicht nicht ganz. Ich wollte auch etwas dazu essen. Windbeutel?«

Der Kellner brachte eine große Anzahl Falten an seinen beiden Augenwinkeln hervor. »Gibt's nicht mehr, Meneer. Die sind längst abgeschafft. Die letzten haben wir, mal sehen, vor sieben oder acht Jahren selbst aufgegessen, und wenn das nicht ging, dann verfütterten wir sie an die Enten.«

»Gänse.«

»Enten, Meneer, im Teich. Ein Brötchen mit Käse?« Als er sich auf mein zustimmendes Nicken hin entfernte, rief ich ihn mit scharfem Verweis in der Stimme zurück:

»Sie wissen noch gar nicht, was ich trinken möchte! Ich will hier nicht zum Narren gehalten werden, verstehen Sie? Bringen Sie mir fünf Gläser Genever, Sie können sie meinetwegen in ein Weinglas gießen. Ich will das Geld gern auf den Tisch legen.«

Zutiefst in seiner Ehre gekränkt, lief der Mann zurück zum Schanktisch, und innerhalb von zwei Minuten hatte ich das Weinglas mit Genever. Mürrisch sahen wir einander an, dann begann ich zu lachen, und er lachte mit.

Nachdem ich das Glas zur Hälfte geleert hatte, wandte ich meine ganze Aufmerksamkeit Vellinga zu. Obwohl er etwas dicker geworden war, bewegte er sich recht gelenkig rund um den Billardtisch, und es schien mir, daß er die Kugel fachmännisch anstieß, auch wenn er es selten zu einer langen Serie brachte. Auf einem Tisch stand sein Glas Bier. Seine Melone trug er abwechselnd rechts, schräg nach hinten, nach vorn, in allen denkbaren Stellungen; dennoch schien er nicht in aufgeräumter Stimmung zu sein. Die Art, wie er sich seinen Mitspielern gegenüber ausschwieg, war nur allzu charakteristisch für diesen Mann, der sich für seine Popularität überhaupt nicht mehr anstrengen mußte. Die anderen Männer schwitzten vor Freude, daß sie mit ihm Billard spielen durften; ha, was für ein Leben hatte dieser Vellinga …

Als mein Brötchen aufgegessen war, leerte ich mein Glas und spürte, wie ich jetzt schnell betrunken wurde. Ich vermeinte Trix in dem kleinen Gang winken zu sehen, mir zuwinken, und ich begriff nur allzu gut, weshalb Vellinga sich nicht nach ihr umblickte, inmitten dieses zweifelhaften Publikums. Das hatten sie schon vor Jahren miteinander verabredet. Vellinga verstand viel mehr von der Liebe als ich: Er wußte, daß man nie Aufsehen erregen durfte, jedenfalls nicht direkt. Nicht, daß ich das getan hätte, aber bei mir war es meine Natur gewesen und bei Vellinga Berechnung. Sie hatten es gut geregelt, die beiden, und wenn Trix sterben sollte, bekäme sie gratis eine Todesanzeige auf der vierten Seite seiner Zeitung. Ich rief den Kellner.

»Ich möchte jetzt«, sagte ich mit gerunzelter Stirn, »genau so ein Glas, aber voll mit Rum.« Ich hatte ziemlich laut gesprochen, einige Besucher blickten sich um.

»Rumgrog, Meneer?«

»Klaren, unverschnittenen, unverfälschten Rum. Das hat mit einer Erinnerung zu tun, ganz schön, die wieder einmal hervorzuholen. Sind Sie musikalisch?«

»Ich kann mich nicht beklagen, Meneer.«

»Gut, dann werden Sie sich doch wohl noch an die Aufführung erinnern, hier in W… Sie wissen schon: ›Torero, Torero.‹ Kennen Sie Vellinga?«

»Meester Vellinga, von der Zeitung? Ja sicher, Meneer, er spielt da drüben Billard.«

»Sie können ihm sagen, daß ihn der Schlag treffen soll. Aber dieser Herr Jurist, der hat es damals geschafft, einen anderen Kerl mit einem Glas Rum vollkommen besoffen zu machen, und dann gab es auch noch eine Schlägerei, nicht mit Vellinga selbst, denn dazu ist er zu erbärmlich – können

Sie ihm ebenfalls erzählen –, sondern mit Cuperus. Na, sicher nie davon gehört.«

Das Gesicht des Kellners hellte sich auf. »Was denken Sie denn von mir, Meneer! Ich und Meneer Cuperus nicht gekannt haben! Fünf Schnäpse hintereinander …«

»Acht«, sagte ich.

»… und dann ein Glas Rum habe ich ihn trinken sehen, aber sonst …«

»Gut, wir verstehen uns«, sagte ich, »wir kennen uns noch von früher, und Sie haben meine Mutter oft bedient, die liegt nun im Sterben. Sie bringen also genau so ein Glas wie das, womit Vellinga Stegeman … auch so ein Trottel … Genau so ein Glas!«

Der Kellner eilte davon, und ich begann, wieder auf Vellinga zu achten, der das Billardspielen noch lange nicht aufgegeben hatte. Bis zur Polizeistunde spielte er weiter, und dann hatte er einen zweiten Punkt auf seinem Programm. Das sah man nicht an seinem Gesicht, aber man sah es beispielsweise an seiner Hose oder an seinen Manschetten oder an seinem steifen Kragen, dem der Tag lang genug gewesen war. Währenddessen wartete ich auf Offenbarungen. In meinem Körper wurden sie vorbereitet. Wellen der Rührung, Wellen der Wut wechselten sich regelmäßig ab; aber das war nichts: Ich wollte Worte hören, Begriffe begreifen, goldene Worte, schwarze Worte, mächtige Orakelsprüche. In meinem Nacken begann ein summendes Gefühl aufzusteigen, das in irgendeiner Weise mit meinem Magen in Verbindung stand. »Nie hinlegen!« hatte ein höheres Semester mir einmal zugebrüllt. »Dann verlierst du die Kontrolle. Aufstehen, tanzen, schlagen, prügeln, den Alkohol ausschwitzen!« Aber wie konnte ich hier anfangen zu tanzen, den Alkohol auszuschwitzen, in dieser mehr als dubiosen Umgebung, wo Schurken Billard spielten und Huren bedienten? Es gab eine Weisheit: Zuerst Gold, dann andere Metalle – und seht, da stand das Gold auch schon vor meiner Nase, in Form von Rum. Ich zögerte nicht, einen tüchtigen Schluck zu nehmen. Gold, Kupfer, Silber, das war eine bessere Reihenfolge als die der griechischen Geschlechter: Gold, Silber, Kupfer und Eisen, wie ein Kreis vollkommener war als eine abwärts gerichtete Linie. Aber wie war die andere Weisheit? Niemals einem anderen Mann unterlegen sein, und wenn es Gott selber wäre; das erwartete Gott auch nicht von einem, Er, der die Navajas geschaffen hatte und die Billardqueues. An dem armen Chris hatte ich mich als kleines Äffchen geübt, jetzt kam der Prüfstein, die große Abrechnung, die maßlose Richtigstellung aller Dinge, das wahre unjuristische Recht, die Rache aller Rachen …

»He, Nol, wieso sitzt du hier und trinkst für dich allein?«

Ich nahm einen Schluck Rum und schaute in das golddumrandete Pincenez von Vellinga, der mir jetzt offenbar gegenübersaß, ohne Hut, völlig kahl. Das war weit übertrieben, ein schlechter Menschenkenner. Seine Zähne waren entblößt, sein Anzug hatte einen guten Schnitt.

»Meneer Rieske«, sagte ich.

»Bist du nun völlig verrückt geworden!« rief Vellinga fröhlich aus. »Los, alter Junge, mach nicht so ein verdrießliches Gesicht, ich nehme auch einen, und dann reden wir noch ein bißchen über alte Zeiten …«

»Ich mache kein verdrießliches Gesicht«, sagte ich.

Er hatte schon den Kellner herbeigewinkt. »Desto mehr Grund, ein bißchen gemütlich zusammenzusein …«

»Meine Mutter ist tot«, sagte ich.

Nachdem er den Kellner wieder weggeschickt und sich umgesehen hatte, beugte er sich strafend zu mir herüber:

»Mit solchen Dingen mußt du nicht spaßen, lieber Junge. Hat sich der Zustand deiner Mutter verschlechtert?«

Ich nahm einen Schluck. »Sie ist schon beinahe t-tot, das hab ich auch schon dem Kellner erzählt, er konnte es auch nicht glauben, der d-dumme Hund. Warum guckst du mich so an?«

»Soll ich dich nach Hause bringen, Nol?«

»Warum guckst du mich so an, verdammt noch mal?«

Große Wellen wallten in mir auf; das summende Gefühl im Nacken verbreitete sich durch mein Gehirn, mein Magen begann, bewegliche Ausläufer die Kehle hinaufzuschicken; wenn die beiden Ströme sich vereinigten, dann war es vorbei, dann war ich ihm unterlegen. Niemals kotzen! Wer hatte das gesagt? Wieder ein anderer Philosoph. Er hätte auch sagen können: *Immer* kotzen, eine bekannte Lebensregel, von Solon stammend. Fluchen, vielleicht, wenn ich heftig fluchte, vielleicht, daß ich es dann noch schaffte, vielleicht ... Warum redete Vellinga soviel? Warum redete ich selber nicht mehr? Juristen und Mediziner. Hunde und Menschen. Bellen und sprechen. Betrügen und helfen. Ich nahm einen Schluck und blickte zum Gang, und dann legte ich meine Hand auf seinen Arm und kniff ihn kräftig und schnauzte ihn an:

»Guck mal, da!«

Und ich *wußte*, daß Trix dort nicht gestanden hatte! Aber er, er hatte sich umgesehen, der Hund, ich hatte ihn reingelegt, das unterentwickelte Juristenschwein! Ich wollte lachen und mußte hicksen, und ich stand auf, hielt mir den Magen, und es wurden Männerstimmen im Lokal laut, Kellner und Pächter und andere, unverschämt improvisierend, große Chöre waren es, sie riefen »ha ha!« und sie riefen »ho ho!« – und dann kam Trix plötzlich wirklich herangeflogen aus einem unbekannten Himmelsstrich, drohend groß und weiß, bleich wie eine Furie und mit großen, ängstlichen Augen, und ich stand noch immer da, und ich würde kotzen müssen, laut und ergiebig kotzen über diese ganze verdammte Menagerie, diese Erzproleten, die uns jetzt ansahen; aber ich stand noch, ich hatte noch die Kraft und den Platz in der Kehle, um etwas zu rufen, laut genug für all die ungewaschenen Ohren: »*Eine Seele in Not!*« – und diese Seele war Trix, und sie haben vielleicht verstanden: »Ein Schiff in Not«, kurz bevor ich wie in einer Spirale auf den sandbestreuten Boden des Hauptgebäudes niederstürzte und diesen dabei stärker öffentlich beschmutzte, als er seit Jahr und Tag beschmutzt worden war.

· 16 ·

Wie ich später erfuhr, hatten Vellinga und der freundliche Kellner mich in einem Auto nach Hause gebracht, dann entkleidet und mich ein bißchen gewaschen und auf dem Wohnzimmerdiwan bewußtlos zurückgelassen. Meine beschmutzte Kleidung hatten sie ordentlich über einen Stuhl gehängt. Als sie mich die Treppe hinauftrugen – Vellinga hatte meinen Hausschlüssel benutzt –, waren mein Vater und Chris schon im Bett. Mitten in der Nacht hörte ich »Nol, Nol« – sehr weit entfernt, irgendwo von oben; kaum hatte ich mich im Dunkeln aufgesetzt, als mein Kopf wieder zu brummen und mein Magen zu brennen und zu zwacken begann. »Nol, wo bist du denn?« rief Chris oben von der Treppe, und da näherten sich Schritte und ein Poltern, und ich erkannte auch die Stimme meines Vaters. Sie knipsten alle Lichter an und aus und durchsuchten alle Zimmer im ersten Stock. Liegend wartete ich ab. Die Juristen. Endlich würden sie mich holen, um mich zu verhören, zu verachten, meine asoziale Haltung und meine Herzlosigkeit zu konstatieren, meinen widerlichen Egoismus. Sollte Chris, im Gedanken an seine Vorgeschichte, mich zwar nicht zu schlagen wagen, so würde mein Vater sich doch zum erstenmal in seinem Leben vergessen können, und wenn er mir eine Ohrfeige geben würde, dann müßte ich sie ermorden, beide. Irgend etwas verschob sich in meinem Gehirn, und ich begriff, daß ich mich aufs Streiten beschränken könnte. Bei Disputen zogen die Juristen immer den kürzeren gegenüber den Medizinern: eine bekannte Tatsache, die mir von verschiedenen Trunkenbolden bestätigt worden war.

Das Licht ging an, und da standen sie, in dicken Mänteln, die Gesichter schläfrig und besorgt. Ich blieb liegen und starrte ihnen abwechselnd auf die Brillen. Chris brach als erster das Schweigen.

»Wie kommst du, um Gottes willen, hierher? Wir dachten, du wärst längst im Bett. Himmel, wie sehen deine Kleider aus! Hast du das Telefon denn nicht gehört?«

»Zieh dich schnell an«, murmelte mein Vater, während er hinter sich in den dunklen Flur blickte, »deiner Mutter geht es schlecht, es kann jeden Augenblick ... Das Auto steht schon draußen.«

Ich versuchte aufzustehen, kam aber nicht weiter als bis zur Diwankante. Sogar die Schuhe und Socken hatte Vellinga mir ausgezogen. Trübsinnig schüttelte ich den Kopf.

»Ich habe gesoffen, ich kann nicht. Ich komme in einer Stunde. Ich weiß, daß ich ein Mistkerl bin.«

Mit ausgestreckter Hand kam Chris zu mir. »Gott, Nol, Junge, mach dir doch keine Gedanken! Du hast das Ganze nicht mehr ausgehalten, das verstehen wir doch!« Mein Vater, der zum Erbarmen aussah, ließ ein eher mitleidiges als abschätziges Brummen hören.

»Ich werde dir helfen«, sagte Chris und faßte mich vorsichtig bei den Schultern.

Behutsam half er mir in meine Kleider, nicht in die beschmutzten, sondern in schwarze und fleckenlose, die er in aller Eile von oben geholt hatte; ich hatte jetzt auch gleich Trauerkleidung an. Das Dienstmädchen schaute herein und wurde wieder weggeschickt. Zitternd vor lauter Elend, ließ ich mich von meinem Bruder ausstaffieren; mein Vater stand schon unten beim Auto; einmal mahnte er uns mit einem schüchternen Klingeln zur Eile. Auf Chris' Angebot, mir ein Glas Wasser zu holen, antwortete ich, dann müsse er einen tüchtigen Schuß Genever hineintun; viel getrunken hätte ich eigentlich nicht, erklärte ich, es sei eher eine falsche Kombination gewesen, ich sei nicht bei Genever geblieben, Schafskopf, der ich sei. Auf meine Bitte hin brachte er mir auch ein Stück Brot, das ich mir in die Manteltasche steckte.

Im Auto lehnte ich meinen Kopf gegen etwas, das Samt

glich, und schlief sofort ein. Ich schaute in Vellingas Augen und sah das Auto vor dem Krankenhaus vorfahren, das im Licht der Scheinwerfer einem weißen Landhaus ähnelte, in dem gerade ein Mord begangen worden war. Die Nachtschwester, die das kurze Hupen gehört hatte, empfing uns, und wir stiegen aus und stolperten zum Eingang. Ich war todmüde, aber außerdem angenehm betrunken, ich schwor Trix für alle Ewigkeit ab, duldete Chris' Hand unter meinem Ellbogen, grüßte die Schwester, danach mit einem wohlwollenden Blick den Arzt und hielt mich im Flur an Chris' Mantel fest, obwohl das doch nicht nötig war. Auf diesem Flur teilte man uns mit, daß meine Mutter eine halbe Stunde zuvor gestorben sei. Um halb zwei habe sie einen Herzanfall gehabt, danach sei sie nicht mehr bei Bewußtsein gewesen; gelitten habe sie sicher nicht mehr. Gebeugten Hauptes hörten mein Vater und Chris sich das Urteil an, und dann ging es darum, meine Mutter noch einmal zu sehen. Das hätte ich schon noch durchgehalten. Mein Bedürfnis nach Schlaf war jedoch so groß, daß ich ganz ohne eigenen Willen eine kleine Komödie aufführte, die mich auf dem Stuhl der Nachtschwester landen ließ. Meine Ellbogen legte ich auf ihren Tisch. Als sie sich neben mich stellte, nahm ich ihre Hand und schlief so ein. An die Rückfahrt erinnere ich mich nicht. Chris brachte mich ins Bett und zog mir die Schuhe aus. Immer wieder mußte er seine Brille abnehmen, und ich wußte, daß er eine Frage erwartete. Ich stellte die Frage. Am nächsten Morgen würde ich sie noch sehen können, sagte Chris, bevor er mich verließ.

Ich wachte um halb zehn auf. Verschmachtend vor Durst, wankte ich wie ein Rekonvaleszent zu dem kleinen Wasserhahn im Flur, wonach ich mich ins Bett legte, um nachzudenken, hellwach, beherrscht von einem Gefühl des Glücks und des heraufziehenden Unheils oder wenigstens aufkommender Spannung. Daß ich keine Kopfschmerzen hatte, wunderte mich; vielleicht bekam man keine Kopfschmerzen von Genever und Rum durcheinander; es wäre der Mühe wert, das näher zu untersuchen; ich würde später darüber promovieren können ... Im Haus schlug ab und an eine Tür, ein paarmal hörte ich das Telefon. Es drang kaum zu mir durch, daß meine Mutter nun doch gestorben war; jeden Augenblick konnte sie hereinkommen, um mir mein Frühstück zu bringen, auf einem kleinen Tablett. Aber sogar Chris versäumte diese häusliche Pflicht, und das Dienstmädchen traute sich nicht in mein Zimmer. Plötzlich stand mir Trix' Bild vor Augen, so, wie ich sie zuletzt gesehen hatte, kurz vor meinem Zusammenbruch, groß und weiß, wie ein zorniger Zaubervogel, der es mit den Menschen aufnimmt. Tränen traten mir in die Augen. Nachdem ich einige Minuten gedankenlos an die Zimmerdecke gestarrt hatte, faßte ich einen Entschluß und sprang aus dem Bett.

Hastig zog ich mich an und lief auf Zehenspitzen nach unten, wo im Flur bereits fremde Mäntel hingen. So schlich ich aus dem Haus. Es war kälter geworden. Vorsichtig lenkte ich meine Schritte zu einer Kneipe auf der anderen Seite des großen Platzes, den ich jedoch nicht direkt überquerte, sondern langsam umschlich, als litte ich an Platzangst; ich bedachte, daß ich jeden Augenblick ohnmächtig werden könnte, und dann war man besser in Häusernähe. Dort wurde man im allgemeinen menschlich behandelt; wer mitten auf einem Platz ohnmächtig wurde, wirkte wie der letzte Übriggebliebene einer Erschießung in Revolutionszeiten.

Als ich schon fast bei der Kneipe angelangt war, wurde ich schläfrig. Ich beließ es nun dabei, daß ich schläfrig wurde, wenn ich keine Lust hatte, etwas zu tun; diese Hand- und Spanndienste des ansonsten so nützlichen und von Weisheit gesättigten Körpers mußten unbarmherzig im Keim erstickt werden. Ich ging in dem Militärschritt in die Kneipe, bei dem ich an Cuperus denken mußte. Ob Cuperus sich wohl einmal morgens um halb elf Mut angetrunken hatte? Es war eine Tatsache – ich erinnere mich gern daran –, daß er nie einen Vorwand gesucht hatte, wenn er trinken wollte: Es gab für ihn keine drückende Hitze, Kälte, Rheuma, Angst, Verlegenheit, Kummer, Vergnügen, Erkältung, Müdigkeit und so weiter. Er war ein außergewöhnlich ehrlicher Trunkenbold gewesen.

Den benötigten Genever schätzte ich auf zwei Gläser. Trotzdem würde es vernünftiger sein, erst einmal zu telefonieren. Wenn er nicht da war oder mich nicht empfangen konnte, dann mochte ein Glas genügen; danach konnte ich etwas essen, irgendwo in der Stadt. Aber er war da, und gleich darauf ließ man mich wissen, daß er mich empfangen könne, jetzt sofort, lieber nicht am Nachmittag; der Mann, der mir das übermittelte, schien dies letzte ganz besonders wichtig zu finden, er schnaufte geradezu. Ich bekam meine zwei Gläser und schwatzte mit dem Kneipenwirt über zu hohe Mieten; ich weiß nicht mehr, auf welchen Wegen sich uns dieses Thema aufgedrängt hatte.

Vellingas Zeitungsverlag war in einem ehemaligen Herrenhaus an der Gracht untergebracht, über der sich die breite Brücke wölbte: dem Canal Grande von W... Er selbst wohnte in einem angrenzenden Haus. In einer Gasse neben dem Büro der Tageszeitung lag die kleine Druckerei. Daß man hier nicht vor einer Privatwohnung stand, wurde außer durch die Schilder neben der Tür vor allem dadurch angezeigt, daß diese Tür angelehnt war und sich tagsüber schwer schließen ließ. Besucher, Reporter, Abonnenten, Anzeigenkunden konnten ein und aus gehen, ohne daß diese sehr schwere, mattgrün gestrichene Tür etwas anderes tat, als langsam zu seufzen, ein-aus, ein-aus. Da sie sich außerdem schwer öffnen ließ, konnte man sich einfach dagegenwerfen. Klingeln war in jedem Fall unangebracht; ich ging hinein, wandte mich an einen Schalter, und auf meine Frage erschien ein kleiner dreckiger Junge, der mich eine Etage höher führte, wobei er sich immer wieder mit seinen ziemlich sauberen, vermutlich frischgewaschenen Händen über sein schwarzverschmiertes Gesicht rieb. Ab und zu blickte er sich ermutigend um; lachte oder nickte ich dann zurück, ließ er den Kopf hängen, als dächte er über mich nach, und begann wieder zu reiben.

Vellinga kam mir mit ausgestreckter Hand entgegen und bot mir einen Stuhl vor seinem Schreibtisch an. In dem großen Raum hing der Duft englischer Zigaretten, der den Geruch nach Papier und Druckerschwärze verdrängte. Die Decke zeigte Stuckarbeit: cremefarben mit grünen Ranken; im übrigen enthielt das Zimmer nichts von seinem früheren Luxus, nicht einmal einen Teppich. Die Platte seines Schreibtischs war so glatt wie sein eigener kahler Schädel.

»Das kommt«, sagte er, meinem Blick folgend, »weil ich heute nachmittag die Stadt verlasse. In der Zeitung werden in den kommenden vier Tagen die albernsten Dinge stehen, das Hübsche daran ist, daß niemand etwas davon merkt. Meine Disziplin funktioniert tadellos, aber nur von einem Tag auf den anderen. Das ist für mich auch erst der wahre Journalismus; eine Zeitung ist keine Enzyklopädie, sie ist der Seufzer des Tages. Rauchst du?«

»Danke, nein«, sagte ich förmlich, »ich habe nach gestern abend noch Probleme mit dem Magen. Ich wollte mich bei Ihnen entschuldigen für mein ungehobeltes Benehmen.«

Edelmütig winkte er die Entschuldigungen beiseite. »Wie geht es deiner Mutter jetzt?«

»Sie ist heute nacht gestorben.«

Als bräuchte er noch einen Beweis, glitt sein Blick über meinen schwarzen Anzug; dann stand er auf und drückte mir energisch die Hand, ohne ein Wort zu sagen. Als er wieder an seinem Schreibtisch saß, lag ein nachdenklicher Ausdruck auf seinem roten, wohlgenährten Gesicht, das eigentlich in keiner Hinsicht abstoßend war, solange er nicht seine schlecht gepflegten Bulldoggenzähne entblößte. Seine blauen Augen hinter dem zynischen Pincenez hatten etwas Wehmütiges und Nachdenkliches; aber da sie zu klein und durch Beruf und Lebensführung nicht gewohnt waren, sich nach innen zu richten, hätte man diesen Ausdruck dreifach verstärken müssen, um etwas Erfreuliches oder Erbauliches daraus machen zu können.

»Es ist für mich in gewissem Sinne auch ein Schlag«, sagte er vertraulich, »deine Mutter hat mir viel bedeutet; du bist alt genug, um dies verstehen zu können. Darum hatte ich auch immer eine Schwäche für dich …«

Für einen Augenblick mußte ich lachen, die Worte »Genter Pazifikation« glitten durch mein offensichtlich noch nicht ganz zur Ruhe gekommenes Gehirn. Schrieb man das Gesagte wörtlich auf, dann konnte ein nicht allzu gescheiter Leser meinen, daß sie bedeuteten: »Ich bin dein Vater, Nol …« Das Lachen machte Vellinga nichts aus; er spielte mit einem Falzbein auf einem der braunen Kästchen, die wie eine Reihe kleiner Kasernen die Tischplatte umgaben. Danach legte er das Falzbein in eine Schublade, die er mit einem kleinen Schlüssel abschloß. Seine großen, roten, sehnigen Hände ruhten dann auf der leeren Tischplatte.

»Ich bin eigentlich nicht wegen meiner Mutter, sondern wegen jemand anderem gekommen.«

Sofort war er auf dem Quivive. »So?« Und in sachlichem Ton: »Entschuldige mich kurz …« Er stand auf und nahm das Haustelefon ab: »Hallo … Ja, Nico, ich kann im Augenblick keinen Besuch empfangen. Häng das Schild ›Nicht stören‹ eben an meine Tür, ja? Auch keine Telefongespräche durchstellen.« Und zu mir: »Ich schließe das Zimmer lieber ab; dann will ich heute mal überhaupt kein Journalist sein … Ein Merkmal des Journalisten ist es, daß die Menschen ihm schier übers Bett laufen, um ihn sprechen zu können.«

»Der Journalist lebt also in einer Welt von Alpträumen«,

konnte ich mir nicht verkneifen zu sagen, während er mit dröhnenden Schritten zur Tür ging, um den Schlüssel umzudrehen. Noch bevor er wieder auf seinem Stuhl saß, hörten wir Nico mit schnellem, federndem Schritt die Treppe heraufkommen; das Schild wurde lautlos angebracht. Auch sonst war es ruhig im Gebäude, der Betrieb schien vorübergehend stillgelegt zu sein.

»Ja?« fragte Vellinga.

Sein Gesicht war kaum noch markant: Er hatte die unpersönliche Maske des Geschäftsmanns aufgesetzt, für den keine große Gefahr bestand, auf den Arm genommen zu werden. Seine Stirn war menschlicher als seine harte rote Visage.

»Ich wollte Sie fragen, ob Sie bereit sind, Trix Cuperus zu heiraten.«

Da ich ihn scharf im Auge behielt, entging mir die Bewegung seiner glattrasierten Oberlippe nicht. Das konnte ein Lachen werden, das konnte ein Anschnauzen werden; aber es wurde gar nichts, er blieb reglos sitzen, und als seine Augen die meinen endlich losließen, glitten sie ruhig weiter, nicht, um sich zu verbergen, sondern weil Augen nun einmal bewegliche Organe sind, mit einer bestimmten Aufgabe im Leben. Im nächsten Moment ruhten sie wieder in meinen.

»Was meinst du damit?«

»Das brauche *ich* Ihnen nicht zu erklären. Ich möchte, daß Sie meine Frage beantworten, und wenn Sie es nicht tun, dann halte ich das für eine verneinende Antwort.«

»Die kann ich dir sofort geben«, sagte er leicht verärgert, »ich heirate niemanden.«

»Warum nicht?«

»Weil ...« Ein schneller, wütender Augenaufschlag zeigte wieder andere mimische Möglichkeiten, die Möglichkeiten des gereizten Stiers oder des im Kampf gefallenen Germanen. »Es geht dich eigentlich einen feuchten Kehricht an, aber ich heirate nicht und habe nie geheiratet, weil ... weil ich nicht zugleich arbeiten und verheiratet sein kann. Und sicher nicht bei der Arbeit, die ich mache, wobei ich jetzt noch nicht einmal an die Zeitung denke. Von Jugend an ist es mein Hobby gewesen, für frischen Wind in dieser toten Stadt zu sorgen. Ich bin sozusagen mit W... verheiratet. Ich bin die Fröhlichkeit in dieser Stadt, auch wenn ich selbst manchmal schwermütig bin. Würde ich heiraten, egal, wen, dann würde ich auch nach außen so schwermütig werden. Ich weiß nicht, ob du mir folgen kannst. Wolltest du noch mehr wissen?«

»Vielleicht ... Ja, dies: Ob Sie nicht finden, daß es besondere Gründe gäbe, Trix Cuperus zu heiraten.«

»Nein«, sagte er bissig, und zum erstenmal sah ich seine Zähne, »aber wie kommt es eigentlich, daß du dich in meine Angelegenheiten mischst? Am Todestag deiner Mutter.«

Ich wurde rot. »Weil ich Trix immer geliebt habe.«

Ungläubig starrte er mich an; etwas an meiner Haltung muß ihn daran gehindert haben, in Lachen auszubrechen oder »herzlichen Glückwunsch« zu rufen oder etwas in der Art. Er blickte zur Decke und klopfte mit der linken Hand auf die Knöchel der rechten. »Ich sehe da keinen Zusammenhang, Nol. Wenn du das Mädchen wirklich liebst, würde es dann nicht eher auf der Hand liegen, mich zu bitten, das Mädchen *nicht* zu heiraten?«

»Für einen anderen vielleicht, für mich nicht. Sie heiraten sie also nicht. Wie würden Sie es dann finden, von mir einen Schlag ins Gesicht zu bekommen?« Meine Hände umklammerten bereits die Stuhlkante.

Nachdem er vor Schreck zurückgewichen war, stand er auf und begann, jovial zu brüllen:

»Also, verd... Nol, hast du einen auf die Birne gekriegt? So redest du doch nicht zu einem alten Freund deiner Mutter ...!«

»Halten Sie meine Mutter da raus«, zischte ich und fühlte, daß ich damit meine Stellung schwächte.

Er schwenkte die Arme und rief:

»Aber ganz bestimmt nicht! Wäre deine Mutter nicht gewesen, dann hätte ich schon längst ...«

»Sollen wir gleich anfangen?!«

Ich sprang auf. Damit er nicht sofort Nico zu Hilfe rufen konnte, wollte ich auf der Seite zur Tür um den Schreibtisch herumlaufen. Für das Haustelefon würde er keine Zeit mehr haben. Aber als ich, nach meiner Kurve um den Schreibtisch, auf ihn losstürmen wollte, nicht einmal von Sinnen, sondern eher beseelt von Verachtung und Pflichtgefühl, blieb er ruhig stehen, und ich wußte, daß er keine Angst hatte, daß dies keine Pose war. Auch fiel mir plötzlich ein, daß ich jemandem mit einem Pincenez nicht ins Gesicht schlagen konnte (auch wenn ich die Brille von Chris damals nicht verschont hatte – daraus ist ersichtlich, daß ich die Niederlage schon erlitten hatte, bevor ich zum Schlag ausgeholt hatte).

»Laß uns fünf Minuten miteinander reden, Nol«, sagte er in dem autoritären, jedoch emotional überredenden Ton, mit dem sogar verweichlichte Patrizier Volksmengen zu beruhigen pflegten, »wenn du dich dann noch schlagen willst, *all right*, dann werde ich dich *so lange wie möglich* auf mich einschlagen lassen, aus Pietät vor deiner Mutter, die ich jahrelang geliebt habe und von der ich von vornherein wußte, daß ich nicht einmal einen Kuß von ihr bekommen würde. Ich schlage mich nicht mit dem Sohn einer solchen Frau. Ich möchte dir zwei Dinge sagen. Erstens: Hätte ich gewußt, sicher gewußt, daß du sie liebst, vor vier Jahren, dann hätte ich nie etwas mit dem Mädchen angefangen. Das schwöre ich dir. Und zweitens, was für dich wichtiger ist: Gestern spät am Abend hat sie mit mir Schluß gemacht. Ich würde sie also nicht einmal heiraten können, auch wenn ich es wollte. Zuerst dachte ich, sie sei giftig, weil ich dich angeblich betrunken gemacht hatte; aber es saß viel tiefer. Es ist vorbei, endgültig, und ich kann nichts anderes sagen, als daß es mir leid tut, denn auch ich habe sie geliebt, auf meine Art.«

Während ich zögernd zu meinem Stuhl zurückging, begann er, sein Pincenez auf seinem Ärmel aus grobem englischem Stoff zu putzen. Seine Augen konnten mich jetzt nicht mehr richtig erkennen; sie waren wehrlos offen, blinzelnd, und sein Gesicht erschien energieloser und müder als eben gerade noch. Doch war er immer noch furchterregend; ich hatte ihn nie unter vier Augen gesprochen, vielleicht hatte ich ihn deshalb nicht richtig eingeschätzt. Er hätte mich bestimmt »so lange wie möglich auf sich einschlagen lassen«. Mit gesenktem Kopf auf den Dielenboden starrend, merkte ich, daß ich Hunger hatte. Ich konnte nicht noch einmal von vorn anfangen. Ihn zum zweitenmal herauszufordern, bei einem erneuten Anlauf, war nur eine theoretische Möglichkeit.

»Daß du dich in das Mädchen verliebt hast damals«, kam seine Stimme von der anderen Seite des Schreibtischs, »erstaunt mich nicht, alter Junge. Aber damals war sie anders als jetzt, vergiß das nicht. Daran kannst du mir die Schuld geben, gut; aber es gibt mildernde Umstände: Ich war verrückt nach ihr, ich wollte und mußte sie haben ...«

»Ich nehme an, daß es nach der *Carmen*-Aufführung angefangen hat«, sagte ich, ohne ihn anzusehen, »aber damals hat sie zu mir gesagt – oder ihr Vater sagte es –, daß sie sich nicht für Männer interessiere; o ja, sie hat gesagt, daß sie anständig sei.«

»Das war sie auch«, nickte Vellinga, »viel zu sehr sogar. Sie wußte von nichts, Männer nannte sie Schufte und so weiter. Du wirst wissen, du bist schließlich auch nicht von gestern, daß diese Frauen am leichtesten zu verführen sind. Und das war sie *noch nicht einmal*. Das Mädchen war aus dem besten Holz geschnitzt. Aber sie war starrköpfig und vielleicht ein bißchen erblich belastet durch diesen trunksüchtigen Vater;

und auf jeden Fall hat das Leben, das sie in den letzten drei Jahren geführt hat … Darf ich dir einen Rat geben, Nol? Junge, es ist vielleicht hart, was ich sagen werde, aber ich weiß, warum ich es tu. Vergiß das Mädchen. Das ist kein Mädchen für dich. Das gibt nur Ärger.«

»Sie wäre also durchaus ein Mädchen für mich gewesen, wenn Sie sie nicht verführt hätten?«

Denkerfalten erschienen auf seiner Stirn. Er schüttelte den Kopf, er dachte nach, er vertiefte sich ganz in mein Problem. »Das kannst du nie wissen. Vielleicht ja, vielleicht nein. Tatsache ist, daß ich mich ein Jahr lang bemühen mußte, um …, nachdem ich sie schon verführt hatte, versteh mich recht. Sie hat einen eisernen Willen. Aber sie ist schließlich eine Frau, und eine verdammt leidenschaftliche Frau, und dann drei Jahre das Milieu, mit den Kellnern und so … Nein … nein …«

»Hatte sie auch etwas mit den Kellnern?« fragte ich ironisch.

»Nein, natürlich nicht. Wo denkst du hin! Gott, ich hätte das hölzerne Gebäude noch lieber eigenhändig in Brand gesteckt, mit einer Extra-Ausgabe, einem Gedächtnisfest im GARTEN … Für mich war es auch nicht immer einfach mit ihr … *Enfin*, es ist aus … Aus!«

Irgendwie spürte ich, daß hier fürchterlich Komödie gespielt wurde, auch wenn alles, was er gesagt hatte, auf Wahrheit beruhen konnte. Aber der Fall begann mich schon weniger zu interessieren. Daß Trix ihn aufgegeben hatte, stellte alles in den Schatten; ich meinte, wenn ich erst einmal etwas gegessen haben würde, könnte ich darüber sogar glücklich sein. Ich stand jetzt über den Dingen, sehr weit darüber.

»Wie haben Sie sie verführt?«

Für einen Augenblick sah er mich aufmerksam an, nicht, als ginge ihm diese Frage zu weit, sondern als fühlte er die Ironie, die von meiner neuen Haltung herrührte, auch wenn die

Frage selbst jeder Ironie entbehrte. Dann hob er die Schultern und sagte:

»Tja ..., das ist eigentlich eine ziemlich erbärmliche Geschichte. Ich will es dir erzählen, auch wenn du mich dann noch mehr hassen wirst als jetzt schon. Aber wenn du das Bedürfnis hast, mir an den Kragen zu gehen, Nol, bedenke, daß die Art, wie sich alles abgespielt hat, *mich* belastet, *sie* jedoch weitgehend entlastet. Die Ursache war ... an erster Stelle meine Verliebtheit natürlich ... Der Anlaß war der Alkohol. Man könnte auch sagen, daß es die Sängerin war, dieses Fräulein Carmen ...«

»Alice de Rato.«

»Ja, so ähnlich ... Und der Alkohol war es nicht nur bei Trix und bei mir, sondern auch und vor allem bei ihrem Vater. Es war an dem Abend ...«

»Ich weiß nur, daß Sie mit den fünf anderen auf Ihr Zimmer gegangen sind, um zu feiern, und daß Jeannetje und Stegeman nach einer Viertelstunde oder einer halben Stunde gegangen sind. Es erscheint mir doch unwahrscheinlich, daß Sie sie in Gegenwart ihres eigenen Vaters verführt haben.«

Wieder wappnete er sich durch seine Mimik gegen die Erniedrigung durch diese von mir hervorgelockten Bekenntnisse, diesmal, indem er seinen Unterkiefer vorschob. »Vollkommen unwahrscheinlich. Und doch war es so. Diese Alice, oder wie sie heißen mag, fing an, uns aufzureizen, sie kleidete sich halb aus – eine widerliche Person –, und als Cuperus, schon bald betrunken wie eine Haubitze, auch schon nichts mehr von ihr wissen wollte und auf ihr Französisch nichts anderes antwortete als *oui* oder *bonsoir* (ich verstand diesen Mann nicht, er hatte mir selbst erzählt, daß er leidenschaftlich in sie verliebt sei), setzte sie es sich in den Kopf, Trix und mich miteinander ... in Kontakt zu bringen, um es mal so auszudrücken. Ich war da schon ziemlich betrunken; ich hatte mir nicht etwa von vornherein etwas in der Art vorgenommen, versteh mich recht; davor hatte ich nur ein- oder zweimal mit ihr gesprochen, und während der Generalprobe und der Aufführung hatte ich absichtlich so wenig Notiz wie möglich von ihr genommen; abgesehen von den Blumen, aber das fiel nicht auf … Ich hatte nicht einmal vorgehabt, diesc Leute mit in mein Zimmer zu nehmen …«

»Die Blumen habe ich gesehen, ich habe Sie mit den anderen wegfahren sehen, sehr fröhlich …«

»Und ohne jede böse Absicht. Ich bin schließlich kein Tier. Hätte ich gewußt, daß du dort standest und daß du … Verflixt, ich hab dich selbst noch aufgefordert mitzukommen!«

»Stimmt«, sagte ich, »aber das ist kein Beweis, denn Sie wußten nicht, daß ich Trix liebte; ich war für Sie eine ebenso neutrale Person wie Stegeman zum Beispiel.«

»Du scheinst wahrhaftig mehr Jurist zu sein als ich«, grinste er, wurde aber sofort wieder ernst und bemühte sich, einen treuherzigen Ton anzuschlagen. »Ich dachte an gar nichts. Aber durch das verfluchte Weib veränderte sich die ganze Atmosphäre. Wenn du einmal auf einen solchen Gedanken gebracht wirst, bist du auch nicht mehr zu halten. Ich war der einzige, der ein bißchen von dem verstand, was sie sagte, und sie sagte die unglaublichsten Dinge. Trix wollte nichts von ihr wissen, sie trank auch wenig, nicht mehr als zwei Gläser, glaube ich, aber sie hat früher nie getrunken, und schließlich … Aber nun muß ich dir erst von Cuperus erzählen. Ich mochte den Mann, in der Sozietät haben wir so ein bißchen zusammen gesoffen, und er plapperte dann einfach drauflos. Er verdankte mir auch einiges, finanziell … Die Sängerin wollte uns zwei mit ins Hinterzimmer kriegen; aber vorläufig zog ich mir Trix nur auf den Schoß, was sie zuließ, obwohl ich sehr wohl wußte, daß sie nicht verliebt in mich war. Aber sie war da schon halb bewußtlos, und Cuperus völlig, das heißt, er redete unmöglich konfuses Zeug, direkt neben uns, und manchmal faßte er Trix' Hand, und dann wieder meine

Hand, und er schien alles in Ordnung zu finden. Das belgische Weib lief halbnackt als Carmen durchs Zimmer, zumindest sang sie Liedchen, vielleicht waren es auch Kabarettliedchen, die schlüpfrige Art, sie war so der Typ … Ich erinnere mich noch, was Cuperus sagte: ›Wubbo, du bist mein einziger Freund auf der Welt, und du siehst mich hier im größten Elend. Liebe, Ruhm, Ehre, alles verloren, und nun muß ich auch noch das Liebste aufgeben, das ich besitze, ein Opfer, tiefer sinken als je ein Mensch zuvor …‹ und so weiter. Ich verstand nicht die Spur davon, und dann begann er zu schluchzen und sprach von seinem ›Augapfel‹ und sagte etwas auf deutsch: ›Gehe hin, ich kann dich nicht halten‹ oder etwas in der Art.«

»*Zieh hin! Ich kann dich nicht halten!* Aus *Siegfried*. Ich kenne es.«

»*Siegfried?*«

»Schließlich auch nur 'ne Oper. Sie dachten also, Cuperus habe Ihnen seinen Segen gegeben?«

Vellinga preßte die Lippen aufeinander und verzog das Gesicht, wobei er den Kopf abwandte, als würde auf seinem Schreibtisch etwas brodeln und stinken. »Ich dachte nichts! Ich begriff kein Wort, und gleich darauf fing er an zu schnarchen, er hatte unglaublich viel getrunken. Am nächsten Tag bin ich zu ihm gegangen, um ihm alles zu beichten und ihn um Verzeihung zu bitten; es schien nicht einmal richtig zu ihm durchzudringen, er dachte sicher, das arme Geschöpf hätte selber schuld gehabt. Er war noch nicht nüchtern; wir hatten beide nur mit Mühe in die Kutsche gekriegt, so gegen vier … Kurz bevor er zu schnarchen begann, war Trix auf meinem Schoß eingeschlafen oder bewußtlos geworden; das Weib kam dazu und sagte, daß sie nun doch bestimmt ins Hinterzimmer müsse, ob ich sie vielleicht ermorden wolle; ich war außer mir, und als wir sie wegtrugen, hätte ich jeden erwürgt, der mir den Weg hätte versperren wollen … Ich war sicher nicht viel weniger betrunken als Cuperus, aber ich habe eine andere Art von Rausch, siehst du, ich werde nicht schläfrig, ich verliere die moralischen Hemmungen … Seit der Nacht habe ich nie wieder soviel getrunken … Das Weib ist auch noch dabei stehengeblieben, was sie alles sagte, weiß ich nicht mehr …«

Mitten in seinem Bericht war er etwas in sich zusammengesackt, offenbar schuldbewußt, offenbar nicht viel Gutes von meiner Reaktion erwartend. Dann und wann hatte sein Ton etwas Gekränktes, etwas Larmoyantes: Er, der saubere Sportsmann, der in solch einer Gesellschaft gezwungen gewesen war, sich so schändlich aufzuführen …

»Man könnte fast annehmen, daß Sie ihr ein Schlafpulver ins Glas getan haben«, sagte ich und sah ihm direkt in die Augen. Streitlustig begann es hinter dem goldenen Pincenez zu funkeln: Ein blaues und edles Feuer, wenn auch klein. In dem Augenblick glaubte ich nicht, daß meine Worte mehr als bloße Unterstellungen waren, aber es kann einen großen Reiz haben, jemanden bei etwas zu erwischen, was er nicht getan hat, was er aber getan haben könnte.

Es hatte wenig Sinn, mit diesen Sticheleien weiterzumachen. Alles würde abprallen von dieser gut gesicherten Festung aus kräftigem Fleisch und Bürgersinn und ehelichem Pflichtgefühl gegenüber der guten Stadt W…, von dem niemals, niemals Dispens erteilt werden konnte. Er würde alles dulden, bis ich zur Tür hinaus war, und wenn ich einen Skandal daraus machte, würde er alles leugnen.

»Behalte jetzt einen kühlen Kopf, Nol«, sagte er etwas schmeichelnd, »bis jetzt hast du diese Angelegenheit behandelt, wie keiner in deinem Alter es dir nachmachen würde … Ich sagte dir schon, daß ich ein Jahr gebraucht habe, mehr als ein Jahr, ehe ich sie davon überzeugt hatte, daß ich … gewisse Rechte auf sie hatte. Sie glaubte es nicht. Es kam auch vor, daß ich es selbst nicht glaubte; denn ich hätte es mir ja einbilden können, betrunken, wie ich war – ein Traum, eine Phantasie –, aber ich wurde immer verrückter und verrückter nach ihr, Gott, was für ein Mädchen aber auch, genauso groß wie ich und so hart und so kühl, Gott, Gott … Endlich akzeptierte sie mich und ist dann zu ihrem Vater gereist, um ihm eins auf die Schnauze zu geben. Das hat sie auch noch getan!«

»Ich möchte gern von Ihnen wissen, in welchem Monat das war.«

»Mai oder Juni, denke ich, es war schon Sommerwetter … Aus den Briefen an sie, die Kopien habe ich noch, könnte ich es rekonstruieren …«

»Nach April?«

»Das bestimmt.«

»Hat sie nie über mich gesprochen?« fragte ich, während ich aufstand.

Mit trübsinnigem Brummen folgte er mir zur Tür. »Kann mich nicht erinnern. Ich konnte gar nicht so gut mit ihr reden. Hätte ich nur gewußt, daß ihr euch liebt, verdammt … Aber, hör mal, Nol« – er hatte mich eingeholt und legte mir den linken Arm um die Schulter, während er die rechte Hand nach dem Schlüssel ausstreckte, jedoch wieder zurückzog –, »ich bin jetzt ganz offen zu dir gewesen, und wenn du mich einen Schweinehund nennen willst, werde ich dir nicht widersprechen; aber durch dieses ganze Gespräch – ein ziemlich eigenartiges Gespräch – fühle ich mich jetzt sozusagen verantwortlich für dich, schließlich bin ich bald zwanzig Jahre älter als du, und dann deine Mutter und alles … Das Mädchen ist nichts für dich. Versprich mir, daß du nicht zu ihr gehst.«

Ich mußte lachen: vor Erleichterung; er hatte wahrhaftig bei mir eben bestimmte Saiten angerührt, so nobel konnte er sich geben – nein, so nobel war er, war er …

»Ich will alles versprechen, Meneer Vellinga, und behalte mir die Freiheit vor, kein Versprechen zu halten.«

Mißbilligend räusperte er sich. »Das ist Unsinn. Versprich mir wenigstens, nicht mit ihr darüber zu reden. Über die Nacht, die Einzelheiten … Denn dann hängst du daran fest, das fühle ich.«

»Warum sollte ich nicht darüber reden? Sie weiß doch alles? Die geschmackvolle Party bei Ihnen war doch Ihr wichtigstes Argument, um sie für sich zu gewinnen?«

»Gut, mach, was du willst«, murmelte der Journalist.

Als wir uns die Hand gaben, meinte ich eine gewisse Scheu, etwas wie Enttäuschung in seinen Augen zu spüren. Mit diesen Augen konnte er – wenn auch nur in geringem Maße – die wunderlichsten Dinge zustande bringen, er konnte sich selbst damit bloßstellen. Natürlich, dachte ich, will er Trix und mich voneinander fernhalten, im eigenen Interesse, im Interesse des dickköpfigen Freiers, des bereits älteren Mannes, der nicht so einfach Ersatz für das findet, was ihm genommen wird. Und je weniger über »diese Nacht« geredet wurde, desto besser war es für seinen Ruf. Dies letzte fiel mir draußen auf der Straße ein. Ich erinnere mich kaum, wie ich dorthin gekommen bin, nur an den schwarzverschmierten Jungen, der mich unten im Flur respektvoll hinausbegleitete: mit dem Respekt vor jemandem, der es geschafft hatte, mit seinem Chef separat eine halbe Stunde hinter verschlossenen Türen zu verbringen.

· 17 ·

Zu Hause bestürmte mich Chris jetzt doch mit ziemlich bohrenden Fragen. Ergeben antwortete ich und nahm mir sofort vor, nicht zum Krankenhaus zu gehen und im Laufe des Tages die Direktorin oder Oberschwester anzurufen: bei Nachfrage, ob ich dagewesen sei, sollten sie das bejahen; als Grund für diese ungewöhnliche Bitte würde ich meinen schlechten Gesundheitszustand angeben, den meine Familie nicht wahrhaben wolle, sehr verständlich übrigens, sie hätten natürlich andere Sorgen. Ich telefonierte gegen vier Uhr, in derselben Kneipe, wo ich noch drei Gläser Genever trank. Ich hatte jetzt ordentlich gegessen, eine Stunde geruht, Verwandten die Hand gedrückt und mit Chris in enormer Geschwindigkeit Listen mit Namen und Adressen zusammengestellt, für Einladungen und Traueranzeigen. Dann und wann riefen wir meinen Vater, der sich an den Kopf griff und außer den echten Rieskes niemanden mehr zu kennen schien. Er war sehr freundlich zu mir; es kam mir vor, als könnte seine Liebe zu Chris einmal auf mich übergehen, nun, da meine Mutter, mit der ich soviel äußere und innere Ähnlichkeit hatte, nicht mehr da war. Ich nahm ihn noch für einen Augenblick beiseite, um ihm zu sagen, daß es in diesen Tagen zufällig etwas gebe, das mich ganz in Beschlag nehme und alles von mir fordere; sie sollten also nicht erstaunt sein, wenn ich einmal für ein paar Stunden fortbliebe.

Nach dem Krankenhaus rief ich bei der Sozietät an und verlangte, Trix zu sprechen. Sie war nicht da. Ich konnte jetzt nach Hause gehen oder fünf Minuten warten oder eine Viertelstunde oder eine halbe Stunde warten. Ich tat das erste und half meinem Vater und Chris dabei, wieder neue Namenslisten aufzustellen, wobei wir ganze Pulks von Verwandten und Freunden und Freundinnen im Salon allein ließen, und überlegte mit ihnen, welche Buchhandlung oder Druckerei am besten dies oder jenes übernehmen könnte. Da gedachten wir der Toten also durch das Organisieren von Anteilnahme – und gedachten der Toten in unserem Herzen, sobald wir uns nur für einen Augenblick klarmachten, was wir eigentlich taten, wo wir saßen und redeten, in welchem Haus, in welchem Zimmer, erfüllt von ihrer Gegenwart. Eine Todesanzeige in Vellingas Zeitung aufzugeben, das wurde auf mein Drängen beschlossen; es gab noch eine andere Lokal- oder Provinzzeitung, die mein Vater eigentlich bevorzugte, weil er es Vellinga seinerzeit verübelt hatte, daß er seine Advokatur für etwas so Ordinäres aufgegeben hatte. Nachmittags war Vellinga noch dagewesen; gesehen hatte ich ihn ebensowenig wie die vielen anderen Freunde; nur mit dem jungen Tjallingii war ich auf der Treppe zusammengetroffen, und nach dem Händedruck hatte er mich etwas verdutzt gemustert, wie überrascht über mein Aussehen. Als ich weiterging und mich noch einmal nach ihm umsah, starrte er mir erstaunt nach, ein bißchen zufrieden, aber auch ein bißchen neugierig, welche glückliche Gestalt da über ihm in die zweite Etage entschwand.

Glücklich war ich in der Tat. Dennoch war ich durch das Telefongespräch um halb sechs nicht viel klüger geworden. Sie sprach mir ihr Beileid aus, und ich bat sie, daß ich sie noch am selben Abend sprechen könne, am liebsten bei ihr zu Hause. Es folgte ein Hin und Her, es schien schwierig zu sein, den richtigen Zeitpunkt zu finden. Ich schlug vor, daß wir uns auf der Straße trafen, aber nein, ich könne ruhig zu ihr nach Hause kommen, nur sei es besser, wenn ich draußen auf sie wartete; wobei ich mich nicht enthalten konnte zu bemerken, daß ich das schon einmal getan hätte, mit einem traurigen Resultat. Ganz kurz lachte sie, dann kam noch schnell der Zeitpunkt: halb elf. Erst beim Essen fiel mir ein, daß sie nicht frei hatte sprechen können, mit Zuhörern um sie herum; andere Stimmen und Tellerklappern waren zu hören gewesen.

Gegen halb elf war ich nervös und angespannt. Durch den Alkoholschlaf der vergangenen Nacht war mein Körper nur getäuscht worden, und am früheren Abend hatte ich nicht ruhen wollen, aus Angst zu verschlafen. Aber ein noch viel größerer Fehler – vielleicht der größte meines Lebens – war, daß ich versäumte, gegen halb elf noch etwas zu trinken. Ich hatte es mir zwar vorgenommen; aber ich vergaß es wieder, oder es schien mir unwürdig, oder ich sah auf dem Weg zum Haus meines früheren Musiklehrers keine geeignete Kneipe. Der Alkohol rächte sich in einem entscheidenden Augenblick durch seinen Mangel. Ich hätte ganz bei mir sein müssen, aber ich war es nur halb, und ich selbst merkte es an meinen Erwartungen: ein glatt verlaufendes Gespräch, ein Präludium zu Glück und Seligkeit, um Himmels willen keine neuen Verwicklungen …

Fünf nach halb elf hörte ich ihre Schritte. Ihr Gesicht konnte ich unter dem Hut schlecht erkennen. Als wir uns die Hand gaben, beugte sie sich vor und küßte mich mit trockenen Lippen vorsichtig auf die Wange – ein schlechtes Vorzeichen, murmelte ich bei mir, während ich ihr durch den Flur folgte, der von dem schräg hereinfallenden, hellen Küchenlicht beleuchtet wurde. In Cuperus' Zimmer hörte man die Stimmen junger Männer: die Junggesellen, oder einer von ihnen. Trix flüsterte mir zu: »Nimm den Hut mit, und sei leise auf der Treppe; nicht wegen der Leute, sondern wegen Tante.«

Die Tante stand schon oben an der Treppe, eindrucksvoll groß, den Kopf forschend hin und her bewegend. Das schwache Gegenlicht des oberen Flurs machte den Totenkopf überdeutlich. Als Trix an ihr vorbeiging, trat sie unwillig zur Seite und reichte mir von oben her die Hand, um mir zu kondolieren. Und dann – wieder der energische Schwesterngriff –

zog sie mich am Arm weiter nach oben und fügte ihren Beileidsworten hinzu: »Und herzlichen Glückwunsch zu etwas anderem …« Ich murmelte irgendeine Antwort; ihr Gesicht lag jetzt im Licht, und ich sah, wie sie ihre Augen zusammenkniff und dabei viel überreifes Wangenfleisch nach oben gezogen wurde und wie ihre Lippen sich zu einem süßlichen Lächeln kräuselten. Ich war schon oben und folgte Trix in ihr Zimmer.

»Was hat sie zu dir gesagt?«

Die Finger noch am Lichtschalter, stand sie schräg vor mir, die Stirn ärgerlich gerunzelt. Hinter ihr eine sehr bescheidene Einrichtung, ein tadellos gemachtes Bett, einige billige, aber nicht geschmacklose Bilder an den Wänden, zwei oder drei Fotos, unter denen, wie ich später merkte, das ihres Vaters fehlte.

»Nichts Besonderes«, flüsterte ich, »sie hat mir kondoliert, und sie gratulierte mir, offenbar nicht zu derselben Sache.«

Sie trat ins Zimmer und nahm ihren Hut ab. »Sie ist jetzt in die Küche gegangen, ich hätte es nicht gern, wenn sie etwas mithörte.«

»Würde das etwas ausmachen?«

Mit ruhigen Bewegungen half ich ihr aus dem Mantel, und ihre Sachen und meine hingen jetzt brüderlich beieinander an den Haken neben der Tür.

»Nein, eigentlich nicht«, sagte sie lustlos. Nach diesen Worten machte sie einen Stuhl für mich frei, auf dem Bücher gelegen hatten. Ihr Gesicht war grau, und die wäßrigen Augen, von Natur aus stolz, erschienen durch Übermüdung hochmütig, hochmütig und ein bißchen dumm. Ja, sie war natürlich ein Mensch, dachte ich, ein Mensch mit charakteristischen Gesichtszügen und Seelenqualen, keine Göttin; ich konnte dies feststellen, ohne einen Funken weniger Liebe zu diesem heimgesuchten Wesen zu verspüren, das dort nachdenklich mit ein paar Kuchenkrümeln auf dem Tisch spielte, in einem ziemlich schlichten Rock und einer nicht ganz frischen Bluse. Dennoch wußte ich, daß die Grenze, innerhalb deren noch Glück zwischen uns beiden möglich sein würde, nun sehr viel enger gezogen war, wie von einem Krampf des Schicksals.

»Möchtest du etwas trinken?«

»Ich hatte schon Tee. Und gestern abend habe ich genug getrunken, wie mir scheint. Ich bin von Natur gar kein Trinker.«

Draußen war alles totenstill. Im Hause vermeinte ich gelegentlich Männerstimmen zu hören, aus verschiedenen Richtungen, von unten und von oben; einige redeten vielleicht mit sich selbst oder lernten ihre Aufgaben, wie Chris in seiner dunkelsten Zeit. Der christliche Junggeselle betete womöglich. Schräg unter uns klirrte es, ein Wasserhahn lief: Das war die Tante, die in der Küche Kaffee für das lange Aufbleiben kochte – ein Trankopfer an die Neugierde.

»Vielleicht bringt deine Tante uns Kaffee …«

»Das wird sie schön bleibenlassen. Ich will sie nicht mehr sehen heute abend.«

Sie setzte sich mir gegenüber und blickte mich erst an, dann absichtlich an mir vorbei. Ich fragte mich, ob Vellinga jemals hiergewesen war. Das war nicht sehr wahrscheinlich, wie ich früher schon herausgefunden hatte. Jetzt machte sie eine Bewegung, jetzt saß sie mir schräg gegenüber, einen Arm auf dem Tisch, und die sanfte Wölbung ihrer Brust in der hellgelben Bluse zeichnete sich in ihrem Schatten auf dem Bett ab, dem billigen Bettgestell, worunter zwei rote, neue Pantoffeln standen.

»Ich ertrage sie nicht, jetzt. Du bist zu Besuch hier, was hat sie damit zu tun?«

»Nein, damit hat niemand etwas zu tun«, gab ich zu und blickte mich zum Fenster um, das ganz kurz geklirrt hatte, Gott weiß, wodurch.

»Hast du deine Mutter noch gesehen?«

»Nein.«

»Du hättest besser ein paar Tage später kommen sollen.«

»Warum?«

»Ich weiß, wie die Leute klatschen, und sie wissen sofort alles.«

»Ich denke nur an dich, nicht an die Leute.«

»Wirklich?« In ihren Augen leuchtete etwas auf – Spott? Zorn? –, und sie machte eine unruhige Bewegung, als wollte sie mich daran hindern, ihr zu widersprechen. »Du denkst vielleicht manchmal an mich, aber gestern abend hast du dich wegen deiner Mutter betrunken. Wubbo sagte das selbst.«

»Wubbo? Wer ist Wubbo?«

»Vellinga natürlich.« Man spricht nicht zu Unrecht von einem unangenehmen Geschmack im Mund. Die Angewohnheit mancher Frauen, unbekannte oder halbwegs bekannte Leute oder Leute, die keine Rolle spielen, im Laufe eines Gesprächs schlankweg bei ihrem Vornamen zu nennen, als wäre der Gesprächspartner vertrauter mit ihnen als mit seiner eigenen Familie, kann bezaubernd naiv sein oder lästig oder praktische Schwierigkeiten hervorrufen, aber hier war sie geschmacklos und grob oder absichtlich kränkend. Das Barmädchen. Aber die liebte ich ja. Ich rutschte etwas auf dem Stuhl hin und her und sagte wie beiläufig:

»Ich war heute morgen bei Vellinga.«

Sie wurde leichenblaß und biß sich auf die Lippen. »So?«

»Ich habe eine halbe Stunde mit ihm geredet, und er hat mir erzählt, daß du mit ihm Schluß gemacht hast.« Und als sie schwieg: »Wegen mir.«

»Das ist nicht wahr!« fuhr sie auf, mit einer schnellen, drohenden Bewegung ihrer Schulter zu mir. »Ich habe deinen Namen nicht erwähnt; außer, daß ich zuerst dachte, daß er den Rum für dich bestellt hatte ...«

»Das meinte ich auch nicht, ich meinte, daß du es wegen

mir gemacht hast. Das brauchst du Vellinga auch nicht unter die Nase zu reiben ... Ist das so?«

»Nein.«

»Das glaub ich nicht. Warum hast du es dann gerade gestern abend gemacht? Oder hattest du das schon lange vor?«

»Ja, schon lange; so lange, wie du es dir gar nicht vorstellen kannst ...«

»Ich kann mir alles vorstellen, denn ich weiß alles. Wie du auf ihn reingefallen bist. Das Jahr, in dem du nicht wolltest, als du mich noch geliebt hast ... Und nun, nach gestern abend, da draußen ... Ja, und dann willst du nicht wegen mir mit ihm Schluß gemacht haben!« Meine Hände zitterten; ich hätte mich auf sie stürzen mögen, zuerst auf sie stürzen, sie dann umarmen und mitnehmen. Eine Welt voller Wut brach in mir auf, und in dieser Wut lag meine Liebe zu ihr beschlossen, die selber wütend gewesen war von einem Jahr zum anderen, vor der Zeit gealtert durch Wut, zutiefst verwundet, äußerlich kühl und abschätzig – oh, wie gut verstand ich sie!

»Wenn er dir alles erzählt hat« – sie sprach jetzt viel unsicherer, den blonden Kopf plötzlich gesenkt –, »dann verstehe ich nicht, warum du noch hierherkommst. Ich hatte immer gedacht, daß du nicht alles wüßtest.«

»Ich bin kein völliger Schwachkopf, und ich weiß, daß Verleumdungen immer zu sechzig Prozent wahr sind; deshalb sind es ja Verleumdungen; sonst wären Verleumdungen nicht so schrecklich. An der Geschichte mit Vellinga hast du keine schuld. Aber auch, wenn du schuld gehabt hättest, und auch, wenn du nicht wegen mir mit ihm gebrochen hättest, würde ich immer noch keinen Augenblick zögern ...«

Ich hätte ihr gern in die Augen gesehen. Aber ich konnte nicht sagen: »Sieh mir in die Augen, Trix« – ich war kein Großvater, keine edle Gestalt aus Büchern und Zeitungen. Ich mußte gegen diesen aschblonden Kopf sprechen, diesen

Schädel, diese etwas struppige Barmädchenfrisur dieser Ausgestoßenen, mit der ich nicht einmal Mitleid hatte, weil ich sie mehr liebte als die Sonne und den Mond. Ich mußte etwas sagen, etwas, wozu eine bestimmte Haltung paßte, das rechte Bein über das linke geschlagen, gedankenlos mit der Uhrkette spielen.

»Im übrigen bin ich nicht hierhergekommen, um über den Herrn Vellinga zu sprechen. Ich bin gekommen, um dich zu fragen, ob du mich heiraten willst.«

Mir war nicht zumute, als wäre etwas Weltbewegendes passiert. Ich hätte es auch vor vier Jahren sagen können, wenn ich damals mehr verstanden hätte; denn es existierte keine Zeit in diesen Dingen; alles liegt bereit, alles ist vollendet. Hätte ich ihr nach unserem ersten Kuß einen Antrag gemacht, hätte sie mich ausgelacht, aber vielleicht hätte Vellinga sich herausgehalten aus ihrem Leben. Als sie nicht aufblickte, fuhr ich fort:

»Du kannst ablehnen, aber nur, wenn du denkst, daß du mich nicht genug liebst. In drei oder vier Jahren bin ich fertig mit dem Studium, aber ich könnte dich auch vorher heiraten, in ein paar Monaten schon. Mein Vater wird mir nichts abschlagen, das weiß ich ... Wenn du mich nicht genug liebst und mich trotzdem heiraten willst, dann ist es, was mich angeht, auch gut. Aber denk um Himmels willen nicht an die Welt oder die Menschen. Sie sind nicht böse, aber man muß sie ab und an durchschauen. Vellinga ist eine Stütze der Gesellschaft, aber diese Stütze ist zu einem Teil aus Glas, und das ist auch gut für ihn, sonst würde er noch üblere Gemeinheiten begehen ...«

Entmutigt schwieg ich. Was philosophierte ich hier herum? Und war es nicht vielleicht ein Fehler, allzu herablassend über Vellinga zu sprechen? Erniedrigte ich sie nicht mit derartigem unnötigem Beiwerk? Und weshalb sagte sie nichts? So konnte ich nicht weitermachen und die Vorteile einer

Heirat mit dem Sohn des Richters gegen das Leben ausspielen, das sie führte, oder ihr beispielsweise vor Augen halten, daß neben meinen Gefühlen für sie eine Heirat mit ihr die Abzahlung einer Dankesschuld an ihren Vater, meinen Lehrer, sein könnte. In der Welt hinter der sichtbaren Welt tauchte für mich seine große Gestalt auf, Henri Cuperus, wie er in unserem Salon vor meiner Mutter stand, die verschmähten Blumen in der Hand, und Tränen traten mir in die Augen.

Vorsichtig stand ich auf und ging zu ihr. Jetzt erst merkte ich, daß sie vor sich hin murmelte. »Und ich sollte dich nicht lieben«, verstand ich ein paarmal. Gerade als ich ihr mit einem geflüsterten »Trix« die Hand auf den Kopf legen wollte, sprang sie auf, stieß mich mit aller Kraft von sich und lief zu ihrem Bett, ließ sich, geschüttelt von Schluchzern, darauf fallen, die Hände vor dem Gesicht. Ich war nicht erschrocken. Ich war mir nur meiner Pflicht bewußt, einer beinahe ärztlichen Pflicht, nicht zu stören, nicht zu trösten, sie einem Ausbruch von Empfindungen zu überlassen, der auch für mich oft so heilsam und offenbarend gewesen war. Keine Liebesbezeugungen, kein beruhigendes Wort – das wären doch nur Lügen gewesen, wenn jemand so auf einem Bett lag und schluchzte, dem eigenen Bett. Es war Mitleid – vielleicht auch Angst, Scham, jemanden gebrochen zu sehen, der immer so aufrecht gewesen war und den ich nun trotz allem nach einiger Zeit würde »aufrichten« müssen. Denn ich war und blieb der Sohn des Richters, daran konnte keine Macht der Welt etwas ändern; aber ich durfte auch nicht so tun, als wäre es mehr als ein Moment der Schwäche. Und was machte es schon aus? Was machte es schon aus, daß ich eine Art Triumph spürte und sogar, irgendwo in der Unterwelt meiner Seele, einen Anflug von Schadenfreude: Da liegst du nun, Fräulein Trix, hättest früher begreifen sollen, daß du zu mir gehörst ... Meine Liebe hielt allem stand und überwand alles. Ich forderte die ganze Welt heraus, mir irgendwelche Zeichen zu senden, die das in Frage stellten.

Es müssen einige Minuten verstrichen sein, in denen wir aufeinander horchten, wer zuerst etwas sagen würde. Sie lag jetzt ganz still da, das Gesicht in den Händen wie ein Kind. Als das Schweigen feierlicher, aber auch bedrohlicher zu werden begann, setzte ich mich zu ihr auf die Bettkante und suchte nach Worten: dem ersten, so bestimmenden Anfang von dem, was nun unvermeidlich folgen mußte, was aber trotz seiner Unvermeidlichkeit tausend Formen annehmen konnte ...

»Trix, soll ich gehen? Nimm morgen frei, dann komme ich früh hierher. Du weißt jetzt, wie ich darüber denke ...«

»Nein, geh nicht«, erklang ihre erstickte Stimme, und ich fühlte und hörte, wie sie sich umdrehte und sich aufrichtete, schräg hinter mir, »ich will dir alles erzählen. Komm näher zu mir.«

Wir rückten näher zusammen, und sie umarmte mich. Als sie mich auf den Mund küßte, schmeckte ich ihre Tränen. Es war kein trockenes, brennendes Schluchzen gewesen, das eben; ich hätte etwas mehr Mitleid zeigen können, dachte ich leicht beschämt; wieder ein kleiner Fehler ... Eine unermeßliche Ruhe. Ihr Körper an meinem, ohne jede Erregung meiner Sinne. Leidenschaftlich küßte ich sie, drängte ihre Lippen auseinander, und obgleich sie tief seufzte und ihren Arm fast kneifend um meine Taille schlang (ohne mich jedoch näher an sich heranzuziehen), fühlte ich auch dann nichts als immer dieselbe Ruhe, die aus Zartheit gemischt war, Erhabenheit, Wehmut und einer harten, vielleicht sogar eiskalten Überzeugung, die Welt und das Leben, die Zeit und den Verfall überwinden zu können, indem ich dieses war, dieses tat, dieses auf mich nahm. Für einen Augenblick war es, als würde ich versinken, würde ich sterben, und in meiner Magengegend klagte das alte Lied der Inspirationen und Orakelsprüche, und ich verstand alles. Ich würde sehr unglücklich werden. Ich vergaß es wieder und lebte nur noch in dieser endlosen Gegenwart von etwas, das nicht ich selbst war und das mehr ich selbst war als meine eigene Person. Ihren Kopf zwischen den Händen, ließ ich den meinen auf ihrem aschblonden Haar ruhen.

»Erzähl nur alles.«

Als sie sich löste und ihr Gesicht zeigte, erschrak ich. Es war das Gesicht einer Geschlagenen, die Augen schienen krampfhaft geschlossen zu sein, die Falten erschienen beängstigend. Es war nicht mehr als Gesicht zu erkennen; keine Zeichen des Kummers oder der Rache lagen darauf, lediglich die einer tödlichen Müdigkeit, wie von jemandem, der sich gerade erst aus einem Morast herausgekämpft hat und noch nicht weiß, wie es jetzt weitergehen soll. Den Arm um meine Taille geschlungen, begann sie hastig zu sprechen.

»Ich weiß nicht, ob ich dich heiraten kann, Nol. Ich liebe dich und habe dich immer geliebt; vielleicht gerade deshalb. Du hast alles von Vellinga gehört; und es war noch schlimmer, er hat dir nicht alles erzählt. Aber als wir uns küßten, damals auf der Türschwelle, war noch nichts passiert, wenigstens nichts ...«

»Das weiß ich. Es war das Kostbarste, was er mir erzählen konnte.«

»Am selben Abend redete mein Vater mit mir. Ich hatte längst genug von ihm, denn Wubbo, Vellinga meine ich, hatte mir schon erzählt, wie mein Vater sich in der Nacht benommen hatte, und Trunkenheit ist gut und schön, aber er hat mich da doch mit reingerissen, er hätte mich beschützen müssen. Vellinga hat ihm am nächsten Tag alles erzählt, der verdammte Kerl, ich glaube, er hat ihm auch noch weisgemacht, daß er mich heiraten wolle – als ob ich das gewollt hätte, diesen Widerling! Aber mein Vater und ich haben nie darüber gesprochen. Er konnte also richtig wie ein liebevoller

Vater mit mir reden, und er sagte, er habe es gesehen, daß du verliebt in mich warst, ich könne so nicht weitermachen; du seist zu jung und würdest sicher deine Meinung ändern, und du kämst aus einem höheren Stand, deine Eltern würden es nicht wollen; er sagte auch, deine Mutter sei so stolz ...«

»Meine Mutter hat ihm seinerzeit einen Korb gegeben«, konnte ich mich nicht enthalten zu sagen, »so stolz war sie nun auch wieder nicht, im schlechten Sinne ...«

»Davon weiß ich nichts«, sagte sie etwas ungeduldig, »und weiter sagte er noch, daß ich nicht zu einer Heirat taugte, mit wem auch immer, weil ich immer meinen Willen durchsetzen wolle. Vielleicht hatte er recht, und über die anderen Dinge hatte ich selbst schon nachgedacht, ich betrachtete dich noch als einen kleinen Jungen, auch wenn ich allmählich verrückt nach dir geworden war, vor allem nach dem Nachmittag auf der Eisbahn; und bei deinen Eltern betteln zu gehen – dazu hatte ich wenig Lust ... Im nachhinein mußte ich ihm recht geben, und deshalb erschien es mir damals besser, dich nicht mehr zu sehen, nie mehr. Mit meinem Vater habe ich natürlich noch Streit gehabt, und es fehlte nicht viel, und ich hätte ihm alles an den Kopf geworfen, das über die Nacht, als sie mich bewußtlos gemacht haben ...«

»Ich habe überlegt, ob Vellinga dir vielleicht ein starkes Schlafpulver ins Glas getan hat. Hast du nichts geschmeckt?«

»Ich weiß es nicht mehr. Jemand anderes hat auch schon so eine Bemerkung gemacht. Ich hatte noch nie etwas getrunken, mußt du wissen, höchstens etwas Wein mit Wasser, mein Vater drängte es mir nie auf, auch wenn er sehr genau wußte, daß ich vor allem nicht trank, um ihn zu ärgern – oder ihm mit gutem Beispiel voranzugehen, könntest du auch sagen –, aber an dem Abend wollte ich kein Spielverderber sein, und dieses französische Weib bedrängte mich die ganze Zeit, und ich war in übermütiger Stimmung, weil die Oper jetzt endlich hinter uns lag und weil jeder sagte, daß ich gut gesungen hatte, sogar die Sängerin, wie es scheint. Aber ich wollte nicht mehr singen: Sich da vor anderen Menschen aufspielen – nichts für mich … Vellinga war sehr fröhlich; ich erinnere mich noch, daß ich auf seinem Schoß saß und bei mir dachte: Dich möchte ich nicht haben, Meneer Vellinga, mit deiner Windmacherei. Ich erinnere mich vage, daß ich weggetragen wurde.«

»Du wirst später wohl öfter mal etwas getrunken haben, oder?«

»Ja.« Sie ließ meine Taille los. »Oh, du willst sagen, daß ich damals nicht bewußtlos gewesen bin. Nun, vielleicht hatte er doch ein Schlafpulver hineingetan, er ist ja zu allem fähig, dieser Lump! Aber nun mußt du weiter hören, Nol …«

Alle Müdigkeit war aus ihrem Gesicht gewichen. Sie war schön, bezaubernd schön, als hätte sie genauso viele Gläser getrunken wie in jener verfluchten Nacht. Ihre Augen glänzten – vor Verliebtheit konnte es nicht sein während dieses Gesprächs, es war die Klage, die jahrelang unterdrückte Anklage, die sie so belebte, dieses törichte Suchen der gekränkten Seele nach ihrem Recht, auf das die Juristen aus Mangel an Beweisen mit zartem Tätscheln des Handrückens zu reagieren pflegen und sich ihren Teil denken. Als ich sie immer noch ansah, lachte sie kurz, dieses Zauberlachen, und drehte mein Gesicht von sich weg.

»Ich war zu meiner Tante zurückgegangen, weil Vater nach der Aufführung wieder wie ein Idiot angefangen hatte zu trinken. Meine Mutter kam jetzt auch nicht mehr gegen ihn an; früher hielt sie ihn oft vom Trinken ab, indem sie im Bett absichtlich anfing, zu husten und zu weinen; aber das scherte ihn jetzt nicht mehr. Außerdem genierte ich mich, weil ich auf Vellingas Schoß gesessen hatte, ich wollte weg. Schon nach zwei Tagen ein Brief von ihm: Daß er mich nicht vergessen könne, daß er wahnsinnig verliebt in mich sei und all solche schönen Dinge, und ob ich schnell zurückschreiben könne. Ich dachte gar nicht daran, aber eine Woche später war er schon mit dem Auto bei uns: Ich kam nach Hause, und da saß er wie ein Fürst mit meiner Tante im Zimmer, und Tante hatte nichts Besseres zu tun, als ihm um den Bart zu gehen und mich da reinzuziehen – sie sah sofort eine gute Partie in ihm; damit war sie schon längst zugange, ohne Kuppelei würde sie die Fallsucht kriegen, glaube ich –, und schließlich ließ sie uns mit einer Ausrede allein. Ich konnte nicht grob zu ihm sein, denn ich dachte natürlich, daß ich nur auf seinem Schoß gesessen hatte, und da war er so unverschämt, sofort alles von der Nacht zu erzählen und mich um Verzeihung zu bitten und zu sagen, daß er mich so sehr liebe. Es hätte nur noch gefehlt, daß er auf die Knie gefallen wäre. Ich dachte damals nicht mehr soviel an dich, aber ich glaubte ihm nicht, ich dachte, es wäre ein Trick, und ich sagte, daß ich nicht wollte, auch wenn zehn Kerle mich verführt hätten …«

»Verführt«, sagte ich höhnisch.

»Nun, vielleicht drücke ich mich nicht richtig aus, darauf darfst du nicht achten, ich bin nicht gelehrt, so wie du.« Ihr Ton war gereizt. »Aber jetzt mußt du weiter zuhören, Nol. Natürlich kam er wieder, er war wohl wirklich verliebt in mich, glaube ich, er ist nicht der Schlechteste, all die reichen Kerle sind Schufte, sie können vielleicht nicht anders … Und meine Tante immer mit diesem dummen Gerede: Er würde mich sicher heiraten, ich sollte mal mit ihm ausgehen – sie wußte nichts von jener Nacht –, er war der reiche Mann, und was ich davon haben würde, mich mein Leben lang abzuhärmen; sie hätte es auch nie so genau genommen, und jeder hielte sie doch für anständig (das stimmte nicht, man klatschte im Dorf über sie); und die ganze Zeit Briefe von Vellinga und Geschenke und Ausfahrten mit dem Auto, ich ging dann aus Langeweile mit …«

»Und Heiratsanträge.«

»Nein«, sagte sie entschlossen, »das hat er nie getan. Er hat zwar nicht gesagt, daß er mich nicht heiraten wolle, aber ein Antrag, nein. Da muß ich ehrlich bleiben. Aber immer wieder diese Art, auf das eine zurückzukommen: Daß ich ihm bereits gehörte, und was mache es denn schon, und man sei nur einmal jung, *enfin*, du kennst das ... Oder du kennst es nicht.«

Plötzlich zwang sie mich, ihr in die Augen zu sehen, Augen, die brannten, aus denen alles Flüssige gewichen zu sein schien, zwingende, unbarmherzige, prachtvolle Augen.

»Ich sollte nicht weiterreden, Nol. Du weißt vielleicht nichts von diesen Sachen.«

»Ich bin seit mehr als drei Jahren Student, und ich habe Vellinga heute morgen gesprochen, der hat letzte Hand an meine Erziehung gelegt. Ich will nicht behaupten, daß ich alles weiß, aber ...«

»Stimmt das?«

»Ein Mediziner muß das schon. Du kannst später nicht wie ein kleines Kind ins Leben gehen. Die Juristen übrigens auch – ich bin im allgemeinen nicht sehr für die Juristen zu haben, aber über diese Dinge, Verführung und Vergewaltigung und solche Sachen, müssen sie doch informiert sein.« Es fiel mir auf, daß sie nicht nach meinen Erfahrungen mit anderen Frauen fragte.

»Nun, nach unserer Begegnung und dem Gespräch mit meinem Vater und meinem Brief an dich machte es mir eigentlich nicht mehr soviel aus. Dich hatte ich doch verloren, und ich glaubte, daß mein Vater recht hatte und daß ich nie mit jemandem glücklich werden könnte, der meint, daß er über mich zu bestimmen hat ... Das ist vielleicht sehr unweiblich. Findest du mich unweiblich, Nol?«

»Nein«, sagte ich, »du weißt, wie ich darüber denke. Früher fand ich es schon merkwürdig, daß du dich soviel geprügelt hast; aber das ist doch nicht unweiblich, und du hast es auch nicht aus Spaß gemacht. Wenn eine Frau stark ist, braucht sie noch lange nicht …«

»Und Vellinga konnte sehr witzig und unterhaltsam sein, und Tante hatte zufällig gerade mit ihrer Meckerei aufgehört, das kam auch noch dazu (hätte sie nur weitergemacht, dann hätte ich es nie getan, nie!); und zum Schluß, na, du verstehst es schon.«

»Du mußt ihn zu Beginn doch geliebt haben«, sagte ich und rief meine gesamten Kenntnisse über die weibliche Seele zu Hilfe – Kenntnisse aus zweiter Hand; entlehnt vor allem von einem Pseudophilosophen aus dem zwölften Semester, der behauptet hatte, eine Frau würde einen immer eine Woche lang lieben, wenn man sie sich richtig vorgenommen habe.

»Niemals! Ich sollte den Halunken lieben? Vielleicht, wenn ich dich nicht geliebt hätte, dein freches, großes Mundwerk und die roten Wangen und deine liebe Art, ach …« Heftig zog sie mich an sich und küßte mein Gesicht, mein Haar. Ich ließ es geschehen; wenn ich ihre Liebkosungen erwiderte, käme ihre Geschichte nie an ein Ende.

»Ach nein«, fuhr sie fort und strich sich mit einem verächtlichen Lächeln die Frisur zurecht, »ich bin auch nie lieb zu ihm gewesen, und er bekam kein Dankeschön für das Geld, das er mir aufdrängte. Ich habe ihn bis zur Weißglut getrieben, diesen Kerl, bis zur Weißglut. Am nächsten Morgen bin ich zu meinem Vater gereist und hab ihn ins Gesicht geschlagen, dreimal, viermal, bis er anfing zu weinen. Ich sagte, ich würde Kellnerin in der Sozietät werden, dann könnte ich ihn bedienen und ihn rausschmeißen lassen, wenn er lästig wurde. Vellinga hatte mir die Stelle beschafft, weil er mich dann sehen konnte, wenn er Lust dazu hatte. In meinem kleinen Zimmer ist er nie gewesen, obwohl die Leute das sagten, aber im Sommer gingen wir in den Park oder in den Schuppen, dieses niedrige Gebäude, du weißt schon …«

»Am Weg mit den Linden?«

»Ja, die dufteten immer so schön im Juni; einmal stolperte er über die Gartenstühle, und da bin ich ihm weggelaufen, zurück, im Dunkeln. Das war alles verboten, aber der Pächter verdiente zuviel an ihm, so daß er nichts zu sagen wagte, und die Kellner und die Mädchen, die hielten ihren Mund, nachdem ich einen von ihnen verprügelt hatte …, aber später …«

»Einen Kellner?«

»Ja, einen alten. Er wollte sogar zur Polizei gehen. Meinen Vater hatte ich als Mädchen auch schon manchmal geschlagen, aber nie schlimm. Vellinga habe ich auch einmal geschlagen, aber er hielt mich am Handgelenk fest, er war stärker als ich; es fiel mir auch leichter, ihn zu ärgern … Aber mein Vater, ich werde dir mal was sagen, Nol, die Leute behaupten, daß es einen Himmel gibt, in den alle kommen, aber wenn ich meinem Vater später im Himmel begegne, dann schlage ich ihn tot!« Sie hatte mit erhobener Stimme gesprochen, beinahe war es ein Kreischen gewesen.

»Ich bin Mediziner, kein Theologe, und ob dein Vater im Himmel ist, weiß ich nicht. Aber … jetzt nicht natürlich …, aber du wirst ihn vielleicht besser verstehen …«

»Ergreifst du auch schon Partei für die Kerle? Du hast doch keine Ahnung. Oder hast du etwa eine Ahnung davon, wie sich eine gefallene Frau fühlt, auf die jeder spucken kann? Hast du eine Ahnung, wie sich eine Hure fühlt, und nach einer solchen Nacht wach zu werden und dich schmutzig bis in die Knochen zu fühlen, und zu sehen, wie der Schuft sich die Unterhose anzieht, verdammt! Verdammt! Ich könnte sie bei lebendigem Leibe häuten, wie einen Aal … Verdammt, verdammt …« Mit erstickter Stimme stieß sie diese Flüche aus und trommelte währenddessen mit beiden Fäusten einen Wirbel aufs Bett, so daß ich leise mitschaukelte, in einer Art Rausch, einer fast tierhaften Freude; ich wünschte beinahe, daß sie mich schlüge.

Sie beherrschte sich unglaublich schnell wieder und ging dann zu einem gehetzten Flüstern über, das durch die Heiserkeit etwas Drohendes, etwas Unheilverkündendes hatte. »Aber das ist nicht das einzige, nicht das schlimmste. Das schlimmste ist, daß man selbst danach verlangt, auch wenn man weiß, daß man am nächsten Tag in den Ringgraben springen möchte. Es war das einzige Vergnügen, das ich hatte, sonst hätte ich mich gleich um die Ecke bringen können, schade, daß ich es nicht getan habe ...« Ich nahm ihre Hand, aber sie schob sie fort. »Einfach der Spaß – nicht, mit so einem Halunken im Bett zu liegen, sondern den Kerl aufzureizen, und du weißt: Wenn man dann nicht nachgibt, kommen sie nicht wieder. Es amüsierte mich; wenn es darauf ankommt, bin ich leichtsinnig, Nol, wirklich; und das Leben dort in der Sozietät hat mich nie gelangweilt, die Arbeit meine ich: Immer Menschen um einen herum, die man irgendwie herumdirigieren kann ... Vielleicht hab ich die Kerle dann sogar für ein paar Sekunden geliebt, wenn sie einem so flehend zu Füßen liegen und vor Hitze nicht wissen, was sie tun sollen, eine schöne Komödie, aber mir hat es Spaß gemacht, und es hat Zeiten gegeben, in denen ich es gebraucht habe ...«

»Kerle sagtest du?«

»Das war das einzige, was ich hatte, wenn ich unglücklich war; schließlich waren es Menschen, ich fühlte mich dann nicht völlig einsam ...« Sie zögerte ein wenig und sagte dann mit leiser Stimme: »Ja, Nol, ich habe noch nicht alles erzählt. Es gab noch andere als Vellinga.«

Mich ergriff dieselbe innere Erstarrung wie damals vor Jahren, als meine Mutter mir von ihrem Lebenswandel erzählt hatte. Innerlich hielt ich mich völlig still; das einzige, was mich erfüllte, war: Wenn sie mir etwas anmerkt, ist alles verloren, dann können wir sofort beide in die Gracht springen. Es war günstig, daß ich in dem Augenblick, als sie diese

Worte aussprach, reglos vor mich hin gestarrt hatte, was ich jetzt nur fortzusetzen brauchte. Nicht denken, nicht denken. Aber man kann nicht alle Gedanken mit seinem Willen fernhalten; und Philosoph Nummer soundsoviel trat ins Rampenlicht, wieder ein Student, ein Pharmazeut im fünften Jahr, ein Lebenskünstler, der sich Dorian Gray zum Vorbild genommen hatte und nie von »Hühnern« oder von »appetitlich« sprach. Von ihm war bekannt, daß seine Mätresse – er war reich – ihm eine Zeitlang mit verschiedenen Kaufleuten untreu gewesen war, wonach sie wieder zu Kreuze kroch, um mehr oder weniger liebevoll aufgenommen zu werden. Sie war eine schöne Frau, ich habe sie ein einziges Mal gesehen; dank dem Umgang mit dem Wilde-Schüler war sie selbst nicht ohne einige Bildung; und man hätte von dem Studenten nach ihrer Rückkehr von den Kaufleuten, die das mit genossen hatten, was er in sie hineingelegt hatte, einen etwas temperamentvolleren Ausbruch erwartet. Aber ganz ohne Groll war er doch nicht, denn unter Freunden war er damit herausgeplatzt: »Juultje ist wieder zurück, Leute. Aber erst muß der Geruch von diesen Proleten weg sein, und bis dahin kann noch einige Zeit vergehen. Ich werd mal bei der medizinischen Fakultät nachfragen, wie das am besten geht: in Soda auskochen oder die Semmelweis-Methode mit Kalkwasser, an Ort und Stelle.« Ich saß totenstill und ließ die Erinnerung vorüberziehen; es war nichts, es war nur ein banaler Spaß von Oscar Wilde, einem verirrten Dandy …

»Nol!« Ihre Hand um die meine gelegt, sah sie mir scharf in die Augen. »Was hast du? Findest du es schlimm?«

»Nein, ich finde es nicht schlimm.«

»Doch, ich fühle es! Du findest es schlimm!« Ihre Augen füllten sich mit Tränen. »O Gott, Nol, wenn du mich verachtest …«

Was konnte ich sagen? Jede Beteuerung des Gegenteils würde eine heimliche Selbstbeschuldigung bedeuten, einen

Vorwurf an das kleine Ich, das nichts hinnehmen kann. Denn es gab noch einen vagen Gedanken: Natürlich ist sie eine Hure, das habe ich schon vorher gesagt; aber ich liebe sie; ich kann sie sogar als Hure behandeln und sie lieben, ich kann sie sogar als Hure mißbrauchen und sie lieben. Schließlich begann ich, einfach draufloszureden.

»Du hättest viel schlimmere Dinge tun können, ohne daß … Aber so etwas muß man doch erst mal verarbeiten, entschuldige, es ist schließlich etwas anderes als ein Gespräch übers Wetter … Ich habe mich schon damit abgefunden. Ich meine … ich meine, es ist gar kein Nachteil, denn wenn Vellinga der einzige gewesen wäre, hätte ich vielleicht doch gedacht, daß du ihn geliebt hast …«

Mißtrauisch beobachtete sie mich. »Bist du denn nicht eifersüchtig?«

»Nein.«

»Das glaube ich nicht. Wenn du jemanden liebst, bist du eifersüchtig.«

Ich mußte schlucken. Wie dogmatisch sie doch war, und wie recht sie hatte. »Ich nicht. Wenigstens nicht … nicht auf die Vergangenheit. Es hätte wenig gefehlt, und ich hätte Vellinga heute morgen ein blaues Auge geschlagen, wenn ich die Gelegenheit dazu gehabt hätte – aber nicht aus Eifersucht. Mehr aus Entrüstung, oder einfach, weil er mich irritierte mit seinem roten Kopf …« Schwach, dachte ich wieder. Nicht, weil alles gelogen war, sondern weil ich mich wieder so weit über Vellinga erhob. »Ich will übrigens nicht schlecht von ihm reden. Er ist nicht so glücklich dran gewesen wie ich, beinahe niemand ist das. Meine Mutter hat einmal gesagt, daß Liebe, die in der Kindheit beginnt und dann später eine Zeitlang in Vergessenheit gerät, die stärkste aller Lieben ist.«

»Wußte sie von mir?«

»Ja.«

»Was sagte sie dazu?«

»Sie stand dem nicht ablehnend gegenüber«, log ich; oder, wer weiß, vielleicht war es nicht einmal eine Lüge.

»Kannst du dich denn noch daran erinnern, daß du verliebt in mich gewesen bist, als wir miteinander im GARTEN tanzten? Ich erinnere mich noch gut daran, an dieses plötzliche Gefühl; ich hätte es mit niemand anderem getan ...«

»Nein«, sagte ich, nachdem ich kurz nachgedacht hatte, »daß ich verliebt in dich war, glaube ich nicht. Aber das kommt durch die Unterbrechung. Ich weiß nur, daß es seltsam war und daß du danach nie ganz aus meinen Gedanken verschwunden bist. Wenn ich dich kämpfen sah, betete ich dich eigentlich an, aber was weiß ein Junge schon davon? So etwas wird nicht oft vorkommen, denn meistens treiben die Menschen für immer auseinander. Dank deinem Vater ist das bei uns nie passiert.« Eine Zeitlang schwiegen wir.

»Du hast so ein feines Gespür für alles, Nol«, begann sie wieder und streichelte meine Hand, »warum muß ich dich mit diesen abscheulichen Dingen quälen? Du bist auch klug, viel klüger als ältere Menschen, mein Vater zum Beispiel.«

»Wenn ich klug bin, habe ich das hauptsächlich deinem Vater zu verdanken. Nicht durch das, was er sagte oder dachte, sondern durch das, was er war. Er war auf eine unkluge Art klug ...« Sie zuckte die Schultern; wieder lag eine Grenze zwischen uns, sei es auch eine ganz natürliche Grenze. Mich hatte man gelehrt, zu denken und meine Gedanken in Worte zu fassen, sie nicht.

»Wer waren die anderen?«

Wieder das Mißtrauen in ihren Augen, danach ein strafendes Kopfschütteln. Scheinbar spielerisch nahm ich ihren Arm und streichelte ihn bis zum Handgelenk. Gerade, als ich sagen wollte, daß sie es lieber bis zu einem nächsten Mal aufschieben solle, sagte sie:

»Du findest es doch schlimm. Aber du hast recht. Es hat angefangen, als ich merkte, daß Vellinga mich betrog. Ich hatte keinerlei Recht auf ihn, aber ich ließ es mir nicht gefallen, und bei der erstbesten Gelegenheit betrog ich ihn und sagte es ihm am nächsten Tag. Er war nicht einmal böse, er kam doch nicht gegen mich an.«

»Wer war es?«

»Meneer Caspers.«

»Caspers«, wiederholte ich langsam, »he, Caspers … Gar keine so schlechte Wahl.«

»Er nahm mich in seinem Auto mit. Aber ich hätte dir das in jedem Fall erzählen müssen, denn durch meine Gespräche mit ihm erschien die Sache mit Vellinga nun in einem ganz anderen Licht. Ich war nicht verliebt in Caspers – in die beiden anderen noch weniger, das waren Ekel –, aber er war sehr freundlich zu mir, ein richtiger Herr, viel mehr als Wubbo, und er wollte alles aus meinem Leben wissen und erzählte auch viel von meinem Vater, unter anderem, daß er dafür gesorgt hatte, daß mein Vater nicht mit dieser Alice de Rato weitergemacht hatte: In der Pause damals bei der Aufführung hatte er ihm gesagt, daß sie ein Stück Dreck war – das war sie auch – und im Auto einen völlig verdorbenen Eindruck auf ihn gemacht hatte, das hat sich Vater wenigstens zu Herzen genommen. Ich habe ihn dann gefragt, wie dreckig er mich denn nun eigentlich fand, und so kam das Gespräch auf Vellinga und wie der mich hatte verführen können. Als ich es ihm erzählt hatte – so, wie Vellinga es mir aufgetischt hatte –, machte er ein bedenkliches Gesicht; er sagte auch etwas von Schlafpulvern; aber dann dachte er sehr lange nach, und dann sagte er, daß er kein Wort davon glaube und daß er sich mal informieren wolle, denn dies ginge doch zu weit. Es schien ihm höchst unwahrscheinlich, daß ich nichts davon gemerkt hätte, auch wenn ich bewußtlos gewesen wäre; so etwas gebe es nicht, sagte er. Vellinga selbst würde ihm natürlich etwas vormachen, und der war auch betrunken gewesen, aber Alice de Rato war nicht sehr betrunken gewesen – das hatte ich ihm erzählt –, und es schien ihm immer noch der Mühe wert, zu ihr zu gehen, auch wenn sie seiner Meinung nach noch viel unzuverlässiger war als Vellinga selbst. Das hat er auch getan, nachdem er mit mir Schluß gemacht hatte …«

»Schluß gemacht? Caspers?«

»Ja, nach dem zweiten Mal schon. Er sagte, daß er gemerkt habe, daß ich einen anderen liebte, nicht Vellinga, sondern noch jemand anderen. Nicht, daß er von mir einen Namen zu hören bekommen hätte oder so etwas, aber er habe es gefühlt, und er hoffe, daß ich die Person wiedertreffen würde, denn seiner Meinung nach war ich mehr wert als alle Frauen, die er in seinem Leben gekannt hatte, und wenn ich ins Ausland gehen wolle, wüßte er etwas für mich, ganz ohne eigene Interessen. Von dir wußte er nichts, es sei denn, daß Vater in seinem betrunkenen Zustand geplaudert hatte … Na, ich dachte: Diese schönen Worte kosten dich keinen Cent, Meneer Caspers; aber ich fand doch, daß er ein ordentlicher Kerl war, denn einen Monat später bekam ich einen Brief von ihm, und darin stand, daß er nach Amsterdam gegangen war und, ›meinen inneren Widerwillen überwindend‹ – ich weiß noch genau, was er schrieb –, ›bei Mevrouw De Rato vorgesprochen hatte, die sich gewählt ausgedrückt habe, wahrscheinlich, weil das Dienstmädchen an der Tür gelauscht habe …‹ (Das stimmt nicht, denn sie sprachen natürlich Französisch, Caspers sprach sehr gut Französisch, viel besser als Wubbo.) ›Mevrouw De Rato hat erklärt …‹ Warte, ich werde den Brief holen, das ist einfacher. Du kannst ihn auch selbst lesen.«

»Nein, lies du«, sagte ich.

Mit einem Sprung war sie vom Bett herab und ging mit federndem Schritt zu einem der Wandschränke, den sie halb öffnete, so daß ich nicht sehen konnte, was darin war. Papier raschelte, ein Karton wurde zugeklappt, der Schrank wieder geschlossen, der Schlüssel in die Tasche gesteckt – und schon war sie wieder zurück, den Brief in der Hand, die Lippen zu einem ironischen Lächeln gekräuselt. Dennoch war etwas Respektvolles in den Bewegungen, mit denen sie, nachdem sie sich neben mich gesetzt hatte, den Brief auseinanderfaltete.

»Hier. ›Mevrouw De Rato hat erklärt, daß sie sich noch sehr genau an die Nacht erinnert, und sie schwor hoch und heilig, daß Ihnen nichts Böses geschehen sei, außer ein paar Küssen von Vellinga. Vielmehr wollte sie es so erscheinen lassen, als wäre Vellinga dort im Hinterzimmer ihren eigenen spanisch-brabantischen Raffinessen zum Opfer gefallen, was ich nicht glaube. Aber ihre wiederholten und nicht allzu übertriebenen Beteuerungen – sie war auch nicht betrunken oder unter Kokaineinfluß – haben doch Eindruck auf mich gemacht. Nach meiner Rückkehr habe ich den Herrn Vellinga besucht, um ihn nach seiner Meinung zu fragen. Er sagte, das sei möglich, er sei betrunken gewesen und erinnere sich nicht mehr an alles, er wußte nur, daß er es mit einer Frau getrieben habe. Ich gebe Ihnen seine eigenen Worte wieder, mit einer Entschuldigung für deren Grobheit. Als ich sagte, Mevrouw de Rato würde jeden Kontakt mit ihm leugnen, da dies wegen ihrer Situation auch unmöglich gewesen sei (wie Sie sehen, stellte ich, um ihn in die Enge zu treiben, die Sache etwas anders dar), wand er sich, worauf ich ihn einen Lügner nannte und sein Haus verließ. Ich rate Ihnen, ihm nicht zu sehr zu vertrauen.‹ Freundliche Grüße, Caspers und so weiter. Vellinga hatte mich also hereingelegt, es war ein gemeiner Trick gewesen …«

»Ich verstehe jetzt auch besser, warum er mich gebeten hat, mit dir nicht über diese Dinge zu sprechen. Aber hast du ihn selbst nie danach gefragt, später?«

»O doch, als er wieder zu Kreuze kroch, da hat er die Hukke vollgekriegt. Aber was hat's gebracht? Er leugnete nichts, er gab nichts zu, er wußte nichts mehr. Vielleicht stimmt das auch.«

»Wer waren die beiden anderen?«

»Ich hatte Vellinga ein halbes Jahr lang links liegenlassen, aber das ist das schrecklichste Jahr meines Lebens gewesen; daß ich mir nichts angetan habe, begreife ich immer noch nicht. Manchmal konnte ich morgens nicht einmal aufstehen, und wenn ich dann in den Spiegel schaute, sah ich ein altes Weib und war doch erst vierundzwanzig Jahre alt … Kennst du Sjoerd Stienstra?«

»Sjoerd Stienstra? Kennen? Nein …«

Wieder überkam mich das große Elend, die erstarrte Korrektheit, die häßlichen Bilder, reihenweise Erinnerungen, Urteile, Wahrheiten, Lügen – als wollte die ganze Welt wieder für mich denken und mir die Entscheidungen abnehmen, und *en passant* auch mein Glück. Diesmal merkte sie nicht, was sich in mir abspielte. In W… gab es nur wenige Leute aus dem Kaufmannsstand, durch Geld und Unverfrorenheit in den etwas besseren Kreisen zugelassen, die so schurkisch waren wie Sjoerd Stienstra. Er war ein kluger Schacherer, ein gutaussehender, dunkelhaariger junger Mann mit Muskeln und teuren Anzügen und ein Großmaul von der Börse bis zu seinem Haus. Er bewegte sich locker und geschmeidig und war doch grobgliedrig wie ein Bauernknecht. Er gehörte zu der Sorte, auf die jährlich sicher viel gesetzt wurde. Mit bangem Herzen fragte ich mich, wer der dritte sein würde.

»Der war nicht viel wert«, fuhr Trix fort, »aber mir war damals alles egal, je schlechter, desto besser, und er brachte mir immer viel mit. Ich verdiente dort wenig, sogar mit dem Trinkgeld – das war auch enttäuschend, denn sie dachten oft, daß ich zu gut dazu sei, und dann strichen die Kellner es ein, und ich mußte auch besser gekleidet sein als die übrigen Mädchen, denn ich stand angeblich über ihnen. Die Luxuspuppe von der Sozietät nannten sie mich, nicht die Mädchen, aber ein paar Leute aus der Stadt und vom Lande. Du mußt dies alles bedenken, Nol, und verstehen, daß ich dich nicht einfach sofort heiraten kann. Sie würden sich totlachen, und genau das will ich nicht …«

»Sofort ist auch nicht nötig«, beschwichtigte ich sie und nahm ihre Hand, um sie an meine Wange zu legen, damit sie fühlte, daß kein Tröpfchen Blut daraus gewichen war. »Wollen wir jetzt damit aufhören?«

Mit etwas wie scheuer Dankbarkeit sah sie zu mir auf. Sie war ein wenig nach vorn geglitten, zur Bettkante, und ich saß aufrecht, heimlich damit beschäftigt, Sjoerd Stienstra zu verarbeiten, die Eifersucht auf den Mann abzuwägen gegen die Unmöglichkeit, auf diesen Schurken eifersüchtig zu sein. Was wußte ich übrigens von Schurken? Wer wird denn kein Schurke, wenn er ein bestimmtes Ziel erreichen will, bei dem die Mitarbeit eines anderen erforderlich ist, also unvermeidlich auf Kosten dieses anderen? An diesem Morgen hatte ich einen Schurken entdeckt, einen Helden meiner Kinderjahre, und der war so wenig schurkisch, daß er sich einem Studenten gegenüber bestimmter Schurkereien bezichtigte, die nach einigen Kodizes nicht einmal verboten waren … Als Trix beide Arme um mich legte, etwas spielerisch, etwas traurig, etwas gleichgültig, küßte ich sie auf die Stirn, lange und intensiv.

»Du hast mir immer noch keine Antwort auf meinen … Antrag gegeben.«

»Eigentlich schon«, murmelte sie, »ich weiß es nicht.«

»Weißt du es vielleicht in drei Jahren?«

»Nein, natürlich nicht … In ein paar Tagen vielleicht: Du mußt mir Zeit geben, darüber nachzudenken … Aber, Nol, hör gut zu: Auch wenn ich nicht will, gehöre ich doch immer dir, und zwar solange du willst …«

»Das reicht mir nicht«, lächelte ich, »nicht, weil ich dich Tag und Nacht bei mir haben oder unbedingt in einem Haus mit dir wohnen will, sondern weil ich den Leuten eine Lektion in anständigem Verhalten erteilen will. Ich bin kein Idealist, aber ich finde, daß sie das verdienen. W… muß lernen, ein bißchen Rücksicht auf Menschen wie dich und deinen Vater zu nehmen. Deinen Vater haben sie ihren Kindern Unterricht geben und ihre Chöre dirigieren lassen und wegen der *Tannhäuser*-Ouvertüre aus dem GARTEN gejagt und ihm hinterhergerufen, wenn er betrunken war, und sie haben ihn verleumdet und ihm seine Stunden und Chöre wieder abgenommen und später wieder zurückgegeben, und sie haben seine *Carmen*-Aufführung verdorben und ihn geduldet und bevormundet und ihn ›den Mann‹ genannt – nicht einmal so verrückt, denn er war mehr Mann als die ganze Mischpoke zusammen –, und als er mürbe geworden war, haben sie seine Tochter vergewaltigt und sie in die Sozietät gesteckt und Bier schleppen lassen, und als er ins Delirium tremens fiel, haben sie ihm weniger Kampferspritzen gegeben als meiner Mutter, die nichts mehr davon hatte, und als er tot war, gab es keine Kränze und keine Ansprachen. Ich war damals noch zu jung, und ich kann auch nicht gegen Windmühlen kämpfen. Aber ich finde, daß *etwas* getan werden muß. Ein bißchen Anstand, ein bißchen Respekt, unter anderem vor der Kunst. Ich finde, daß ich sie das lehren kann. Das ist meine Chance.«

»Du willst mich also nicht in erster Linie um meinetwillen heiraten?«

»Ich will dich um deinetwillen heiraten, aber ich will so schnell wie möglich heiraten, um die Gesichter der Leute zu sehen. Außerdem: Siehst du einen Sinn in einer langen Verlobungszeit? Du hier in der Sozietät, von Männern belästigt. Du würdest übrigens bei mir in der Stadt …«

»Du vertraust mir also nicht!«

»Was hat das denn damit zu tun?«

Ihr Ton war verbitterter geworden und ich müder. Ich hätte etwas trinken sollen, dachte ich, es geht schief, ich bin zu müde, um aus diesem Gespräch etwas Vernünftiges zu machen; ich rede wie ein Idiot, nicht wie ein Liebhaber; ich bin noch keinen Augenblick von mir aus zärtlich zu ihr gewesen … Heimlich schaute ich auf meine Uhr. Fünf nach halb zwölf. Ich stand auf und ging in die Ecke, wo meine Sachen hingen. Während ich meinen Mantel anzog, folgte sie aufmerksam meinen Bewegungen; sie war jetzt wieder bleich und grau im Gesicht, blaue Schatten unter den Augen. Dennoch waren diese Augen ruhig und voller Vertrauen, und ich meinte etwas von dem alten Lachen in den Falten rundherum wahrzunehmen.

»Du bist doch nicht böse, Nol?«

»Ich bin niemals böse«, sagte ich nach einigem Zögern, während ich meinen Hut betrachtete, den ich gerade vom Haken genommen hatte, »morgen früh um zehn Uhr komme ich zu dir, nimm dir einen Tag frei, das kannst du sicher, unter irgendeinem Vorwand. Dann besprechen wir alles noch einmal; ich kann schon vorher meinen Vater informieren und Chris, ja, Chris auch. Wir reden nicht mehr über die Vergangenheit. Es hat nicht die geringste Bedeutung, ob der Chefredakteur mit Schlafpulvern gearbeitet hat oder nicht. Ich habe große Lust, eine Heiratsanzeige in seine Zeitung zu setzen; der Hund wird noch so unverschämt sein, uns ein Glückwunschtelegramm zu schicken oder ein Geschenk …« »In Scheinen«, wollte ich hinzufügen, als ich plötzlich begriff, daß ich ihr nicht nur die fürchterlichsten Dinge sagte, sondern mich auch in eine neue Raserei versetzte, in der ich es nur bedauern konnte, eben genannten Hund nicht mit dem Kopf gegen alle vier Ecken seines säuberlich aufgeräumten Schreibtischs geschmettert zu haben … Als ich zu ihr gehen wollte, um so innig wie möglich Abschied zu nehmen, kam sie mir entgegen und flüsterte, die Arme um meinen Hals:

»Ich will alles tun, um dich glücklich zu machen, lieber Nol. Es ist nur so überraschend für mich, ich muß nachdenken, und ich bin nicht so gut im Nachdenken … Ich wollte dich um etwas bitten.« Ihre Hände um meinen Nacken verschlangen sich ineinander, ihre Stirn unter meinen Lippen war kühl; ich spürte, wie sie ihre Füße an den meinen rieb. »Könntest du nicht heute nacht hierbleiben? Du könntest in meinem Bett schlafen, ich auf zwei Stühlen; wir haben kein anderes Zimmer, nicht mal auf dem Dachboden.«

Ich küßte sie aufs Haar. »Auf zwei Stühlen. Du weißt nicht, was du redest, Trix, du kennst mich nicht. Aber ich werde nicht mit dir … Laß uns das aufschieben; ich meine: Es ist eine Art Waffe … Du mußt mir erst versprechen …«

»Warum? Was meinst du mit Waffe?«

Meine Eifersucht gewann wieder die Oberhand; aber das wußte ich nicht, ich dachte, ich sei nur böse über ihre vorläufige Weigerung, die ich, wenn ich sehr nachgiebig war, als eine vorläufige Zustimmung deuten durfte – böse auch, weil ich der Versuchung nicht nachgeben konnte, sie, ohne verheiratet zu sein, zu lieben.

»Ich habe keine Lust, nach einer ersten Nacht hingehalten zu werden.«

»Das ist gemein«, sagte sie kurz, ließ mich los und kehrte sich von mir ab. Aber sofort war sie wieder bei mir, die Augen gesenkt. Ihre Finger spielten mit meinem Schal, meinem Mantel. »Ich würde dich zudecken wie eine Mutter und mir vorstellen, daß du krank bist. Ich habe Angst davor, allein zu bleiben, Nol, das ist es. Und vor allem habe ich Angst vor dem Morgen, wenn ich aufwache und du bist nicht da, und alles kommt wieder, was ich dir heute abend erzählt habe … Es ist nicht die Nacht, es ist der Morgen. Wenn du um sechs Uhr hier sein könntest, wäre es auch gut. Ich habe vor nichts und niemandem Angst, aber morgens bin ich ein Feigling. Und es wäre auch gut, wenn du mich einmal sehen würdest, wie ich morgens bin. Vielleicht willst du dann doch lieber nicht heiraten ...«

»Wenn du dich ein paar Tage ausruhst und ausschläfst, siehst du aus wie vor fünf Jahren ...« Falsch, dachte ich wütend. Warum sagte ich denn diese groben Dinge, wie ein chronisch veranlagter Idiot? ... Aber ich verstand sie jetzt, und ich begann, Möglichkeiten abzuwägen.

»Ich würde natürlich gern bleiben ... Aber mein Vater und mein Bruder würden es äußerst merkwürdig finden, wenn ich eine ganze Nacht wegbliebe, nachdem ich mich gestern abend schon betrunken habe. Anrufen? ... Ich würde es doch erklären müssen, und wenn ich erst noch zu meinem Vater gehe – wenn er nicht schon im Bett ist –, dann gibt es eine endlose Diskussion. Ich kann ihm unmöglich sagen, daß ich am Krankenbett eines Freundes wachen muß; er weiß, daß ich hier in W... kaum noch Freunde habe. Gestern abend habe ich mich nicht einmal um meine Mutter gekümmert, und nun auf einmal ein kranker Freund ...«

»Es muß auch nicht sein«, sagte sie und spielte immer noch mit meinem Schal.

»Ja, und außerdem: Wenn ich heute nacht hierbleibe, weiß es morgen die ganze Stadt, mit all den Leuten hier im Haus. So wollte ich nicht anfangen. Nicht wegen der Tatsache selbst, sondern gerade, weil ich die Menschen ...«

Was nach dieser Verteidigung eines korrekten und einsichtigen Standpunkts noch passiert ist, liegt wie ein Nebelschleier vor meinem Geist. Wir haben uns geküßt, ich habe ihr Mut zugesprochen; sie war fügsam und sah schlecht aus. Ich erinnere mich, daß ich dachte: Nein, niemals in diesem Haus, mit den Junggesellen und der Tante mit ihrer kleinen Nase und den Erinnerungen an Cuperus und Carmen, und morgens der Milchmann oder der Bäcker und wieder die Junggesellen, die lärmend aufwachen und nach ihrem Rasierwasser rufen, und ein Junggeselle vor meiner Nase, wenn ich zur Tür hinausginge … Sie saß auf dem Bett, ich kniete vor ihr und hatte den Kopf in ihrem Schoß, müde wie ein Ackergaul.

»Eines noch«, murmelte ich und begann, ihr die Schuhe auszuziehen, um ihr dann die neuen roten Pantoffeln überzuziehen, die unter dem Bett gestanden hatten. Ich meinte sie schluchzen zu hören, ich wollte die Pantoffeln küssen, aber sie zog mich hoch und brachte mich zur Tür, die sie hastig öffnete. Da ich glaubte, daß es ihr lieber sei, habe ich sie nicht mehr angeschaut.

»Geh schnell nach unten, und so leise wie möglich«, flüsterte sie, »wenn du weg bist, schließe ich schon ab. Bis morgen früh zehn Uhr.«

»Oder eher, neun Uhr, acht Uhr notfalls …«

»Nein, nein …« Mit sanfter Gewalt schob sie mich auf den Flur, wo noch Licht brannte. Auf halber Treppe schaute ich mich noch einmal um, aber sie hatte die Tür schon geschlossen.

Während ich die Treppe hinabeilte, bewegte sich unten im Flur ein Schatten, und ich blickte in das bleiche Gesicht der Tante, die, um schnell an Ort und Stelle sein zu können, schon startbereit in der Küche gesessen haben mußte.

»Ich geh dann«, sagte ich munter, »es ist schon spät.«

Aber mit einem »Nol, hör mal eben«, rief sie mich von der Haustür zurück, die ich inzwischen erreicht hatte. Im Halbdunkel standen wir uns gegenüber. Ihre gespenstischen Augen waren voll auf mich gerichtet.

»Trix erzählt mir nichts mehr«, sagte sie ziemlich laut, trotz des Kostgängers in Cuperus' Zimmer, wo es nun still war, »obwohl ich mir doch immer solche Mühe mit ihr gegeben habe. Sie sollte heiraten; dort in der Sozietät, das ist nichts für sie; immer nur zur Stelle sein, und diese groben Bauern; und sie ist morgens nie ordentlich ausgeschlafen, wenn sie dort hingeht; ich muß oft mit einem nassen Schwamm arbeiten, das ist, glaube ich, der Hauptgrund, weshalb sie mich ein bißchen haßt.«

»Komm, komm«, sagte ich, »hassen … Aber ich muß jetzt weg.«

»Ja, deine Mutter ist gestorben, schrecklich. Aber Trix … Ihr würdet gut zusammenpassen, glaube ich …«

»Ja, ausgezeichnet. Gute Nacht.« Wieder war ich auf dem Weg zur Tür.

»Sie hat ein Herz aus Gold, und Arbeiten hat sie von mir gelernt«, sagte sie, mir unverdrossen folgend. »Ich sag das nicht, um euch zu beeinflussen, das geht immer schief; wir müssen die Entscheidung höheren Mächten überlassen, dem GEIST, an den das menschliche Schicksal …«

Endlich der Bürgersteig. Ihre Hand war ganz zuletzt noch von meinem Arm herabgeglitten. Behutsam schloß sie die Haustür hinter mir. Der Schlüssel wurde zweimal umgedreht.

· 18 ·

Mein Vater war noch auf, und ich konnte es nicht lassen, ihn bei einem Glas Wein zum Mitwisser meiner Absichten zu machen, wobei ich den Namen des Mädchens verschwieg, aber doch den Standesunterschied nicht unerwähnt ließ. Ich konnte ihm damit gleich eine Erklärung für mein eigenartiges Verhalten während der letzten vierundzwanzig Stunden liefern; da gebe es Schwierigkeiten, ließ ich durchblicken, oder besser, das Mädchen habe es schwer, und dadurch seien die Sorge und der Kummer um den Tod meiner Mutter vorübergehend in den Hintergrund getreten. Hiermit verschaffte ich mir zugleich einen Freibrief für eine längere Abwesenheit am nächsten Tag; am Tag darauf war die Beerdigung. Geduldig hörte er mir zu; ich weiß nicht, ob er alles richtig begriff; und im nachhinein fiel mir auf, daß er nichts versprochen, nichts zugesagt hatte. Und dabei hatte ich noch nicht einmal eine baldige Hochzeit erwähnt. Es würde die Zeit kommen, da ich ihn über Vellinga, vielleicht sogar über die anderen informieren mußte, besser informieren, als er schon informiert war, denn über den Fall Trix Cuperus wird ihm etwas zu Ohren gekommen sein. Der Schlafpulverhypothese würde er als Jurist etwas abgewinnen können, aber soweit es Caspers und die anderen beiden betraf, würde ich nicht mit Schlafpulvern arbeiten können. Auf dem Weg in mein Zimmer, wo nebenan Chris friedlich schnarchte, erlaubte ich mir den zynischen Scherz, daß mein Vater ja auch zu einem Schlafpulver für die Hochzeitsnacht raten könnte.

Aber innerhalb von fünf Minuten hatte ich diese burleskjuristische Stimmung abgeschüttelt, und bestimmt eine Stunde lang lag ich da und dachte in beinahe vollkommenem Glück an Trix. Es war soweit. Das entscheidende Gespräch hatte ich hinter mir, und am nächsten Tag würden wir beide glücklich sein, so glücklich, wie wir nur sein konnten; die meisten Menschen brachten es nicht einmal soweit. An eine Weigerung, mich zu heiraten, glaubte ich nicht mehr, es sei denn als Mittel, um mich auf die Probe zu stellen. Ganz sicher hatte ich Fehler begangen, aber was machten die schon aus bei einer Frau mit einigem Verständnis, die bereits viel im Leben mitgemacht hatte? Gäbe es diese elenden bürgerlichen Kodizes nicht, die auch mir offenbar im Blut lagen, dann hätte ich meiner Vorgänger sogar in Frieden gedenken können, weil sie ihr Erfahrungen geschenkt hatten, die den meisten Frauen nicht zuteil wurden und doch zum Leben gehörten. Sie hatte unsäglich viel gelitten, sie würde sich mit mir wie neugeboren fühlen. »Vorgänger« war übrigens ein törichter Ausdruck: In ihrer Liebe zu mir existierten die nicht. Und außerdem: Es gab Länder, China, meinte ich zu wissen, wo frühere Prostituierte die besten Ehefrauen wurden, nicht nur durch das verdiente Geld oder die kultivierten Umgangsformen, die sie gelernt hatten – dies letzte traf auf Trix nicht zu, auch wenn Caspers ein Trumpf war in der vagen ethnologischen Phantasie, in die ich mich hineinsteigerte –, sondern vielmehr durch die Möglichkeit, nun endlich einmal einen einzigen Mann lieben zu können nach so vielseitigem Umgang mehr oder weniger unter dem Zeichen des Liebesverbots. Und dann war Trix noch nicht einmal eine Prostituierte, oder kaum jedenfalls.

So zufrieden fühlte ich mich, daß ich derartige Erwägungen mit einem heimlichen Lächeln zulassen konnte. Ich war jung, ich hatte meine Müdigkeit und die Anstrengungen überwunden, die Welt zeigte sich in einem rosaroten Licht. Um so mehr, als ich dieser Welt eine Lektion erteilen würde, in einigen Wochen oder Monaten. Niemand würde meinen Stolz verstehen, dieses Mädchen endlich erobert zu haben. Stundenlang würde Chris mit mir reden, glücklich wie ein Engel, einmal eindeutig der Vernünftigere zu sein, und ich würde ihn auf seine Bordelle hinweisen, aus denen er nie wieder herausgekommen war, geistig gesehen. Delegationen von Stadtvätern, verlogen einer wie der andere, würden versuchen, Richter Rieske von unbedachten Geldzuwendungen zurückzuhalten. Hörte er auf diese Edlen, dann konnte ich Nachhilfestunden in Anatomie oder Physiologie geben, um mich über Wasser zu halten, und Tanten und weitläufige Cousinen, die verrückt nach mir waren oder gewesen waren, hatten wir genug in der Familie: Ich brauchte nur meine roten Wangen einzusetzen. Was hatten Trix und ich alles besprochen? Es war nicht konfus gewesen, dieses Gespräch, dennoch entsann ich mich nur einiger Bruchstücke. Ich stellte mir ihr Gesicht vor, häßlich oder schön; ich fühlte ihren Körper an meinem, verzweifelt oder leidenschaftlich. Vielleicht würde sie wieder Gesangsstunden nehmen, später …

Nach etwa einer Viertelstunde Schlaf erwachte ich mit der Empfindung, sie in meinen Armen zu halten. Ich meinte, einer zweiten nächtlichen Phase von Glückseligkeit entgegenzugehen, und hatte bald mit sinnlichen Aufwallungen zu kämpfen, die ich zurückwies, weil sie nur zu dem Bedauern führen konnten, nicht bei ihr geblieben zu sein. Dieses Bedauern kam dennoch und schwoll zu einer Angst an, zu einem Bewußtsein von Mißerfolg und Vergeblichkeit. Zunächst war es ein Gefühl, dann folgten die Gedanken. Einmal angenommen, Sjoerd Stienstra würde ins Rathaus kommen, nicht um uns zu ärgern, sondern weil er fand, daß er dazugehörte. Ich würde ihm die Hand drücken müssen, und über ihre Blumen hinweg würde Trix in ihrem weißen Kleid ihren Blick auf ihn richten müssen. Ein unbekannter religiöser Fanatiker würde hereinstürmen: »Sie hat kein Recht auf dieses weiße Kleid, sie ist eine … wie sagt man doch gleich … o ja, Hure, danke, das hatte ich vergessen.« Plötzlich erinnerte ich mich an die inspirierte Wahrheit ein paar Stunden zuvor, als mein Kopf auf dem ihrem geruht hatte. *Ich würde sehr unglücklich werden*. Unglücklich werden? Warum denn und wie und durch wen? Ihr Charakter, hatte sie mir gestanden, machte sie ungeeignet für die Ehe. Vielleicht stimmte das. Dann wurde es eine unmögliche Ehe, aber was bedeutete schon »unmögliche Ehe«, wenn wir uns doch liebten? Wir würden miteinander kämpfen und uns schlagen und uns liebhaben. Betrügen würde sie mich nicht, nahm ich an, aber das Barmädchen würde in voller Lebensgröße zum Vorschein kommen, herrschsüchtig, vulgär und anbetungswürdig. Sie würde Streit inszenieren und mich mit hineinziehen. Jedes Jahr würde ich ihr ein Kind schenken, einen kleinen Volksstamm, mit Schlägen und Fußtritten von ihr regiert; und dann würden wir langsam alt, und wir würden uns liebhaben, und ich würde ein bißchen viel trinken, weil sie mir auf der Nase herumtanzte und mir die Patienten verjagte und mich lächerlich machte und vor lauter Häßlichkeit eine lange, krumme Hexe geworden war, mit vor heimlichem Groll entzündeten Augen, und ich würde alte Bilder von ihr zu Rate ziehen und sie auf Händen tragen und, wenn alles schiefging, an den goldenen, kupfernen GARTEN denken, das Silber kam etwas später, wenn es ans Sterben ging, und wir würden eine Anzahl unmöglicher Kinder zurücklassen, ein oder zwei mit Cuperus' göttlichem Funken in sich – sie natürlich zuerst, ja, sie zuerst, damit ich als ermatteter Greis, der seine Praxis längst günstig abgegeben hatte, an ihrem Grab eine Rede würde halten können, die auch ein klein wenig ihrem Vater galt – über den ich nie mehr hatte sprechen dürfen –, dem Vater einer Frau, wie es nur eine auf der Welt gegeben hatte und wie nie wieder eine geboren werden würde, mit diesen Augen, dieser Größe, dieser Stimme, dieser Seele, dieser Härte. Denn, würde ich sagen, diese Augen, häßlich und wäßrig, wenn man sie beschrieb, bezaubernd, wenn man sie sah, waren keine Einbildung von mir gewesen, keine verfälschte Erinnerung eines kindischen Greises: Auch andere waren ihrem Einfluß erlegen, vier an der Zahl, vier Tote, die sich noch im Grab nach ihr sehnten.

Ich schlief eine halbe Stunde und wachte schluchzend auf, in einem katastrophalen Zustand, völlig erschöpft. Meine Uhr zeigte zehn nach drei. In sieben Stunden würde ich bei ihr sein. Mein Magen schlief, wie ein alter treuer Wachhund, aber in meiner Brust war ein Jagen, und ich zitterte so, daß mein ganzes Bett schwankte. Vielleicht hatte ich etwas Unangenehmes oder Ernüchterndes geträumt. Ich hatte Angst, und ich fing an zu untersuchen, wovor ich Angst hatte, damit ich mich mit diesem Feind messen könne. Das war nicht so schwierig: Es konnte nur einer sein, auch wenn der aus Legionen bestand. Schwierigkeiten bereitete es nur, daß die meisten dieser Köpfe sich weigern würden, öffentlich als Feind zu erscheinen. Ich würde sie kennen, öffentlich gegen sie auftreten konnte ich nicht. Wie naiv anzunehmen, daß ich es schaffen würde, der Stadt W… »eine Lektion zu erteilen«! Es würde ein Kampf gegen einen Unterwasserwald sein, der den Feind höflich wogend durchließ, um zu guter Letzt ein Spinnenungeheuer auszuschicken, nach meinem Rücken, meinen Lenden. Ich würde nicht blitzenden Auges durch die Stadt gehen können, Trix am Arm – *vieux jeu* – oder betrunken wie Cuperus. Ich mußte auf ein völliges Ignorieren gefaßt sein, auf Kopfschütteln hinter meinem Rücken, das gleichwohl, Jahre später, in einem völlig unerwarteten Augenblick beispielsweise, zu Verleumdungen werden konnte, zu beruflichem Neid, zu tödlichem Affront, ohne daß der Täter selbst etwas davon ahnte oder anders als ein gesellschaftlich unantastbarer Herr zu handeln meinte, einfach aus einer zufälligen Gereiztheit heraus, die mit der Sache nichts zu tun hatte, nicht einmal mit mir oder Trix persönlich. Frauen vor allem hatten einen untrüglichen Sinn für die Betriebsamkeit dieser Ungeheuer, sie spürten sie fortwährend hinter sich, wie unschuldige, aber ruhelose Spinnen und Mäuse, vor denen sie ebenfalls Angst hatten. Plötzlich der Ehre beraubt, plötzlich der Ehrlosigkeit ausgeliefert! Ha, welche Freude für den, der das zustande bringen konnte! Und dann würde sie mir die Schuld geben, mit dem vollsten Recht, denn warum hatte ich sie nicht gerettet, als ich achtzehn war, statt mit zweiundzwanzig? Und ich würde mich von diesen Spinnen bedroht fühlen. Ich kannte die Menschen, ich wurde hellsichtig, wo ich auf sie traf; ich spürte sie, ich trug sie in der Brust, mein Magen war eins mit dem ihren, lief ihnen die Galle über, dann stieg der Gallepegel in der meinen. Das Dämonische an diesem ganzen Zusammenhang war, daß ich mich mit den einzelnen Menschen, und auch in kleinen Gruppen, ausgezeichnet verstand. Jeder fand mich nett, wohlerzogen, zuvorkommend, gutaussehend, rotwangig. Dauernd würden sie mich individuell entwaffnen, um mich kollektiv desto besser vernichten zu können; es waren keine Spinnen, es waren Ameisen; laß eine über deine Hand laufen – ein liebes Tierchen –, aber, zum Teufel, setze dich nicht eine ganze Nacht in einen Ameisenhaufen. So waren sie. Ein Theatersaal gegen einen brüllenden und weinenden Cuperus, gegen den niemand im besonderen etwas hatte, abgesehen von einem infantilen Tapezierer und Dekorateur. Eine Bande von Jungen gegen eine um sich tretende Trix. Eine Bande von schreienden Jungen gegen einen kleinen »Mist-Nol« auf einem Balkon. Und war ich selbst anders? Hatte ich als Kind meine Streitbarkeit nicht auf Kosten von Schwächeren entwickelt? Aber keine individuelle Feindschaft, meine Herren, nur das nicht! Kultiviert bleiben. Individuell streichelte man einander, nahm man sein goldenes Pincenez ab, weil der Geifer herauslief, schaute man einander in die treuen, blauen Augen, fand man Liebe und Güte in den mehr als widerlichen Augen, trank einen Schnaps zusammen und verschwor sich gegen wieder einen anderen. In der Studentenwelt hatte ich doch auch keine persönlichen Feinde?

Die Studentenwelt – daß ich daran überhaupt noch nicht gedacht hatte! Gerüchte über meine Heirat mit zweiundzwanzig Jahren würden unweigerlich etwas an dem Bild von Nol Rieske ändern, projiziert in all die Gehirne, die zu einem Supergehirn zusammengefügt waren. Kein normaler, ruhiger, gesunder, rotwangiger, ziemlich schweigsamer, aber keinesfalls langweiliger junger Mann heiratete eine Kellnerin, oder Schlimmeres, ohne seinen Kommilitonen gegenüber mehr Leistung zu erbringen zum Ausgleich für die kleine Veränderung in dem vertrauten Bild. Leistung in Form von größerer Originalität, Farbigkeit, Unerschütterlichkeit, Männlichkeit, Immunität gegen Späßchen, Freigebigkeit, Witzigkeit, Verschrobenheit, Ticks, durch das Vorzeigen der Kellnerin, die Angabe von Gründen, das Leugnen von Gründen. Eine Zeitlang würde ich ins Gerede kommen, und das neue Licht, auf meine Persönlichkeit geworfen, würde auch die Professoren aufmerksam machen, die, auch wenn sie, vor allem nach dem Physikum, weniger formell waren als Juristen, doch wissen wollten, woran man bei diesem *verheirateten* Studenten war. Meine Universitätsstadt war in mancherlei Hinsicht noch ein Nest. Nun ja, *verheiratete* Studenten konnten zwei Dinge tun: In ihrem Examen konnten sie mehr wissen als der durchschnittliche Student (weil sie die Neuerwerbung unterhalten mußten und schnell ihr Studium beenden wollten oder vielleicht schon Kinder hatten), aber sie konnten auch viel weniger wissen, wegen der Ablenkung durch die Frau, die angeheiratete Familie, auch nicht immer das Wahre, oder durch die Studenten, eventuell durch höhnische Bemerkungen während der Vorlesungen, über die meiner Meinung nach kein Professor erhaben war. Ich kannte Beispiele. Ein Medizinstudent, der dichtete und seine Gedichte publizierte und später eine gewisse Berühmtheit erworben hat, wurde von manchen Professoren bis zu seinem Examen malträtiert. Natürlich konnte ich eifriger arbeiten, als ich zu tun pflegte.

Aber während des Examens konnte ich ein gewisses Interesse seitens der Prüfer nicht verhindern, eine gewisse Neugierde, die sich hinter Strenge und Ungerechtigkeit versteckte. »Sie werden es in drei Monaten wiederholen müssen, Meneer Rieske« (und dabei hatte ich meinem Vater seine Zustimmung und Unterstützung gegen das Versprechen abgekauft, es beim erstenmal zu schaffen). »Es wird Ihnen dann sicher gelingen, denke ich; Ihr Verständnis ist ausreichend, nur hapert es noch an der theoretischen Kenntnis, und bei den Vorlesungen habe ich Sie auch nicht allzuoft gesehen« (eine Lüge). »Werden Sie nicht zu sehr abgelenkt?« »Wieso, Herr Professor?« »Nun ...« (ein Lächeln unter dem durch eine vorgehaltene Hand verborgenen Bart). »Ihre ... eh ... Lebensweise ist nicht das richtige Wort ... Ihr bürgerlicher *Stand* ...« »Sie meinen, daß ich verheiratet bin, Herr Professor?« »Ja, ja, das meine ich ... Darf ich Sie etwas fragen, Meneer Rieske?« (äußerst vertraulich, väterlich, ein bißchen Spucke auf meinem Schlips). »*Mußten* Sie vielleicht heiraten?« »Ja und nein, Herr Professor, was meinen Sie eigentlich mit dieser Frage?« »Hm ...« (amüsiert, doch vorsichtig, wittert ein Geheimnis der menschlichen Seele). »Stimmt es, daß Ihre Frau früher Kellnerin war, Meneer Rieske?« »Ja, Herr Professor.« »So, so, so ... Ich habe natürlich nichts dagegen, Meneer Rieske, aber es könnte sein – nur eine Vermutung –, es könnte sein, daß Ihr Studieneifer dieser ... Atmosphäre, dieser ehemaligen Kellnerin nicht gewachsen ist ... Lärm ... Geschirr ...«

Mit einem Sprung war ich aus dem Bett. Dies mußte um jeden Preis aufhören! Ich war einfach am Delirieren, aus Professoren Sadisten zu machen und ein Irrenhaus aus meiner guten alten Alma mater. Derartige Gespräche würden nie geführt werden. Dennoch, während ich mich halb ankleidete und in meinem Koffer ein Lehrbuch suchte, geisterte es mir durch den Kopf, wie es wäre, wenn ich mit dem Heiraten wartete bis nach dem zweiten oder wenigstens bis nach meinem ersten Examen. Wie wäre es? Es wäre verhängnisvoll. Denn ich wußte, daß ich keinen Augenblick Ruhe hätte, immer zu Trix wollte und noch schlechter arbeiten würde, als ich gerade eben unterstellt hatte. Wo sie auch wohnte, was sie auch täte, keine Stunde, keine Minute würde ich sie aus den Augen lassen wollen. Mein Vertrauen in sie mochte unbegrenzt sein, der Eifersucht war es nicht gewachsen. Und ich war eifersüchtig. Ich war eifersüchtig auf Chris gewesen, als ich noch nicht einmal laufen konnte. Ich würde sehr unglücklich werden. Vielleicht Alkoholiker – die waren durch ihr Leiden von Natur aus eifersüchtig.

Nach einer halben Stunde, die ich auf die Lektüre eines Kapitels über Cholera verwandte, eine Krankheit, die ich nie würde behandeln müssen, wurde ich müde, drehte das Licht aus und schlief bis Viertel nach neun. Beim Aufwachen war ich so benommen, daß ich mich nicht einmal erinnerte, wo ich um zehn Uhr erwartet wurde. Nachdem ich meinen Kopf in eine Waschschüssel getaucht hatte, begann ich, schnell zu handeln, froh über die wenigstens vier oder fünf Stunden Schlaf. Gegen quälende Gedanken brauchte ich mich nicht mehr zu wehren: Ich konnte sowieso nicht denken, und lediglich meine Arme und Beine hielten Schritt mit der Zeit – der Zeit, die ein eigenes Tempo hat, was man gegenwärtig auch behaupten mag. Höchstens war ich neugierig, wie Trix aussehen würde, am Morgen. Während ich, allein am Frühstückstisch, vergeblich versuchte, ein Butterbrot herunterzuwürgen, stieg meine Liebe zu ihr schnell und stetig; und damit meine Furcht, daß sie mir doch noch entwischen würde. Das wäre typisch für sie: Mich einfach vergeblich kommen zu lassen, sich in der Sozietät zu verschanzen und einen Brief zu schreiben. Nachdem ich meinen letzten Bissen Brot auf den Teller gespuckt hatte, eilte ich nach draußen. Chris sah ich nirgends; mein Vater war wegen dringender Angelegenheiten im Gericht.

So vollkommen zartblau war der Himmel an diesem Morgen, so behutsam wand sich die Sonne aus dem Nebeldunst, der einen feuchten Schleier auf der Straße zurückgelassen hatte, daß es der strahlendste Oktobertag eines ganzen Jahrhunderts zu werden versprach. Die kühle, zart moussierende Luft unterdrückte jedes Verlangen nach Genever; ich hätte auch keine Zeit dazu gehabt. Mit großen Schritten ging ich durch die stillen Straßen und nahm mir vor, nicht mehr zu trinken; dieser Vorsatz war glaubhaft, denn in den letzten zwei Jahren war ich ohne jeden inneren Kampf praktisch Abstinenzler gewesen. Während ich mich Cuperus' Straße (so nannte ich sie noch immer) allmählich näherte, begriff ich, wie töricht meine nächtlichen Schreckensbilder, was die Studentenwelt anging, waren. Der wenige Spott, weil ich so maßvoll war an einer Universität, wo dies nicht gern gesehen wurde, hatte mich nie berührt, und da ich nicht darauf reagierte, hatte man die Tatsache schnell akzeptiert. Wir lebten nicht mehr im Mittelalter. Und wer könnte sagen, wie viele verheiratete Studenten sich dem Studium der Scholastik gewidmet hatten? Heiraten war etwas wie Essen und Trinken, zu allen Zeiten, bei allen Völkern, sogar bei Schwachsinnigen, wenn sie die Gelegenheit dazu bekamen …

Als ich klingelte, vor mir den größten, kostbarsten Tag meines Lebens, fragte ich mich, ob Trix' Tante nicht würde heiraten wollen; sie hatte insgesamt das Auftreten dazu. Und jetzt würde sie, *mirabile dictu*, auch meine Tante werden. Schon geraume Zeit ging mir eine Melodie aus dem dritten Akt von *Carmen* durch den Kopf – das gefällige Kartenterzett von Carmen, Frasquita und Mercedes: *»Mische! Mische!«* Es drückte nicht ganz meine Stimmung aus, viel weniger, als es das zweite Intermezzo getan hätte, das ich an derselben Stelle zum letztenmal gehört hatte; es war eine zufällig herangewehte, fröhliche, oberflächliche Melodie und zugleich eine Erinnerung, etwas weniger oberflächlich und etwas trauriger. Ich erwähne das, weil mich diese Melodie an jenem Tag nicht mehr verlassen hat.

Die Tante öffnete mir. Ihre Gestalt erinnerte mich mehr denn je an Trix: eine äußerst vernachlässigte Trix diesmal, denn die weiße Schürze war schmutzig; sogar blaßgrüne Flecken zeichneten sich darauf ab. Als ich nach Trix fragte, vermied ich es, ihr ins Gesicht zu sehen. Ihr »Ja, Nol, komm rein« überraschte mich durch den Ton jedoch derartig, daß ich sie fragend anschaute. Ihre Augen waren zusammengekniffen, mit allen Folgen für das nicht mehr junge Fleisch der Wangen. Daß ihre Wangen bei dieser Mimik zitterten, hatte ich bisher noch nicht bemerkt. Ich wandte den Blick ab, ich wollte keine Zeit vergeuden.

»Sie ist doch auf?« Ich schob mich hinein und schickte mich an, den Mantel auszuziehen.

In diesem Augenblick öffnete sich die Tür von Cuperus' ehemaligem Zimmer, und ein junger Mann in schlichtem Regenmantel erschien und zog die Tür sofort wieder hinter sich zu. Fragend wandte er sich zur Tante; mit einem flüchtigen Blick auf mich legte sie den Finger an die Lippen. Er machte erstaunte Augen, und mit einem nicht allzu höflichen »Morgen« verließ er das Haus. Die Tante nahm mich am Arm und zog mich weiter in den Flur hinein, fort von der Garderobe. Bei der Treppe fragte ich:

»Ist Trix nicht da? Sagen Sie es nur gleich.«

»Ich werde dir alles in der Küche erklären, komm erst in die Küche«, sagte sie mit heller, einstudiert kultivierter Stimme, wobei sie forschend nach oben blickte. Aus einem Zimmer im ersten Stockwerk hörte man Hämmern: Noch ein Junggeselle, dachte ich, während ich meiner Gastgeberin in zunehmender Beklommenheit in die Küche folgte, nach rechts. Trix ist Vellinga nachgereist, dachte ich; ich hätte bei ihr bleiben sollen, wir hätten unsere Füße aneinanderketten sollen, wie Verbrecher …

In der Küche war es kalt und unheimlich. Da das Glas der Tür nach draußen beinahe bis obenhin mit rot und grün bedrucktem Papier beklebt war, kam wenig Licht herein. Auf dem Tisch lag ein dunkelblaues Tischtuch; auf der Anrichte herrschte Unordnung; und nirgends Tee oder Kaffee, nirgends etwas, das brannte, dampfte oder brutzelte. Mechanisch nahm ich auf einem der Stühle am Tisch Platz. Die Tante folgte mir, bis sie direkt neben mir stand. Nun legte sie einen Arm um meinen Hals und küßte mich auf die Stirn, wobei ich eine ihrer straffen Brüste in meiner Achselhöhle spürte, beinahe an meinem Hals. Brüsk machte ich mich los.

»Was ist mit Trix?«

Eine Falte ihrer Schürze in der Hand, ging sie zur anderen Seite des Tisches, wo sie zur Tür nach draußen starrte, mit aufgerissenen Augen, und in diesen Augen standen Tränen. Trotz ihrer molligen Figur durchschnitten tiefe Falten die Haut ihres Nackens.

»Was ist mit Trix?« wiederholte ich und stand auf. »Sagen Sie es ruhig, sie ist natürlich weg.«

Gleich darauf saßen wir uns am Tisch gegenüber. Die Tante hielt ihre feucht glänzenden Kugelaugen nach oben gewandt, flehend, wie im Gebet.

»Trix ist sehr schwer krank, Nol.«

Ich nickte: Das sagte man so in einem solchen Fall, gezinkte Karten. Meine rechte Hand begann zu zucken, ich achtete nicht darauf; was war schon eine rechte Hand. Die Tante schaute wieder nach draußen.

»Heute nacht um halb zwei ist sie aus dem Haus gegangen; ich hörte es, das heißt, ich hörte die Haustür, ich lag schon im Bett. Ich dachte: Wenn ich ihr nachlaufe, kriege ich wieder was zu hören; sie will natürlich ein wenig Luft schnappen, nach dem langen Gespräch mit Nol, bei dem sicher viel aufgewühlt wurde … Ich schlief gerade ein, als ich sie wieder nach Hause kommen hörte, ich weiß nicht, wie spät, aber der Arzt meint …«

»Arzt? Was hat der damit zu tun?« Bei mir hatte sich der Gedanke festgesetzt, daß Trix bei einem Mann gewesen war, weil sie Angst hatte vor der Nacht, vor dem Morgen.

»Der Arzt meint, sie muß schon zwei Stunden wieder zu Hause gewesen sein, als ich sie um halb acht wecken wollte; das war ohnehin schon reichlich spät für sie. Ich ging rein, und da lag sie, sehr schwer krank, Nol …«

Wieder begann meine rechte Hand zu zucken; hinten in der Kehle brannte es sauer. Meine Brust war wie eingeschnürt: wieder etwas Neues; wahrscheinlich hatte ich die Examenskrankheit, jeden Tag etwas anderes. Mein Herz spürte ich nicht. Als ich sie anschaute, erwiderte sie meinen Blick flehend und untertänig, die Kugelaugen voll schimmernder Ausflüchte. Sie war noch mitten in dem langen Anlauf, den sie genommen hatte, um mich zu vernichten. Die kleine Nase schnaubte.

»Sie ist tot«, sagte ich. Aber ich glaubte es selber nicht.

Langsam, ratlos schüttelte sie den Kopf. »Ich kann dir nicht das Ganze erzählen, aber ich habe sofort den Arzt geholt, das schwör ich dir, beim heiligen Gott, und er ist auch sofort gekommen, vor acht war er schon da. Wenn ich ihn eine halbe Stunde eher hätte rufen können, sagte er, dann, vielleicht …«

»Sie meinen doch nicht …, daß sie wirklich tot ist … Das kann nicht sein … Verdammt, das kann …, das kann nicht …« Meine Stimme klang hoch und jammernd wie die einer Frau, losgelöst von mir, genau wie die Hand. Es war mir klar, daß ich dies Gejammer nicht fortsetzen durfte; es würde sich sogleich selbständig machen und mich zurücklassen wie ein Wischtuch, nicht mehr fähig, den Tod zurückzuweisen, ihn Lügen zu strafen, ihm ins Gesicht zu schlagen. Einen Augenblick schaute ich zur Tür: Irgendwo oben, auf einem roten Dach, war Sonnenlicht zu erahnen und ein Streifen blauer Schatten auf einem anderen Dach.

»Es war Gift«, sagte die Tante schwach.

Meine Gedanken arbeiteten schnell. Wenn draußen die Sonne schien, mußte es hier drinnen noch Möglichkeiten geben: Das Leben war reich, zu unendlicher Anpassung fähig, man hatte mich das gelehrt. Gift – hatte die Tante sie vielleicht vergiftet? Ich konnte zu einem anderen Arzt gehen, aber dann durfte ich mir nichts anmerken lassen, mußte ich unauffällig handeln …

»Was für Gift?«

»Arsen, sagte der Arzt; eine halbe Stunde eher, und sie hätte es vielleicht noch geschafft, es gibt gute Gegengifte, daran erinnere ich mich auch noch aus dem Krankenhaus … Sie muß fürchterlich gelitten haben, aber niemand hat etwas gehört; die Herren achten auch nicht auf so etwas, sie sind alle jung, sie haben einen gesunden Schlaf …«

Trix hatte *sich selbst* vergiftet. Das begriff ich. Weniger als Tatsache, mehr als eine vernünftige Handlung, wie etwas, für das es Motive gab, wofür einiges sprach. Aber deshalb brauchte sie doch nicht tot zu sein … Dann konnte ich auf einmal nicht weiterdenken, und irgendwo tief in mir fühlte, hörte ich wieder das abscheuliche Gejammer, und es wollte in meiner Kehle heraufsteigen, in einem absolut verächtlichen Geräusch, und dann sprach eine Stimme in mir: »Sie ist tot, such nicht nach Schuldigen, sie ist tot.« Ich glaubte es nicht, aber die Stimme schien sich ihrer Sache sehr sicher zu sein, und mit dieser Stimme drang die Kälte der Außenwelt in mich ein, wo schon viele Menschen es glaubten, und ihre Zahl würde größer werden.

»Sie war schon kalt, als der Arzt kam«, fuhr die Tante fort, jetzt etwas lebhafter, »er konnte fast nicht stehen, so erschrokken war er – das junge Leben, sagte er, das junge Leben; und ich hatte keinen Kaffee für ihn, nichts; und sie muß schon morgen begraben werden, sagte er. Aber Gott, o Gott, warum hat sie es bloß getan? Ihr habt euch doch geliebt, Nol? Schon jahrelang, das weiß ich. Sie hat sich nie nach einem anderen Mann umgeschaut.«

Als würde ich auf ein Signal reagieren, hob ich schlagartig den Kopf und starrte sie an, völlig bewegungslos, sehr lange. Sie kniff die Augen zusammen, so daß die Tränen herausrollten. Als sie wieder sehen konnte, waren meine Augen immer noch da.

»Was hast du?«

»Nichts«, sagte ich und starrte weiter.

»Oh, du meinst ... Da war nichts, Nol, wirklich nicht, lieber Junge ...«

»Nein, da war nichts«, wiederholte ich und erlöste sie von der Folter, indem ich den Kopf senkte.

»Innerlich war sie keusch, genau wie ich, das liegt in der Familie ...«

»Das kommt vor«, murmelte ich.

»Aber einem lieben, netten Jungen einen so schrecklichen Kummer zu bereiten! Gott, o Gott, ich kann es nicht begreifen ... Nein, Trixje, daran hast du nicht recht getan«, sagte sie, etwas pedantisch dozierend, »ich, die ich so oft gebetet habe ... oder, beten ist nicht das richtige Wort: versucht habe, mich mit dem GEIST zu verbinden, für dein Lebensglück. Wir kamen nicht gut miteinander aus, doch wir liebten uns ...«

»Warum hat sie es bloß getan?« fragte ich. Vielleicht war die Tante doch schuldig, und ich konnte sie überführen?

»Ich weiß es nicht ... Aber« – damit holte sie einen zerknitterten Brief aus ihrer Bluse – »hier ist ein letztes Wort, das lag auf ihrem Tisch, du brauchst es mich nicht lesen zu lassen ...«

Die Tür, wohin sie jetzt ging und mit dem Rücken zu mir stehenblieb, führte auf einen kleinen Innenhof. Dorthin kamen, Cuperus hatte mir dies früher erzählt, manchmal Tauben von einem Nachbarn, sehr schmutzige Tauben, bestimmt unerhört schmutzig, aber Lohengrins und Parsifals doch nicht ganz unwürdig ... Meine Beine waren kalt und gefühllos; ich konnte nicht aufrecht sitzen, ich ließ mich hängen wie ein Gelähmter, während mein Herz von Zeit zu Zeit raste – das Herz meiner Mutter, dachte ich vage, Cuperus' Herz ... Ich las den Brief.

»Liebster Nol,

wenn Du dies liest, werde ich nicht mehr sein. Das Leben ist unerträglich für mich, nicht dauernd, aber in manchen Augenblicken, und dann ist es schrecklich, schlimmer als die Hölle. Du weißt, warum. Vielleicht hätte ich Dir heute abend nicht alles sagen sollen. Ich weiß, daß Du viel Kummer haben wirst, ebensoviel wie ich jetzt, denn unsere Liebe ist etwas, woran ich nicht denken kann, ohne daß sich alles in mir zusammenzieht. Aber ich würde Dich nie glücklich machen, Nol. Nicht, weil Du nicht alles für mich bedeuten würdest und ich mich Dir nicht ganz hingeben würde, sondern weil *Du*« (dies Wort war doppelt unterstrichen) »eifersüchtig sein und bleiben würdest, und das ist auch ganz natürlich. Ich könnte Dich vielleicht nicht einmal lieben, wenn Du es nicht wärst. Ich habe es heute abend die ganze Zeit gespürt, auch wenn Du versucht hast, es zu verbergen, weil Du ein so gutes Herz hast und immer an andere denkst. Aber es würde eine Quälerei für Dich werden, und Du würdest merken, daß auch ich meinerseits immer an diese Dinge denken müßte. Und das geht nicht. Aber ohne Dich leben kann ich auch nicht. Vergib mir, lieber, lieber Nol, und versuche, mich zu vergessen, allmählich, und wenn das nicht geht, dann versuche, mich zu sehen, wie ich bin: halb gut, halb schlecht. Ich will Dir nicht weh tun, Nol, zum Schluß, aber ich *muß* Dir noch sagen, wer der dritte war, das macht es Dir vielleicht leichter, mich zu vergessen, auch wenn Du mich nicht sofort zu verachten brauchst, denn wenn auch dies, und das andere, sehr wohl meine Schuld war, das eine führte zum anderen, und das Leben war mir damals völlig egal. Ich dachte ja, daß Du mich längst vergessen hast. Es war Dijkhuizen, du weißt schon, den wir damals auf dem Eis gesehen haben. Weiter schreibe ich nichts hierüber. Ich bin zu stolz, das ist meine größte Sünde.

Ich bin stundenlang herumgelaufen, bevor ich den Entschluß fassen konnte. Das Gift habe ich früher einmal von einem Drogerielehrling bekommen, mit dem ich gelegentlich unterwegs war; zwischen uns war nichts. Wenn es eine Hölle gibt, werde ich wohl dahin kommen, und Du natürlich nicht. Aber ich werde doch immer an Dich denken, das werden sie mir da nicht verbieten können, denke ich. Komm nicht zu meiner Beerdigung, liebster Nol, ich möchte es lieber nicht. Ich habe keine Angst vor den Schmerzen, mach dir keine Sorgen. Mein letzter Gedanke wird Dir gelten. Ich mach Schluß.

Trix.«

Warum wurde oben denn dauernd gehämmert? Mit dem Brief in der Hand blickte ich zur niedrigen Decke, verstört, schon ungeduldiger. Waren irgendwo Tauben zu hören? Tauben! Das Wort allein schon machte mich rasend. Die Sonne stieg höher, die ließ es sich wohl sein, wie ein heiterer Schwachsinniger … Mit rotverweinten Augen stand die Tante neben mir; den Brief hatte ich in meine Manteltasche gesteckt. Mit gerunzelten Augenbrauen schaute ich nach oben, dann fragend zu ihr.

»Das ist einer der Herren, der werkelt immer. Er hat frei heute morgen. Ich sollte ihn bitten, damit aufzuhören, sie haben Angst genug vor mir … Willst du was trinken, Junge, du siehst aus wie ein Geist.«

»Ja, geben Sie mir irgendwas. Genever, wenn Sie haben, sonst wag ich mich, verdammt noch mal, nicht auf die Straße, bei dieser Mistsonne. Ich weiß nicht, was ich tun soll. Ich kann doch nicht selber Schluß machen …«

Nachdem sie mir einen besorgten Blick zugeworfen hatte, holte sie eine Flasche Genever hinter den Kaffeedosen im Schrank hervor, und wir tranken jeder eine Teetasse, einander gegenüber am Tisch. Als ich sie um eine zweite Tasse bat, lehnte sie das ab und spitzte strafend die Lippen. Nach einer Weile fragte sie:

»Willst du sie noch sehen, Nol?«

»Nein. Ich will ein Bild von ihr haben.« Ich wußte Bescheid über Arsenvergiftungen. Meine Gedanken begannen herumzuwandern, überallhin; der größte Teil meines Kummers lag hinter mir, *vorläufig*; er saß jetzt in meinem Magen, wo der köstliche Genever kurzen Prozeß mit ihm machte. »Hat man ihr noch den Magen ausgepumpt? Das hat er natürlich vergessen, ihren Vater hat er auch verrecken lassen …«

»Sie war doch schon tot«, sagte die Tante tadelnd, »dann hilft es nicht mehr. Der Arzt wußte es sofort: Arsen, sagte er, Rattengift wahrscheinlich, und er sagte, daß sie genug eingenommen haben mußte, um ein Pferd damit zu ermorden – ich sage ermorden, weil für mich Tiere ebenso beseelte Wesen sind wie Menschen, findest du nicht auch? Ja, das dachte ich mir schon – sonst wäre sie nicht so schnell von ihrem Leiden erlöst worden, denn es kann manchmal Tage dauern …«

»Selbstmord ist immer falsch«, sagte ich, während ich mich etwas bequemer hinsetzte, den einen Ellbogen auf dem Tisch, »ich studiere Medizin, und dann darfst du an diese Dinge nicht denken, finde ich. Aber Trix war verzweifelt …«

»Ja?« Wie neugierig sie auf den Brief war! Ich hatte sie nun überführt, ich könnte jetzt mir ihr spielen und eine Schuld andeuten, irgendwie. Während ich meine Augen in die ihren bohrte, fuhr ich fort:

»Das Protoplasma muß so lange wie möglich am Leben

bleiben. Es ist kostbar, es ist eine ganze biologische Entwicklung dafür notwendig gewesen, oder geologische Entwicklung, und klimatologische und so, und wir arbeiten Tag und Nacht daran, das Protoplasma ... Aber Trix war verzweifelt. Ich wohl auch ein bißchen, auch wenn es mir nicht bewußt war. Meine Verzweiflung hat angefangen, als wir nicht mehr zusammen nach der Musik ihres Vaters – meines Lehrers – tanzen konnten; das heißt, es hätte noch schlimmer schiefgehen können, als es schiefgegangen ist; aber was weißt du davon. Du weißt nicht einmal, was Liebe ist.«

»Ach nein?« fragte die Tante, die immer röter im Gesicht geworden war. »Wer viel sagt, hat viel zu verantworten.«

»So hab ich es nicht gemeint«, sagte ich mit einer edelmütigen Gebärde.

»Ich habe viel geliebt in meinem Leben, und mir wird viel vergeben werden«, sagte sie und strich sich die Schürze über der Brust glatt; dann zeigte sie auf ein kleines Foto an der Wand, ein schnurrbärtiger Mann mit stark eingefallenen Schläfen und Vatermörder, ein älterer Mann: »Der hat mir sein Geld hinterlassen, er hatte einen großen Maurerbetrieb. Aber Liebe? Nein. Pflicht und Mitleid.«

»Gott sei Dank, habe ich diesen Genever getrunken«, sagte ich, »das werde ich heute wohl den ganzen Tag machen ... Weißt du, warum sie es getan hat, *genau*?«

»Nein, warum denn?« fragte die Tante begierig und wurde noch röter, als sie merkte, wie sehr sie sich verriet.

»Wegen der Kerle«, sagte ich grob, »wovon du genausoviel weißt wie ich, auch wenn ich nicht glaube, daß du sie an alle vier verkuppelt hast, nur an Vellinga. Das war schön, was, ein reicher Kerl, was, fein, das alles von nahem miterleben zu können. Aber ich habe auch schuld, denn ich bin eifersüchtig gewesen, ich habe sie das merken lassen ... Wir haben beide schuld: Du hast verkuppelt, und ich habe entkuppelt, und da war sie gleich tot. Wie heißt du eigentlich?«

»Lutske«, sagte die Tante, die auf meine Anschuldigungen mit einem ergebenen Kopfschütteln reagiert hatte, »aber du kannst mich lieber Lottie nennen. So nannte Meneer mich auch immer ...«

»Nun, Lottie, dann werde ich dir mal was sagen. Die drei Kerle, wie heißen sie noch, denen werde *ich* heute die Kehle durchschneiden.«

»Das tust du nicht!« sagte sie streng. »Nol ...!«

Ich zog eine Grimasse, ihre Augen waren so lächerlich groß, und dann dies herrschsüchtige Schaukeln ihres Kopfes, wenn sie ihn stillhielt, dann war das ein Zeichen von Trauer. Dennoch war sie ein guter Mensch, Lottie, sie war ebenso groß wie Trix, die Herrschsucht hatte sie auch von Trix, oder Trix von ihr, aber sie war nicht stolz wie Trix, wie Trix in ihrem Brief geschrieben hatte mit dem letzten Atem ihrer Liebe – als stünde auf die Eigenschaft Stolz die Strafe des Selbstmords.

»Nol wird es sich wohl zweimal überlegen«, sagte ich, »Nol ist selbst schuldig. Ich hätte bei ihr bleiben müssen, verdammt noch mal, sie hatte mich darum gebeten, weil sie Angst vor dem Morgen hatte! Sie hatte mich selbst darum gebeten, und nun denkst du natürlich an schmutzige Sachen – oder, schmutzige Sachen, es sind natürlich keine schmutzigen Sachen, aber wollen wir es mal so nennen: schmutzige Sachen –, daran denkst du natürlich, aber worum sie mich bat, war nur: *Wache mit mir*, eine einzige Stunde; und ich bin zu den Juristen zurückgegangen, den Pharisäern und Schriftgelehrten ... Ich hätte sie mindestens vierzehn Tage nicht aus den Augen lassen dürfen, keine Sekunde! Ich habe das größte Verbrechen meines Lebens begangen, nur für den guten Ruf deines Hauses ... Freust du dich nicht?« Anklagend lehnte ich mich weiter über den Tisch: »Das werde ich mir mein ganzes Leben vorwerfen, du kannst zufrieden sein! Aber dann werde ich denken: Es ist nur Lottie, sie konnte nichts dafür. Ich kann Frauen nie lange böse sein, weißt du ...«

»Gott sei Dank«, sagte die Tante, die purpurrot geworden war, »ich bin es übrigens gewohnt, verkannt zu werden; aber von dir lasse ich mir auch viel gefallen ...«

»Wo sind die Fotos?«

Mühsam stand sie auf, wobei sie sich an der Stuhllehne festhalten mußte. »In einem Schrank in ihrem Zimmer ... Der Kellerschlüssel paßt, den hab ich hier ... Ich habe keine Angst, habe nie Angst vor Leichen gehabt ... Ich geh dann mal eben.«

»Nein, nein«, rief ich, ehrlich besorgt, »verdammt, ich habe jetzt schon drei Menschen verloren, Cuperus, meine Mutter und Trix; du setzt dich da nicht heftigen Gefühlen aus, Lottie, verdammt, das will ich nicht!«

Die Augen rollend, mit der kleinen Nase schnaubend, blickte sie kämpferisch zur Flurtür, stark schwankend und mit dem Versuch, den Kopf in den Nacken zu werfen. »Ich habe keine Angst ...«

»Du gehst nicht!«

Auf einmal war es, als erschiene das Gespenst der Arsenvergiftung zwischen uns, in all seiner chemischen und physiologischen Größe. Ganz sicher würden wir nicht die Kraft haben, es gemeinsam zu bekämpfen, Dämonen würden fürchterlich in dieser Küche wüten, grüne Dämonen und graue Dämonen, und die gelben der schweren Arsendämpfe. Ich sprang auf und stürzte mich auf sie:

»Du gehst nicht! Wenn ich es sage, gehst du nicht!« Ich packte ihren Arm, der so fleischig war und mich dadurch irgendwie beruhigte. Sie tat, als würde sie sich wehren und doch noch zur Tür wollen, verbissen und auch ein wenig wie ein ungezogenes Kind; als ich ihr erbost in die Augen blickte, taumelte sie zurück und ließ sich schwer auf den Stuhl fallen und seufzte:

»Gut. Vielleicht, wenn du noch einmal wiederkommst.«

Nicht viel weniger taumelnd als sie, ging auch ich zu meinem Stuhl. Nach einem Schweigen sagte ich:

»Weißt du, das Problem mit diesen Fotos ist: Sie ist vielleicht nicht allein drauf. Ich habe mich in der Gewalt, Lottie, du brauchst dir keine Sorgen zu machen oder nachher mit mir auf die Straße zu gehen; aber es gibt natürlich eine Grenze.«

»Ich werde dir später eins geben, auf dem sie allein drauf ist, alle Fotos, auf denen sie allein drauf ist.«

»Später verkrafte ich auch die anderen Fotos wieder. Ich habe auch keine Angst.«

»Aber dann mußt du die Fotos hier abholen. Ich glaube, daß wir gut miteinander zurechtkommen, Nol, und was du über meine Liebe gesagt hast, da mußt du wissen« – verkündete sie mit energischem Zucken ihres Kopfes –, »daß meine *mütterliche* Liebe zu dir ebensogroß ist wie die Liebe von Trix, das war die große Liebe. Du darfst nicht verzweifeln, lieber Nol. Niemals. Niemals. Ich weiß mehr als du. Wo Trix jetzt ist, hat sie es gut. Sie denkt an dich, und ihr werdet vereint werden.«

»Ja«, stammelte ich, und die Tränen stiegen mir in die Augen.

»Das weiß ich, weil der GEIST mir diese Dinge offenbart und jedem, der dafür offen ist. Ich habe Bücher darüber, die werde ich dir geben, wenn du wieder hierherkommst. Der GEIST ist die einzige Wahrheit und die einzige Wirklichkeit, unser Leben ist Schein, Lug und Trug. Trix ist in Wirklichkeit nicht tot.«

»Nein, natürlich nicht«, sagte ich, während ich aufstand, um zu ihr zu gehen, um den harten Tisch herum, »in meinem Geist lebt sie zumindest. Ich komme bestimmt zurück! Du bist verdammt lieb zu mir gewesen, Lottie oder Lutske, das muß ich sagen, und dieses Haus und alles, was darin ist und darin war ...«

»Das ist nicht nach dem Christentum, sondern nach einer neuen Lehre …«

Als sie merkte, daß ich direkt vor ihr stand, um Abschied zu nehmen, legte sie die Arme um mich und zog mich mit großer Heftigkeit an ihre Brust. Wir schluchzten beide, küßten uns, wiederholten unsere Vornamen und standen so minutenlang aneinandergepreßt da; ich sank in eine Art Bewußtlosigkeit, in der meine Lebensgeister beschwichtigt wurden, geweckt, betäubt, gestreichelt, zur Ruhe gezwungen. Je mehr ich weinte, desto glücklicher wurde ich. Ich strich ihr übers Haar und tastete mit der Hand nach ihren Augen, ihrer Nase, fühlend, daß sie lebte, wie sehr sie lebte. Wie ich zur Flurtür gekommen bin, weiß ich nicht mehr.

Das Hämmern muß schon eher aufgehört haben, aber jetzt kam jemand die Treppe herunter, jemand mit schweren Schuhen. Ein Kostgänger. Ein ganz normaler Prolet und Junggeselle, der nicht wußte, daß er im Zimmer neben einer Heiligen geschlafen hatte. Eine Zeitlang horchten wir an der Tür, ich kochend vor Wut, die Tante noch keuchend und ihre Schürze glattstreichend. Als ich die Tür öffnete und ihr einen heimtückisch triumphierenden Blick zuwarf, legte sie den Finger an die Lippen zum Zeichen, daß sie mir nicht in den Flur folgen konnte.

· 19 ·

Mit schnellem Schritt ging ich durch den Flur und öffnete mit einem Ruck und viel Schwung die Haustür, die eben gerade ins Schloß gefallen war. Mein Kopf surrte wie ein Motor, ohne daß dies die leichte *Carmen*-Musik aus dem dritten Akt auch nur im geringsten beeinträchtigte, die mich wohl auch in der Küche kaum verlassen hatte. Auf der Straße sah ich den Junggesellen in Richtung der Gracht mit der breiten Brücke laufen. Da spazierte er, vielleicht pfeifend wie ein Büroangestellter am Sonntag, mit Konfektionsschultern, rüsselartigen Hosenbeinen, einem schwerfälligen und irgendwie watschelnden Gang, sich ordinär in der Lendengegend kratzend und anderes, was ich mir teilweise einbildete. Er trug einen ziemlich kleinen dunkelgrauen Hut, keinen Mantel. Wenig später nahm er den Hut ab, so überwältigend versprach dieser Oktobersommertag zu werden, so strahlend, so wehmütig schön. Das Haar des Junggesellen war glattgekämmt, mit viel Wasser im Kamm; der Kopf war klein ausgefallen, der Kraniometrie würde er wenig zur Ehre gereichen.

Plötzlich meinte ich Chris drüben auf der anderen Seite zu entdecken, auf dem Fahrrad. Der Gedanke, nicht so sehr das Bild – der Mann ähnelte Chris überhaupt nicht –, war so unwiderstehlich witzig, daß mein Gesicht anschwoll bei dem Versuch, mein Gelächter zu unterdrücken. »*Mische! Mische! Weissagen wir! … Da, ein Jüngling schmuck von Gestalt … wie gut das ist, die Karten zu fragen … wie schön das ist, die Karten zu fragen …*« Ich hatte jetzt dasselbe brummende Gefühl im Nacken wie vor sechsunddreißig Stunden, aber wieviel angenehmer, milder, beflügelnder diesmal: Champagner im Nakkenbereich! Dennoch behielt ich den Junggesellen scharf im Auge, und als er, bei der Gracht angekommen, nach links abbog, verdoppelte ich meine Geschwindigkeit. »*Mische! Mische!*«

An der Gracht holte ich ihn beinahe ein, er hatte sich an seinem freien Tag vor einen Zigarrenladen gestellt; und da blickte er sich schon nach mir um, der feinfühlige Prolet, oder vielleicht hatten mich meine raschen Schritte verraten, oder vielleicht hatte er gestohlen und blickte sich nach jedem um. Erstaunlich schnell holte ich ihn ein; er blickte sich zum zweitenmal um, und ich meinte, ihn lachen zu sehen; er hatte (von Natur, nicht vom Lachen) recht schelmische Augen und ein fuchsrotes Sommersprossengesicht, das sah ich etwas später, als ich ihm in den Weg trat, in der Nähe der breiten Brücke. Dort liefen ein paar Menschen, und auf den Deckkähnen in der Gracht standen zwei Schiffer, deren Köpfe gerade die steinerne Uferbefestigung überragten: Der Wasserstand war niedrig an diesem Tag. Auf der anderen Seite war alles weiß und warmgelb, durch das Licht auf den Häuserfronten. Wir dagegen standen in einem blauen Schatten.

»Warum lachen Sie mich aus?«

Er fuhr zurück. »Ich lache Sie nicht aus.«

»Jawohl, eben gerade, Sie haben sich umgesehen, und Sie haben mich ausgelacht.«

»Nicht, daß ich wüßte.« Zu seinen unverändert schelmischen Augen gesellte sich ein vorgeschobener Kiefer. »Ich würde mich lieber ruhig verhalten, wenn ich Sie wäre.« Sicherheitshalber setzte er seinen Hut auf, tief in die Stirn gezogen, so daß die schelmischen Augen verborgen waren. Als ich sie wieder sah, waren sie nicht mehr schelmisch. Mein erster Faustschlag verfehlte sein Ziel, aus irgendeinem Grund; mein zweiter hätte besser getroffen, wenn sich nicht aus dem Ladeneingang schräg hinter mir eine blaue Gestalt gelöst hätte:

»He, he, aufhören, meine Herren!«

Mit einer Handbewegung forderte der Polizist Neugierige

auf weiterzugehen. Der Junggeselle nahm seinen Hut wieder ab. Ich sagte:

»Der Kerl hat mich ausgelacht, Herr Wachtmeister. Das brauche ich mir nicht gefallen zu lassen.«

»Überhaupt nicht«, sagte der Junggeselle, »ich hab ihn nicht mal gesehen, und ich darf doch wohl noch lachen auf der Straße? Ich hab vielleicht an etwas gedacht. Dieser Kerl ist verrückt oder verwirrt durch irgendwas, sehen Sie mal, seine Augen sind völlig verheult.«

»Ich lasse mich nicht auslachen«, sagte ich in dem gespielt hochmütigen Ton, mit dem wir in der Universitätsstadt versuchten, uns dem Polizeikorps gegenüber Respekt zu verschaffen, »ich bin der Sohn von Meester Dr. Rieske, Richter hier in der Stadt, ich brauche mich nicht auslachen zu lassen von diesem …«

»Haben Sie vielleicht was getrunken?« fragte der Polizist, der sich vor mich hingestellt hatte und mir höflich die Hand auf die Schulter legte. Auf einen Wink der anderen Hand war mein Widersacher weitergegangen. Als ich verneinend den Kopf schüttelte, sagte der Polizist streng:

»Sie haben doch was getrunken, ich rieche es. Gehen Sie lieber weiter; ich würde Sie auch nach Hause bringen.«

»Ich lasse mich von niemandem auslachen, nicht einmal von einem Richter«, sagte ich böse, und ich wollte mich umdrehen, um die Verfolgung des Junggesellen wiederaufzunehmen. Dabei blickte ich zufällig in das Gesicht des Polizisten, was ich bis dahin, mit dem Instinkt der Trunkenbolde, nicht zu viele Eindrücke auf einmal auf sich einwirken zu lassen, vermieden hatte. Er hatte Trix' Augen. Er hatte Trix' Augen, soweit Männeraugen Frauenaugen ähneln können; er hätte ihr Bruder sein können oder ihr Vetter; er war vielleicht in den Vierzigern, aber sein mageres Gesicht war jung und glatt. Ich streckte meine Hand aus und stammelte:

»Wie … wie heißen Sie?«

»Kommen Sie, Meneer, weitergehen, nun ist es aber gut«, sagte er, recht jovial, und zerstreute noch einmal mit langsamen Gebärden sein kleines Publikum.

»Ich habe tatsächlich etwas getrunken«, sagte ich, »ich will nicht lügen, so bin ich nicht; aber es ist etwas Schreckliches in meinem Leben passiert, etwas, das ich nicht begreife, und ...«

Ich redete mit mir selbst. Entschlossen entfernte sich der Polizist von mir, auch wenn er sich vielleicht noch einmal umgeblickt hat. Ich ging weiter zur Brücke, die breit wie ein kleiner Platz war. *»Mische! Mische! ... wie schön das ist, die Karten zu fragen«* – mit dem hübschen Doppelschlag, oder wie das heißt, auf »fragen«, demselben Doppelschlag, mit dem das Menuett von Boccherini begann, das meine Mutter früher gespielt hatte ...

»Das ich nicht begreife ...?« Das niemand begriff, und dies wahrhaftig nicht, weil der Tod für jeden unbegreiflich ist. Es ging nur um *diesen* Tod, für *mich*. Zwischen mir und diesem Tod gähnte eine Leere, und diese Leere war gefüllt mit dem ungerechten Sonnenlicht dieses späten Sommertages. Die Nacht würde noch schlimmer sein, daran zweifelte ich nicht; aber das hatte Zeit. Wieviel schlimmer war dieses Sonnenlicht, als man anständigerweise von Sonnenlicht erwarten durfte! Dieser abscheuliche Himmelskörper tat, als wäre *nichts* geschehen, ließ sich nichts anmerken, verbreitete lediglich eine gleiche Aufgeräumtheit wie die kleine Melodie in meinem Kopf, die wenigstens noch irgendwo von Carmens antizipierender Totenklage unterbrochen wurde.

Mitten auf der Brücke, allein auf der Welt, wie ein Standbild, fragte ich mich, was ich, um Gottes willen, mit mir selbst anfangen sollte. Meine Ratlosigkeit, meine totale Verzweiflung konnte ich mir selbst eingestehen, aber ich konnte nicht danach handeln, ich konnte nicht durch die Pflastersteine in der Erde versinken oder mich in Luft auflösen. Essen. Auch wenn der Rausch stark abnahm, ein einziger Gedanke an Trix, an die Junggesellen konnte mich in einen neuen Faustkampf verwickeln. In meiner Manteltasche fand ich ein hartes Stück Brot, das ich kaute, während ich auf der leicht abfallenden Brücke hin und her schlenderte. Einige Male wurde ich gegrüßt, ein Polizist mit Schnurrbart musterte mich und ging weiter, Kinder blieben stehen, um mich anzuschauen. *»Ja, ich habe sie getötet! Ach Carmen! Du mein angebetet Leben!«* Ja, Kinder, schaut nur, ich bin der Schuldige, der Mörder, denn ich hätte bei ihr bleiben müssen, als wäre sie auch ein Kind.

An der Ecke einer der Straßen, die in die platzartige Brükke mündeten, standen drei Männer bei einem schiefen Pfahl. Sie sprachen ernsthaft miteinander, zugleich heiter, nicht streng logisch; sie ließen sich's wohl sein in der Sonne. Außer einem, der lief immer wieder mit lebhaften, abwehrenden Handbewegungen lachend fort; er war der Spaßmacher unter den dreien, seine Kumpel erwarteten nichts anderes, als ihn zurückkehren zu sehen, was er auch tat, so lange, bis er ihnen doch noch entwischte und mit gesenktem Kopf, als wäre ihm etwas Unerfreuliches eingefallen, in die Seitenstraße einbog. Danach starrte mich eine ganze Zeitlang ein kleines, schmutziges Mädchen an, mit einer eindrucksvollen Lecknase und rotem Hautausschlag; ich lachte sie an, ich sagte: »Mein Brot ist alle«, worauf sie ein besorgtes, dann weinerliches Gesicht zog und sich davonmachte …

Es war einmal ein brauner Ball, den ich zurückgegeben hatte, auf Ehre und Gewissen; nun lag er irgendwo im Rinnstein, in vier oder fünf Teile zerrissen, und man konnte ihn von innen betrachten, bis hin zur harten Gummizitze, der Schweißstelle, dem Nabel …

Wenn ich zur Tante zurückginge – was ich nach den beiden Beerdigungen sicher tun würde –, dann würden neue Junggesellen meinen Weg kreuzen, und dann kam ich vielleicht ins Gefängnis. Dennoch begann ich, die Tante – je länger, desto mehr – als einzige Möglichkeit zu sehen, weiterleben zu können. Erst mal würde sie mir alles über Trix erzählen müssen, alle Kleinigkeiten, die nur Frauen kennen. Bilder, Andenken, Briefe, alles müßte durch meine Hände wandern; als Gegenleistung würde ich an den GEIST glauben und mich von ihr umarmen lassen oder was sie sonst noch wollte. Sie war das einzig Lebendige, das mir von Trix noch geblieben war. Mit den Junggesellen würden wir zu zweit schon fertig werden. Ich würde zu ihr gehen, ich würde mir vorstellen, daß Trix noch lebte, und dann mußte sie es mir erzählen, genau wie vor einer Stunde, wörtlich dasselbe, als festes Ritual mit einer Tasse Genever gegen das Elend. Das war ein Lebensziel: nicht erhaben, nicht zur Nachahmung empfohlen, aber doch etwas Ernstes, Sinnreiches und die einzige Chance, vielleicht mit der Zeit begreifen zu lernen, nicht *warum* – denn das wußte ich nun, ich konnte es beinahe billigen –, sondern *daß* Trix gestorben war … Plötzlich merkte ich, daß, während ich an die Tante dachte, ein völlig neuer und brauchbarer Plan in meinem Geist entstanden war; ich verließ die Brücke und ging an den beiden debattierenden Männern und dem schiefen Pfahl vorbei in dieselbe Seitenstraße, die der entmutigte Spaßmacher eingeschlagen hatte.

Diese Seitenstraße führte in ein Patrizierviertel an dem Platz mit dem gotischen Gebäude, an dem ich mit meiner Mutter vorbeigefahren war, am ersten Tag meines Lebens, stolz neben dem Kutscher, der keine Fliegen treffen konnte. Ich ging im Militärschritt, ungefähr so wie Cuperus früher. Im Spiegel hoher, toter Fensterscheiben erschien mein Gesicht leichenhaft bleich, verschwommen wie das eines Landstreichers, der stramm ausschreitet, um einmal im Jahr seine einzige Pflicht zu erfüllen, beispielsweise seine Unterschrift unter ein sinnloses Dokument zu setzen. Dann und wann zog und zuckte meine Hand wieder. In einer kurzen Nebenstraße, in der Ferne durch goldenes Laubwerk abgeschlossen, begann ich, Namen abzulesen, und blieb bei »Caspers« stehen. Keine Initialen, kein Titel, nur »Caspers«. Eine gewisse Vereinfachung, die mich nicht unangenehm berührte.

Der Hausdiener, ein krächzender Altgedienter, zog auf meine Frage, ob sein Herr im Haus sei, ein bedenkliches Gesicht, zeigte sich aber bereit, meine Karte hineinzutragen, auf der Hand, als wöge er sie. Zwei Minuten später kam er wieder, um mich zu bitten, ein Stockwerk höher zu gehen; dort stand eine Tür weit offen: Dort war Meneer Caspers. Um das Informelle dieses Empfangs zu verbrämen, ließ er einen gutmütigen Zug über seine runzlige Visage gleiten.

In Norfolkjacke ohne Kragen und mit Pantoffeln an den Füßen in einem niedrigen weichen Sessel, ließ mein Gastgeber sich nicht anmerken, daß mein Besuch ihm ungelegen kam. Als er mich auf der Schwelle sah, stand er auf, um mir die Hand zu geben und mir noch einmal persönlich sein Beileid auszusprechen, und wies mir einen Sessel gegenüber dem seinen an, der etwas höher war. Neben seinem Sessel entdeckte ich heruntergefallene Zeitungen, die vielleicht einen Teil seines Arbeitstages symbolisierten. Das Zimmer war ziemlich einfach möbliert: Dieser junge, schon nicht mehr allzu junge Bankier war zu oft auf Reisen, als daß ihm an seiner Einrichtung viel gelegen wäre. Früher habe ich ihn als »gewieft« bezeichnet, und als Prinzipal eines alten Bankhauses wird er das wohl auch gewesen sein, aber in seinem Äußeren sah man das höchstens an den gescheiten und ruhigen Augen von einem etwas blassen Haselnußbraun; die scharfen Züge am Mund waren eher edel und vertrauenerweckend, ein wenig gelassene und abgeklärte Züge, die man vielleicht bei Bürgermeistern nicht allzu großer Gemeinden beobachtet. Seine Gestalt machte einen noch jugendlichen Eindruck. Wie ich annahm, war er von den fünf oder sechs

Herren meiner Kinderjahre am kürzesten in meine Mutter verliebt gewesen. Aber ihr Einvernehmen war immer sehr gut geblieben.

Er streckte die Beine und schaute mich fragend an. »Kann ich irgend etwas für dich tun, Nol?«

»Nein, Meneer Caspers, tun nicht. Ich wollte Sie nur ...«

»Du findest es doch gut, daß ich dich Nol nenne?« fragte er mit einem kameradschaftlichen Blitzen in den Augen.

»Oh, ja ... Ich wollte Ihnen nur sagen, daß Trix Cuperus heute morgen Selbstmord begangen hat.«

Ein paar Augenblicke schaute er mich aufmerksam an, offenbar nicht sehr erschüttert über die Nachricht, mit der ich ihn überfallen hatte, dann ging eine große Veränderung in ihm vor. Langsam schlossen sich seine Augen, und er ließ sich in den tiefen, einladenden Sessel zurückfallen. Vollkommene Ruhe lag auf seinem Gesicht; die ernsten, erhabenen Falten in den Mundwinkeln hatten die Oberhand gewonnen; man konnte meinen, daß er in tiefer Einsamkeit über ein trauriges Schicksal nachdachte. Diese Ruhe wirkte sehr wohltuend auf mich. Auch ich rückte etwas nach hinten und schaute ihn weiterhin an, meine Aufmerksamkeit zwischen ihm, dem Sausen in meinem Kopf und einigen wenig tiefschürfenden Gedanken aufteilend, beispielsweise, daß er sich unendlich viel würdiger verhielt als ich bei dem Bericht der Tante in der Küche. Aber die Ruhe war das Wichtigste: die erste Entspannung, die ich nach dem Schlag erlebte. Wenn er weiterhin so sitzen blieb, würde ich nach einiger Zeit auf Zehenspitzen weggehen können. Endlich schlug er die Augen auf, blickte direkt in meine, ohne einen Anflug von Zaudern, als hätte er meine Augen die ganze Zeit im Raum vor sich gesehen.

»Du warst es also«, sagte er leise, »und ich habe nichts tun können.«

Es klang wie das Orakel von Delphi. Es klang sogar viel feierlicher als das, was die Pythien, diese Schreihälse auf ihren

Dreifüßen, ausgespien haben können. Ich wurde etwas wütend.

»Wenn Sie meinen, daß ich derjenige war, den Trix Cuperus geliebt hat, und daß ich sie geliebt habe, dann ist das richtig. Aber was hätten Sie tun sollen?«

»Alles«, sagte er, während er sich mit einem Ruck aufsetzte, wonach er sich nach links beugte, um die unordentlich gestapelten Zeitungen neben seinem Sessel zu sortieren: seine letzte Bewegung für lange Zeit, denn er sprach ohne Gebärden. »Ich hatte bereits etwas getan … Bist du über die Einzelheiten informiert?«

»Ja. Ich weiß unter anderem, daß Sie, als Sie …, daß Sie damals zu der Erkenntnis gekommen sind, daß Sie einen anderen liebte.«

»Intuitiv.«

»Außerdem haben Sie Vellinga mehr oder weniger entlarvt, was zu nichts geführt hat, und Sie haben ihr eine Stelle im Ausland angeboten, von der sie nichts gehabt hätte, weil sie keine Fremdsprachen spricht. Weiter wüßte ich nicht …«

»Außerdem habe ich Vellinga die Wahrheit gesagt – was sie wußte und was also dazu hätte beitragen können, daß sie sich von ihm löste. Das hat wenig gebracht. Weiterhin habe ich dafür gesorgt, daß sie nicht mehr in der Sozietät schlief, um sie weniger dem Einfluß auszusetzen …«

»… von einem Sjoerd Stienstra und anderem Abschaum. Nur haben Sie das etwas zu spät gemacht …«

»Nicht nur das. Ich habe es nicht auf eine faire Art tun können«, sagte Caspers grübelnd, »ich will mich hier nicht in den Himmel heben … Ich hatte keine andere Wahl, als den Pächter zu warnen wegen der Polizeiverordnungen. Sie empfing dort keine Männer in ihrem Zimmer; nicht, daß ich das geglaubt hätte, aber im allgemeinen wurde das angenommen, und das Gegenteil war schwer zu beweisen. Bei Vellinga konnte das toleriert werden, als *amant*, um es mal so auszudrücken, aber wenn noch mehr aufgetaucht wären, dann hätte die Sache einen ganz anderen Anstrich bekommen. Aber das hat sie nie erfahren. Auf einen Wink von mir hat der Pächter ihr gesagt, daß es mit einer neuen Arbeitsverordnung in Zusammenhang stünde: Nur Mädchen, die kein anderes Zimmer hatten, durften von jetzt an in dem Gebäude schlafen. Sie hat sich also nicht gekränkt fühlen müssen. Zufällig kam es gerade so hin, daß die anderen Mädchen – zwei oder drei waren es damals nur, es war Winter – von außerhalb kamen ...«

»Ich kann es trotzdem nicht so großartig finden, was Sie für sie getan haben, Meneer Caspers. An Ihrer Stelle würde ich mich lieber ein bißchen schuldig fühlen, Sie haben doch von den Umständen profitiert ...« Diese Bemerkung hatte ich auf jeden Fall machen wollen.

»Schuldig?« Ergeben schüttelte er den Kopf. »Ich liebte sie; besser: Ich hätte sie, mehr als jede andere Frau, lieben können, wenn ich diese Kühle nicht herausgespürt hätte, die nicht sein *konnte*, wenn es nicht einen anderen gegeben hätte. Gegen Vellinga hegte sie vor allem Abneigung, im wesentlichen jedenfalls. Ich habe nie an dich gedacht, sonst hätte ich keinen Stein auf dem anderen gelassen, bevor ich euch zusammengebracht hätte. Man hätte es versuchen können, sie war es wert. Sie war außergewöhnlich, stolz wie ein Tiger und doch bescheiden, keine Angeberin, Gott, was für eine Frau ... In England hätte sie sich bestimmt durchgeschlagen, auch wenn sie kein Wort von der Sprache verstanden hätte; dort weiß man noch angeborene Haltung zu würdigen. Sie hatte etwas schlechte Manieren, drückte sich manchmal vulgär und unbeholfen aus, aber das hätte sie sich abgewöhnen können; jedes Mädchen, unter den Umständen, wäre viel und viel schlechter geworden. Innerlich war sie frei. Und doch hat Vellinga es geschafft, sie umzubringen.«

»Auch Vellinga hat gesagt, daß er sie geliebt hat.«

Caspers hüstelte hinter seiner Hand. »Der Unterschied ist, daß ich keine schäbigen Mittel benutzt habe, wenn das dein Hintergedanke ist. Aber wollen wir nicht ungerecht werden, Nol. Als Vellinga noch einmal etwas mit ihr anfing, habe ich mit ein paar anderen Leuten überlegt, ob wir nichts tun könnten. An sich war so ein Techtelmechtel nicht so schlimm, aber durch die Sozietät machte es einen verdammt schlechten Eindruck. Abgesehen von meinem Gefühl für sie, war ich dem Gedächtnis ihres Vaters verpflichtet. Ich war kein persönlicher Freund von ihm, wie Vellinga in gewissem Sinne, aber er war jemand, genau wie sie. Die anderen dachten ebenso darüber; nur waren sie etwas weniger energisch. Die Sache mit Stienstra, die ich ihnen der Ehrlichkeit halber (und unter dem Siegel der Verschwiegenheit) nicht habe verschweigen können, war auch wenig geeignet, ihren Eifer anzustacheln (es ist nie etwas herausgekommen; diese Männer halte ich für absolut zuverlässig: alte Patrizierfamilien hier aus der Stadt, die zu schweigen wissen, die allerdings auch kaum etwas anderes tun als schweigen). Und was konnten wir tun, hätten wir tun können? Vellinga auf den Pelz rücken, das war das einzige, obwohl er zwar in mancher Hinsicht, aber doch nicht grundsätzlich ein Schuft ist … Kennst du seine Rolle in der ganzen Geschichte, und weißt du von meinem Besuch bei Alice de Rato, der göttlichen Diva?«

»Ja. Wenn ich es recht verstanden habe, gab es drei Möglichkeiten. Vellingas eigene Version, durch die sein späteres Verhalten mehr oder weniger entschuldigt wird. Alice de Ratos Meinung: Lügen. Und zum Schluß die Schlafpulvertheorie. Was war es Ihrer Meinung nach?«

»Vor Gericht würde ich sagen, daß ich es nicht weiß. Unter uns: Schlafpulver. Dazu war er gerade schlau genug. Die de Rato-Theorie ist viel zu raffiniert.«

»Das sagen Sie vielleicht, weil Sie ihn nicht leiden können.«

Caspers mußte kurz lachen. »Das stimmt. Aber er ist wirklich nicht so intelligent. Bleib ruhig bei Schlafpulver; das hatte er sicher gerade in einem Groschenroman gelesen oder in seiner eigenen Zeitung, unter Neuigkeiten aus dem Gerichtssaal … Einmal habe ich ziemlich viel mit ihr getrunken, und da konnte keine Rede von Schläfrigkeit sein … Außerdem hätten wir ihr eine andere Stelle beschaffen können, in einer anderen Stadt. Aber was kommt bei so etwas heraus? Wir konnten sie nicht unter Kuratel stellen oder von der Polizei bewachen lassen, das ist von vornherein hoffnungslos. Eine Zeitlang habe ich mich dafür eingesetzt, ihr ein kleines Einkommen zu verschaffen, so daß sie zwar hätte arbeiten müssen, aber selbständiger den Männern gegenüber hätte auftreten können. Ich hätte wohl eintausend Gulden jährlich zusammenbringen können, für ein paar Jahre. Aber ich habe davon abgesehen. Sie hätte es abgelehnt, und wenn nicht, dann hätte sie sich doch ausgehalten gefühlt, und das hätte ihrem Charakter noch mehr geschadet … Was Vellinga angeht, war es außerdem nicht *bewiesen*, daß er sie wie ein Schuft behandelt hatte; es gab ein paar Juristen unter uns, ich selbst bin nur Ökonom …«

»Juristen, ah«, sagte ich, mit meinem ersten Lächeln in seinem sonnigen Zimmer.

»Wir beschlossen abzuwarten, wie sie sich halten würde … Aber, erzähl mal, Nol, wie ist das denn nun passiert, dieser Selbstmord? Hätte man das nicht verhindern können? Du mußt in den letzten Tagen doch noch Kontakt zu ihr gehabt haben, trotz des traurigen Todesfalls bei euch.«

»Bis gestern halb zwölf. Wäre ich bei ihr geblieben, dann würde sie noch leben. Ich bin so dumm gewesen, Vellingas und Stienstras und Ihrem Beispiel nicht zu folgen. Ich sage dies nicht aus Haß.«

Wieder schloß er die Augen und schüttelte den Kopf. »Ja, sie war vielleicht innerlich schon zerstört. Möchtest du noch hören, wie es weitergegangen ist, oder ist es dir unangenehm oder schmerzlich?«

»Ich will alles wissen. Nur wollte ich noch sagen, daß *Sie* sich meiner Meinung nach nicht allzu schuldig zu fühlen brauchen, auch wenn Sie ein Kettenglied waren in allem, was sie ...«

Er öffnete die Augen und sah mich einige Sekunden an, wie um sich zu vergewissern, daß ich meine Überlegungen an einem bestimmten Punkt unterbrechen würde. »Also, wir warteten ab, bis die neuesten Gerüchte aufkamen. Sie tat alles so offen und gleichgültig, man würde fast sagen königlich – wenn diese schreckliche Verbitterung nicht dahintergesteckt hätte –, daß jeder sofort alles wußte. Die neue Errungenschaft war leider nicht königlich. Dieser großmäulige Stienstra war das zwar auch nicht, würde man sagen, aber der war wenigstens jung. Du erinnerst dich doch an unseren Freund Dijkhuizen?«

»Ja, ich weiß davon«, sagte ich und verkrampfte mich innerlich, denn zum erstenmal dachte ich wieder an die Stelle in Trix' Brief, die im Augenblick meines größten Elends in der Küche nur halb zu mir durchgedrungen war, »aber keine Einzelheiten.«

»Darf ich dir etwas anbieten? Kaffee? Oder etwas anderes?«

»Nein, nichts, danke.«

»Ach, über Dijkhuizen gibt es eigentlich nicht soviel zu erzählen«, sagte er, während seine Augen noch flüchtig über mein Gesicht glitten, »er ist ein alter Schürzenjäger, obwohl er im Augenblick wieder bekehrt zu sein scheint; das geht so auf und ab bei ihm, bis in die Sechziger, denke ich, dann wird er wohl zusammenbrechen. Er kam damals ziemlich oft in die Sozietät und organisierte Trinkabende, und dann luden sie Trix auch manchmal ein, meistens ging es da wohl anständig zu – soweit ich weiß, duldete sie keine Anzüglichkeiten –, aber Dijkhuizen scheint es doch noch für ein oder zwei Nächte geschafft zu haben … Zum Teufel, Junge, siehst du elend aus. Ich halte meinen Mund jetzt.«

»Nein, machen Sie weiter«, sagte ich heiser; ich wollte hinzufügen, daß ich noch zu Dijkhuizen mußte, aber überlegte zugleich, daß er mir weitere Besuche würde ausreden wollen.

»Er hat es übrigens selbst an die große Glocke gehängt, auch wieder in betrunkenem Zustand. Sie sei eine Katze, sagte er, sie habe ihn gequält und durch Reifen springen lassen – was er damit meinte, verstehe ich nicht. Etwas Reformiertes vielleicht.«

»Sie sind nicht christlich?«

»Nur in der Öffentlichkeit. Aber erzähl das um Gottes willen nicht weiter, sonst trifft meinen Buchhalter in einem Monat oder so der Schlag … Es ist für mich höchst unangenehm, mit all diesen Menschen wie mit meinesgleichen umgehen zu müssen, der Typ Gentleman ist hier dünn gesät, unter anderem deshalb bin ich auch so viel unterwegs. In England fällt man geradezu darüber; auf dem Kontinent sprechen sie dann von Heuchelei, davon begreifen sie nie etwas, oder sie begreifen zuviel … Es ist und bleibt eigenartig, daß im Leben von Trix so viele ältere Männer eine Rolle gespielt haben. Dijkhuizen hätte leicht ihr Vater sein können, und Wubbo und ich fast …«

»Ja, es ist eigenartig.«

Als ich aufstand, fuhr er aus seinem Sessel auf und brachte mich zur Tür, wo er seinen langen Arm zum Klingelknopf daneben ausstreckte. Auf der Schwelle schüttelte er mir die Hand, und die edlen Linien zu beiden Seiten seines Mundes waren jetzt wieder deutlicher als die gescheiten und ruhig grübelnden Augen.

»Was ich über Vellinga gesagt habe, bleibt unter uns, nicht wahr? Ich meine, daß ich der Gewährsmann gewesen bin. Ich habe ihm genug Unangenehmes ins Gesicht gesagt, und zu anderen Zeiten und in anderen Ländern hätte ich mich auch mit ihm duellieren wollen, aber hinter seinem Rücken ...«

Ich versprach es ihm, nickte zustimmend, als er mich einlud, noch einmal vorbeizuschauen, wenn ich das Bedürfnis danach hätte, und wurde vom Hausdiener hinausbegleitet.

Auf der Straße fühlte ich mich in doppeltem Sinne ernüchtert. Nicht nur, daß im Takt von *»Mische! Mische!«* kaum noch ein Brummen oder Surren in Kopf oder Nacken zu spüren waren, ich sah auch ein, wie außergewöhnlich gut die Junggesellen gegen Kritik an ihrer Moral gepanzert waren, wenn man sie einmal unter vier Augen zu sprechen bekam. Was geistiges Niveau, innere Bildung und Feingefühl betraf, mochten zehn Vellingas auf einen Caspers kommen, aber im Grunde war dieser doch auch nur ein geschickter Junge, der automatisch seine eigene Sache schönredete, wo in diesem Fall in der Tat nicht soviel Staub und Dreck zu finden waren. Während ich zur breiten Brücke zurückmarschierte, ging es mir durch den Kopf, daß sowohl Vellinga als auch Caspers sich deshalb so tolerant und ausführlich mit mir abgegeben hatten, weil sie besondere Erinnerungen an meine Mutter hatten und weil mein Vater Richter war und Chris Anwalt und ich angehender Mediziner. All ihre Selbstbeschuldigungen, ihre ganze edle Psychologie wären in den Schatten zurückgetreten, wenn ich ein Bürojunge gewesen wäre, der sich an Caspers' Hausdiener vorbei seinen Weg in die fest geplante vormittägliche Ruhe seines Herrn hätte bahnen müssen.

Beim Anblick der breiten Brücke überkam es mich auf einmal. Nicht in mir, in meinem Magen oder in meinem Kopf, sondern außerhalb von mir. Obwohl ich alles normal wahrnehmen konnte, war es, als ließe diese abscheuliche Sonne immer wieder etwas grellweißes Luftleeres vor meinen Füßen entstehen, wie eine weiße Feuersäule, die mit mir weiterzog, nicht zu Feinden, sondern zu nächsten Leeren. Stellte man seinen Fuß auf oder in eine solche Leere, erfolgte eine kleine Explosion, und dann war es wieder Straße. Ein Radfahrer kam durch (spätere) Leeren auf mich zu und fuhr haarscharf an mir vorbei, wobei er vage lächelnd den Kopf neigte; es war ein alter Schulfreund, der die Brücke hinabraste und wahrscheinlich an meine gestorbene Mutter dachte. In diesem Augenblick dachte ich nicht einmal an Trix. An ihren Tod zu glauben, dazu kam ich schon lange nicht mehr (während des Gesprächs mit Caspers hatte ich es keinen Augenblick geglaubt); aber ich wußte, daß diese Weigerung, an eine Tatsache zu glauben, mir nicht beistehen würde in meinem Kampf gegen einen Zustand. Denn da waren diese Leeren, Resultat einer gigantischen Naturkatastrophe, ohne Beteiligung der Sonne. Wer nicht stetig weitermarschierte, blieb in so einer Leere hängen, und dann wurde die Leere Verzweiflung, und dann mußten Körper und Seele dran glauben. Diese auf mich zugleitenden Schrecken waren die Zeit selbst, losgerissen, losgelassen von der großen, mächtigen Hand der Liebe, auf die ich blindlings vertraut hatte und die nun Rache nahm in der ihr eigenen zügellosen Weise. Als abstrakte Tatsache wußte ich, daß mein Leben zerstört war, daß ich nur weiterexistieren konnte mit Hilfe der sonderbarsten, gefährlichsten oder komischsten Mittel (einer »Tante von Trix« beispielsweise, eines mit zitterndem Fleisch gefüllten Totenkopfs mit grünen Arsenflecken, dennoch ein Trost, ein mächtiger Bundesgenosse, wohin ich noch am selben Abend, wenn ich es zu Hause nicht länger aushielte, eilen würde, mit einem Krug Genever unter dem Arm, weil ich mich nicht aufhängen oder ertränken wollte); aber vorläufig ging es nur darum weiterzuleben, von Sekunde zu Sekunde, von Pflasterstein zu Pflasterstein, quer durch leise explodierende Leeren nach dem Takt meines Herzens und von *»Mische! Mische!«* – und das war schwere Arbeit, die viel Behendigkeit erforderte. Die Zähne zusammengebissen, vollendete ich meinen Sturm über die hinreißende Brücke, wo man sich abends zum amourösen Stelldichein verabredete und der Funkenzauber von Zigaretten zu Füßen kichernder Mädchen erlosch. Auf der anderen Seite der Gracht, im Schatten, war alles wieder vorbei; ich blickte mich um und sah ein nichtssagendes Stadtbild. Es war zwanzig vor zwölf.

· 20 ·

Vor dem Schalter standen ein paar Leute, die von einem älteren Mann mit einem großen grünen Bleistift hinter dem Ohr bedient wurden. Im Gang beschäftigten sich Personal, Hausdiener und einige junge Reporter, und auch das kleine Büro hinter dem Schalter war nicht leer. Singend kam der Junge mit dem schwarzverschmierten Gesicht die Treppe herunter, lief mit einem Paket unter dem Arm zur Haustür, respektvoll sein Singen unterbrechend in der Nähe seiner Vorgesetzten, und kehrte mit hängendem Kopf zurück, als hätte er etwas vergessen. Noch minutenlang konnte man seine erschöpften Schritte auf mehr als einer Treppe verfolgen, aber dann war ich schon an der Reihe.

»Ich habe gehört«, sagte ich zu dem Mann am Schalter, »daß Meneer Vellinga auswärts ist. Ich habe eine eilige Nachricht für ihn und würde gern seine Adresse wissen. Aber ich kann das Telegramm auch bei Ihnen aufgeben, mit dem Geld und mit einem Trinkgeld für den Boten. Ich habe keine Zeit, selbst zur Post zu gehen. Mein Name ist Rieske, ich bin der Sohn des Richters.«

Offensichtlich erwog er, mir zu kondolieren; aber schließlich hatte er einen grünen Bleistift hinter dem Ohr, so daß er sich auf eine sachliche Entgegnung beschränkte:

»Sie können seit kurzem Telegramme auch telefonisch aufgeben. Aber wir wollen das Telegramm gern für Sie schicken, Meneer Rieske. Die Adresse von Meneer Vellinga ist Victoriahotel, Amsterdam: für den Fall, daß Sie ihm später telegraphieren oder ihn anrufen wollen; er bleibt noch zwei Tage weg, auch dort ist er manchmal außer Haus, aber Telegramme werden an ihn weitergeleitet … Geben Sie es dann eben auf?« Der grüne Bleistift senkte sich auf einen Schreibblock, und ich begann, langsam zu sprechen und so laut ich konnte:

»*Meester Wubbo Vellinga* – die Adresse wissen Sie selbst – *Trix* – TRIX – *Cuperus* – Cuperus mit C – *heute morgen* – *gestorben* – Punkt – *Selbstmord* – Punkt – *Nol* – *Rieske* – RIESKE – Adresse …«

Im Gang war es viel stiller geworden, Gesichter mußten sich mir zugewandt haben. Im Büro hörte ich schlurfende Schritte; ein dickes Fräulein mit Brille zeigte sich kurz; es wurde gehüstelt und gemurmelt.

»Wunderbar«, sagte ich, als ich den Mann mit tief gerunzelter Stirn das Blatt auf seinem Schreibblock betrachten sah, »aber so im ganzen ist es ein ziemlich intimes Telegramm, merke ich jetzt, kein geschäftliches Telegramm. Vielleicht ist es Ihnen angenehmer, wenn ich es doch lieber telefonisch aufgebe?« Im Gang, im Büro war es totenstill geworden.

»Wie Sie wünschen«, sagte der Mann, während er mich unsicher anblickte, um sofort die Augen wieder zu senken, »es ist mehr ein privates Telegramm. Aber …«

»Ich will nicht, daß Sie dadurch Schwierigkeiten mit Meester Vellinga bekommen«, sagte ich laut, »es ist besser, diese Angelegenheit diskret zu behandeln, finden Sie nicht auch? Ich danke Ihnen für Ihre Mühe. Guten Morgen, die Herren.«

Ich telefonierte in einem Zigarrenladen, vier Häuser von der Gasse entfernt. Eine Dame mit hoher Piepsstimme nahm das Telegramm auf und machte sich sehr wichtig; es war vermutlich das erste telefonisch aufgegebene Telegramm im Postamt von W… Als sie fertig war, fragte ich, ob es so ginge. Ja, warum nicht? Ich sagte, daß es doch wohl ein besonderes Telegramm sei und daß ich die Vorschriften für den telegraphischen Verkehr nicht kannte. Sie sagte, das mache nichts aus. Ich sagte, daß doch nicht *alle* Telegramme verschickt werden dürften, worauf sie sofort antwortete: O nein, Meneer, keine sittenwidrigen Telegramme und keine Verbrechen. Verbrechen, wieso? fragte ich, woraufhin sie kicherte und mir zu erklären versuchte, daß Telegramme, in denen beispielsweise etwas über einen geplanten Mordanschlag stünde, natürlich nicht versendet werden dürften. Ich sagte, daß ich das verstünde. Die Beurteilung müsse ich ihr selbst überlassen, aber es schiene mir für sie persönlich doch wohl ratsam, kurz den Direktor zu fragen. Das würde sie tun. Während ich noch einmal das Telefonbuch zu Rate zog, unter den wachsamen Augen des Ladeninhabers, der alles mit angehört hatte, stellte ich fest, daß ich jetzt bereits die Journalisten, die Hausdiener, die Laufjungen, das Telefonfräulein, den Postdirektor mit seiner Familie und den Zigarrenhändler erreicht hatte und mich darauf erst mal beschränken konnte.

Danach rief ich meinen Vater an, um ihm zu sagen, daß ich erst im Laufe des Nachmittags nach Hause kommen würde; Sjoerd Stienstra mit der Bitte, ihn so schnell wie möglich sprechen zu dürfen (er riet mir, dann nicht zu lange zu warten, er müsse zur Börse), und schließlich Dijkhuizen, der nach Aussage seiner Haushälterin jeden Augenblick nach Hause kommen müsse und mich sicher würde empfangen wollen. Mein Name wirkte Wunder.

Als ich beim Ladeninhaber zahlen wollte, bekam ich auf einmal Angst – Angst, seinen Laden zu verlassen und auf die Straße zu gehen. Obwohl ich nun mitten in Aktion war, ging alles viel zu schnell vor sich; ich hätte mich wahrscheinlich nicht aufs Telefonieren einlassen sollen, dem mich das Telegramm an Vellinga ausgeliefert hatte. Es war wunderbar warm im Laden, hier wurde schon geheizt, als gäbe es die Oktobersonne nicht. Ich schaute in das Gesicht des Ladeninhabers, eines friedlichen kahlköpfigen Mannes mit steifen Ohrläppchen.

»Geht es Ihnen nicht gut, Meneer?«

»Nicht sehr, ein Sterbefall.«

»Das ist immer schlimm.«

Ich verlangte eine Schachtel Zigaretten. Als er sie mir reichte, entdeckte ich irgendwo Schokoladenriegel, wovon ich zwei kaufte. Ich steckte mir eine Zigarette an und begann, an einem Riegel zu kauen. Aber noch immer war meine Angst nicht überwunden, der Schweiß brach mir aus, und es wurde unerträglich heiß im Laden, als wollte der Zigarrenmann nicht die Oktoberkühle draußen lassen, sondern die Oktobersonne ausstechen. Tief inhalierte ich den Rauch, unter den anerkennenden Blicken des kahlen Ladeninhabers. Irgendwas war mit Trix. Großer Gott, irgendwas war mit Trix, ich begriff es jetzt auf einmal; sie war in Gefahr, sie könnte vielleicht noch gerettet werden. Meine Beine gaben nach, mein Herz wagte sich hämmernd bis in meine Kehle; ich mußte etwas tun, mein Gott, ich mußte mich mitten in der Aktion auf ein Nebengleis begeben, um sie zu retten. Ungeklärt! Was war es? … Schwindlig lehnte ich mich an den Ladentisch unter dem unbarmherzigen Druck meines stetig hämmernden Herzens. Ich betete: »Gott, laß es mich finden, das Mittel. Wenn sie tot ist, wecke sie …« Meinen Magen gegen den Ladentisch gedrückt, schwitzend und zitternd, wiederholte ich das Gebet, einmal, zweimal, während der Ladeninhaber im Begriff gestanden haben muß herbeizustürzen; als Menschenkenner, der er war, wollte er es nicht zu früh tun und auch nicht mit einem Glas Wasser hantieren, bevor er darum gebeten wurde; das konnte als Beleidigung aufgefaßt werden. Vielleicht erwartete er auch Wunder von seinen Zigaretten, nach einer kleinen unbedeutenden Krise. Während ich all meine Kraft in mein Gebet legte, wurde mir plötzlich bewußt, daß ich zum Telefon schaute; das lenkte ab, brachte einen Einfall.

»Würden Sie«, flüsterte ich dem Ladeninhaber zu, »kurz für mich telefonieren?«

»Sicher, Meneer!«

»Doktor Lammers. Es geht hier um einen Fall von Vergiftung, jemanden, der schlecht behandelt wurde, ein Mädchen … ja, ein Mädchen … Fragen Sie den Arzt, ob sie wirklich tot ist. Sie heißt Trix Cuperus.«

Der Ladeninhaber suchte im Telefonbuch und rief an:

»Hallo, ist da der Doktor? … Der Doktor nicht zu Hause? Warten Sie eben … Der Doktor ist nicht zu Hause, Meneer«, flüsterte er hinter vorgehaltener Hand.

»Seine Frau fragen, die weiß es vielleicht«, stammelte ich und warf meine Zigarette in einen Aschenbecher; ich merkte, wie mir übel wurde.

»Darf ich Mevrouw dann kurz sprechen? …« Zu mir: »Trix Cuperus, sagten Sie?«

»Ja. Trix Cuperus, sie hat Selbstmord begangen. Vergiftet.«

»Scheußlich, Meneer.«

»Durch die Schuld von anderen.«

»Was Sie nicht sagen, Meneer … Ja, hallo, spreche ich mit Mevrouw selbst? Ja, Mevrouw, ich habe hier jemanden bei mir im Laden – hier ist Adema, der Zigarrenladen –, und der fühlt sich nicht gut … Nein, der Doktor braucht nicht zu kommen; er wollte nur wissen, ob eine gewisse Trix Cuperus, die Selbstmord begangen hat, ob die wirklich tot ist … Dürfen Sie das nicht sagen, Mevrouw? … Nun, Mevrouw, für dies eine Mal können Sie doch eine Ausnahme machen, wir sind doch Menschen …«

»Verd…«, fluchte ich und stürzte zum Telefon, das der Ladenbesitzer mir eilig in die Hand gab, »hallo, Mevrouw, hier Rieske, der Sohn des Richters. Ich möchte gern wissen, ob Fräulein Cuperus tot ist oder nicht.«

»Ich weiß nicht, ob ich Ihnen das sagen darf, Meneer«, kam die nasale, etwas ängstliche Stimme.

»Ich bin ihr Verlobter, Mevrouw. Ihre Tante sagte mir heute morgen, daß sie gestorben ist, aber ich will Sicherheit. Soweit ich weiß, fällt das nicht unter die Schweigepflicht, ich bin angehender Arzt, Ihr Mann kennt mich.«

»Warum gehen Sie dann nicht selbst zum Haus von Fräulein Cuperus?«

»Weil ich der Sache nicht traue«, fuhr ich sie an, »ich kann nicht in ihr Zimmer … Bitte, sagen Sie es, Mevrouw, um Himmels willen!«

Lange Pause, und dann war die Stimme auf einmal ganz beklommen. »Darf ich Ihnen mein Beileid aussprechen, Meneer Rieske …«

»Zum Tod meiner Mutter?«

»Ja, das auch …« Die Stimme erstarb, wie ein Seufzer; sie muß sofort aufgelegt haben und völlig verstört weggelaufen sein, in ihr hübsches Wohnzimmer, zu ihren Kindern, wenn sie welche hatte, weil sie plötzlich den Tod nicht verstand.

»Elendes Weibsstück«, brummte ich, während ich den Ladenbesitzer noch einmal bezahlte. Ich war vor allem verärgert, weil die Arztfrau aus meinen Worten schließen konnte, daß ich die Tante verdächtigte. Das hatte ich zwar getan, aber darum brauchte so ein näselndes Weib meinem Beispiel nicht zu folgen.

»Keine Frau für einen Doktor, würde man meinen«, sagte der Ladenbesitzer voller Mitgefühl. Abwartend sah er mich an.

»Ja, sie ist tot«, sagte ich schulterzuckend, »war nichts zu machen. Sie hat sich aus Verzweiflung das Leben genommen … Kennen Sie Meneer Vellinga, von der Zeitung?«

»Nein, Meneer«, sagte der Ladenbesitzer mit weit aufgerissenen Augen.

Ich steckte mir eine Zigarette an. »Er hat alles auf dem Gewissen.«

»Nein …«

»Es tut mir leid, daß ich das sagen muß. Kommen Sie gelegentlich in die Sozietät, in den GARTEN? Dann müssen Sie den Pächter einmal fragen. Sie verstehen wohl, daß ich als Verlobter so etwas sehr schwer nehme.«

»Was Sie nicht sagen ... Geht es Ihnen schon etwas besser, Meneer?« Aha, er will mich aus dem Laden haben, um so schnell wie möglich zu seiner Frau zu können.

»Ausgezeichnet«, nickte ich, und nachdem ich mich bei ihm bedankt hatte, verließ ich sein Geschäft.

Zum erstenmal segnete ich diesen dem Sommer entlaufenen Oktobertag. Nicht um seiner Sonne willen, nicht um seiner unverantwortlichen Freude willen, sondern um seiner Kühle willen, im Schatten. Wie eine Hölle lag der glühendheiße Zigarrenladen hinter mir. Ein Fegefeuer vielleicht, das zum Himmel der Gewißheiten führte, denn ich wußte jetzt wenigstens, *daß* Trix tot war – die Chance, daß das Gegenteil wahr sei, war nur noch eins zu einer Million, das hatte nur noch wissenschaftliche, keine menschliche Bedeutung. Ich konnte mich jetzt damit abfinden, und auch meine Stimmung war ergeben, während ich zur Wohnung von Sjoerd Stienstra eilte, ebenfalls an der Gracht, etwa zehn Häuser hinter dem Friseurladen mit *Koko for the hair*, wo ich als Kind ein starres und wohlanständiges Fräulein sich um die eigene Achse hatte drehen sehen. Übrigens dachte ich weniger an Sjoerd Stienstra als an Caspers. Ich sehnte mich auf einmal nach ihm zurück, nicht so sehr um des Mannes selbst willen, als um der verbrüdernden Unterredung willen, die sich bei keinem der beiden anderen Herren wiederholen würde. Dort würde meine Einsamkeit nicht gemildert werden, dort würde ich ungefähr so reden wie mit dem Zigarrenhändler ... Ich phantasierte mir eine Fortsetzung der Unterredung zurecht. Caspers sagte beispielsweise: »Das sind Sachen, Nol, bei denen der normale Menschenverstand stillsteht. Es ist verständlich, daß die Menschen an Gott glauben.« Ich: »Ich glaube an Gott, aber Er läßt mich im Stich. Sie ist tot, und Er *könnte* sie auferwecken, denn Er hat die Macht dazu.« Caspers: »Das ist nur bedingt wahr, man darf es nicht allzu wörtlich nehmen. Er kann sie in deiner Vorstellung auferwecken.« Ich: »Das ist für mich ein Trick, ein mieser Trick. Trix, lebend in meiner Vorstellung, würde gerade beweisen, daß sie tot ist. Man muß alles von der anderen Seite betrachten.« Caspers: »Das mußt du gerade nicht tun. Wenn ich an Gott glaubte, würde ich ihm blindlings vertrauen, in einer Richtung gleichsam. Es gibt noch eine andere Möglichkeit, Nol: daß du jemandem begegnest, der für dich Trix *ist*.« Ich: »Die ihr ähnlich ist oder ihr täuschend ähnlich ist ... Da ist etwas dran, aber mit dieser anderen hätte ich nicht als kleiner Junge im GARTEN getanzt, damit hat alles angefangen.« Caspers: »Du hättest mit hundert anderen Mädchen im GARTEN tanzen können; es liegt in dir.« Ich: »Das ist sehr philosophisch. Ohne Trix hätte es nicht in mir gelegen; wenigstens hätte ich nie etwas davon gemerkt. Und diese anderen Mädchen kenne ich nicht.« Caspers: »Ich vergaß, daß du Medizin studierst; das Experimentelle ... nun, dafür bin ich auch nicht unempfänglich. Und doch mußt du dich mehr nach den Gegebenheiten richten, gerade als Mediziner, wenn du das nicht zu vorlaut von mir findest. Als Bankier mache ich nichts anderes als das, und es ist bisweilen schwindelerregend, all die Zahlen; Zahlen sind vielleicht, vielleicht göttlichen Ursprungs.« Ich: »Wenn Gott es gut mit mir meint, dann muß Er mich bald sterben lassen; nicht um sie wiederzusehen, sondern um diesen Kummer nicht mehr spüren zu müssen, den niemand kennt oder je gekannt hat. Nicht einmal Christus am Kreuz, denn der Vater erwartete Ihn, und zu Seinen Füßen beweinte man Ihn. Mir ist es nicht einmal erlaubt, sie zu beweinen, niemand wird es mir erlauben, Meneer Caspers.« Caspers, nach langem Schweigen: »Gegen Kummer gibt es Mittel, und in einem halben Jahr wirst du weiterleben können, mit einer Wunde, die schon ein bißchen verheilt ist oder noch nicht verheilt ist, und auch in dem halben Jahr wirst du gelebt haben. Du bist noch so furchtbar jung, Nol. Aber versprich mir eins.« Ich: »Ja, was denn?« Caspers: »Daß du niemals auf sie herabsiehst.« Ich: »Warum sollte ich?« Caspers, flüchtig, zerstreut, schon etwas unsicher: »Weil dies eins der Mittel sein könnte.«

Ich war schon am Haus von Sjoerd Stienstra vorbeigelaufen, im Militärschritt, wie mein Lehrer ihn mir beigebracht hatte. Auf der anderen Seite, ein Stück weiter, in einer stillen Seitenstraße, wohnte Dijkhuizen. Ich mußte jetzt eigentlich zurückgehen. Aber wozu? Alles zusammengenommen, würde es mich eine halbe Stunde voranbringen, wie einen Soldaten im Angriff, und dann stünde ich doch wieder vor demselben Abgrund an Leeren, wo blendende Lichtsäulen, trügerische Fußangeln, mir den Weg auf die andere Seite versperrten. Diesen Abgrund sah, fühlte ich so deutlich wie den kleinen Taltrichter, vor dem ich Jahre zuvor atemlos gestanden hatte, eine Hand an einem künstlichen Felsen. Wenn ich erst noch ein paar Stunden herumliefe, hätte die Sonne ihren Höhepunkt überschritten, ich hätte Zeit gewonnen, und gegen Abend bestünde immer noch die Möglichkeit, die fehlenden Junggesellen aufzusuchen und mein Spiel mit ihnen zu treiben; ich würde das sogar sehr spät am Abend tun können, wenn ich zufällig doch nicht zur Tante wollte.

Es könnten natürlich schlimme Dinge passieren, wenn ich jetzt zum Hause des sehr ungeduldig gewordenen Stienstra zurückkehrte, der zur Börse mußte, um seine Mitmenschen zu übervorteilen. Er wohnte dort zur Untermiete; man erzählte sich, daß er seine Eltern nicht mehr kennen wolle, einfache Bauern vom Lande. Er hatte sich übrigens ohne ihre Unterstützung emporgearbeitet zu dem, was er war, im Alter von dreißig Jahren; er war einer der *coming men* von W..., der Vellinga als *pushing power* vielleicht nachfolgen würde, auch wenn ihn das Vergnügungsleben nicht so sehr interessierte. Jede Minute war ein Cent für ihn, und in diesem Augenblick verging er vor Ungeduld. Unten an der Treppe würde er mich empfangen, höfliche Gehetztheit in seinem hübschen, groben Zuhältergesicht. Ich würde sagen: »Ich wollte Ihnen erzählen, daß Fräulein Cuperus Selbstmord begangen hat.« Wer? Was? Selbstmord begangen? Welches Fräulein Cuperus? Und dann würde ich sagen: »Trix Cuperus, die Tochter des verstorbenen Henri Cuperus, des Dirigenten.« Und dann würde er sagen: »Ach, die! Die Dirne aus der Sozietät. Selbstmord begangen? Einfach so?« Und er würde mich mißtrauisch mustern und sich mein Gesicht genauer ansehen, auch wenn er in Eile war. Und ich würde sagen: »Wie denken Sie darüber, Meneer Stienstra?« Und er würde wieder nichts begreifen und wütend werden und mich anpöbeln, daß er nichts damit zu tun habe und warum ich, verdammt noch mal, meine Nase in seine Angelegenheiten steckte, während er dringend zur Börse müsse. Und dann würde ich sagen, daß ich meine Nase in seine Angelegenheiten steckte, weil es nie seine Angelegenheit hätte sein dürfen, und daß ich ihn für unkultiviert hielte, ihn, der ein ums andere Mal Worte wie »Dirne« für eine Tote und »verdammt« für jemand anderen benutzte, und daß ich sein Gesicht für schurkisch hielte und daß er eigentlich erschlagen werden müsse, mit einem Vorschlaghammer – so lange, bis er die Beherrschung verlöre und mit Handgreiflichkeiten drohte. Dann käme der entscheidende Moment. Wir könnten uns auf der Treppe schlagen, und ich bekäme die Gelegenheit, durch ihn von meinem Kummer erlöst zu werden. Ich könnte sagen: »Komm mal mit raus«, und die Tür hinter mir offenlassen. Ich könnte auch nichts sagen und die Tür hinter mir schließen, in beiden Fällen würde ich draußen auf ihn warten. Und dann käme er nicht. Zehn Minuten würde ich vor dem Haus hin und her laufen, während er mich im ersten Stock, wo er wohnte, hinter der Tüllgardine beobachtete. Und auf der Börse würden ihm frisches Fleisch, blutige Brocken, Knochen, Grieben und Krümel mit rasender Geschwindigkeit entgehen, Hunderte, Tausende, und wenn es mir schließlich zu langweilig würde und ich schon an der nächsten Seitenstraße wäre, dann würde er immer noch nicht zum Vorschein kommen, denn dann hätte er die Sache telefonisch abgewickelt, so gut und so schlecht es eben ginge, also schlecht, denn man würde ihn betrügen oder seine Aufträge falsch weiterleiten. Und er würde darüber nachdenken, die Polizei anzurufen, und ich würde als Querulant geführt werden, und die ganze Stadt würde wissen, daß er mit Trix in einem Atemzug zu nennen war, und der Skandal rund um Vellinga – der wenigstens noch irgendeinen Sinn hatte – würde mißlingen; er würde vielleicht ohnehin mißlingen, wenn der Zigarrenhändler allzu malerische Beschreibungen meines Auftretens in seinem Laden in Umlauf brachte …

Dijkhuizen war ein etwas komplizierterer Fall. Als ich über ihn nachdachte, war ich bereits am Ringgraben angekommen, am Anfang, gleich hinter dem hohen viereckigen Turm mit dem historischen Namen und den vielen niedrigen Häusern rundherum. Der Ringgraben spiegelte ein ruhiges Himmelblau wider, ohne Sonne; über den braunverfärbten Baumkronen einer Allee links hinter mir strahlend, verschmähte die Sonne diese glatten, unberührten Wasserläufe. Ich war Dijkhuizen gegenüber milde gestimmt. Nicht nur, weil er in meine Mutter verliebt gewesen war, an deren sterblichen Überresten in dem kleinen weißen Krankenhaus ich gleich vorbeikommen würde, sondern auch, weil er – von Vellinga einmal abgesehen – in Trix' Leben als letzter eine Rolle gespielt hatte, weil ich Trix, kurz vor ihrem Tod, gleichsam aus seiner Hand empfangen hatte. Natürlich wußte ich, daß die Welt besser daran wäre, wenn Gott mir zu Willen wäre und die Dijkhuizens, und alle anderen bis hin zu Caspers, wie schädliches Ungeziefer vernichten würde. Aber das wollte Gott nicht, weil Er dann nicht wüßte, wo Er aufhören sollte, und wer bürgte mir dafür, daß ich nicht irgendwann selbst an die Reihe käme? Es wäre auch wenig Ehre mit Dijkhuizen einzulegen. Armesündermanieren würde er zur Schau stellen, würde sich hinter seinem Glauben verstecken und mich um Vergebung bitten und gemeinsam mit mir beten wollen, was ich auch noch tun würde, denn dieses Gebet würde fünf Minuten Zeit schlucken, bevor ich wieder allein wäre. Aber wenn es darauf ankäme, würde er ebensowenig begreifen wie sein Vorgänger. Man betete wohl für eine Hure, aber man verlor nicht die Fassung wegen einer Hure, sogar der nur einen Tag »Verlobte« tat das nicht. All meine kalte Verachtung, mein feiner Spott würden an ihn verschwendet sein, und zum Schluß würde ich einen hysterischen Lachanfall bekommen, wie meine Mutter früher, wenn sie lachen mußte, bis sie sich »nicht mehr einkriegte«, und Dijkhuizen würde, nachdem er sich von seinem Schreck und seinem Mitleid erholt hätte, verbreiten, daß ich nicht ganz bei Trost sei und nicht rechtgläubig, weil ich am Vorabend der Beerdigung meiner Mutter gelacht hätte und Gutes über die Huren gesagt hätte und alte Geschichten wieder aufgewärmt hätte und respektlos gegenüber älteren Menschen gewesen sei.

Ich blieb stehen, ich wollte nicht weitergehen. In dieser Stadt, man konnte von ihr sagen, was man wollte, gab es bessere Orte als die Straße von Dijkhuizen und die Gracht von Stienstra. Ich konnte auf anderen Wegen zurückkehren, bis etwa vier Uhr, wenn die Sonne endlich Mitleid mit mir bekommen und gelb und müde werden würde. Dann käme der Abend, mit ganz neuen, hinterlistigen Anfällen von Kummer; dann käme der eigentliche Wahnsinn, dann würde ich schreien und um mich treten oder Stienstra ermorden oder erst zur Tante gehen, damit sie mich davon abhielte und mir Vertrauen in den GEIST einredete und mich umarmte und küßte. Solange ich nicht schliefe – und welch unzeitiges Aufwachen und welche Träume erwarteten mich? –, würde ich mir alle Viertelstunde etwas Neues einfallen lassen müssen, um nicht an meiner Verzweiflung zugrunde zu gehen. Ein Gespräch mit meinem Vater würde eine halbe Stunde lang helfen, sicher nicht länger, es sei denn, daß er unerwartete Tiefen in sich offenbarte, was immerhin möglich war. Aber hier – das Krankenhaus bereits hinter mir und auf der gegenüberliegenden Seite das ansteigende Gehölz des GARTENS in seinem jährlichen Herbstschmuck –, hier würde ich einige Minuten stehenbleiben können und einen letzten Versuch wagen, zu begreifen, was niemand begriff.

Es war nicht mein eigener Tod, den ich nicht begriff, es war der Tod anderer, der von Trix und von meiner Mutter. Zwischen den Orten, wo die eine lag und die andere gelebt hatte, strömte Wasser, langsam und unansehnlich; oder es strömte nicht einmal, es war nur in Bewegung. Sehr große Menschen könnten hindurchwaten; dort waren Enten, dort flatterten Blätter herab; ganz in der Ferne bewegten sich Fußgänger über die Holzbrücke. Es war alles unbegreiflich; es gab keinen Ausgangspunkt und keinen Punkt der Rückkehr und kaum einen Punkt des Durchgangs; es ging einfach ineinander über, und man konnte festhalten, daß der Tod – der von Trix, von meiner Mutter – ein eindrucksvolles Beispiel für eine mehr oder weniger charakterlose Unbeständigkeit der Dinge war. Aber das half mir ebensowenig, wie ein solches kupferbraunes Blatt aufzufangen und es kurz zu betrachten und es wieder weiterflattern zu lassen. Der Tod von Trix war etwas ganz anderes: Hier wurde ein Blatt braun und fahl, das kurz zuvor noch als liebster, grünster Besitz in meiner Hand gelegen hatte. Für einen Augenblick vermeinte ich, dies ausloten zu können. Es war ein Preis zu zahlen, eine Bürgschaft zu leisten, der *Beweis* zu liefern für das, was mein Herz band und gebunden hatte, ein Beweis gegenüber strengen und unergründlichen Mächten, die keinem Menschen einfach nach dem äußeren oder inneren Schein zu vertrauen pflegten und die die Liebe abschnitten, um zu erfahren, *ob* geliebt wurde – nein, das war es auch nicht, es war anders, tiefer, zarter, grausamer; und das bedeutete, daß ich den Tod nicht begriff, vielleicht beinahe begriff, aber nicht völlig begriff, also nichts davon begriff, und daß dies immer so bleiben würde.

Schräg vor mir lag der alte Park, einsam, barock erhöht, durch Vergnügungen entheiligt und doch ein Heiligtum seit vielen Jahren. Da der Ringgraben eine sanfte Kurve beschrieb, war das Hauptgebäude unsichtbar. Doch sah ich das eiserne Tor mit den Säulen, wohin die lange, schmale Straße führte. Einst hatte ich dort als Lakai auf dem Bock gesessen, hinter mir meine Mutter und drei ihrer Freundinnen, die plauderten, die lachten, die bunte Sonnenschirme schwenkten. Dann war der Schalter gekommen, und plötzlich erhob sich der Park mit seinen Alleen zu Höhen, die ein Kind nur mit Mühe fassen konnte und die es an Vogelkäfigen entlang und durch Gebüsch erreichte. Dort auf diesen Höhen bildeten künstliche Felsen eine unüberwindliche Schwelle in ein kleines Tal, und in diesem Tal hatte sich etwas ereignet zwischen Kindern, das von niemandem beachtet worden war außer von ihr, die darin schon ein Zeichen zu sehen meinte. Warnen konnte sie, durfte sie mich nicht, denn das, was dort seinen Anfang genommen hatte, das war der unheilbare Kummer, der nun mein einziger Besitz geworden war und den ich nicht einmal mehr entbehren wollte, auch wenn, einem seiner hochherzigen Einfälle folgend, ein Engel mit einem feurigen Schwert ihn aus mir herausschneiden wollte. Die hohen Bäume hatten dabei zugesehen, der Musikpavillon mit den Bläsern und den anderen Possenreißern hatte dabei zugesehen; die Musik hatte geschmettert, die Windbeutel waren herumgereicht worden. Wie viele Bäume waren dort, die ich noch nie angeschaut hatte, und jetzt im Oktober waren sie schwarz und feucht und muffig unter ihrem kupfernen Laub, so daß ich ihre todkranken Düfte zu riechen meinte, dort, wo ich stand. Wenn die Sonne untergegangen war, würden sie rauschen und Tropfen von sich abschütteln. Die Vögel würden einschlafen, die Fasane, der Pfau und die Gans. Am nächsten Morgen würde viel Tau auf den Felsrand gefallen sein.

Doorn, August–September 1949

Simon Vestdijk, geboren 1898 in Harlingen (Friesland). Studierte Medizin und Musik in Amsterdam und arbeitete kurzzeitig als Schiffsarzt. Lebte ab 1933 als freier Schriftsteller und Übersetzer in Den Haag, später in Doorn. Redakteur, Literatur- und Musikkritiker u. a. bei *Forum* (mit Menno ter Braak und E. du Perron), beim *NRC Handelsblad*, bei *Het Parool* und *Podium*. Debütierte 1932 mit dem Gedichtband *Verzen* und 1934 mit dem Roman *Terug tot Ina Damman*. Vestdijk veröffentlichte insgesamt nicht weniger als 52 Romane, außerdem Gedichte und Essays über Literatur, Musik und Philosophie. Ausgezeichnet mit den höchsten niederländischen Literaturpreisen. Er starb 1971 in Utrecht.

Der Roman *De koperen tuin* erschien 1950 bei Nijgh & Van Ditmar, 's Gravenhage, und 2001 in der Reihe *Salamander Klassiek* bei Athenaeum-Polak & Van Gennep, Amsterdam. »*De koperen tuin* ist einer von Vestdijks besten Romanen.« *De Standaard*

Die französische Übersetzung *Le jardin de cuivre* erschien 1993 bei Editions Phébus, Paris. »Ein wunderschönes Buch, grausam und verführerisch.« *Le Figaro*

Die englische Übersetzung *The Garden Where the Brass Band Played* erschien 1998 bei New Amsterdam Books, New York. »Ein Buch, das zwischen Thomas Hardy und Thomas Mann anzusiedeln ist.« *The Times Literary Supplement*

Niederländische Autoren bei Arche

Remco Campert
Eine Liebe in Paris
Roman
Aus dem Niederländischen von Marianne Holberg
160 Seiten. Gebunden
Ein kleiner, melancholischer Roman über Liebe, Sehnsucht und die Suche nach der verlorenen Zeit der Jugend, voll der »Lebensbejahung eines Pessimisten, der das Leben auf die schüchterne Weise des ewig Verliebten liebt« *(Laudatio zum P. C. Hooftprijs)*.

F. B. Hotz
Die Chaussee
Roman in Erzählungen. Ausgewählt und
aus dem Niederländischen von Sibylle Mulot
288 Seiten. Gebunden. 2 Fotos
Ein Roman in Erzählungen über eine Kindheit und eine Jugend in den Roaring Twenties. »Ein nüchternes, ungeschminktes, uneitles Buch voller Poesie, Zartheit und Schönheit.« *InfoRadio*

Nicolaas Matsier
Selbstporträt mit Eltern
Aus dem Niederländischen von Marianne Holberg
320 Seiten. Gebunden
Ein anrührender autobiographischer Roman und ein schonungsloser Bericht über eine alte »Kindertrauer«. »Ich wünsche vielen Lesern, dieses Buch möge in ihre Hände kommen.« *Süddeutsche Zeitung*